总主编／潘鲁生　邱运华

执行总主编／王锦强

主　编／安德明

副主编／张礼敏　祝鹏程　黄若然

2017

民间文艺研究论丛

年选佳作

民俗文化

ANNUAL SELECTIONS OF PAPERS ON
FOLK LITERATURE AND ART STUDIES 2017:
FOLKLORE

社会科学文献出版社
SOCIAL SCIENCES ACADEMIC PRESS (CHINA)

总　序

新时代民间文艺创作实践和学术研究具有多样性特点，传统创作主题、手段和呈现方式已经大大改变。而创作实践中的变化，必然带来理论的应变。在这个背景下，系统思考民间文艺理论话语，就显得十分紧迫。因此，我们整理了 2017 年我国民间工艺、民俗文化和民间文学的研究成果，将其奉献给学术界，以便大家共同思考。

一

"民间文艺"在当下社会是一门显学，这对于一个学科来说，是一件很幸运的事情。之所以说"在当下社会"，乃是因为进入 21 世纪以来，社会各界都清晰地认识到中国文化建设和发展的基础，离不开传统文化。而传统文化，除了诗书礼易之学、唐诗宋词等，其他的大多都归属于民间文化。离开了民间文化，所谓传统文化，就所剩无几了。毕竟五千多年来，老百姓坚守千百年形成的日常生活方式，不间断传承民族的生活习俗、生存和生产技艺，创造生产工具和生活用具，鼎力拱卫中华民族世代认同的传统价值观，维护传统审美风尚和艺术趣味，而这些民间文化凝聚为世代相传的民间文艺。中华美学里有一个命题叫作"由艺进道"，可以很恰当地指称这个关系。在新的历史时期，作为传统文化中的重要组成部分，民间文艺也成为当下社会关注的热点。

21 世纪之初，中国民协倡导中国民间文化遗产抢救工程，全社会对文化遗产的高度认同，已经预示着一个新的文化高潮到来。这一文化高潮与 20 世纪八九十年代的文化热具有完全不同的性质。20 世纪 80 年代曾经发生以回归和批判为指向的文化热潮,在文化思想界产生了巨大影响,它裹挟着形形色色的西学思潮,成为 80 年代启蒙或曰"新启蒙"运动的重要维度。我们可以在当下日渐沉寂的一批思想家、文学家的名字里体味那个时代的思想和艺术星光。到了 90 年代,则转入了文化反思阶段,有的学者称为"文化保守主义"时代。这个时代诞生了属于自己的文化思想,对于新世纪的文化走向来说,也许这个十年更具有研究价值。不只是主题转向问题,而是那个"退场""出场"的口号,实际上把文化独立于其他元素的命题再次提出来,并得到学术圈内外的认同。这是历史给予学术界的机遇。我认为,90 年代留下来的众多遗产中,一个是民族文化主体地位凸显,另一个是文化研究(不局限于伯明翰学派意义上的文化研究)独立领域形成,对 21 世纪学术(包括民间文艺的学术研究和创作实践)研究的影响力最为巨大。在这个背景下,我们来看进入 21 世纪以来将近 20 年的学术进展,就能够深刻感受到,一个全民族高度认同的对传统文化的抢救、保护、发掘、利用和研究局面,是民间文艺成为显学的背景。这是它的幸运。

但是,这也潜含着作为一门学科的民间文艺的不幸。相对于全社会普遍关注这一局面,民间文艺学科体制的格局就过于狭窄。学科体制主要存在于高等教育、科学研究领域,自新中国成立以来,民间文艺的学科地位就分别设置在中国语言文学学科(包括汉语言文学和各民族语言文学)和艺术学科两个学科中,受到学科体制的限制,没有得到整合。知识体系、课程设置、学位点设置、人才培养和科研评价体系等,长期以来分而设之,缺乏整体设计。改革开放以来,随着学位制度体系规范化,民间文艺学科的两翼——民间文学和民间工艺美术各自都得到长足发展。例如,以北京师范大学、北京大学、复旦大学、中央民族大学、中山大学、山东大学、四川大学和辽宁大学等为代表的高等院校系统,以中国社会科学院和各省市自治区为代表的科学院系统,是民间文学学科的代表;以中国艺术研究院、中央工艺美术学院、中央美术学院、中国美术学院和省市自治区所属美术学院、工艺美术学院和师范大学美术学院为主体,是民间工艺美术学科的主体。这两个系统彼此长期独立运行,缺乏交叉融合。这一局面的存在,实际上说明了民间文艺学科建设存在缺陷。

民间文艺作为一门学科，长期以文艺学、民族学、社会学等学科为支撑。进入 20 世纪 90 年代以后，西方文化学的影响越来越大，而民间文艺界也越发清晰地认识到民间文艺作为文化生存的特殊形态的重要意义。钟敬文先生因此提出了民俗文化研究作为两者的超越，成立了北京师范大学民俗文化研究基地，并被列入了校 985 项目建设重点基地。后来，中国语言文学学科的二级学科序列里不再有"民间文学"了。民间工艺美术学科的命运也发生巨大变化，标志之一是"中央工艺美术学院"整体并入清华大学，新中国成立初期以传承民族民间工艺为使命的"中央工艺美术学院"，结束了它 50 年的办学历史。

二

民间文艺这个术语具有某种暗示性、导向性，使用这个术语，自然就进入另一个传统的"文学艺术"话语体系进行观察、思考、判断，这是 20 世纪 90 年代之前中国民间文艺学科的语境。但有些国家学术界并不使用"民间文艺"这个术语，而是使用"民间创作"（例如俄罗斯学术界使用"фольклор"这个词，意思是"民间创作"）来涵盖我们在民间文艺这个术语下的领域。

在 20 世纪这个更为宏大的背景下，民间文学已经不仅仅是"文学"了，学术界逐渐在民间文学文本存在的时间和空间上发现了更为广阔的世界，民间文学的话语体系发生了以下变化：民间文学日渐脱离"文学作品"的范围，越来越多地成为民族、民间和民俗文化的主要载体，成为民俗文化和民族、区域文化的研究对象；民间文学的"文学性"再一次被弱化，研究民间文学的艺术技巧和艺术手法等，不再作为学界的主要领域；田野调查与民间文学文本的生成关系更为紧密化，与此相应，民间文学的文本性不再独立为作品，而与相关"传承人""口述者""语境"等密切联系。这些新叙事文本的产生，意味着作为传统学科体制下的"民间文学"已经超越了"文学"范围；它从独立的文学作品，变成了文化研究的文本材料构成诸元素之一。

几乎与此同时，文学研究领域也产生了文化研究走向。经典文学作品研究，逐渐"漫出"内容/形式研究，走出"内容/形式"二元对举的研究范式，超越所谓"内部研究"与"外部研究"的范式，走向两者融合。在20世纪最后二十年到21世纪的最初十多年，单一"内部研究"或"外部研究"的大师们，例如社会学文学研究、历史主义研究和意识形态研究，以及新批评、形式主义批评，都没有成为主流，而那些以两者相融合的学派，例如新历史主义、女权主义批评、伯明翰学派，却领一时风骚。不能不承认，对于整个学术研究来说，简单以作品为中心的研究范式被文化文本性研究范式所超越，是一种研究理念的进步；它更为缜密而宽阔，也更贴近民间文学作为人类文化财富之表征的实质（以我们当下的学术思维力来看）。

但是，是否就可以或者断然放弃民间文学作品的艺术特征和艺术模式研究呢？我以为应十分谨慎。就民间故事而言，华北地区与华南地区的故事既有相同的叙述方式，也存在各自的艺术特点；与其他艺术门类结缘的歌谣、戏曲就更是各擅胜场，叙述方式和艺术特点更鲜明，在叙事学研究方面，大有文章可做。例如湖北省各地区的叙事长诗，与云南省各地区各民族的叙事长诗相比，两者在艺术表现方面都各有特色，不能一概而论；在类型学研究和语言学研究方面，也各领风骚。因此，断然取消民间文学的艺术研究，未必是可取的学术思维方向。当然，在民间文学里面有更为丰富的研究领域，在新的学术思想启迪下凸显出来，例如，与传承区域文化习俗和传承人的个性相关联的史诗传唱艺术，较之于史诗文本单一研究维度而言，就丰富很多；在民间小戏领域，从传统的文本研究理路（"内容的"或"形式的"），到拓展出的文本演唱、方言、接受者和改编方式等综合研究，两相结合，形成民间小戏研究的新格局，如此等等。

三

由单一文本"内容/形式"二元对举研究范式过渡到文化研究范式，在民间美术和民间工艺领域显得具有更大的合法性。

民间美术和民间工艺领域的实用性作品多是批量制作，如木版年画，同一模版的年画可以印制数千幅，甚至还可能更多；泥塑、陶瓷、刺绣等门类作品也是如此，它的任何创新若是分布到一千件作品上，就显得重复，成为模式化的符号。单独看一个作品，与前人的作品相比，它的新颖性或许显得很突出，可是与其自身序列相比，就不是这样了。如此看来，民间文艺领域的确存在"同一个作品的复数文本"现象。这一现象的合法性明显区别于文人创作作品的"单一文本属性"。换言之，在职业作家、艺术家创作领域，倘若出现相似（不说雷同或相同）的两部作品，那么，其中一部作品的合法性就会受到质疑；而在民间文艺领域，出现两篇差异在5%的民间故事文本则是极其正常的，出现两幅差异率在5%以内的木版年画、泥塑或陶瓷作品，也极其正常。这是民间创作的基本特点之一。

我觉得，应从三个方面来看待这一现象。

一是民间创作是与区域文化紧密结合的，表现了特定区域文化。民间艺术更多地根植于特定区域民众的日常生活和民间风俗，反映和呈现这一生活和风俗，因此，我们把特定种类民间艺术称为"某一区域"的艺术。例如，年画有杨柳青年画、朱仙镇年画、桃花坞年画；刺绣艺术分有苏绣、潮绣、湘绣、蜀绣、汴绣等；木作家具艺术有广作、苏作，如此等等，均与区域密切相关。区域文化既可能体现在主题、题材趣味方面，也可能体现在技法、色彩、材料等方面。比如，相同的主题在相邻区域流传过程中会出现关联性变异，区域其他文化元素会参与主题流传过程之中，主题原型"A"从而演变为"A＋"或"A－"。这个增加或减少的元素，就是区域文化元素所致。与此相比，民间创作的个人趣味、爱好等因素，则退到相对次要的位置，不再凸显。

二是民间创作是群体性质的创作，具有群体创作者认同的相对一致性。每一个艺术种类都是独立的群体，与其他艺术种类区别开，在本种类内部对话、交流、影响和比较。例如，剪纸有剪纸的艺术世界，刺绣有刺绣的世界，木雕、石雕、漆艺、陶瓷、泥塑等，各自有独立的艺术空间，每一个空间都有自身的艺术标准和评价方式，自然也都有自己的艺术史。在这里，民间创作本身的特征更加明显：民间创作是在有原型的基础上予以创作，而不是虚构创作。他们的创作是有"本"的创作，不是向隅虚构。因而，他们的创作严格来说是改造、重构。在这个意义上，还需要注意：民间文艺家是以群体的规模进行创作，而非个体独立创作，这使得创作群体的文化多样性、差异性表现得更为鲜明。

三是民间创作是在前辈创作基础上的再创作，具有传承性。特定民间艺术种类都是在继承前辈的过程中前行，在继承和创新、旧与新的辩证关系中发展。民间创作的本质是"传承"基础上创新，而非在"无"的基础上创作，这就意味着在这一过程中，对原型的模仿和改造是核心元素。例如，浙江青瓷的创作中，当代艺术家必然在前人上釉、着色、绘制等技术环节的基础上来制作新的瓷器，从明、清、民国到现在，青瓷的艺术风格方可保持一惯性。当代传唱艺术家在对"格萨尔"的传唱中，在对前辈艺术家模仿中寻求自己的风格，而他们现行的风格也将作为传统，影响和制约后代艺术家。总之，在原有内容和形式的基础上从事创作是民间文艺创作的基本规律，也是它区别于文人创作的基本特征。

民间创作还存在更多与日常生活、日常民俗密切相关的现象，与"文学艺术"研究对象区别更大。

学术界超越作品中心论、进入文化研究和综合研究的趋势，对于一般文学研究来说，属于学术发展趋势而呈现的方法论的变化，而对于民间创作来说，则似乎原本就是其本质。

四

超越作品中心论，拓展了民间创作研究新领域，使之回到了田野和现场，使一些社会学、人类学的社会科学方法焕发了生机。在相当程度上，方法论的变化体现了对本质认识的改变。倡导田野性质，是民间创作研究引进人类学和社会学的表现之一，它从发生学角度很准确地抓住了民间创作的本质，相对于作品中心论研究范式，它更具有前沿性。

"田野"观念的引进，乃是对民间创作性质的重新认识。"五四新文化运动"之初推出民歌收集整理运动，由北京大学率先发起，嗣后各大中小学校开展得风生水起。毛泽东在延安时期回忆，他在湖南学校教书时就有发动学生假期回家收集民歌之举。延安鲁艺时期，毛泽东大力倡导民间文学，号召文学家艺术家到人民中去，运用民间文学形式表现新民主主义内容，成功地赋予五四传统以崭新的面貌，这一先进传统一直延续到 20 世纪 50 年代新民歌运动。此后，民间文艺研究多以文本研究为主体，表现为把民间文学"文学化"，寻找其中的"文学性"的研究旨趣。当然，也有先觉者超越这一旨趣，拓展为风俗、区域文化研究。如何进行民间美术和民间工艺的研究，在 20 世纪 50 年代也发生过激烈争论，侧重点一直在"平民意识""民族精神""装饰""设计"之间摇摆，最终走向工艺美术创作成为一种实用的倾向。但工艺美术与民间工艺之间最大的差异是前者偏向设计、制作、生产和市场，在这个意义上，工艺美术偏向作品中心；后者是田野、区域文化、传承和原型，强调民间创作生存于日常民俗生活的具体语境中。田野性的现场感、传承人、区域文化差异、时间和空间等，在作品中心论时期多多少少被忽略、轻视。而在当下强调田野的民间创作研究理念下，上述因素都是文本构建过程中的必需要素。

"田野"观念引进民间创作研究，破解了作品中心观念，重新把民间创作放进了具体生活语境之中，使之再语境化，避免民间创作研究脱离文化语境和日常生活流程。但是，田野性并非民间创作本身，而是一种研究方法；在后工业化和城市化趋势越来越严重的时代，呼吁民间创作本身回归日常生活现场、民间创作如何"在（being）民间"，是另一个课题。

在"民间文艺"总名目下，以"民间工艺""民俗文化""民间文学"为专题，编选三卷年度论文集，是中国民协强调学术立会、引领学术研究服务社会（首先是服务民间创作和研究领域）诸项工作的一个体现，如何把这项工作做得更为得体，必须依靠学术界和创作界的大力支持。

让我们民间文艺界全体同仁共同努力，营建一个"百花齐放、百家争鸣"的良好氛围，为繁荣和发展社会主义文化作出应有的贡献。

邱运华

2018 年 7 月 28 日初稿、8 月 3 日修改

北京市丰台区万芳园

目 录
contents

朝向当下的个案研究

非物质文化遗产保护的中国经验

导语　坚定学术自信，建设中国民间文化研究的话语体系

安德明

2017 年，在中国社会各界，尤其是人文社会科学领域产生广泛影响的一个概念，就是"文化自信"，它几乎成了所有相关行业或专业用以强调自己立场与发展方向的基本术语。民俗学界的情况也不例外。

这种状况的发生，一方面，自然同 2017 年召开的中国共产党第十九次全国代表大会对"坚定文化自信"理念的明确倡导直接相关，另一方面，它也是随着中国综合国力的日渐强盛自然而然形成的结果，从根本上说，它源自经济腾飞基础上民族文化自觉意识不断高涨的内在动力。从 20 世纪 80 年代以来，随着中国经济的迅猛发展和国力的不断提升，中国传统文化在逐渐复兴和重建的过程中，取得了许多新的成就。国际交流的日益增多，则使越来越多的中国人在一种文化比较的视野之下，越来越对自己的文化传统有了一种更恰当、更合理的定位，民族文化自信也开始逐渐增强，从而在很大程度上改变了以往一段时期比较突出的民族文化自卑心态。这种心态，形成于 19 世纪中后期以来长期的国际文化交往的不平等基础之上，渗透在文化艺术的诸多领域，十分严重地影响着我们有关传统文化的判断，也影响着我们的国际文化交流实践。它使得我们中的许多人，在把中国文化与西方文化相比之时，往往会把前者看成处于弱势地位或属于"小传统"的文化，总是会不自觉地表现出一种自我降低的心理或思维定式。

民族文化自觉意识的不断高涨，与国家政策对相关问题的高度重视及因势利导相结合，产生了十分积极的效果。包括主流媒体和知识界在内的

全社会更加自觉地投入民族文化价值与魅力的发掘当中，人们对自己文化所具有的价值和功能有了更加全面、客观的认识，文化自信也有了前所未有的提升——这一点，也进一步证明了国家主流意识形态在引导整个民族精神文化建设方面所具有的重要作用。

如果说以上所讨论的，是促使中国人的文化自信不断加强的内在动力，那么，近年来在国际领域广泛开展的相关工作，则是引起相关变化的重要外在因素。这方面，非物质文化遗产保护工作尤其发挥了不容忽视的作用。

由于联合国教科文组织（UNESCO）的努力，非物质文化遗产保护工作已成为世界范围内具有广泛而深远影响的社会文化运动。中国作为最早一批加入 UNESCO《保护非物质文化遗产公约》并且至今活跃在这一领域的国家，通过全面展开这一活动取得了多方面的成就。其中，除了提升非遗的可见度、使各种各样的非遗项目得到更为有效的保护之外，尤为重要的是，广大国人在通过非遗保护项目不断接触和了解世界各地千姿百态的文化传统的过程中，越来越多地认识到自己所拥有的传统文化同各国相关传统之间的共同性或相似性，从而不断增强对自己文化的信心。

一方面是发自内心的对于自己文化价值、意义重新认识的迫切需要，另一方面是在国际文化交往日益密切的大背景下不断提升的对于自己文化的信心。正是由于这两重力量的共同影响，中国人的文化自信才会日益坚定，并在 2017 年得到了一次更为集中、更为鲜明的体现和表达。

民俗文化研究领域的情况，也与这种整体的社会思潮相互呼应，相辅相成。

近二十年前，钟敬文教授就曾经指出，中国的民俗学已经到了成人期，我们应该摆脱向外国理论"描红格子"的阶段，把主要精力集中到本民族学科的建设上来，为建立中国民俗学派而努力。这一倡导，是在中国民间文化研究以广泛的国际学术交流和深入扎实的理论与个案研究为基础、取得了丰硕成果的背景下提出的，它顺应了国内日益强烈的建设本土学科体系的需求。这种需求，在当时我国人文社会科学其他诸多领域，也都有突出的表现，可以看作是民族文化自觉意识不断增强、文化自信不断提升的结果。

同人文社会科学领域其他许多学科一样，中国的民俗学，以及在此基础上逐渐发展壮大的民间文化研究，尽管无论从基本材料还是从学科前史上看，都有着深厚的民族传统根基，但作为现代学科，它的确立，主要还是在西方学术理念和学科系统的影响下完成的。因此，长期以来，在理论和方法上，中国民间文化研究中总是体现着国外，尤其是西方学界的深刻烙印。这样的状况，在一定的时期既不可避免，从"科学"的立场来说也无可厚非——各种理论和方法，不管其发端于国外还是国内，只要有助于认识和理解研究对象，就都是有用的"工具"，而不必为其出身而耿耿于怀。但是，当我们以真正科学、客观的态度，认清并承认人文社会科学的"人文"属性以及其中所蕴含的复杂的意识形态因素的时候，就会越来越为同"民族性""话语权"等相关的问题而警醒和焦虑；这种警醒与焦虑，与期望为世界学术贡献本土视角的诉求相结合，最终共同促成了建设本国或本民族学科体系的种种努力和实践。

十多年以来，中国民间文化研究领域越来越多的工作者，通过更加自觉的反思和总结，在理论探讨、个案研究，以及非物质文化遗产保护的反思等方面，都发展了不少既有中国特点又有益于学科整体建设的观点和方法。这些积极探索，随着近年来国内各界特别是国家主流意识形态对弘扬传统文化、加强中国学界在人文社会科学领域话语权的重要意义的不断强调，愈来愈彰显出可贵的学术意义和时代价值。而如何更加自觉地把主流意识形态的引领作用同学科内部的本土化实践相结合，在学科内部探索与主流意识形态的积极互动中，更好地处理学科"国际化"视野与"本土化"追求的关系，既以包容开放的态度继续积极学习、吸纳国外有价值的理论和方法，又不迷信盲从；既立足于本土实践，努力建设中国民间文化研究的话语体系，又不画地为牢、故步自封，可以说是摆在当代中国民间文化研究者面前的一个重要课题。

正是基于上述认识，我们组织编辑了本书。全书所收文章，是2017年度国内民俗学领域发表的较有影响的相关论文。这些文章，无论是围绕在国际学术领域具有重要影响的理论与方法的本土化的讨论，是关于学术史上重要人物或事件的重新检视，是以"朝向当下"的立场对不同民俗事象的探究，还是有关非物质文化遗产保护这一世界性社会文化运动的中国实践与经验的总结和思考，其目标都是指向更为坚定的学术自信，指向既符合学术内在规律又符合中国文化自身特征的学科理论与方法体系的建构。

基本理论与关键概念 ——————

　　同人文社会科学领域其他许多学科一样，中国的民俗学，尽管无论从基本材料还是从学科前史看，都有着深厚的民族传统根基，但作为现代学科，它的确立，主要还是在西方学术理念和学科系统的影响下完成的。因此，长期以来，在理论和方法上，中国民俗文化研究中总是体现着国外，尤其是西方学界的深刻烙印。这种状况，与期望为世界学术贡献本土视角的诉求相结合，共同促成了建设本国或本民族学科体系的种种努力和实践。十多年来，中国民间文化研究领域越来越多的工作者，通过更加自觉的反思和总结，发展了不少既有中国特点又有益于学科整体建设的观点和方法。这些积极探索，随着近年来国内各界对弘扬传统文化、加强中国学界在人文社会科学领域话语权的重要意义的不断强调，愈来愈彰显可贵的学术意义和时代价值。而如何更好地处理学科"国际化"视野与"本土化"追求的关系，既以包容开放的态度继续积极学习、吸纳国外有价值的理论和方法，又不迷信盲从；既立足于本土实践，努力建设中国民间文化研究的话语体系，又不画地为牢、故步自封，可以说是摆在当代中国民间文化研究者面前的一个重要课题。解答好这一课题，处理好这一任务，将不仅为推动民间文化研究的学科建设迈出实质性的一步，也会为整个国家的文化建设作出具有我们学科特征的积极贡献。

生活革命、乡愁与中国民俗学[*]

周　星

20 世纪 80 年代至 21 世纪的前十多年间，中国的社会、经济及文化均发生了结构性巨变，导致普通民众的日常生活也发生了急剧的变革，某种意义上可以说日常生活发生了革命，亦即"现代都市型生活方式"在中国大面积地确立和普及，从而为一直以来始终是以乡村的传统与民俗作为对象的民俗学提出了全新的课题。本文拟在揭示当代中国社会已经和正在发生的极其深刻的生活革命的基础之上，指出当下弥漫全国的乡愁情绪正是由不可逆转的生活革命所引发，进而对中国知识界过度礼赞传统、耽溺乡愁，以及在抢救、保护和传承等话语表象之中将乡愁审美化的趋势进行一些必要的批评，以促请民俗学界同仁明确自身更为重要的学术使命与可能性，亦即直面现代中国社会的日常生活及其变革的历程，记录和研究无数普通的生活者是如何建构各自全新的现代日常生活并在其中获得人生的意义。笔者认为，中国的现代民俗学应该超越朝向过去的乡愁，对当下正在发生并已成为现代中国社会之基本事实的生活革命予以高度关注。

一　生活革命在中国：持续的现在进行时

近一个多世纪以来，中国社会、文化的持续变迁以及中国人生活方式多彩的变化，始终是中国诸多社会及人文学科关注的大课题，其中最常见的描述或解说便是"转型"说。转型理论的基本要义是认为中国社会及文化变迁有一个既定方向，亦即从封建到文明、从封闭到开放、从集权专

---

* 本文选自《民间文化论坛》2017 年第 2 期。

制到民主共和、从农耕社会到工业信息社会、从计划经济到市场经济、从传统到现代化，等等。该理论形象易懂，似乎无所不能地被用来解释几乎所有变化，却又令人感到意犹未尽或解释乏力。导致如此状况的原因可能是中国社会及文化太过庞大和复杂，其演变进程也是漫长曲折、反反复复且岔路丛生，转型似乎总也不能完成。如果将问题意识单纯化并局限于日常生活，关于普通百姓如何"过日子"，笔者认为可以采用"生活革命"这一概念来归纳改革开放以来，因经济持续高速增长和大规模的都市化等所引发的百姓日常生活的全面改善，以及都市型生活方式在全国的普及过程。

在汉语文献中，"生活革命"一词主要是一个媒体广告用语，它一般是指因为某种技术的发明、制度的创新或商品的推出而为生活者、消费者带来生活上极大的便利。例如，有人把 21 世纪初汽车在中国作为代步工具的普及视为新的生活革命的开始，考虑到中国作为曾经的"自行车王国"，如今汽车保有量的大幅度攀升的确堪称一场革命[1]；有人从公共卫生和健康医学角度讨论生活方式的改革，希望推进民众生活习惯方面的行为革命以及"膳食革命"和"厕所革命"[2]。有的学者从国际贸易的大格局，把中国加入 WTO 之后获得的经济实惠解说为推动了中国民众生活的革命[3]；也有学者把基于经济的发展所导致的生活观念的转型理解为生活革命的一部分。[4]还有人把某些新的消费动向扩大解释为中国人的生活革命，例如，某些人士主张回归自然、重过种花喝茶的生活，并说这是一场生活的革命。[5] 更有人指出，近几年发明的"扫地机器人"有可能引发家居生活的革命。有的作者强调初步富足之后日常生活审美化的趋势，把当今中国的生活革命定义为"日常生活的审美化以及审美活动日常生活化"[6]；有的作者从科学技

---

① 杨东晓、李梓：《消极运动时代的积极生活方式》，《新世纪周刊》2007 年第 20 期。

② 王陇德：《中国人需要一场生活方式革命》（一）、（二），《中老年保健》2008 年第 7 - 8 期。

③ 刘重：《生活的革命：WTO——中国百姓"入世"后的日子》，百花文艺出版社，2000。

④ 刘朝：《追求生活新概念——20 年人们观念变迁扫描》，《决策与信息》1999 年第 2 期。

⑤ 三联生活周刊：《生活革命》，三联书店（香港）有限公司，2012。

⑥ 陶东风：《日常生活审美化与新文化媒介人的兴起》，《文艺争鸣》2003 年第 6 期。

术革命来解释生活方式的变迁，指认是科技革命导致了生活主体、生活资料、生活时间、生活空间等均发生变革，促使自然经济状态下的生活方式向现代生活方式演化。^① 例如，说 IT 技术引发革命，使全世界变成地球村，使人们对社会的认知方式和交流方式等很多方面均产生革命性飞跃。上述表述各有其理，均反映了中国知识界对日新月异的变化试图从各自不同的教育背景或学科专业立场出发所做的归纳。

在此，笔者将"生活革命"视为民俗学的一个专业用语，并把它溯源至日本民俗学的相关研究。需要指出的是，日本民俗学虽有"生活革命"这一概念，但它同时也在媒体广告中广泛应用。在日本民俗学中，生活革命主要是指第二次世界大战之后，伴随着经济高速增长期（1955－1975）和全国规模的都市化、现代化而发生的日常生活整体的革命性变化。日本民俗学者一般认为，经济高速增长和都市化促成了彻底的日常生活革命，他们较多采用"今昔比较法"，通过对生活革命之前和之后的状况进行比较，对民众的生活文化进行细致、系统的观察与分析，这同时也被认为是重视"传承论"和"变迁论"的日本民俗学比较擅长的基本方法。在经济高速增长期以前较为传统性的日常生活里不曾存在的各种使生活便利化的商品，诸如以 20 世纪 50 年代的"三种神器"（黑白电视机、洗衣机、电冰箱）和 20 世纪 60 年代的"新三种神器"（彩电、空调、轿车）为代表的一系列家用电器和新型、耐用的生活必需品迅速普及^②，曾在生活革命的相关研究中尤其受到重视，民俗学者透过它们意识到日常生活的急速演变，也深切感受到民俗文化传承所发生的断裂以及民众生活意识的巨大革新。除了对新近诞生并逐渐成为现实的新岁时习俗、新人生仪礼和新的娱乐、艺能等积极予以关注外，日本民俗学还必须同时面对"消失"的民俗、"变异"的民俗以及它们与"新生"的民俗之间复杂的相互关系。

---

① 岳伟：《科学技术革命与社会生活方式变革》，《贵州民族学院学报》2006 年第 3 期。

② "三种神器"是把历史上历代天皇视为传世珍宝的"三种神器"（铜镜、勾玉、剑）作为比喻，日本当代广告媒体用来渲染新商品之重要性的用语。后陆续又有 21 世纪初的数码"三种神器"（数码相机、DVD、薄型电视机）。2003 年 1 月，小泉纯一郎首相在施政演说中把洗碗机、薄型电视机和具有摄影功能的手机命名为"新三种神器"，作为自己想要推广的时代新商品。

　　日本民俗学研究生活革命，积累了许多重要的成果，诸如生活革命与都市化的关系，团地社区（小区）与生活革命的关系①，都市化和故乡意识的变化②，衣食住行、婚丧嫁娶、生老病死等等在日常生活的革命过程中发生的诸多变化，以及农村生活的变迁与开发③，都市居民的田园憧憬④等等。也有不少学者致力于对生活革命之前那些传统生活方式的追忆、缅怀乃至于复原。除对全国规模的生活变迁通史予以关注外，日本民俗学还注意到生活革命这一过程中的地域差异和阶层差异等问题，试图对生活革命予以动态性的把握。通过研究生活革命，也提出了一些重要的理论观点。例如，新谷尚纪提出近现代日本民俗传承的"三波并行展开论"⑤，认为"传统"（如农渔业生计中的人力和畜力；婚丧仪式的家族办理和互助等）、"创生"（如机械；婚丧仪式的庄严化与商品化）和"大众化"（如机械的普及；大众文化等）在近现代的日本是并行展开、相辅相成的，所以，民俗学观察到的现实极其复杂。文部省重点课题"关于高度经济增长和生活革命的民俗志追踪研究"（2013－2015，负责人：关泽），不断追问高速经济增长意味着什么，并从多学科交错的视野，重新审视农村人口向都市的大量流入、都市化导致山村大面积消失、大众消费社会的出现、衣食住行等生活方式日新月异的变化，以及生活用具电器化、汽车的普及等多种基本的变迁进程⑥，其结论认为除了经济的高速增长，促使日常生活朝向都市型生活发生变化的根本动力，还有水力和电力的安定供应。日本国立历史民俗博物馆的陈列，对战后的高度经济增长与生活革命等主题也予以高度重视，可视

① 岩本通弥·篠原聡子·金子淳·前田裕子·宮内貴久：『基幹研究「高度経済成長と生活変化」ワークショップ3「団地暮らしの誕生と生活革命」報告・討論記録集』，国立歴史民俗博物館，第 197 集，2009。

② 真野俊和：「『ふるさと』と民俗学」、『国立歴史民俗博物館研究報告　第 27 集—共同研究「日本民族学方法論の研究」』，国立歴史民俗博物館，1990，第 303－328 頁。

③ 好本照子：「変貌する農村生活の実態をみる」（進む農村の生活革命・特集），『農業と経済』35（9），富民協会，1969。

④ 富田祥之亮：「むらの生活革命—暮らしの都市化」，新谷尚紀・岩本通弥編『都市の暮らしの民俗学①—都市とふるさと—』，吉川弘文館，2006。

⑤ 新谷尚紀：「儀礼の近代—総説」、『都市の暮らしの民俗学③—都市の生活リズム—』，吉川弘文館，2006。

⑥ 国立歴史民俗博物館編：『高度経済成長と生活革命—民俗学と経済史学との対話から—』，吉川弘文館，2010。

化地反映了生活革命的研究成果。不过，在日本，生活革命这一用语有时也用于指称其他时代急剧变迁的文化现象，例如，针对战前大正时期（1912 - 1926）的东京，也有所谓"中流生活革命"之类的表述。[1] 此外，今和次郎的"考现学"亦曾致力于研究日常生活的当下[2]，在生活革命的现场进行彻底的观察与描绘，他因此而在"服装论""居住论"等方面，均取得了曾引起广泛关注的成果。

本文采借生活革命的概念，除保留其基本含义外，还想补充指出：首先，在中国，生活革命的指向是都市型生活方式的确立和普及，构成其根本内核的是除了卧室和客厅，还配备有厨房、卫生间（抽水马桶）、浴室（浴缸或淋浴）以及上下水、煤气和电源等系统的单元楼房日益成为最大多数人们日常起居的生活空间。岩本通弥在"现代日常生活的诞生"一文中，从现代民俗学的立场出发，借助官方的统计资料，对日本现代社会之日常生活的形成过程进行了考察，他把高层集合住宅密集的团地（小区）、仅由夫妇和未婚子女构成的核心家庭以及清洁卫生的室内生活视为现代日常的基本要点，认为此种都市型生活方式的普及与水、电、煤气的稳定大量供给密不可分。[3] 岳永逸认为，以抽水马桶、单元房为基本表征的都市生活方式，眼下已是绝大多数中国人都在实践或向往，并不遗余力、背井离乡要去追逐的生活方式。[4] 笔者认同上述见解，认为中国已经和正在发生的生活革命和当年日本的情形具有一定的相似性，所以，日本民俗学对生活革命的研究成果很多可以为中国民俗学所借鉴。要维持上述那样的现代日常生活，必须有完善和稳定的基础设施和公共系统的存续，这也正是近三十年来中国社会的都市化进程所致力于大规模建设的。以单元楼房的日常起居为基础的都市型生活方式已在中国大面积地普及开来，目前仍处于现在进

---

[1] 松田久一：『日本の消費社会の起源と構造ー江戸・明治・大正の酒造産業を中心にー』，第4章「消費社会の誕生と酒類産業－大正期東京の『中流生活革命』とは何か」，『月刊 酒文化』1998年6月号。宇都宮美術館：『近代デザインに見る生活革命：大正デモクラシーから大阪万博まで』，2000。

[2] 参阅『今和次郎と考現学：暮らしの今をとらえた目と手』，河出書房新社，2013。

[3] 岩本通弥：「現代日常生活の誕生ー昭和三十七年度厚生白書を中心にー」。国立歴史民俗博物館編『高速経済成長と生活革命』，吉川弘文館，2010，第20－40頁。

[4] 岳永逸、张海龙（访谈）：《都市中国的乡愁与乡音》，《兰州晨报》2015年2月28日。

行时，仍在持续的延展之中。

其次，生活革命在当前的中国要远比当年在日本的进程来得更为复杂、不均衡和曲折。它具体地还可以分解为温饱问题的初步解决[①]，补丁衣服彻底退出日常生活和穿着的时装化，厨房革命（包括以煤气或电力为能源，上下水系统，冰箱、微波炉、电饭煲等厨房用电器的逐渐普及，餐厨用具精美化），厕所革命（配备抽水马桶和沐浴设施[②]），电视、洗衣机、吸尘器等家用电器的日益普及，以及伴随着电话、手机、网络的普及而日新月异的信息通信革命，交通革命（"村村通"、高速公路、高速铁路等）和初步进入汽车社会（包括乡村的摩托车和微型农用车）等等很多彼此关联而又相对独立的层面。越来越多的普通民众的日常生活，因为上述诸多层面的革命性发展而被彻底改变。德国民俗学者鲍辛格所说的"科学技术世界"，其实就是由科学技术支撑的生活用品一般化了的"生活世界"，它们构成了理所当然的生活环境。[③] 尽管由于中国社会的复杂性，生活革命的进程和所达到的程度并不均衡，存在着明显的地域性和社群性等各种属性的差距，但生活革命的总体方向和基本趋势却基本上一致。近年媒体大肆炒作的中国游客在日本抢购电饭煲和马桶盖的"新闻"，其实就是中国波澜壮阔的生活革命浪潮中几朵小的浪花而已，只是因为它溢出国境才成了新闻。即便是在较为偏远的乡村，由于政府强力推进的"村村通"工程和全国规模的新农村建设等，也促使其与距离最近的大中小都市或小城镇有着千丝万缕联系并日趋便利化，这意味着包括衣食住行等在内的都市型生活方式，在各地农村也都取得了程度不等的进展，生活革命在广大农村也是正在展开的现实。农村以各种方式程度不等地卷入了都市化的浪潮，例如，进城打工者回乡盖房，大都模仿构成都市型生活方式之基础的单元楼房，并尽可能地设置燃气灶台、抽水马桶和淋浴等，这其实就是一种"在地城镇化"；当然，另外，人去楼空、村落的空心化和农村过疏化也正在成为一个普遍

---

① 中国现仍有为数不少的贫困人口存在，这凸显了中国式生活革命的非均衡性。

② 此处所谓"厕所革命"，仅指以抽水马桶为基本形态的室内卫生间的普及，尚难以涵盖"公厕"在内。

③ 〔日〕岩本通弥：《"理所当然"与"生活疑问"与"日常"》，宗晓莲译，《日常と文化 特集 日中韓·高層集合住宅の暮らし方とその生活世界》2015 年第 1 期。

的现象。

最后，伴随着上述各层面的革命进程，事实上是有无数多的实用性技术的引进、开发与革新，以及能源革命、全球化和网络世界的膨胀等等因素，正在日甚一日地促使中国现代社会的日常生活呈现令人目眩的"加速度"变化。除了层出不穷的新科技、新产品日新月异地令日常生活更加方便、快捷与洁净之外，伴随着电脑在家庭和职场的普及和手机人手一部的普及，各种全新的生活习惯、消费行为，以及人际相处、交流与沟通的技能或方式等，正因此持续地发生着前所未有的革命性变化。迅速膨胀的互联网提供了全新的媒体生活环境，"淘宝控"将一切居家所需的生活用品在网络上搞定，"无所不能"的网购、网聊、网恋、网读等正在成为很多居民日常生活的一部分。① 在某种意义上可以说，中国目前正在发生由新的电子商务模式 O2O 和 C2B② 以及"电商下乡"等引发的线上购物与线下生活更为紧密结合的生活革命。这意味着生活革命在中国，一直是持续不断的"现在进行时"。不言而喻，这其中还包括很多观念、理念、信念以及表述的语言以及行为方式的变革。

对于上述生活革命，有部分中国民俗学者并未熟视无睹，但他们主要采取了社会转型及文化变迁之类的描述。关注在中国社会转型过程中民俗文化的变迁，可以说是中国民俗学者的一个基本共识。但由于长期以来，民俗学主要是把日常生活中的特定事实与现象作为民俗或民俗事象来认识和把握的，反倒无法处理类似上述那样整体性的革命过程。截至目前，中国民俗学几乎还没有对经由生活革命所形成的现代日常生活有任何深刻的研究。早期或曰传统的民俗学热衷于把当代社会中某些特殊的事象作为过去时代传承下来的遗留物，后来则把民俗事象的变迁过程也视为重要课题，由于先入为主的问题意识或执着于特定的事象，故在田野调查的现场往往可以感受到民俗的"变异"或生活的变迁，却很容易对那些"非民俗"现象（例如电视、电饭煲、塑料用品之类的存在与应用）无动于衷、熟视无

---

① 杨婧如：《淘宝引发"生活革命"》，《深圳特区报》2014 年 6 月。

② O2O 模式即 Online To Offline，是将线下商务与互联网结合，使互联网成为线下交易的前台。C2B 模式亦即 Customer To Business，指由网络消费者的个性化需求引起企业的定制化商机。

睹地予以排除。

民俗学通常是从具体的民俗文化事象入手讨论变迁的。也有学者指出，民俗的变迁既表现为具象外显的形态变化，也表现为抽象潜在的结构调整，可以从主体的空间流动、民俗事象的更新和生活需要的增长等方面去认识。① 还有学者关注到都市化带来的文化变迁，从都市化的角度分析民俗及其传承形式与途径的变迁，指出都市化意味着一种新的生活方式，首先就表现为衣食住行等日常生活的变迁，认为民俗学应该研究在大众媒体和消费文化影响之下的都市民俗，而都市民俗眼下正在朝向大众文化的方向发展；在都市生活中，"民俗"已经成为时尚和消费的对象；等等。② 应该说这些见解均非常重要并值得借鉴。之所以仍有必要采借生活革命这一概念，是因为它可以指出现代日常生活的整体性诞生，这个过程如此急速地发生，故得以区别于一般性的变迁、发展或演化。

需要澄清的是，本文所谓的生活革命，总体上还是属于现代化、都市化进程中的日常生活方式的革命，它以物质的极大丰盈为基本内涵，就此而论，其与一些发达国家在已经实现了现代化和普及了现代日常生活模式之后，因为环境意识高涨、应对可持续发展的需求，以及追求节约、低碳、实现物质与精神均衡的新生活方式，亦即所谓"绿色革命"③ 有着较大的不同。在目前的中国，后一种具有后现代属性的生活方式变革尚未真正发生，基本上也不具有发生的条件。如果说它不无意义，也只是在局部的人群中主要是作为一种理念尚处于传播当中。此外，这里所说的生活革命也与现代哲学家阿格妮丝·赫勒和列斐伏尔等人理论中的"日常生活革命"有所不同。匈牙利学者赫勒的理论忽视日常的物质性基础，她描述的日常生活是并非彻底自觉且依赖于重复性的惯例，其主张的"日常生活革命"是要抑制过度的重复性实践或思维，经由日常生活主体自觉性的培养，实现日

① 陶思炎：《论当代民俗生活的变迁》，《东南大学学报》2002 年第 3 期。

② 徐赣丽：《城市化、民俗变迁与民俗学的"空间转向"》，载《城市社会与文化研究论文集》，2015，第 78－93 页。徐赣丽：《民俗传承途径的变化》，《民俗研究》2015 年第 3 期。

③ 诸大建：《从环境革命时代到生活方式变革》，《世界环境》2001 年第 1 期。グレッグ·ホーン：『あなたが地球を救う：グリーン·ライフ革命』（安引宏訳），集英社，2008。

常生活的理念和方式上的人道化，进而实现好的社会建构。① 法国学者列斐伏尔虽然重视日常生活领域的基础性地位，但将其视为一个已经被异化了的领域，也因此，其"日常生活革命"是指通过对资本主义社会的现代日常生活的批判，指出其已被生产和消费的资本主义全面异化，再由此设想一种日常生活的革命，进而实现人和社会的全面发展。② 在某种意义上，此类哲学意义上的"日常生活革命"恰好是对本文所谓的以物质从贫困到充盈为特点的生活革命的批判，但在中国，目前谈论这种批判性的意义虽不无必要，其对眼下的现实却也不会产生太大的影响，尤其是和民俗学的立场及视野关系不大。

二 乡愁弥漫中国

伴随着急速和大面积的都市化、现代化和剧烈的生活革命，乡愁作为一种礼赞传统、缅怀旧日往事的情绪，大约自 20 世纪 90 年代以来，开始迅速地弥漫于中国的几乎所有角落，成为 90 年代以来中国社会文化最显著的时代特征之一。全社会怀旧思潮和乡愁情绪的蔓延，与不可逆转的都市化及生活革命正日益成为眼下的现实有着直接的关系，这些乡愁不仅是个人情绪与趣味的表达，更是渗透于当前社会生活及大众文化中的集体趋好。③

"乡愁"（nostalgia，homesick，亦称怀旧感或怀乡病④）一词，通常是指身在他乡异国而怀念故乡祖国的情感，同时也被用来指称对过往的旧物陈事缅怀或感念的情绪；很多时候，它还被用来特指身处现代都市生活的人们对业已逝去的乡村生活的伤感回忆，这种回忆往往伴随着痛苦和或多或少的浪漫愁绪。作为古今中外最具普遍性的人类情感，涉及乡愁与怀旧的描述及表象，在各国文学艺术中均屡见不鲜。中国的文学艺术自古以来

---

① 〔匈〕阿格妮丝·赫勒：《日常生活》，衣俊卿译，重庆出版社，2010。
② 吴宁：《日常生活批判——列斐伏尔哲学思想研究》，人民出版社，2007。
③ 王德胜：《流行"怀旧"》，《中国青年研究》1998 年第 2 期。
④ 赵静蓉：《怀旧：永恒的文化乡愁》，商务印书馆，2009。

也以表达乡愁见长，乡愁不仅丰富了文艺的蕴涵，提升了作品的品格，也成为文艺创作的基本母题。但它除了作为文艺批评的关键词之一频繁出现，还很少被中国的人文社会科学认真地研究过。

乡愁如今主要用为褒义，但其缘起却曾被视为一种病态。该词最早由瑞士军医约翰内斯·霍芬（Johannes Hofer，1669-1752）于 1688 年新创，他将希腊语的返乡（nostos）和伤心（algos）合成一个新词，特指伴随着返乡愿望难以实现的恐惧和焦虑而伤心、伤感甚至痛苦的情绪。他曾搜集不少这类心病的案例予以研究，试图从生理学、病理学去解释。18-19 世纪的前线士兵被认为多有此类症状（想家、哭泣、焦虑、失望、忧郁、厌食、失眠、情绪变化无常、原因不明的消瘦、心律不齐等），尤其在战况不利时较为明显，军事上被认为是应予排除的负面情绪。19 世纪，乡愁的概念在欧洲各国传播并成为临床医学研究的对象，后来则逐渐把它视为精神抑郁或消沉的一种表现。20 世纪前期，乡愁概念逐渐"去医学化"并开始流行，被理解为一种与损失、不幸和沮丧相关且盼望回归的心理；到 20 世纪后期，乡愁的内涵被定义为回归旧时的渴望或对昨天的向往，但过往的旧时是被理想化和浪漫化了的。现在人们谈论乡愁没有早期那种消极或病态含义，反倒具有了美感、超（穿）越、情感寄托、感动、满足、理想主义和流行时尚等多种褒义的内涵。

无论如何定义乡愁，它都是因为时间和空间的错位、隔绝而引起的情绪性反应。"时过境迁"是乡愁生成的基本机制。或关山阻隔（空间），或往日难追（时间），乡愁是对无可挽回、不可逆转、无法亲近之时空阻断的人和事的眷恋、遗憾之情。置身于都市的人们对于乡村，生活于现代社会的人们对前现代甚或古代，异国他乡的游子对于家乡故国，实现了富足小康的人们对于以前那种艰苦朴素的生活，以及步入人生成熟阶段的中老年对于自己的童年所持有的情愫等，便是乡愁最典型的几种表现形态。无论乡愁有多么丰富的内涵和多么特异的表现形态，它都有两个共同点：一是没有实现回归的现实可能性，二是多根据现在的需求而对缅怀和念想的对象予以理想化的想象。乡愁可以是个人的情绪，如游子对故乡、故土的怀恋，对于返乡的痛苦渴念；也可能以"集体记忆"的形式表现出来，如近些年以互联网为媒体而风行的"80 后"晒童年现象。① 在很多情形下，乡愁不必依赖当事人的亲身体验，仅根据第二、三手信息，经由联想、想象和互相渲染，便可从他者的表象中获得类似感受。乡愁对过往旧事的理想化同时也是一种审美过程。这种理想化和美化既有可能在合理、适度的范围之内，也有可能走火入魔、失却理性。

乡愁对旧时人事或故乡他者的美化和理想化，往往潜含着对现实当下的失望、不安、不满、不快、没有归宿等感受，以及对当前不确定性的焦虑。乡愁总是伴随着当代或现时下的某种缺憾、缺失、空落感或所谓"断零体验"②，它尤其在激荡、剧变和快速流动的时代与社会中高发、频发。在中国，乡愁时不时蕴含着对于急速推进的都市化和生活革命的逆反情绪，或对于现代化进程的某些抵触。乡愁可能暗含批评意味，基于乡愁而对现实的文学描述，往往是萧条、阴冷、丑陋、疏离、贫瘠、灰色、无望、无意义等。③ 乡愁经常导向对旧时过往的正面评价。乡愁美化过去，把过去视为失落的和谐，暗示着从复杂的现实逃避或重回朦胧记忆中熟悉而单纯的过去。乡愁经由情绪化渲染而对旧时的想象，总是幻想的、浪漫的，比现在更加英雄主义、更有魅力。此种回到过去的冲动是后现代的特征之一。④

乡愁需要物化的载体作为情绪寄托的对象，例如，通过一些过去的人工制品作为标志物或象征的符号才比较容易得到表象。乡愁追寻回到美好旧时的虚幻感觉，并需要一些遗留物（旧物、古董、民俗文物、老字号、旧品牌、个人纪念品等）来营造令人伤感、满足或愉悦的特定氛围。也因此，乡愁总是被商业化，并成为当代社会的重要补偿，成为装饰或点缀当下日常生活的路径之一。当一些旧的器物被用来点缀当下的生活时，除了它们可能承载的乡愁情感之外，还能酝酿出某种特定的氛围；乡愁消费对

---

① 朱峰、杨卫华、刘爽、刘伟：《集体记忆情景下"80 后"晒童年现象的社会学思考》，《山西青年管理干部学院学报》2008 年第 4 期。

② 王一川：《断零体验、乡愁与现代中国的身份认同》，《甘肃社会科学》2002 年第 1 期。

③ 〔美〕张英进：《映像中国——当代中国电影的批评重构及跨国想象》，胡静译，上海三联书店，2008，第 329－330、321 页。

④ 〔英〕贝拉·迪克斯：《被展示的文化——当代"可参观性"的生产》，冯悦译，北京大学出版社，2012，第 136 页。

象的符号化，主要就是用于营造消费者追求的此类氛围。

1996 年末，山东画报出版社出版了《老照片》丛书，获得空前成功，掀起了堪称是"老照片热"的怀旧现象。① 《老照片》以"一种美好的情感"引发很多效仿，这股热潮直至 21 世纪初才逐渐回落，但其实也只是从纸质媒体转向了网络媒介。大约同时，老房子、老街道、老城市、老家具、老字号、老新闻、老古董、旧器物、古村镇等等，举凡陈旧之物或带有过往时代遗痕的事物全都开始走俏，乡愁和怀旧作为一种风潮开始席卷整个社会。位于北京市东三环的潘家园旧货市场，自 20 世纪 90 年代以来，从早期一些民间自发的易货地摊，逐渐演变成为全国最大的旧货市场、收藏品市场、仿古工艺品集散地，并影响到全国各地民间旧货和收藏品的汇集和流通，成就了一个巨大的产业。乡愁和怀旧趣味不仅表现为古董热和旧货市场的勃兴，还表现为怀旧餐厅、怀旧旅馆、怀旧建筑、怀旧电影、怀旧歌曲、怀旧出版物、怀旧专卖店里各种各样的怀旧商品，以乡愁为主题或基调的小说、诗歌、美术，更进一步，还有"农家乐"、"红色旅游"、民俗旅游和"古村镇自助游"等等，大都在相同的时代潮流中得到大肆渲染，甚或成为消费文化的时尚和新兴中产阶层的集体嗜好。世纪交替之际，中国社会的乡愁氛围更加浓郁，它毫不掩饰地反映在无数出版物中，对于那些已经和正在消失的物品、器用、职业、词语、艺术、游戏、服饰和民俗②，人们表达出如游子怀乡般迷离的乡愁。

继多次认定"历史文化名城"之后，2003 年 11 月，建设部和国家文物局认定了首批中国历史文化名镇（村），确认了山西省灵石县静升镇和北京市门头沟区斋堂镇爨底下村等 20 个历史文化名镇名村；2015 年 11 月又公布了第二批，河北省蔚县暖泉镇和门头沟区斋堂镇灵水村等 58 个历史文化名镇名村入选。这些名镇名村固然有其作为"文物"遗产的历史价值、风貌特色以及原状保存程度等方面的标准③，其与民间文化领域或知识界的美

---

① 巫鸿：《"老照片热"与当代艺术：精英与流行文化的协商》，载《作品与展场——巫鸿论中国当代艺术》，岭南美术出版社，2005。

② 齐东野、鲁贤：《远去的乡情——正在消失的民俗》，中华工商联合出版社，2003。

③ 方明、薛玉峰、熊燕编著《历史文化村镇继承与发展指南》，中国社会出版社，2006，第32－35 页。

学标准有一定的差异，但政府的姿态的确带动了以传统村落为载体，追寻"美丽乡愁"的社会性热潮。古村镇在当代中国的"再发现"，并不只是基于政府文化遗产管理部门对其文物价值的认定，同时也是乡愁使然。① 冯骥才把"传统村落"视为"中华民族美丽乡愁"的归宿或寄托②，他在为图文并茂的画册《守望古村落》所写的"代序"里感慨，看到太多"非常优美和诗意的古村落，已经断壁残垣，风雨飘落"，而新农村建设和城镇化正在加深这一进程。鳞次栉比的"水泥森林"唤醒了人们对古村落的重新认识，而保护和"前往古村，就是前往我们曾经的家园，前往我们曾经的生活，我们永远依恋的自然、世代仰慕的历史文化"③。这些不满现实的乡愁感受，某种意义上为当代中国知识界所共享。最近，正在热播的中央电视台中文国际频道百集大型纪录片《记住乡愁》，则是新的又一轮对乡愁的渲染。这部由中宣部、住房和城乡建设部、国家新闻出版广电总局、国家文物局联合支持的大型系列纪录片，以弘扬中华优秀传统文化为宗旨，以乡愁为情感基础，以生活化的故事为依托，据说选取了100多个传统村落进行拍摄，现已引起了颇为广泛的关注与共鸣。

乡愁不仅促生了诸多的怀旧产品乃至于产业和市场，还成为推动当下社会的一种重要的动力。乡愁并不完全是被动的情绪，它也可能是积极的选择。乡愁通过选择性地对旧时印象的建构，能够在现实生活中催生新的仪式、生产新的认同。就此而言，乡愁也是一种文化实践。21世纪初以来全国范围内兴起的非物质文化遗产保护运动，无论有多么复杂和重要的国内外政治及时代背景，到处弥漫的乡愁和怀旧情怀都构成其不容忽视的推动因素。因为有形和无形的文化遗产，归根结底，均属于"求助于过去的现代文化生产模式"，也是当代社会人们热衷于追寻"归宿"的表象，文化遗产的生产同时包含着挽救过去和将其表现为"可参观的体验"④。

完全不用怀疑当代中国的现代化进程、都市化和生活革命之与上述怀

---

① 周星：《古村镇在当代中国的"再发现"》，《温州大学学报》2009年第5期。
② 周润健：《冯骥才：传统村落是中华民族的美丽乡愁》，《中国艺术报》2014年1月。
③ 罗阳主编《守望古村落》，中国民间文艺家协会、中国文联出版社，2012，第25、121页，
④ 〔英〕贝拉·迪克斯：《被展示的文化——当代"可参观性"的生产》，冯悦译，北京大学出版社，2012，第124页。

旧情绪和乡愁审美之间的因果关系。此种相关并不只见于中国，日本在实现都市化过程中，也曾经历过公众的心理和文化从"都市憧憬"向"归去来情绪"的变化。① 事实上，中国的都市化进程始终伴随着"记住乡愁"的呼吁，由于与都市型生活方式相伴生的传统乡土社会的解体，以及人际关系的疏离，乡愁甚至成为批判现代性的工具。20 世纪 90 年代正是中国的都市化进程和生活革命取得决定性、实质性进展的年代，1995 年中国的都市化率为 29.04%，到 2008 年便达到 45.68%，2013 年达到 53.7%，2014 年则为 55%，这意味着亿万农民就是在近些年才刚刚变身为市民，他们和回不去的家乡之间自然会有藕断丝连的情感纠葛。不仅如此，很多乡民都愿意把孩子送到城里读书，全国范围内出现了明显的教育城镇化现象，现在，全国义务教育阶段在校生的都市化率和学校的都市化率（学校设在城市地区的比例），已分别达到 83% 和 66%。② 据专家推算，未来 20 年，中国农村人口还将减少 1/3 以上，有大约 3 亿人将实现都市化的生活。都市数量不断增加，都市面积日趋扩大，房地产多年持续高速发展，越来越多的农村居民可以通过购买商品房而直接获得都市型的生活方式。不久前刚刚进城、成为市民并住进高层楼房里的人们，对于都市生活的不安、不适和对于家乡的留恋、回望和怀想自不待言；就连那些出身中小城市，后来在大都市里追梦、打拼或生活的人们，对故土的乡愁也是分外浓烈，这一点在电影导演贾樟柯的作品里已有颇为到位的描述③，其中不仅凸显了对现代都市生活的质疑，还有对小城镇慢节奏生活的留恋。

即便是在国际化的大都市上海，怀旧与乡愁也与新的城市开发密不可分。20 世纪 90 年代的浦东开发和大规模的内城街区改造，促成了各种以怀旧为卖点的商业营销场所如雨后春笋般涌现，较为代表性有新天地、衡山路酒吧街、百乐门、苏州河沿岸创意产业区等等，均是借助乡愁、怀旧和

① 岩本通弥:「都市憧憬とフォークロリズム」，载新谷尚纪、岩本通弥编『都市の暮らしの民俗学①』第 1－34 页、吉川弘文馆、2006。
② 盛梦露、汪苏:《八成农村孩子进城上学 学者忧乡村学校边缘化》，财新网，2015。
③ 孟君:《 "小城之子"的乡愁书写——当代中国小城镇电影的一种空间叙事》，《文艺研究》2013 年第 11 期。

集体记忆所想象的"老上海"风情规划的。① 事实上，政府重建上海大都市形象的策略之一，便是有意识地对"老上海"文化资源进行开发，于是，便出现了一方面大肆拆除老朽的石库门民居建筑，另一方面又不断推出以石库门为风情元素、为外貌风格的新建筑群，并对其进行拼接、混搭、置换等多种民俗主义手法的改造。曾经作为普通市民生活空间的石库门里弄区，摇身一变而成为现代中产阶层的消费场所，但其中弥漫着的乡愁所指向的对象，却是对"老上海"的虚幻印象。

近些年来，几乎在国内所有的大中城市，均有对老街区的大规模开发或重建，诸如北京的琉璃厂、天津的古文化街、广州的西关、成都的锦里、重庆的瓷器口、苏州的山塘和平江老街、西安的回民风情街等，虽然各个城市对其历史街区和传统建筑的开发、保护与重建各有说辞，也各有特点，但它们无一例外均以市民对乡愁怀旧的消费为卖点。无论都市郊外的古村古镇，还是市内的"老街"，均是慰藉市民乡愁的设施。这其中，上海或许比在中国其他任何城市都更为明显和突出的是，伴随着高速经济成长而形成的中产阶层或准中产阶层，正是以乡愁和怀旧的消费来彰显自身的品位。

当下的中国正在强力推进"新型城镇化"，除了乡村空间和乡村人口的迅速城镇化，接着还有"人的城镇化"，包括人们的衣着、举止、言行，以及观念和思维模式的城镇化。② 这新一轮的都市化进程如此迅猛，必将和已经引发很多担忧和不安。新型城镇化的核心已被确认为人的城镇化③，也因此，2013 年 12 月中央城镇化工作会议明确提出要"让城市融入大自然，让居民望得见山，看得见水，记得住乡愁"，这意味着新型城镇化之"新"在于以人为本，必须对人居环境和传统文化有更多的关照。于是，感性的乡愁用语成为新型城镇化的基本理念④，不少专家开始从新城镇的规划设计如何保护传统文化以满足居民的乡愁，或者如何在新城镇建设中保留"乡愁

---

① 朱晶，旷新年：《九十年代的"上海怀旧"》，《读书》2010 年第 4 期。
② 岳永逸：《城镇化的乡愁》，《民间文化论坛》2015 年第 2 期。
③ 张帅：《"乡愁中国"的问题意识与文化自觉——乡愁中国与新型城镇化建设论坛述评》，《民俗研究》2014 年第 2 期。
④ 杨智勇、曾贤杰：《新型城镇化进程中传统乡村文化的保护、传承与创新——基于"乡愁"理念的视角》，《中国文化产业评论》2014 年第 2 期。

符号"等方面予以探讨。① 不久前,在山东大学召开的"乡愁中国与新型城镇化建设论坛"上,有学者提出新型城镇化之所以强调"人的城镇化",乃是对此前"物的城镇化"的拨乱反正,这意味着该进程同时应是中国人重构心灵故乡和精神家园的过程。也正是为了响应中央城镇化工作工作会议的精神,中国民间文艺家协会联合住房建设部等部门于 2014 年 6 月,在北京启动了"留住乡愁——中国传统村落立档调查"的大型项目,并同时正式地开通了中国传统村落网。②

三 "家乡民俗学"与乡愁

乡愁之风也吹到了学术界,推动和程度不等地影响到相关的学术研究。例如,学术界对消费者怀旧消费行为的研究,近些年取得了长足进步。③ 乡愁与怀旧被认定为是消费者的一种心理倾向,与情绪及情感的需求密切相关,台湾学者蔡明达、许立群提出了一种测量怀旧乡愁情绪的量表,认为人们对"地方老街"的印象中包含了温暖、精美、感触、休闲和历史感等 5 种情怀④,但量表中没有涉及负面情绪,这可能是因为被调查对象在回答问卷的设问时倾向于过滤了自身的负面情绪,如失落感等。中国知识精英大都意识到乡愁与现代化进程相互纠结,是人们对现代生活的一种"反拨",因此,也大都赞成用乡愁的理念来矫正都市化进程带来的一些弊端。邹广文指出,在现代性的逻辑风靡世界,生活日益标准化、理性化的大背景下,乡愁是对已经逝去的文化岁月、生活方式的追忆、留恋和缅怀。文化乡愁是指一种具有人文意味、历史情怀的文化象征,它传达的是一种文化认同与归属,

① 李枝秀:《新型城镇化建设中"乡愁符号"的保护与传承》,《江西社会科学》2014 年第 9 期;刘沛林:《新型城镇化建设中"留住乡愁"的理论与实践探索》,《地理研究》2015 年第 7 期。
② 安德明、祝鹏程等:《记住乡愁 守望家园——2014 年中国民间文艺发展报告》(摘编),《中国艺术报》2015 年 6 月。
③ 张莹、孙明贵:《消费者怀旧的理论基础、研究现状与展望》,《财经问题研究》2011 年第 2 期。
④ 蔡明达、许立群:《构建怀旧情绪量表之研究——以地方老街为例》,《行销评论》2007 年第 4 卷第 2 期。

故具有凝聚人心的作用；通过乡愁，我们可以找回自己的"身份"①。

社会学比较关注乡愁的社会性背景以及怀旧对当事人或相关群体的社会文化身份，亦即认同建构的意义。贺雪峰主编的《回乡记：我们所看到的乡土中国》一书②，作者均具有社会学教育背景，均在乡村出生成长而在城市求学生活，他们在家乡之外有不少农村的田野调查经历，现再次回到家乡，研究迅猛变迁的中国农村。该书记录和呈现了一个充满焦虑和乡愁的乡土中国，作者们对家乡当下的各种问题和难以令人满意的现状深感遗憾，提出很多质疑，同时，也都对自己幼少年时期的乡村生活予以正面评价。这些以理性的学术研究为己任的人们，在其批评和内省中却难免有复杂的情绪、情感，他们某种程度上也都属于乡愁或怀旧的"患者"，因为远离家乡和家乡的巨变所导致的焦虑与失落，从一个独特侧面反映了当代中国都市和农村某些局部的现实。③ 他们一时难以适应剧烈变迁带来的"眩晕"，虽说是返乡调查，事实上只能是作为旁观者，因为那是再也回不去的"乡土社会"，早已不再是记忆所可印证的存在。

中国民俗学者也对乡愁有所反应。既有民俗学者的著述被以"乡愁"来评论的④，也有民俗学者把"乡愁"作为解释中国民俗的关键词，例如，说"年与家"是13亿人的乡愁⑤等等。曲金良在评论新时代的"寻根小说"时指出，对于已经习惯了的民俗文化流失，对于昨天产生的无法排解的"怀恋""回溯"的情感，促成了当代文学的"民俗化"倾向。⑥ 笔者在解释户县农民画时也曾指出："即便是当年那些具有很强意识形态属性的作品及其描述的场景，今天也已经成为'怀旧'的对象：农民画里的集体主义精神、奋斗的热情、社会主义情怀、乡村氛围和简朴的生活气息，经由朴素笔触和鲜艳色彩的描绘（或复制），成为人们对特定时代'记忆'的载体

---

① 邹广文：《乡愁的文化表达》，《光明日报》2014年2月。
② 贺雪峰主编《回乡记：我们所看到的乡土中国》，东方出版社，2014。
③ 雪堂：《挥之不去的怀乡病》，《新京报》2014年7月。
④ 吴琪：《两代人的乡愁——评〈忧郁的民俗学〉》，《民俗研究》2015年第6期。
⑤ 刘晓峰空间：《十三亿人的乡愁》，中国民俗学网 - 民俗学博客，2015年12月2日访问。
⑥ 曲金良：《中国民俗文化论》，青岛海洋大学出版社，1995，第67-69页。

和后现代'乡愁'的寄托。"①

但是，和社会学等其他学科相比较，民俗学是更多地得益于、当然也在一定意义上受困于乡愁的弥漫。不可逆转的生活革命和都市化带来的大面积乡愁和怀旧氛围，对中国民俗学而言是难得的机遇。一向备受冷落的小学科，一夜之间成为显学，因为当代弥漫着乡愁的中国社会对过往"民俗"及相关知识（例如，民俗文物、民俗艺术、民俗文化遗产、民俗旅游等等）产生了颇为广阔的市场性需求，这极大地扩充了民俗学在现代中国社会的用武之地。诸如民俗文化的观光化；各级政府发掘民俗文化或民俗艺术资源以重建地域认同的渴求，全国范围的非物质文化遗产保护运动等等，都无一例外地浸润着乡愁和为民俗学提供了绝好的机遇。这一切并非偶然，民俗学也乐在其中，因为民俗学从它诞生的第一天起，就天然地和乡愁有着难分难解的关联性。

以英国为例，民俗学的起源曾经受到"古物学"的一些影响，当时的人们对那些"古物"的嗜好，其实和今日中国的怀旧和与乡愁对老器物、旧家具、古董品以及民俗文物等的迷恋并无二致。19世纪中后期的英国，也是由于近代化导致乡村生活变迁，不少传统习俗逐渐成为正在消失的遗迹，从而引起人们研究的兴趣，并试图在它们彻底消失前予以记录，这便是汤姆斯首创"民俗学"这一用语的背景。他指出，民俗学的对象是那些民间古旧习俗和民众的相关知识，亦曾感慨有多少令人惊奇而又深感趣味的古俗已经湮灭，就是说，民俗学从一开始就执着于遗留物，并热衷于丧失性叙事。

在德国，民俗学的早期发展也是由于近代化导致乡土民俗文化的流失，人们对那些即将消失的传统怀有一种浪漫主义的情怀和憧憬，这导致民俗学成为当时民族主义思想和情感的一部分重要源泉。19世纪后期的德国浪漫主义醉心于乡村，知识分子崇尚乡间的生活与文化，他们试图从中体会田园诗歌一般的境地，其乡愁明显具有审美化倾向。事实上，这在德语国家是具有共同性的价值追求，基于民族主义理想而对乡村文化传统予以浪

---

① 周星：《从政治宣传画到旅游商品——户县农民画：一种艺术"传统"的创造与再生产》，《民俗研究》2011年第4期。

漫主义的理解和想象，可被看作是一种向国家所宣称的乡村根基的回归。①

在日本，自明治维新以来直至高速经济增长时期，传统文化的流失和未来命运始终是日本知识精英的焦虑，民俗学在其中扮演了非常重要的角色：或者是必须及时启动抢救行动的危机感及使命感，或者是感慨曾经有过这种美好生活之类的乡愁，通过对"乡土"的理想化描述，表达日本社会尤其是地域社会理应存在的状态。事实上，日本大量地方史志中的民俗编或民俗志，往往就带有过于强调"故乡"或"乡土"传统之美好的倾向。②

中国民俗学之与浪漫主义和乡愁的关系也几乎不用特别论证。《歌谣》周刊的发起人和早期参与者们大都怀有把家乡浪漫化、审美化的情怀；他们对家乡特别关注，后来被安德明归纳为中国民俗学的一个特征，亦即"家乡民俗学"③。但谈及家乡，民俗学者们自然就难免有绵长的乡愁。④刘宗迪指出，民俗学者其实有两种态度：一是在讨论"民俗"时，似乎自己不在其中，而是其观察者、记录者、研究者、欣赏者或批评者，与自己的生活无关；二是当说到"过去"的风俗时，却似乎就是自己曾经的生活，或虽然消失了却仍旧让人怀念、牵挂，仍然活在我们身体和心灵的记忆中的事。⑤岳永逸认为，中国的乡土民俗学关注乡土日常生活，试图在认知民众情感世界和生活世界的基础上，开启民智，改造民众，移风易俗，从而强国强种，它有着浓厚的乡愁，或表现为对乡土的改造，或是频频回首的浪漫的怀旧。⑥曾经在家乡或乡村民俗（歌谣）中追寻文学（诗歌）创作之源和民族文化之根的早期的中国民俗学，至今依然没有改变礼赞传统和

---

① 〔挪威〕弗雷德里克·巴特等：《人类学的四大传统——英国、德国、法国和美国的人类学》，商务印书馆，2008，第90－91页。

② 真野俊和：「『ふるさと』と民俗学」，载『国立歴史民俗博物館研究報告第27集―共同研究「日本民族学方法論の研究」―』，国立歴史民俗博物館，1990，第303－328页。

③ 安德明：《家乡——中国现代民俗学的一个起点和支点》，《民族艺术》2004年第2期。

④ 例如，周作人对家乡儿歌长达数十年的执着。参见周星《生活/平民/文学：从周作人的民俗学谈起》，『日常と文化』第1号，2015，第125－138页。

⑤ 刘宗迪：《古典的草根》，三联书店，2010。

⑥ 岳永逸、张海龙（访谈）：《都市中国的乡愁与乡音》，《兰州晨报》2015年2月；岳永逸：《都市中国的乡土音声：民俗、曲艺与心性》，中国人民大学出版社，2015。

回首过去的趋向，眼下在非物质文化遗产中寻找和认证"民族的根基与灵魂"①，亦无非是此种特点的当代延伸。

上述国家的民俗学均程度不等地有或曾经有过突出的丧失性话语表述，受惠且纠结于特定时代的乡愁，其民俗学的正当性和重要性恰恰来自它宣称能够应对传统文化失落的局面。所谓丧失性叙事，主要就是对已经、正在或即将失去的传统大声疾呼，表示惋惜和焦虑，认为伴随着现代化进程所失去的将是国家或民族的精神之根，因此，亟须抢救、保护和传承等。②显然，在丧失性叙事表象中，总是饱蘸着怀旧心态和乡愁情绪，不加掩饰地怀恋"过去"的美好时光，宣示要重建传统道德、重归和谐家园。

在包括民俗学、人类学在内的中国知识界，目前仍然是丧失性叙事框架占据主流。以涉及传统村落的抢救性保护这一话题为例，据说 2000 年中国的自然村总数为 363 万个，2010 年则减少至 271 万个，因此，有关方面在 2012 年启动了传统村落的全面调查，并开始进行"中国传统村落名录"的专家审定与甄选工作，这被说成是一项"关乎国人本源性家园命运"的任务。此种丧失性话语所要宣示的是传统村落的消亡趋势锐不可当，被指出的原因主要就是都市化和工业化，新一代农民越来越多地选择"较为优越"的都市型生活方式。但如果没有了传统村落，不久前刚刚列出清单的国家文化财富（非物质文化遗产）将皮之不存，毛将焉附。③ 或说在全国依旧保存与自然相融合的村落规划、代表性民居、经典建筑的古村落已从 2005 年的 5000 个，锐减到 2014 年的 2000 个。④ 极端地甚至还有"村落终结"之类的描述⑤。应该说，这一类表述或许并非耸人听闻，它所揭示的过程也是真实存在或正在发生的，当执着地追求本真性的民俗学宣告某一种文化形式已经失传或濒临消亡而使得"真作"的数量变得稀缺，自然也就

① 刘魁立：《非物质文化遗产及其保护的整体性原则》，载邢莉主编《民族民间文化研究与保护》，世界图书出版公司，2010，第 1—15 页。

② 刘正爱：《谁的文化，谁的认同？——非物质文化遗产保护运动中的认知困境与理性回归》，《民俗研究》2013 年第 1 期。

③ 冯骥才：《传统村落的困境与出路——兼谈传统村落是另一类文化遗产》，《民间文化论坛》2013 年第 1 期。

④ 肖正华：《"记得住乡愁"是一种警醒》，《中国艺术报》2014 年 1 月。

⑤ 田毅鹏、韩丹：《城市化与"村落终结"》，《吉林大学社会科学学报》2011 年第 2 期。

能够促动人们进一步去追寻那些尚未被发现、属于原汁原味的民俗。① 但问题或许在于它价值取向有时是向后看的。

伴随着诸多乡愁的丧失性叙事，其实是和经不起推敲的文化纯粹性以及本质主义的民俗观互为表里。把乡土社会描述为和谐的、道德的、诗意般栖居的，把传统文化描述为优美的、纯粹的、正宗的、富于本质性的精神价值，是丧失性叙事的基本表述，然而，文化的可变迁性、文化的流动性及越境性，还有文化所曾经受到过的那些外来的影响等等，则被有意无意地忽视、忽略了。伴随着乡愁的丧失性叙事，内含一些"原生态"、"本真性"或"原汁原味"之类的价值判断。在这样的民俗学里，看不到对乡民们何以要迫切地努力进入都市型生活方式的渴望的兴趣与同情心，甚或没有起码的理解及尊重。民俗学者和人类学者自身生活在日新月异变化着的世界，却把莫名的乡愁寄托于故乡或异域，试图让那些"土著"或"民俗"之"民"永远停在美好的过去，希望他们永远保持那种"淳朴"。可见，在这样的民俗学里存在深刻的悖论。

家乡对于民俗学者而言，是一个充满乡愁且永远没有终结的话题，不仅如此，民俗学者还较多地倾向于在家乡和民间、乡土、民族、祖国等概念之间自如过渡。由于中国向来有"家国同构"的思想传统，因此，即便没有任何论证，上述过渡也是为中国知识界和公众所默契般地接纳的。这似乎也是民俗学者秉持家国情怀、自命不凡地要为所有中国人建构民族精神"家园"的理据。其实，这种情形也并非中国民俗学所独有。鲍辛格认为，德国人对家乡的感情源于身处一个日益广阔和漂泊的世界而对安全感的渴求；对家乡的怀旧其实是人们不舍那些被遗忘和被改变之物，其中新与旧的矛盾非常明显。② 他指出："民俗学不能忘记这种意识明确的'家乡运动'之上的那些日常关系结构。然而，如今对家乡的要求和宣称，其强

---

① 〔美〕瑞吉娜·本迪克丝：《民俗学与本真性》，李扬译，《民俗学刊》第五辑，澳门出版社，2003，第81-94页。

② 〔瑞典〕奥维·洛夫格伦、乔纳森·弗雷克曼：《美好生活——中产阶级的生活史》，赵丙祥、罗杨等译，北京大学出版社，2011，第50-51页。

度和频度如此之大，甚至把感伤的追寻努力变成了民俗学考察的重要对象。"① 民俗学者的乡愁意识应该是和他们的家乡观直接相通的，然而，"关于家乡的想象及其外在的框架条件一直在变化。首先是解构，因为这个概念被意识形态色彩所覆盖，经常会陷入伤感悲情的视角。之后有了新的定义：家乡成了可以打造的作品，对一些活跃的群组来说，这样的概念让他们获得切实行动的可能，而此前他们是不要和这个概念打交道的。最近以来又有了一个核心题目：家乡与全球化，家乡有了新的地位，家乡在与世界范围内的界域开放与均等进程的反差中脱颖而出"②。

在日本民俗学中，"故乡"也是一个重要的概念③，为数众多的民俗学者的实践和应用，往往就与故乡有关。例如，在山形县的米泽，当地的中学自 1975 年以来，每年举办的"文化节"上都设计有"了解故乡"的活动环节，当地的民俗学者积极参与这个活动，组织长辈们给孩子们讲述乡土的文化，经多年积累形成了多部民俗志。这些民俗志与来自外地的调查者所撰写的民俗志最大的不同在于它们是由本地人撰写的乡土志，目的则在于更进一步地了解故乡。④ 而此处的"故乡"可以很自然地引申到"乡土"，所谓"乡土之爱"便是日本版爱国主义的基本内涵。⑤ 郭海红指出，20 世纪后半期在日本数次兴起的柳田国男"热"以及社会对民俗学的推崇，其实就与日本公众追求乡愁与乡土记忆的集体意识有关。⑥ 眼下，在日本很多乡村的观光资源开发当中，人们对地域民俗的片面赞美，正是为了建构"美丽日本"，以便为日本人提供"心灵的故乡"⑦。

---

① 〔德〕赫尔曼·鲍辛格：《技术世界中的民俗文化》，户晓辉译，广西师范大学出版社，2014，第 125 – 126 页。
② 〔德〕赫尔曼·鲍辛格等：《日常生活的启蒙者》，吴秀杰译，广西师范大学出版社，2014，第 171 页。
③ 日语有关"家乡"（实家、古里、故里）、"故乡"（故郷、故里）、"乡土"（郷土）的表述有多个单词。本文在基本相同的意义上使用"家乡"和"故乡"，倾向于在讨论中国民俗学时使用"家乡"，讨论日本民俗学时使用"故乡"。
④ 〔日〕佐野贤治：《地域社会与民俗学——"乡土研究"与综合性学习的接点》，何彬译，《民间文化论坛》2005 年第 2 期。
⑤ 〔日〕岩本通弥：《以"民俗"为研究对象即为民俗学吗——为什么民俗学疏离了"近代"》，宫岛琴美译，《文化遗产》2008 年第 2 期。
⑥ 郭海红：《日本城市化进程中乡愁的能动性研究》，《山东大学学报》2015 年第 3 期。
⑦ 岩本通弥编『ふるさと資源化と民俗学』，吉川弘文館，2007 年 2 月。

　　《民间文化论坛》杂志 2005 年第 4 期推出了"家乡民俗学"的专辑，刘锡诚、安德明、祝秀丽、吕微分别撰文，集中讨论了中国民俗学的原点——家乡。刘锡诚提供了一个早期民俗学家乡研究的典型案例；安德明和祝秀丽则分别结合各自的家乡田野经验，反思了家乡研究者既作为局内人又作为研究者的双重身份所可能带来的伦理及方法等方面的困扰；吕微把家乡民俗学视为民俗学的纯粹发生形式，从发生学角度予以分析。① 有关家乡民俗的考察和研究，被认为是贯穿于中国民俗学发展过程的一个重要的、具有连贯性的学术传统，对其加以反思，当然堪称是中国民俗学的一种学术自觉。② 但上述所有讨论与反思，却都没有涉及乡愁或是下意识地回避了乡愁。

　　当然，也有少数民俗学者对自身学问中的乡愁有所觉悟。岳永逸曾经说："我的凝视是忧郁的，我的民俗和民俗学是感伤的"，作为出身山乡而进城求学工作的民俗学者，他自然会对土地、母亲有着深深的眷恋。③ 他认识到民俗学是一门向后看也必然充满怀旧和伤感的学问，并且会自然而然地与民族主义、浪漫主义纠缠一处；但它也是从下往上看，天然有着批判性、反思性，甚至不合时宜的学问，因此，也很容易被边缘化。在他看来，民俗学这门学问要求从业者必须从民众的情感、逻辑出发来理解他们的生活文化，为弱势群体鼓与呼，从而反思自己，以谋求整个社会的进步，而不应只是把"将自己园丁化，将民众花果蔬菜化"④。如此对乡愁的觉悟难能可贵，因为民俗学者需要时刻警惕乡愁对学术理性的干扰。看来，在沉迷于乡愁和丧失性叙事的民俗学者与积极进取要迈进都市新生活的乡民们之间，存在认知和情感的双重鸿沟；既然民俗学者自诩是要从民众的感情与逻辑出发去理解他们，那么，首先理解他们何以要如此热衷地迈向都市型生活方式，就是一个绕不开的前提。

① 吕微、刘锡诚、祝秀丽、安德明：《家乡民俗学：从学术实践到理论反思》，《民间文化论坛》2005 年第 4 期。
② 安德明、廖明君：《走向自觉的家乡民俗学》，《民族艺术》2005 年第 4 期。
③ 岳永逸：《忧郁的民俗学》，自序，浙江大学出版社，2014，第 2 页。
④ 岳永逸：《忧郁的民俗学》，浙江大学出版社，2014，第 16、101 页。

四　超越和克服乡愁：中国现代民俗学的课题

对于民俗学、民间文学和民间文化研究等学术领域而言，通过揭示其与乡愁的深刻关联，将有助于它们各自的学术自觉。对过往旧时的回忆、对历史的缅怀以及对家乡的眷恋，几乎是随着每一代人的成长而自然被设定，乡愁和怀旧某种程度上涉及人们的自我认同以及对幸福感的追寻，因此，它其实就是人们永无止境地建构、想象和追寻自我文化身份的路径。① 在这个意义上，只要乡愁存在，民俗学就有可能维系某种形式的存在。如果我们把纠结、纠葛于乡愁和怀旧的情绪，总是朝后看的民俗学视为传统民俗学的话，现代民俗学则需要超越和克服乡愁的情愫，以朝向当下的姿态，亦即以现代社会的日常生活世界、以当代民众"全部的生活方式"为研究对象。在当前中国，当然也就必须关注生活革命的过程及其结果，包括都市型生活方式的全部内涵，无疑都应该属于现代民俗学的研究范围。若不能超越和克服乡愁，民俗学就难以蜕变成为现代民俗学，在笔者看来，乡愁应该成为民俗学之学术自觉的对象，民俗学应将乡愁视为研究的对象，而不是沉溺其中。现代民俗学需要把乡愁相对化、客体化，与之保持清晰、适当的距离。

首先需要做的就是研究乡愁，且不让它干扰到学术研究。研究乡愁是超越它的必由之路。事实上，也有一些民俗学者清醒地意识到民俗学需要和乡愁作明确切割，佐野贤治就曾指出：民俗学如无明确的目的和意识，就容易被理解为是留恋过去或容易陷入怀旧情绪。现在民俗学止步不前的原因之一，就是民俗学者缺乏顺应时代的观念。②

20 年前，日本民俗学会机关刊物《日本民俗学》第 206 号曾出版特辑，主题即为"追问'故乡'"，它也是第 47 届日本民俗学会年会的主题。在其中，田中宣一指出，战后的社会巨变和经济高速增长导致出现"举家离村"

---

① 〔美〕张英进：《映像中国——当代中国电影的批评重构及跨国想象》，胡静译，上海三联书店，2008，第 323 页。
② 〔日〕佐野贤治：《现代化与民俗学》，载张紫晨选编《民俗调查与研究》，河北人民出版社，1988，第 543–555 页。

现象，但都市生活因为地域连带的稀薄和人际关系疏离所产生的不安，又需要心灵的依托之处，然而，故乡已回不去了。他认为，民俗学追问故乡，也就是在追问现代社会。故乡虽是只有离乡者才可想象的产物，但它是使人感到怀念亲切的对象，也可使未曾离乡者因时间流逝产生怀想故乡的感觉。故乡的构成要素，除了土地的景观、家族之爱，或多或少还有被美化了的自己的过去。① 仓石忠彦指出，现代日本出现了故乡的丧失，人们对具体地方的故乡想象越来越少、越来越弱。通过研究，他认为故乡观具有个人化，如离乡者和未曾离乡者对故乡的看法就不同。都市里有两类人，外来离乡者比起都市本地人来自然会有更多乡愁，他们中很多人其实是爱慕少年时代的故乡。② 坪井洋文认为，故乡是作为市民世界的"他界"而设置的，因而才能成为憧憬的对象。③

真野俊和认为，战后日本的高速经济增长期，人们生活的大规模且急速的结构性巨变，同时也是传统民俗和地域社会的崩坏过程，为应对乡村的过疏化，往往就在"故乡"的名义之下，来想象地域社会所理应存在的那种美好状态。与此同时，都市生活者也自然产生了对于"故乡"或"乡土"的乡愁或望乡之类的情感，日本现代社会在盂兰盆节期间的返乡"民族大移动"，便可被视为是乡愁的表现。④

安井真奈美归纳了日本民俗学中"故乡"研究的分析视角及其成果。她指出，故乡是周期性反复被提及的主题，它是在城乡关系之中被创造出来，再经由媒体扩展开来的近代的产物。在文献表述中，既有"直接"的故乡，也有"相关"的故乡；既有作为"实体"的故乡，也有心里"想象"的故乡；当存在空间距离时多用"故乡"，在地者则多用"乡土"。空间阻隔加时间因素，和过去相联想，以及与现实的距离便可构成观念性、

① 田中宣一：「故郷および故郷観の変容」，『日本民俗学』第 206 号，1996，第 2 - 12 頁。
② 仓石忠彦：「都市生活者の故郷観」，『日本民俗学』第 206 号，1996，第 12 - 24 頁。
③ 坪井洋文：「民俗的世界観」，『日本民俗学』第 206 号，1996 年 5 月。
④ 真野俊和：「『ふるさと』と民俗学」，『国立歴史民俗博物館研究報告第 27 集―共同研究「日本民族学方法論の研究」―』，国立歴史民俗博物館，1990，第 303 - 328 頁。〔日〕真野俊和：《乡土与民俗学》，西村真志叶译，载王晓葵，何彬编《现代日本民俗学的理论与方法》，学苑出版社，2010，第 214 - 238 頁。

幻想性的场所亦即故乡。对于同一个地方，当地居民和离乡者对故乡的表述往往有极大不同。她认为，20世纪80年代以来，民俗学者访问的地方基本上均被指定为"过疏地区"（人口稀少），当它们被媒体和行政作为"故乡"而再次发现时，民俗学者在当地不得不卷入行政主导的故乡再创运动，于是，就将故乡作为"新民俗"来尝试扩展民俗学的领域。① 但她批评说，民俗学的故乡研究与民俗学以乡愁视线认定对象并创造出来的"民俗"相呼应，将过去某一时点、把自己理想或想象的"过去"在现实下予以固定化。乡愁视线屡屡见于对故乡的分析，是因为"故乡"比"民俗"更加容易唤起怀旧的记忆。

日本民俗学关于故乡的基本分析，第一是追问各个时代人们有关故乡的意识及故乡观，进而使各自时代的"世态"得以浮现。例如对流行歌曲中的故乡观和文学表象中的故乡观的相关研究。第二是故乡与社会性别的关系。流行歌曲里的故乡和母亲更加密切相关，多为儿子离乡的乡愁表现；但对于母亲而言，故乡则为娘家，这意味着男女的故乡观不尽相同。第三是关于漂泊、旅行者和移民的故乡观，人们在移动中想象和创造故乡，即便故乡消失了，还有同乡会或县人会等。② 此外，矢野敬一的研究表明，乡愁也因不同的时代背景而有不同属性，或者是对日本人的"心灵故乡"的乡愁，或者是对某个特定时期，例如，经济高速增长期以前生活的乡愁。③

雷·卡舒曼对于北爱尔兰一个社区的实证研究表明，批评性的乡愁也具有正面的意义。乡愁推动了人们通过收集、保存和展示旧时的痕迹而记录过去一百年间令人惊异的变迁，并予以批评性的评价。在伦理的意义上，它有助于引导朝向更好未来的行动。④ 作者证明乡愁这一类感受并非只停留于想象的领域，还具有扩展到行动和实践领域的力量，因此，不能只把乡

---

① 安井真奈美：「『ふるさと』研究の分析視角」，『日本民俗学』第209号，1997，第66–88頁。

② 安井真奈美：「『ふるさと』研究の分析視角」，『日本民俗学』第209号，1997，第66–88頁。

③ 矢野敬一：「ノスタルジー・フォークロリズム・ナショナリズム―写真家・童画家・熊谷元一の作品の受容をめぐって―」、『日本民俗学』第236号，2003，第147–154頁。

④ レイ・キャッシュマン：「北アイルランドにおける批判的ノスタルジアと物質文化」（渡部圭一訳），『日本民俗学』第273号，2013，第17–54頁。

愁视为仅热衷于旧时的人、事、物而完全无助于面向未来，其实它也具有推动现实实践的动力。铃木正崇认为，战后的日本把"乡土"概念用于促使特定商品的名牌化，有助于土特产品或民间工艺品的形成以及正月或盂兰盆节的重构等，于是，在带有乡愁的同时，"乡土"也成为一种新的表象。① 日本一些地方"社区营造"的理念和实践，其实就是把由乡愁情结带来的居民对"家园"的集体记忆以及对"故乡"的美好想象，具体地落实在新社区的建设当中。② 时至今日的日本，无论都市中的地域社会（街区）的形成与开发，还是偏远地域的故乡创造（竹下登内阁于 1989 年设立了"故乡创生事业"的国家项目），一般都会大打"故乡"品牌。20 世纪 80 年代以来各地以"故乡"为名进行的村落振兴和街区复兴运动，包括地名保存、街区景观保存运动等，均得到了民俗学的积极评价。③ 也有学者认为民俗学应该介入其中，但民俗学的参与有助于故乡印象的建构和强化，伴随着故乡被创造出来，也就有新的"民俗"应运而生。甚至当乡愁失去对象时，乡愁亦可能成为故乡创造运动的动力，因为人们从"故乡"这一表象中不仅能够发现经济价值，还能够找到心灵的慰藉。

鉴于中国民俗学对家乡和乡愁问题的研究才刚刚开始，有关反思尚有待进一步深入，笔者认为，我们或许可以从日本民俗学先行一步的相关研究中得到一些启发。郭海红注意到日本民俗学对乡愁能动性进行的一些研究，她指出，在实现都市化过程中，民俗学者柳田国男的"城乡连续体"认知论促成了民众追寻"心灵"故乡的观念；而在处理都市化与保护传统文化的关系上，乡愁构成了一条重要的线索，并对文化记忆的传承、文化生态的维护，以及新兴社区的建设等很多方面，均发挥了隐性却又能动的作用，也因此，乡愁可以是面向未来的正力量。④ 中国目前正在推动中的新

① 〔日〕铃木正崇：《日本民俗学的现状与课题》，赵晖译，载王晓葵、何彬编《现代日本民俗学的理论与方法》，学苑出版社，2010，第 1-20 页。
② 〔日〕西村幸夫：《再造魅力故乡——日本传统街区重生故事》，王惠君译，清华大学出版社，2007。
③ 赤田光男：「民俗学と実践」，鸟越皓之编『民俗学を学ぶ人のために』，世界思想社，1989。
④ 郭海红：《日本城市化进程中乡愁的能动性研究》，《山东大学学报》2015 年第 3 期。

型城镇化把满足居民的乡愁作为基本理念，可以说与当年日本的经验异曲同工。

《民间文化论坛》2015 年第 2 期以"乡愁"为主题的"前沿话题"，可被视为中国民俗学试图把乡愁客体化，进而通过超越乡愁迈向新的学术自觉的重要动态；它也是中国民俗学不久前对"家乡民俗学"进行反思的进一步深化。在承认民俗学曾经受到现代性怀旧乡愁的影响的前提下，安德明指出，讨论乡愁符合民俗学的题中应有之义，也有助于民俗学积极参与当前社会文化的重要话题；但对乡愁问题的关注并不是为了怀旧，而是为了在快速现代化的当今，让民俗学在传统和现代之间更好地发挥桥梁的作用。① 在《对象化的乡愁：中国传统民俗志中的"家乡"概念与表述策略》一文中，安德明认为，中国历代民俗志作品中有一些如《荆楚岁时记》那样基于乡愁的"家乡民俗志"，它们是离乡者根据过去对家乡生活的参与、体验和观察而回忆写就的，故在客观、冷静的描写中隐藏着浓厚的乡愁以及对故园美好生活的理想化；其看似克制、沉着的文字反而衬托出更加深沉的家国之思。② 岳永逸的文章对中国当下伴随着城镇化而生的弊端进行了尖锐的批评，指出以人为本的村镇化，不应只是乡村的城镇化，还应包含城镇的乡土化。③ 张勃认为，传统村落不只具有生活空间的价值，是文明存在的方式，它同时还是现代乡愁的"消解地"和城市人的"精神家园"，也因此，传统村落的保护、修复和提升将有助于"缓释"人们的乡愁。④ 上述研究在把乡愁视为民俗学的对象予以解读的意义上，已是很大的进步。此外，耿波注意到中国社会的"乡愁传统"，他倾向于认为中国人的乡愁体验有一定的独特性，并具体指出此种乡愁体验实质上是离乡者在外获取了安身资本，是从新的社会身份回望自己与家乡的"距离"，既无可奈何地承认这种"距离"，又因在外成功而对"距离"产生了艺术性的赏玩；至于那些

① 安德明：《前沿话题·乡愁的民俗学解读》，《民间文化论坛》2015 年第 2 期。
② 安德明：《对象化的乡愁：中国传统民俗志中的"家乡观念"与表达策略》，《民间文化论坛》2015 年第 2 期。
③ 岳永逸：《城镇化的乡愁》，《民间文化论坛》2015 年第 2 期。
④ 张勃：《传统村落与乡愁的缓释——关于当前保护传统村落正当性和方法的思考》，《民间文化论坛》2015 年第 2 期。

在外没能安身立命的漂泊者，其与家乡的"距离"也就只有"乡悲"而无"乡愁"①。此种理解强调了乡愁的艺术审美属性，却过于窄化了乡愁的定义。

笔者之所以强调民俗学应该超越和克服乡愁，是因为乡愁和怀旧所追求的往往并非事实意义上的真实。上海那个主打怀旧，用旧月份牌和老照片、老器物装点的酒吧"1931"，却陈列着国营上海桅灯厂1969年生产的马灯。这个例子提醒民俗学者，人们的乡愁并不拘泥也不在乎事实或真相，往往只是要消费自己的想象或经由一些符号酝酿的某种氛围。混搭、拼接、剪贴等民俗主义的手法构成了以乡愁和怀旧为基调的文化产业的基本套路②；由于时过境迁这一乡愁的基本机制，旧时的民俗当然要被切割于先前的语境或文脉，再依据当下的需要和感受而在新的文脉或逻辑中将其重新安置，给予新的解释，使之获得新的功能和意义。显然，所有这些只能被理解为当代社会的事实，而不应被视为过往的民俗真实。

研究了乡愁，把它客体化、对象化，就不难发现乡愁总是现代社会中日常生活的一个现实的部分③，它同时也是现代社会的人们将其日常生活审美化的方式。乡土的文化符号、民俗文物或民俗艺术的片断等，经常被用来帮助实现民俗（从过往或当前的生活文化中抽取出来的特定事项）的审美化。此类民俗文化在现代社会中经常被用来酝酿非日常的感觉④，乡愁便是其中最常见的一种。乡愁怀旧不是对现实客体（过去、家乡或传统等）原封不动的复制或反映，它依据的想象建立在现实中需要补偿的那些日常生活的基础之上，最常见的情形是赞赏过往或乡土社会的质朴与和谐，乃是因为现代社会里这些品质的稀缺。不言而喻，乡愁是情绪化的，有时温情脉脉，有时又夹杂着痛苦、失落与焦虑，往往会出现情绪压过理性的建构，出现以记忆和想象替代事实的情形。曾引起广泛关注的王磊光《博士

① 耿波：《中国社会的乡愁传统与现实问题》，《中国文化报》2014年2月。
② 关于乡愁与民俗主义的关系，参见岩本通弥「都市憧憬とフォークロリズム」，新谷尚紀、岩本通弥编：『都市の暮らしの民俗学①』第1-34页，吉川弘文馆，2006年10月。
③ 赵静蓉：《通向一种文化诗学——对怀旧之审美品质的再思考》，《文艺研究》2009年第5期。
④〔日〕河野真：《现代社会与民俗学》，周星译，《民俗研究》2003年第2期。

春节返乡手记》，或许就是情绪影响到是非判断的例子①，民俗学对此类陷阱自当警惕。

通过对民俗学之与乡愁的关系进行反思，民俗学的一些最为基本、核心的理念和方法也将得到再次检验。例如，遗留物、传统与遗产的理念，抢救和保护民俗的理念，本真性与本质主义的理念，口头传承的理念，口述史和采风的方法等等。传统民俗学突出地强调民俗的口头特征，非常注重口述史的方法和口承文艺之类传统的研究，但此类回忆性口述史存在明显的真实性困扰，民俗学不应对其过度评价或过度期许。与此同时，民俗学的记忆论作为方法也值得警惕，因为记忆无论如何是经过了筛选和美化的。通过采风所产生的文本，如何才能避免变异为知识分子的审美化改写，也很值得斟酌。民俗学者对于自身深陷乡愁情结而又固执于本真性的自相矛盾窘境，应该有清醒的认知和反思；丧失性叙事中对乡愁建构的默许，和本质主义的民俗观也难免有自相矛盾的尴尬。正如本迪克丝曾经指出的，对本真性的执着与渴望渗透于民俗学史，但这种追求基本上是一项情感和道德的事业。"长久以来，民俗学被当成寻求本真性的载体，满足了逃避现代化的渴望。理想的民俗学界被当成摆脱了文明邪恶的纯洁之地，是任何非现代的隐语。"②民俗学把乡村、乡土和家乡等置于和乡愁密不可分的情感联系之中，同时致力于在上述那些概念的名义之下开展的各种振兴活动，然而，美丽的乡愁和被认为具有本质性价值的珍稀传统能够融为一体的所谓乡村、乡土或家乡，不过是民俗学者头脑中的一种"乌托邦"而已。

把乡愁和故乡观等视为民俗学的研究对象，意味着将其放在现代社会的文脉中予以解释，因此，这类研究不是朝向过去，而是朝向当下，故是现代民俗学的重要课题。在中国，传统民俗学若要脱胎换骨地成为现代民俗学，此课题难以绕过。中国民俗学的导师钟敬文曾经意识到"现代社会中的活世态"，乡愁和故乡观正是这类"活世态"之一。随着中国现代化进

---

① 魏策策：《评博士返乡日记：别因乡愁不讲是非》，《中国社会科学报》第 711 期，2015 年 3 月。

② 〔美〕瑞吉娜·本迪克丝：《民俗学与本真性》，李扬译，《民俗学刊》第五辑，澳门出版社，2003，第 81 - 94 页。

程的加速，都市化和生活革命的持续进展，中国民俗学也面临着全新的机遇：是继续沉溺于乡愁、固执于那些既定的传统民俗事象？还是彻底转型、把生活革命和现代社会的日常生活视为正当的研究对象？自称研究普通民众的日常生活，研究人们的生活方式的民俗学，是时候该正面关注当下的现代日常和生活革命，亦即都市型生活方式了。都市化和生活革命所影响形成的现代日常生活，当然不会因为民俗学没有关注它或认为它不是"民俗"而不存在，而失去意义，反倒是民俗学自诩的朝向当下、关注现实生活的期许，如果忽视了生活革命及其影响，将很容易落空。

当前，有一些中国民俗学者已经开始在认真地思考现代民俗学的基本问题。高丙中提倡中国民俗学在 21 世纪应该成为公民日常生活的文化科学。① 黄永林和韩成艳主张，中国民俗学应该从追溯历史、重构原型、关注传统，从对孤立事象的研究，转向关注当下，开展面向"生活世界"的研究；从注重口头传统，转向注重现代传媒，立足于当今文化和民俗生活所处的时代背景，致力于阐释和服务于当今社会。② 岳永逸批评了守旧的乡土民俗学视角，以及对记录当下的淡漠意识。他指出，当今如果还是固守乡土，愁肠百结地寻求过去的、本真的民俗，难免如盲人摸象，仍旧是频频回首的守旧的民俗学。以北京为例，诚如岳永逸批评的那样，关于北京民俗的书籍绝大多数都在谈论基本上已经消失的"老北京"，而对当下北京市民的日常生活完全没有感觉。他本人致力的"都市民俗学"是要直面正在发生巨变的社会现实，关注眼前身边的民俗，在对都市新旧参差的民俗现实予以关注的同时，也关注当代中国各个角落的都市化特征。③ 岳永逸认为，在乡土中国，即便城市也都有"乡土味"，但在现代中国，即便是乡村也都有"都市味"；都市化使得都市已不再是"城乡二元结构"中的"都市"，同样，乡村也不再是过去的乡村。眼下的中国城乡都有浓厚的"城市性"，二者之间有很多"同质性"。这种观点超越了历来把都市和乡村截然

---

① 高丙中：《中国民俗学的新时代：开创公民日常生活的文化科学》，《民俗研究》2015 年第 1 期。
② 黄永林、韩成艳：《民俗学的当代性建构》，《华中师范大学学报》2011 年第 2 期。
③ 岳永逸、张海龙（访谈）：《都市中国的乡愁与乡音》，《兰州晨报》2015 年 2 月。

2017 民间文艺研究论丛年选佳作 · 民俗文化

对峙的观念,与笔者归纳的生活革命,亦即都市型生活方式在全国的大面积普及的观点在很多地方不谋而合。基于上述理念,岳永逸主张的新一代"都市民俗学",其视野必须既有都市又包括农村,其实就是要用一种都市化的视野关怀流动不居的城乡民俗生活。①

如此看来,中国民俗学的现代转型并非只是把研究对象从乡村转向都市那么简单,而是要关注城乡民众最为基本的现代日常生活。的确,民俗学长期以来所设定的对象,亦即民俗之"民"主要生活在乡村,现在和今后将越来越多地居住在都市(或都市化了的乡村),城乡居民越来越多地共享着都市型生活方式,包括"大众文化、交通、技术、媒体、休闲时间等所有这些现代现象,现在都是城市生存方式的一部分"②。因此,比起只是选择都市社会中某些更具有传统色彩的民俗文化现象来研究,更重要的则是对城乡居民,对生活者、消费者、市民或公民的人生与日常进行民俗学的研究。

作者简介

周星,曾任北京大学社会学人类学研究所教授、博士生导师,现任日本爱知大学国际中国学研究中心教授。兼任中国民俗学会顾问、日本民俗学会国际交流委员、中国民族学会海外理事等。主要著作有《境界与象征:桥和民俗》《乡土生活的逻辑》等。

---

① 柏琳、岳永逸:《人的价值始终是都市民俗的核心》,《新京报》2015 年 4 月。柏琳、岳永逸:《对话:时代变迁,民俗变脸》,《新京报》2015 年 4 月。

② 〔德〕沃尔夫冈·卡舒巴:《民俗学在今天应该意味着什么?——欧洲经验与视角》,彭牧译,《民俗研究》2011 年第 2 期。

中国现代民俗学概论的基本思想及其影响[*]

刘铁梁

本文所说的中国现代民俗学，大体是指与研究民间文学有所不同的研究全部生活文化传统的学科。作为中国现代学术体系中的民俗学，一般来说是将民间文学（民间文学研究）或称民间文艺学包含其中，但有时又将后者看作属于文学研究领域的另一种学问。从两者的概论著作来看，也是有着较为明显的区别，这与欧美一些国家学术体系中的民俗学（folklore）以研究口头传统为主兼及研究其他大众文化传统的情况有所不同。民俗学概论，是对于民俗学基本理论，包括学科的性质、概念体系、民俗分类学、研究方法论等进行综合说明和陈述的著作，是为进入民俗学研究的人所准备的基本参考书。民俗学概论虽然并不一定代表该学科研究的最新发展，但是它对整个民俗学以及相关学科的研究实践都具有一定的制约作用，对于社会上从事文化工作的人士和广大读者都会产生先入为主的影响。因此总结中国现代民俗学概论写作和其中所表现的学术思想，就成为十分重要的事情。本文将在回顾这方面学术历史的基础上，提出关于今后怎样重写民俗学概论的一些想法。

一　中国现代民俗学概论书写史的回顾

（一）民俗学性质界定与概论体系的初创阶段（1925–1943）

中国现代民俗学的发端，从学术共同体的初步形成来看，应以 1918 年

---

[*] 本文选自《民俗研究》2017 年第 3 期，并经过局部修订。

开始的北京大学"歌谣学运动"为主要标志。这个运动中，也提出了"民俗学"的概念。这就是 1922 年 12 月创办《歌谣》周刊①，在其"发刊词"中说明了搜集歌谣有两个目的：一是民俗学的研究，认为"歌谣是民俗学上的一种重要资料"，"民俗学的研究在现今的中国确是很重要的一件事业"；二是发现歌谣的文艺价值，即"表彰现在隐藏着的光辉"，同时根据"人民的真感情"，使新的"民族的诗"得以产生。

但是，说到中国现代民俗学概论书写历史的起点，如果以最早讨论民俗学一般理论为标准，则是在 1925 年。这一年，何济在《东方杂志》上发表《民俗学大意》② 一文，参考法国人燕尼及其他人的一些著作，系统地叙述了西方民俗学的历史和研究范围、方法、类分等基本理论，还就故事与传说、歌谣与跳舞、游戏与玩具、礼俗与信仰、房屋器用与衣服、民用的美术等诸多研究领域和课题方向进行了精要的论述。难能可贵的是，文章中所鲜明主张的一些观点，特别是与其他一些社会科学、自然科学作比较之时，得出的关于民俗学所具有的独特学术性质的看法，至今仍具有重要的参考价值。例如，作者指出民俗学"所观察的是活在于现实的事实"，虽然会借助于历史法，但是不能单用历史法，如果"每到一地只问其名胜古迹，而不肯直接去看活在眼底的民生状态，日常情形亦是受历史毒而使民俗学鲜进步之因"。"民俗学家观察事实不特不当以这种事实只关系于过去，而且要以其为一个种子，向将来为无穷的发展的。""社会生活日新不已，则民俗学的研究亦无有息时。"这都是关于民俗学作为"现在学"的比较透彻的说明。

广州中山大学主办的《民俗》周刊③创刊号在 1928 年 3 月刊出，其中的"发刊词"提出了关于民俗学研究目的的认知，登载的何思敬《民俗学问题》一文，最早讨论了民俗学研究对象的范围和分类体系、研究目的等理论问题，认为"民俗学倘专格 folklore 而言，则我觉得先要参考英国的情形"，所以就直接参考了英国学者班尼（C. S. Iiurnc）所著《民俗学手册》

---

① 北京大学歌谣研究会：《歌谣》周刊，中国民间文艺出版社（影印），1985。
② 《东方杂志》第 22 卷第 14 号，商务印书馆，1925。
③ 《国立中山大学》语言历史研究所：《民俗》周刊，上海书店（影印），1983。

（*The Hand Yook of Folklore*）中的论述。这一期创刊号还登载了钟敬文《数年来民俗学工作小结账》，也用班尼《民俗学手册》提出的民俗分类体系来总结民俗学研究的成绩与不足。可见，在1928年尽管还没有出现中国学者自己写的民俗学概论性质的著作，但是当广州中山大学成为全国民俗学的中心以后，学者们已开始讨论关于这一门科学的研究对象、性质等问题，为以后中国现代民俗学概论的书写营造了必要的学术氛围。这也说明，当民俗学成为中国学者从国外引进的一门现代学术的同时，他们就开始酝酿中国民俗学概论的写作。

1934年，方纪生著《民俗学概论》[①]和林惠祥著《民俗学概论》[②]分别出版，从书中所采用的学科定义、分类体系来看，都受到当时国内学者关于民俗学讨论的影响，基本上是接受了英国人类学派的民俗学理论。[③]但是，直至20世纪40年代初，关于民俗学的学科性质、名称、研究目的等问题，都陆陆续续地还有所讨论，说明中国学者为了建立自己的民俗学，始终没有停止思考。罗致平在1942年和1943年的《民俗》季刊上发表《民俗学史略》[④]，是1949年以前能够见到的最后一篇关于各国民俗学一般理论和流派研究的论文。

总结从1925年到1943年这一阶段民俗学概论方面研究和写作，最值得注意的应该是以下四种学术思想的提出。

第一，民俗学与人类学、民族学的密切联系。江绍原的译著《现代英吉利谣俗及谣俗学》[⑤]的"附录七"中讨论了folklore，volkskunde和"民学"这几个学科名称的关系。他赞同一些欧美学者的看法，认为德国的volkskunde（民学）比英国的folklore（谣俗学）所研究的范围更宽泛，和德国的民族学非常接近。他同时主张用"民学"来代替"民俗学"这个名称，因为后者从日文的译名借来，在中国"颇有被误解为民间风俗的危险"。

---

① 方纪生：《民俗学概论》（民俗学资料丛刊）北京师范大学史学研究所资料室定印，1980。
② 林惠祥：《民俗学概论》，商务印书馆，1934。
③ 如方纪生的《民俗学概论》一书基本上采用英国博恩《民俗学手册》的民俗分类法，包括三大类：信仰与行为；习惯；故事、歌及成语，所举出的例子也主要是来自国外。
④ 连载于《民俗》季刊第一卷第4期，第二卷第1、2期合刊，第3、4期合刊。
⑤ 《现代英吉利谣俗及谣俗学》，江绍原译，中华书局，1932。

　　杨成志在《现代民俗学一历史与名词》① 中，表示不同意江绍原的谣俗学和民学这两个名词，为"民俗学"一词进行了辩护。他认为欧洲各国对这一学问的理解虽然有一些差异，但最初的根源是一致的，实际上是坚持了英国人类学研究的传统，强调了所主要研究的是"文明社会的遗留"和"无智识集团的传袭"。与杨成志的意见大体一致，罗致平在"民俗学史略"一文中全面叙述了北欧国家、德、奥和英国等各国民俗学的历史。

　　杨堃在《民人学与民族学》② 一文中，对上述不同译名进行了比较，主张用"民人学"来翻译 folklore，指出民人学"是一门综合的科学，它的对象是研究文明社会内之民间生活的"，"即是用民族学的观点与方法，以文明社会之民人及其文化为对象的科学"。

　　今天看来，四位学者之所以非常审慎地讨论了关于来自不同国度的民俗学译名问题，说明了各国有各国的民俗学，其学科建立的初衷和学术理念是不尽相同的，我们在引进和移植它们的时候不能不结合中国社会实际和中国学术建设的需要来给予廓清。这次讨论在中国现代民俗学学科建立之初具有非常重要的意义，至今仍值得我们认真解读。其中，江绍原实际上已区分了关注"民"的德国民俗学与关注"传袭"的英国民俗学，但在很长的一段时间里没有得到大多中国民俗学者的重视，杨堃主张综合研究民及其文化的主张也没有得到应有的重视。这可能是导致后来民俗学概论过多采用客观眼光而缺乏理解民众的意识的原因之一。

　　第二，民俗学与社会学等多学科的关系。如果从严复在《国闻报》上发表斯宾塞《社会学研究》第二章算起，社会学比民俗学还要早一些年正式进入中国。由于都是中国现代知识界用来认识社会的学科，所以如何认识这两类学科之间可能建立起来的理论关联，就成为当时所讨论到的一个重要问题。法律学家何思敬在《民俗学问题格序》③ 中指出，民俗学还只是作为一种科学手段，停留在记录、描述的阶段而不是独立的有组织的"说

---

①　《民俗》季刊第一卷第 1 期，1936。

②　杨堃：《社会学与民族学》，四川民族出版社，1997，原载《民族学一卷集刊》第 2 期，1940。

③　《民俗》周刊，第 19、20 期合刊。

明学"。他还说明了民俗学与民族志（ethnography）的相似和差别，指出前者必须从国内做起，后者是从全世界（world – wide）做起，但是民族志借社会学、经济学、言语学、体质人类学等为方法，本身并没有独立的方法。

张瑜《民俗学的性质、范围和方法》① 根据法国社会学家迪尔凯姆"集体心态"或"集体表现"的概念，认为各民俗群体都有自己共同而独特的文化，而民俗群体中的特殊文化就是民俗。由于民俗依靠感情作用的维持长久保存下来，所以民俗学也是一门历史的科学。胡体乾《社会学与说明的民俗学》② 指出对民俗现象进行说明，实际上已被多位社会学学家所重视并提供了不同的理论，但是也应当承认，由于民俗现象错综复杂，所以朝着哪个方向来进行说明都有很大的困难。

第三，钟敬文关于"民众生活模式"的理解。《民众生活模式与民众教育》是钟敬文为《民众教育》期刊编辑"民间风俗文化专号"（1937 年）所写的一篇序言，其中提出了"民众生活模式"的概念，认为民众还生活在陈旧的模式里，所以民众教育者必须"了解了解民众生活模式和他们的心理"，包括"从经济、法律、家族到宗教、法术、文学、艺术等民众生活模式"。反映出钟敬文在现代教育实践中对民俗学研究对象和价值的新认识。

第四，民俗学与社会史研究的关系。顾颉刚在《民俗周刊》"发刊词"上说"我们要探险各种民众的生活，民众的诉求，来认识整个的社会！我们自己就是民众，应各自体验自己的生活！我们要把几千年埋没着的民间艺术，民众信仰，民众习惯，一层一层发掘出来。我们要打破以圣贤为中心的历史，建设全民众的历史！"这一段文字，指明了民俗学研究的目的是打破中国几千年贵族历史观，通过体验民众的生活和发掘民众的文化来认识整个的社会，还第一次提出了"我们自己就是民众，应各自体验自己的生活"。这种表述也代表了中国民俗学在建立之初的学术情怀，今天看来仍具有指导民俗学向前发展的意义。应该看到，顾颉刚表明的这种社会史观，已经在此前他的民俗学研究成绩上得以体现，一是对孟姜女故事研究，二

---

① 《晨报》副刊，1934 年 6 月。
② 《民俗》季刊第一卷第 4 期，1942 年 3 月。

是率先与其他学者一起到北京妙峰山做民间香会朝圣调查并写出报告文集。顾颉刚的民俗学思想对日后中国民俗学发展的影响很大，特别是影响到有关民俗演变历史的研究，也在一定程度上影响到以后民俗学概论的写作。

中国学界在20世纪20年代至40年代关于民俗学研究、性质和方法的讨论后，在之后长达40年左右时间中停顿下来，虽然如此，却为从80年代以来直到21世纪中国现代民俗学概论的写作，提供了思想的准备。

（二）民间文学教学体制化阶段（1949—1966）

这一时期，民俗学在国家的科学研究和专业教学体制中被取消，但是在高等院校文科教学体系中却普遍开设了民间文学和"人民口头创作"课程；在艺术院校中开设了民间艺术教学，还有一些优秀的民间艺术家进入了教师行列。这在一定程度上为民俗学重新生长提供了条件。

（三）民俗学研究恢复和民俗学概论建设阶段（1979年以来）

民俗学在中国的恢复已经有三十几年，学科理论的最初建设尤其表现在民俗学概论的写作之上，这在一定程度上代表了中国民俗学重新起步时的主流学术思想。民俗学概论的写作，从学科队伍的重新建设以及理论体系的酝酿和确立算起，大约可以分为五个阶段。

1. 钟敬文主编《民间文学概论》的编纂及出版（1979—1980年）

民间文学研究和教学成为民俗学恢复和迅速建设的先导。1979年，北京师范大学钟敬文教授受教育部委托举办"民间文学教师进修班"，同时依靠这个进修班进行了《民间文学概论》的编纂，并于1980年出版了这本高校文科教材。这部著作的完成为钟敬文日后主编《民俗学概论》的写作，一方面积累了组织队伍的经验，另一方面也在研究视野上从文学角度向文化角度的转换迈出了一步。这部《民间文学概论》对口头文学的定义和解释，既体现了与作家文学相对比的文学视角，也体现了与整个民俗文化相联系的文化视角。

2. 民俗学讲习班的开办（1983年）

1983年春，民俗学得以正式恢复，中国民俗学会召开成立大会，钟敬文等老一代民俗学家被选为学会的领导成员。这一年的7月和9月连续在北京举办了两次民俗学讲习班。

讲习班的主讲人和讲座题目如下：

钟敬文：民俗学的历史问题和今后工作；杨成志：民俗学的起源、发展和动态；白寿彝：民俗学好历史学；杨堃：（1）民俗学和民族学；（2）略论民俗学调查方法；常任侠：中国古代民俗与艺术；张紫晨：（1）中国民俗之特点；（2）中国民俗之历史；张振犁：（1）人生礼仪；（2）岁时风习；柯杨：（1）民间职业集团的技术与习惯；（2）民间固有的社会组织。

民俗学讲习班的举办，对催生中国学者写出自己的民俗学概论具有积极作用。

3. 乌丙安著《中国民俗学》和张紫晨著《中国民俗与民俗学》的出版（1985年）及其他相关著作。

乌丙安在所写民俗学教学讲义稿的基础上，率先写成并出版了《中国民俗学》这样一部民俗学概论性质的著作。全书由绪论、经济的民俗、社会的民俗、信仰的民俗和游艺的民俗五个部分，共17章组成。此书有两个特别的贡献：第一，在绪论的四章中分别讲明了民俗的定义和范围、民俗学的性质和任务、民俗学的方法和作用、民俗的主要特征等重要的理论和方法，并且注意从域外各国民俗学比较早期的历史背景和学术思想说起。第二，将民俗学研究对象的范围理解得比较宽泛。经济的民俗包括物质生产，交易和运输，作为消费生活的服饰、饮食、居住。社会的民俗包括家族、亲族，乡里社会，人生仪礼，婚姻。信仰的民俗包括各种原始信仰，属于迷信的占卜、禁咒、巫蛊和祭祀类，岁时节日。游艺的民俗包括口头文学，歌舞，游戏，竞技和比赛、玩具等。

同年出版的张紫晨著《中国民俗与民俗学》，不同于一般民俗学概论，该书主要是对中国古代全现代有关民俗（风俗）的记录与研究义献进行梳理，任务是说明中国人的民俗具有哪些历史形成的特点，说明中国民俗学建立在中国学术史上的源流。书中还对中国民俗的历史进行了分期：远古、古代、中古、近世和现代，可以说是现代民俗学视野下的中国民俗史的教材。

陶立璠著《民俗学概论》（1987年），在体例上与乌丙安的著作相近而又有一些新的理论建树，他将民俗的基本特征概括为：社会学和集体性，类型学和模式性，变异性，传承性和播布性。在民俗现象的描述和分析上，兼顾了汉族和少数民族的事例。陈勤建著《中国民俗》（1989 年）属于基础理论研究，偏重对民俗本质、功能、传播方式、特点、分类和影响等问题进行阐述。

4. 钟敬文主编《民俗学概论》的出版（1998 年）

20 世纪 90 年代初，钟敬文作为主编，引领 31 位作者进行《民俗学概论》的编写，其间对书中内容、文字做过多次修改，于 1998 年出版。关于此书的地位将在下文中给予专论。

5. 民俗学教学的开展与民俗学概论的重写（2001 年以来）

民俗学专业正式进入国家高等教育体制，应以 1997 年国务院学位委员会办公室颁布的《授予博士、硕士学位和培养研究生的学科、专业目录》为标志。根据该目录，民俗学学科属于法学门类下的社会学一级学科。当然，在此之前，民俗学在许多高校已经成为许多本科专业学生愿意选修的课程。在新的情况下，钟敬文《民俗学概论》被多次印刷，一些民俗学概论的新著也得以出版。这些新著多有一些新的思想或者内容上的扩展。

乌丙安所著《民俗学原理》（2001 年），书名似教材，但具有科学哲学层次上的思考，属于民俗学基本理论研究的一部专著。王娟所著《民俗学概论》（2002 年），在理论观点上具有国际上特别是欧美民俗学的视野，对于民俗范围和分类方面的认识上较多地借鉴了美国民俗学的最新发展，例如注重"民"的社会群体性，指出"传统性"是民俗的重要特征，民俗划分为口头民俗、风俗民俗和物质民俗三大类等。

高丙中所著《中国民俗概论》（2009 年），将其 1994 年出版的博士学位论文《民俗文化与民俗生活》和后来关于民俗学学术转型的思考概括于这本教材的"导论"当中。林继富、王丹所著《解释民俗学》（2006 年），提出了文本和语境相关联等民俗解释方法论。

罗曲所著《民俗学概论》（2010 年），其第七章"城市民俗"；第八章"民俗学与现代社会"（"民俗的休闲旅游文化资源价值""民俗与非物质文化遗产""民俗文化与商品经济"）；第九章"民俗研究新视野"等，都是其他教材所没有的篇章，体现了民俗学面对当前社会生活变动而出现的新思想。例如此书引用和发挥了徐华龙所著《泛民俗学》（2003 年）中提出的"泛民俗"概念，认为"泛民俗是将民俗从传统的运行轨迹中阻比下来，使传统的民俗成为为现实服务的行为"。

其他分支性民俗学理论著作，如：陈勤建《文艺民俗学导论》（1991年）、张士闪《艺术民俗学》（2000 年）、陶思炎《应用民俗学》（2001年）、曲彦斌《民俗语言学》（2004 年）等，是民俗学概论的写作向民俗学分支学方向的延伸，也是在民俗学各个分支建构上作出的尝试。比如江帆《生态民俗学》（2003 年）的写作意图是站在生态文明时代来重构民俗价值观。

二　钟敬文主编《民俗学概论》的学术思想

钟敬文主编的《民俗学概论》至今仍是各个高校进行民俗学教学时所采用的首选教材，这也证明了此书在中国民俗学概论写作中所具有的奠基性地位。此书所提出的一些重要理论见识、分类学框架等，构成了当时具有建设性意义的民俗学理论体系。此书在民俗学理论建设上有几点突出贡献。第一，提出了民俗作为"生活文化"的观点。"民俗，即民间风俗，指一个国家或民族中广大民众所创造、传承、享用和传承的生活文化。"这一对民俗的定义，至今难以被逾越。第二，提出了对民俗特征的五点概括：集体性、传承性与扩布性、稳定性与变异性、类型性、规范性与服务性。第三，指出了民俗的社会功能：教化、规范、维系、调节。第四，规范了关于民俗的分类体系，即按物质（生产、生活）的民俗、社会（组织、节口仪式、人生仪礼）的民俗、精神（信仰、科学、语言、文学、艺术、娱乐）的民俗来划分民俗现象。第五，吸收了多学科的研究成果。回看至中山大学办《民俗》周刊时期，何思敬等学者曾提出民俗学是否可以独立地成为一种"说明学"的问题，可以发现钟敬文《民俗学概论》则明确了本学科与诸多学科具有密切学术关系的性质。

这部概论的各个章节上都有民俗学借用其他学科理论、方法的叙述，例如笔者与程蔷合写的第六章"人生仪礼"，就采用了人类学和社会学的一些研究成果。在解释婚姻仪礼时，首先说明人类社会婚姻制度的演进，再说明一般的婚姻形态和特殊的婚姻形态，然后才去叙述婚姻仪式程序的民俗。这就不同于以往地方志对婚俗的描述那样直接从古代"六礼"的规定说起。

为了再次理解钟敬文主编《民俗学概论》在理论和关于民俗知识分类体系的建构意义，这里有必要列举一下该书的章节题目：

第一章　绪论
　第一节　民俗与民俗学
　第二节　民俗的基本功能
　第三节　民俗的社会功能
　第四节　中国民俗的起源与发展

第二章　物质生产民俗
　第一节　农业民俗
　第二节　狩猎、游牧和渔业民俗
　第三节　工匠民俗
　第四节　商业与交通民俗

第三章　物质生活民俗
　第一节　饮食民俗
　第二节　服饰民俗
　第三节　居住建筑民俗

第四章　社会组织民俗
　第一节　社会组织民俗的分类描述
　第二节　宗教组织民俗
　第三节　社团和社区组织民俗

第五章　岁时节日民俗
　第一节　岁时节日的由来和发展

第三节　民俗研究的一般方法

从这些章节题目上可以看出，除了介绍国内外民俗学史的章节之外，概论基本是以民俗作为"生活文化"的观点为指导，在这种文化学视野下，改造和扩展国外民俗分类学的体系。再来阅读全书就会体会到，由来自不同学科的作者来编写，由于他们的理论与知识结构不尽相同，写法上也会有一些差异，但都是贯彻了钟敬文先生用民俗的眼光来看文化现象的方法论。

三　现有民俗学概论对学术和社会的影响

当前，民俗学概论的写作对学术界关于中国传统社会与文化的研究有积极影响。特别是在中国进入改革开放的 20 世纪 80 年代，学术界曾展开关于中国传统文化的大讨论，但一般都是在观念层面上进行，对作为生活文化传统的民俗与民众所进行文化实践的表现却很少顾及。此时，民俗学概论的写作刚刚起步，民俗学的话语还比较微弱，这是造成那一次文化讨论热潮还不够贴近生活的原因之一。[①] 也就是因为当时民俗学研究还不成大气候，民俗学者激发起加快学科建设的热情，使得民俗学逐渐扩大了自己对学术界和社会的影响。今天，学术界对中国传统文化的认识已经脱离不开对民俗文化传统的理解，如关于春节等节日民俗、村落社会中的家族制度和庙会民俗、民间艺术和工艺民俗等的调查研究和媒体宣传，都已经不是民俗学一家来做的事情。这种文化观念和研究方向上的变化，自然离不开民俗学研究的影响，这中间就有民俗学概论作为基本读物对学界和大众的影响。21 世纪以来，国家的非物质文化遗产保护工作很快就在各地开展起来，这也离不开民俗学多年调查研究所做的学术准备，现有民俗学概论的概念和分类体系成为这一工作所直接参考的学术根据。

现有民俗学概论对文化消费的经济生活也产生一定影响，这可以从旅

---

① 钟敬文所著《民俗文化学的梗概与兴起》就写作于那一次文化讨论热潮之中，反映了当时民俗学对中国传统文化讨论的影响还比较小的情况。他同时向民俗学界和广大文化界指出，应该将民俗文化作为中国传统文化中的重要组成部分来认识。此书由中华书局在 1996 年出版。可参见刘铁梁《钟敬文〈民俗文化学〉的学科性质与方法论意义》，《北京师范大学学报》2002 年第 2 期。

游专业教学所用的民俗学概论上得到证明。21 世纪初以来，旅游产业的大发展为不同文化之间的交流提供了巨大的平台，而民俗作为最直观的民族文化和地方文化而受到所有旅游者的关注。于是，"民俗旅游"的兴起就带动起旅游学专业教学中民俗学课程的设置，已经出版多本在这类课程中使用的有关民俗学概论的教材。这些教材大多以先前民俗学专业教学所用的概论为蓝本，同时也结合旅游专业教学特殊需要作出必要的调整，比如增加对世界各国美食的介绍，或就民俗旅游产品设计要求提出意见等。不过，现有所有的民俗学概论都还没有将人们参与旅游的生活方式视为新的民俗现象来给予认识，这多少会减弱民俗学对旅游业发展的影响和对旅游者行动的积极引导。

现有民俗学概论所产生的积极影响毋庸置疑，但是还必须看到，一方面，面对社会生活所发生巨大变化，现有民俗学概论还比较滞后，不能满足如何去解释人们生活方式所发生转变的需要。另一方面，尽管民俗学在调查研究和理论探讨方面不断取得新的进展，但大多没有进入现有民俗学概论的视野。这些都使得现有民俗学概论对学术和社会的影响有所下降，也可能拖累整个学科的发展。

首先，现有的概论写作在民俗分类学上虽有建树，却不能明确指出任何一类民俗现象都是存在于具体生活时空之中，所以才具有与生活整体关联的意义和价值。按照目前这种过分看重民俗客观分类和模式说明的民俗学概论去进行调查研究，就容易将民俗事象抽离出地方生活的整体，也抽离出人类各种文明或社会与文化类型不断创造发展和相互交流的进程。这种看待民俗的习惯也直接反映在"非物质文化遗产保护"的工作中，注重的只是个别文化形式的保护，却不关心现实生活整体的滚滚潮流与勃勃生机。保护一些被认定的非物质文化遗产，对于大众的文化记忆而言可能具有一定导向的作用，但是这并不能替代民俗学通过研究生活文化的传承与创新而体认民众、参与社会发展的全部初衷。

其次，民俗调查应该以理解当地人对自身生活的理解为目的，这已成为很多民俗学者的共识，而且出现了很多体现这一目的的研究成果，但是这些认识和成果都还没有被现有的民俗学概论予以表述。这影响到一些民俗研究者至今仍是满足于对民俗做形式上的记述，而对地方社会中的个人生活经历及其叙事毫无兴趣，不能通过民俗学的现场交谈与主人一道共同感受生活变化的意义。民俗学者所关注的城乡关系变化、民间自治传统与公民社会建设等问题，大多体现了对普通民众生活与文化的关切，也体现了增进不同群体文化之间平等对话、相互理解的愿望。这些与时俱进的问题意识或者研究范式应该表述于新的民俗学概论著作当中。

最后，城市化过程中，原有的城乡关系已经发生根本变动，新的科技手段和电子信息网络已全面渗入日常生活，使得人们的日常交往方式发生巨大改变，在这种现实面前，如何考察城市化和信息化过程中的民俗文化，开展当代民俗志的调查和书写，这些都还没有被现有的民俗学概论所关注。如何将关注传统的民俗学与关注当下的民俗学统一起来，这既需要学者个人的主动探索，也需要民俗学概论的总结与提升。

四　结语

中国现代民俗学概论的学术建构和书写，已有将近一个世纪的经历。早期的民俗学者从引进人类学派的民俗学概论到进行独立思考，特别是对民俗的性质、功能、分类体系和研究方法等问题所进行的讨论，尽管文字有限，却达到了一定深度，包括认识上的分歧和争论，都为形成中国自己的民俗学概论而做了思想上准备。由于时代的原因，这项基础性的学术建设工作中断了近40年时间，直到改革开放才又继续并且取得了重要收获。

民俗学概论的书写事关民俗学基础理论研究的进展，不仅影响自身学术整体的发展，影响相关学术研究，也影响社会大众的文化需求。特别是如何在社会发展过程中、在生活实践中传承中国传统文化，吸收他国的优秀文化，都是需要民俗学去关心的重要问题。现有民俗学概论所具有的一些理念、观点、方法，为当今文化自觉和文化交流的时代性需要提供了必要的学术工具，发挥了一些积极的影响作用。但是也必须看到，现有民俗学概论的研究与书写不能完全跟上社会生活的变化，特别是在学术理念上不能跟上当下所发生的文化认同与文化交往的实践进程，也滞后于本学科所取得的一些创新性研究成果。所以民俗学概论书写的基本要求，就是尽可能地吸纳那些面对现实生活变化的民俗学研究的新思想和新经验，争取避免重复，做到与时俱进。

参考文献

乌丙安：《中国民俗学》，辽宁大学出版社，1985。

张紫晨：《中国民俗与民俗学》，浙江人民出版社，1985。

陶立璠：《民俗学概论》，中央民族大学出版社，1987。

陈勤建：《中国民俗》，中国民间文艺出版社，1989。

张余：《民间文学与民俗学基础》，山西高校联合出版社，1994。

钟敬文：《民俗学概论》，上海文艺出版社，1998。

乌丙安：《民俗学原理》，辽宁教育出版社，2001。

王娟：《民俗学概论》，北京大学出版社，2002。

叶涛、吴存浩：《民俗学导论》，山东教育出版社，2002。

苑利：《中国民俗学教程》，光明日报出版社，2003。

林继富、王丹：《解释民俗学》，华中师范大学出版社，2006。

陈勤建：《中国民俗学》，华东师范大学出版社，2007。

高丙中：《中国民俗概论》，北京大学出版社，2009。

罗曲：《民俗学概论》，中国社会科学出版社，2010。

邢莉等：《民俗学概论新编》，北京师范大学出版社，2016。

石英平：《中外民俗概论》，四川大学出版社，2002。

张世满、王守恩：《中外民俗概要》，南开大学出版社，2005。

吴忠军、杨艺：《中外民俗》（第三版），东北财经大学出版社，2011。

金海龙、田小彪：《中外民俗概论》，哈尔滨工程大学出版社，2012。

杨英文、祁向文：《中外民俗》（第二版），南开大学出版社，2013。

赵序、樊光华：《中外民俗》，广西师范大学出版社，2015。

作者简介

刘铁梁，北京师范大学教授，山东大学人文社科一级教授。兼任中国民间文艺家协会顾问、北京市文联副主席、中国民俗学会副理事长。主要研究方向是民俗学理论与方法、城市和乡村民俗志、民间文学等。著有《20 世纪中国民间文学经典》《中国节日志·安国药王庙会》等。

从"科学的民俗研究"到
"实践的民俗学"*

尹虎彬

晚近中国民俗者提出民俗学"回归生活实践"的理论命题，即要求关注人类实践理性的合目的性。民俗学由研究传统的民俗学样式转向研究作为"日常生活"的文化，研究它如何成为"公共文化"的一部分。研究"民间"如何转型为"市民社会"，"农民"如何成为"公民"。在政府主导的遗产保护背景下，民俗学界提出由"生活革命"引发"中华民族的美丽乡愁"，由"非遗"带来"浪漫的怀旧情绪"等提法。这些问题又引发另外的疑虑："日常生活"到底用什么方法来研究？"日常生活"与"民俗"如何区分？"日常生活"的中国民俗学当下的困境是什么？民俗学研究对象发生了怎样的变化？本文所谓民俗学历史和方法，主要是指19世纪民族主义运动和宏大理论的建构，以及19世纪和20世纪关于民俗的科学研究的开始。由上述问题可以探讨民俗研究的范围，探讨民俗何以要作为一个领域来进行研究，民俗学是否成其为一个研究领域，谁有兴趣来对此进行研究，为了民俗学的未来发展，我们需要了解民俗学研究的现状是什么，最近的趋势和争论是什么。要回答这些问题，我们需要做方法论的比较，关注民俗文化与现实世界，关注本真，关注已有的争论和新的争论，走向新的综合。长久以来，人们习惯于按照"民俗的科学研究"这样一个思路来探讨民俗学的一些基本问题。但是，随着本体论的转向，以往那些传统的宏大理论的权威性遭到怀疑，人们开始反思学科存在的前提，人们所关注的不

---

* 本文选自《中央民族大学学报（哲学社会科学版）》2017年第3期。

再仅仅局限于民俗是什么，民俗学并不是因为研究对象是民俗才成为民俗学的。由民俗而生发的价值或意义不是民俗本身自然而然地赋予的，而是人类的社会实践。

一 作为研究对象的民俗

工业革命引发社会变迁催生了现代意义上的人文社会科学。民俗学便是这新兴学问之一，它是历史科学，是关于人的科学。民俗学作为一门学科，自有其历史和方法。传统的民俗学作为学科存在的基本条件，是建立在一种科学的基本假设基础上的。民俗学作为常规科学遵循各种范例，基于一个共同的本体论、假设、方法论规则和规范、研究目的、研究标准。

作为一门学科，目前的民俗学被上述理论关注的范围所界定，此外就是民俗生活学者的一般社会学和历史理论；很少有民俗学家会将他们的工作限定在单一的理论方法上。民俗理论来源于，或者至少密切地联系于其他许多领域的理论发展，比如说人类学、社会学、语言学、文学批评、心理学和历史学。①

"科学的民俗研究"的基本前提是民俗的对象化、客观化和概念化，这是由学者构建的。民俗的对象化源于现代性。民俗代表特定时空的过去，被称为"遗留物"。传统与现代的二元对立观念构建了一个历史进步的叙述，民俗学从这种叙述中构建了自己的研究对象。民俗学发端于工业革命的起源地英国，受进化论影响，强调传统。泰勒（E. B. Tylor, 1832 – 1917）在《原始文化》里第一次使用"遗留物"这个词。弗雷泽（J. Frazer, 1854 – 1941）的《金枝》（1890）显示原始草本植物崇拜残余在现代农民中的存在。安德鲁·兰（A. Lang, 1844 – 1912）把民俗学称为"遗留物"的科学。对人类学家安德鲁·兰和泰勒来说，文化进化学说不仅解释了口头传承的起源，而且为划分风俗、信仰诸种族的习俗惯制，以及编写人类历史发展史提供了框架。在《原始文化》中，泰勒从人类早期到欧洲农民的

---

① Burns, Thomas A: *Folkloristics: A Conception of Theory, Folk Groups and Folklore Genres: A Reader*, Elliott Oring, editor, Utah State University Press, 1989, pp. 1 – 2.

信仰和习俗惯制，从孩童的歌谣和游戏，去追寻口头传承遗留的踪迹。[①] 在19世纪的文化进化论的学说中，对于起源问题的回答，涉及关于社会发展阶段的假设。围绕民俗、传统、传承、文化等问题，民俗研究领域出现了浪漫主义的民族主义、文化进化论、太阳神话论、20世纪历史 – 地理学方法、年代 – 地域假设、史诗法则、神话 – 仪式学派、形态学方法、口头程式理论、结构主义方法论、象征的解释、结构主义的解释学、心理分析、民族志诗学、表演理论、女权论、本真性等理论和方法，其中，民族主义在民族国家时代始终没有退出历史舞台。

传承性和集体性作为民俗的本质性特征，由于其普遍性而被概念化，民俗成为象征性的符号，成为特定集团的保持内部凝聚力和作为社会实体持续存在的保证。作为民众的知识，民俗由于其人民性而不断地被提升和提炼，日益成为整个民族的象征，成为民族共同体获得历史合法性的手段或工具。民俗学伴随民族国家时代的到来而产生，也与民族国家的历史命运相联系。在18 – 19世纪之交的欧洲，民族主义建构了民俗学，民俗学也在某种程度上建构了民族主义。学者对民俗学的兴趣扎根于民族主义的动机。孟德斯鸠《论法的精神》提出法律的民族特性和非普泛性。正如每一个民族都要发展自己的语言、艺术、文学、宗教、习俗、法律，它们都是民族精神的表达，这不仅对民族的统一有利，而且对整个文明有利。维科（Giambattista Vico，1668 – 1744）曾经提出神话即历史的观点。赫尔德（Johnann Herder，1744 – 1803）认为要以民间诗歌来唤起失去的民族灵魂，学习民间诗歌以追溯过去的历史。在德国，民俗学的性质明确为一门对单一民族文化进行研究的学科，是一门研究本民族文化的自我认识的学科，强调血统和文化的单一性。赫尔德主张的民族主义学说被许多欠发达的东欧、中欧民族所接受。在这些地区，民族与国家不重合，许多民族当时尚未获得独立。民族主义的一个理念就是对于民族国家的绝对忠诚，国家民族至上。民族国家的建设是以过去的传统与精神为基础。斯拉夫民族组成的国家如波兰、塞尔维亚、克罗地亚等，提倡泛斯拉夫主义。北欧诸国如

---

① 〔美〕罗斯玛丽·列维·朱姆沃尔特：《口头传统研究方法纵谈》，《民族文学研究》2000年增刊。

挪威、丹麦、芬兰，都对本民族的文化遗产进行了挖掘。总之，浪漫主义的民族主义者们研究了过去的文化遗留。亚洲和非洲的民族独立运动也有类似性。这些都涉及民俗学与独立民族国家建设的历史正当性。①

在当代世界学术舞台上，控制话语权的基本途径就是不断地推出新的学术"大词"。在民俗学领域，学界公认的这种更迭是在 20 世纪 70 年代出现的从文本研究转向民族志导向的语境研究，以及后来在美国盛行的表演理论或者被称为行为科学的"新民俗学"。"新民俗学"追随者们开始质疑对这些特定的文化和社区的浪漫主义的观念，试图去证实非主流的文化实践的整体性和有效性。这种转换发生在某些关键词的使用上，比如民俗学的新的术语如事件、经验、文本、构造和语境。民俗学研究遵循哲学、社会学和人类学中的语言学的转向而建立的理论前提，启发了许多民俗学家进行重新思考：社会生活是在交流实践中构建的，被称为民俗的东西是在社会生活的完成中对特定交流方式的情境使用。民俗学家对于那些在交流环境中民俗的实际做法的操作性定义可能是"小团体的艺术交流"。这种偏离这门学科的关键术语传统，偏离"传播、变异和分布"的转变似乎在表明：民俗学中已经发生了一种范式的转变。②

从 20 世纪中叶兴盛的结构主义方法，包括普洛普的形态学方法、奥利克的史诗法则，都属于文本模式的研究，这些 20 世纪发展起来的民俗学理论，上承阿尔奈、汤普森的芬兰历史－地理学方法，以及民族志诗学的方法，都与结构主义深深地纠缠在一起。近 20 年来，民俗学经历全球化时代，其导向作用推动了人类非物质文化遗产和口头传统研究。尽管非物质文化遗产和口头传统是学术"大词"，但是，它们并不构成新的宏大理论。自 20 世纪 90 年代以来，许多民俗学家对学科的未来表示怀疑。这门学科还没有产生全新的革命性理论。

与此同时，民俗学的宏大理论或本质主义被解构，正如丹麦民俗学者

① Wilson, William A, *Herder, Folklore and Romantic Nationalism, Folk Groups and Folklore Genres: A Reader*, Elliott Oring editor, Utah State University Press, 1989. pp. 21 – 38.

② Reimund Kvideland (eds.) 1992: *Folklore Processed: in Honour of Lauri Honko on His 60s Birthday.* 6th March 1992, Helsinki Studia Fennica, pp. 32 – 39.

本特·霍尔贝克（Bengt Holbek）对族群认同、传统与现代的反思。霍尔贝克认为，默认假设（tacit assumptions）把民间等同于一个理想的实体。他认为没有理由利用民俗作国家的辩解，因为某种民俗的认同与国家无关。"国家"来自学者，而非民间。他还指出，学者们对想象共同体的关注，如民族、族群、地方社区和职业群体，已经自觉不自觉地拘泥于社会学范式而不敢越雷池一步，不加分析地认为群体内部民俗是集体认同的基础。[1] "民族本真性"是民族国家时代的民族主义者的文化理想。近二十年的中国思想界，试图发现中国特殊的"民族本真性"[2]。文化本真性的观念认为，民族文化从来便如此，也会永远存在下去，可以区分夷狄、聚内化外。民俗学、民族学的传统理论是为建构民族国家文化和精神基础服务的。民族主义与民俗学是孪生兄弟，两者相互建构。

当今仍然处于民族国家时代，爱国主义是天经地义的。"民族本真性"是民族国家时代的民族主义者的文化理想。但是，对于实现现代性而言，它是手段，不是终极目的。中国现代民族主义者克服了中国儒家传统的"天下"观念，即整个价值世界和文明化的社会概念，建构了新型现代国家的政治制度，要求界限清晰的疆土、组成国家共同体的人民和足以维护独立的武装力量。"天下"被"国家"所取代是一种进步，但是，这并非就此一劳永逸。[3] 现代性是西方资本主义发展过程中对自身传统不断提炼的结果，它与自己的历史有一种一脉相承性。相对于中国民间传统这种内生性的文化而言，现代性是异质的、外来的，它在中国需要异地再植，现代性需要适应多元传统。这种悖论表现在他们在处理民族国家之间的关系时，坚持民族主义传统立场，在对待一国内政时主张现代性为现代民族国家服务。

现代性不可逆转，本身有其两面性。对于现代性的问题，个人主义强

---

① Anttonen, Pertti, "Notes on Lauri Honko's Discussion on Paradigms in the History of Folklore Studies", *Network for the Folklore Fellows*, No. 33, December 2007, pp. 12 – 13, 16 – 21.

② 许纪霖：《普世文明，还是中国价值？——近十年中国的历史主义思潮》，《开放时代》2010 年第 5 期。

③ 〔美〕列文森：《儒教中国及其现代命运》，郑大华等译，中国社会科学出版社，2000，第186 页。

调个人的自由和自主，在政治领域中强调每个国家的主权，在一定程度上削弱了人与社会的传统延续性，削弱了人与自然的关系，削弱了我们对于公正的理解。民俗学追问现代性，证明民俗学者不再满足于一般性的学理探索，被更大的问题，即价值论的焦虑所纠缠，它由以上非此即彼的二元论的悖论陷阱所造成。传统的哲学社会科学关注的是个人与社会、个人和群体如何整合，那么现在是人类和自然的问题，人的终极关怀即宗教信仰问题，即个人、自然、社会、天道或者上帝，这就需要全面综合的思维习惯，需要多重的视阈。民俗学的宏大理论被解构：本质被现象取代，客观被主观取代，对象化的实在被精神世界取代，集体被个体取代。民俗学和民族学传统理论关于文化的定义受到挑战：一是新的文化定义的流动性和取代性，二是全球的文化流动。

人类学和民俗学的传统理论强调文化的集体、传统、认同特征，即关注"性质的世界"。传统理论将文化看作是"一个完整、独立、有界限和统一的结构"和"具有物体实在性的现象"。这里的文化概念不仅仅是一个人类学的理论术语，它也成为政治和社会制度化的一个象征，即现代民族国家的文化和精神的基础。换句话说，关于集体、文化和空间三位一体的观念已经演变在现代民族学和人类学的理论话语之中。① 民族共同性的历史内涵，包括地域、社会、语言、心理的同一性被解构。本质被现象取代，客观被主观取代，对象被精神世界取代，集体被个体取代。历史被"日常生活"化，"民族本真性"因为"文化本真性"被解构。"本真的文化"是当地人感受的、体验的、实践着的、具有历史性的日常生活。②

在社会学家看来，传统社会里的民俗经由一系列现代国家体制的运作，可以进入现代市民社会，成为全体公民共享的文化。典型的例子是"非物质文化遗产"工作。这个工作就是从日常生活中发现公共文化的过程，民

---

① 徐鹏：《民族民俗研究中关键术语的晚期现代化演变——以欧洲民族民俗研究为视角》，《台州学院学报》2011 年第 2 期；杨成：《去俄罗斯化、在地化与国际化：后苏联时期中亚新独立国家个体与集体身份的生成和巩固路径解析》，《俄罗斯研究》2012 年第 5 期。
② 刘晓春：《文化本真性：从本质论到建构论——"遗产主义"时代的观念启蒙》，《民俗研究》2013 年第 4 期。

俗已经在大量提供公共文化了。① 过去被称作属于民众的、民间的、地方性的民俗事象，现在就像进城的农民上了城市户口一样，进入了国家非物质文化遗产名录，由此进入了现代世界的竞争舞台。这时，原来的那个民俗事象经过精英政治、法律（联合国教科文和国家及各级政府的非物质遗产法）制度的检验，成为民族国家的代表作品，与国家利益交织在一起。这个过程凝结了创造性劳动，它的享用范围已经超越了民族国家的范围。但是，一些现代性要素并不能从本土传统中廉价地转化，它一定是从外部输入的，就如同非物质文化遗产这个新生事物一样，它并不是本土的传统。

"非物质文化遗产"的拥有者，即民俗之民，他们的社会和生活并不能因此而一跃成为市民社会的文化。作为民俗主体的民众，他们是相对于知识分子、政府官员、企业家群体等社会精英的一个社会阶层，显然代表不了全体公民，他们的文化也不可能简单地成为全民共享的文化。如果延引"大众社会"理论关于"大众"（mass）和"公众"（public）、大众文化（mass culture）和市民文化（civil culture）之间的厘分进行深入探究，我们可以发现转型国家尽管构造了不少西方式的"资本制度""市场制度"，甚至"政治制度"，但其所仰赖的精神土壤并非真正意义上的"市民文化"②。民俗的遗产化不会廉价地成为"公共文化"。民俗是自下而上的，非遗是自上而下的，前者的主角是民众，后者的主角是政府。民俗在中国历史上历来被看作是受到等级、优劣等观念支配的。这正如明清时代国家正祀与民间信仰的区别，前者强调等级以秉承古代礼制，后者强调神的灵验。官方通过赐额、封号、建庙等方式，将民间宗教纳入官方体系。中国道教的发展也是以不断吸收民间俗信神灵的方式发展的；同时，国家通过赐额、敕建的方式控制道教，这已经是定制，非常严格。③ 民俗一旦进入非遗领域，它已经不再属于日常生活领域了。"非遗"既然脱离"日常生活"，它又如何变成

① 高丙中：《中国民俗学的新时代：开创公民日常生活的文化科学》，《民俗研究》2015 年第 1 期。
② 李德国：《当代社会的"集体分裂"与文化幻觉——"大众社会"的理论与现实》，《世纪中国》2005 年 11 月。
③ 赵世瑜：《国家正祀与民间信仰的互动》，《北京师范大学学报（社会科学版）》1998 年第 6 期。

"公共文化"？民俗学界倾向于把"遗产化"看作一种历史性的、社会性的文化实践，认为"遗产化"具有相当久远的"传统"。在近两个世纪以来，几乎所有具有独立民族意识的民族都对民间传统的搜集、整理、研究和展示产生浓厚的兴趣。民间文学经过搜集整理以文本化的方式成为国家的文学，按照现代民俗学的分类体系被保存在博物馆、档案馆和大学等现代组织机构里。民俗学也在随着现代学术的兴起和发展而不断生产本领域的知识。在民族国家时代，风靡世界的"非物质文化遗产"工作，经由民俗学专家介入，由联合国教科文组织成员国授权，秉承科学的、普遍化和合理化基本理念，日益成为一种国际社会普遍接受的制度。

民俗学作为常规科学遵循各种范例，即人们所说的传统的民俗学，收藏或古物学家的兴趣成为今日世界各地民俗档案馆藏品的来源，民间收藏至今方兴未艾，数字档案馆正在世界各地出现；今天的世界仍然是民族国家时代，民俗学充满了民族国家话语。民俗学与其他学科并无不同，它具有传承有序的学科脉络，这是由制度化的教育来完成的。科学的民俗学是现代性的产物，古典思想的神圣性早已被工具理性祛魅，科学假设需要经验的现实来验证，知识的生产是以学科来划分，分析是依靠清晰的术语来表述。但是，它背后是西方文明的强势和霸权，它否认了非西方学术的民族性和继承性。

二 作为社会实践的民俗

晚近的人文社会科学研究，出现了理性回归生活世界的趋向，即纷纷转向文化研究。文化，成为这个时代人文社会科学的思想主题，也是一个重要的维度，文化本身具有整体性、实践性、结构性和政治性，传统的形而上学受到拒斥。与之伴随，哲学经历了本体论范式、认识论范式和文化论范式的更迭。哲学直面"生活世界"，以求重获新生。① 在认识论和本体论的前提发生转变之后，人文学术开始关注社会生活的研究，而不是普遍的结构。后现代主义追求文化上的异质性和多元性，对实证主义的普遍性、

----

① 衣俊卿：《理性向生活世界的回归——20 世纪哲学的一个重要转向》，《中国社会科学》1994 年第 2 期。

对启蒙思想的信仰、绝对真理、普遍结构、宏大叙事的怀疑。学者们反思他们是如何通过自己的话语来"发明"其研究对象的。文化研究的任务是从一个现象学的角度去描述这个社会实践。

日常生活转向日益成为人文社会科学的一个趋势。社会学研究从"国家与社会"到"制度与生活"的视角转换，其目的找寻民情变动的机理，以期把握我国现代国家建设的总体性脉络。在社会学研究中，"生活"指社会人的日常活动，既包括各种权宜性生产的利益、权力和权利诉求及生活策略和技术，又指涉相对例行化的民情和习惯法。①

民俗学从"民俗"到"生活世界"的转向，标志了学术研究的伦理转向，从科学主义转向价值论。传统的民俗学认为，民俗之民，民俗之俗，谓之民俗。作为民，有与生俱来的个人背景要素，也有后天习得的包括经验、知识和表达类的文化。与人的后天经验、知识和表达有关系的有形物被称作物质文化。民俗学的民俗作为一种文化关注"过去"，即时间长河中的变化，即历史的维度。民俗学的"现在"是与历史勾连的现在。生活世界理论把历史这一历时维度悬置起来，认为过去已经被"日常化"②。关于民俗的认识，人们根据文明社会的社会分层观念，即等级观念，甚至根据阶级社会的观念而划分了阶级。在中国，人们根据中国历史和社会发展的实际而将中国文化划分为不同的层次。为了适应实践的民俗学，民俗需要重新定义。民俗不必与农民的传统、社会的下层或粗俗的阶级、文盲、口头形态、集体性或其他任何过去被视为"传统的"民俗的基本特征、资格和要求的东西有关。从这个意义上说，"民众"和"民俗"的概念被现代化了。"民众"定义的现代化使学者的注意力集中在歌手、讲述者和其他的个人表演者身上。

在文化哲学那里，民俗中的"民"，已经被转换为"人"，活生生的"人"。作为民，与生俱来的根源意识是由这样一些基本要素决定的，即族群、语言、性别、年龄、地域、阶层和信仰，这些都在塑造每一个活生生

---

① 肖瑛：《从"国家与社会"到"制度与生活"：中国社会变迁研究的视角转换》，《中国社会科学》2014年第9期。

② 岛村恭则：《フォークロア研究とは何か》，《日本民俗学》二七八号2014年第05期。

的人。以文化哲学来看作为文化现象的民俗，则会更多地关注民俗内涵中人性的要素。民俗，按照通常意义上的民俗学定义，其中的绝大多数要素也是日常生活范畴。日常生活研究标志了人文学术正在继续以文化研究为导向，民俗学作为哲学社会科学的一个领域，以汲取文化哲学的理论方法来提升研究思想高度，加深学术底蕴。民俗学还是研究文化，是当下的文化，只是这种文化的观念有别于传统的理解。在现象学的民俗观念看来，民俗是主观的表达、直接被给予的经验、理所当然的日常。民俗由客观的、对象化的、认识论的，还原为主体的、现象学的、存在主义的、生活世界的即整体的文化。民俗学是"生活世界"的科学，实际上也是一门先验科学或超越论的科学，而不再是实证主义意义上的客观科学。① 民俗学家吕微从自由意志的角度，实践理性给予民间文化的复兴找到了先验的、绝对的、合乎人性至善的理由。②

民俗学回归生活世界一方面意味着伦理转向，开始探讨价值论问题；另一方面也标志着思维方式的变化，民俗学从关注文化空间的"村落"，转向生活世界的"家园"，民俗学更加关注人性和人的精神世界。③ 中国历史研究中的村落已经有千年历史，主要涉及人们的生产生活和精神需要。村落即自然聚落，由世居村民组成社区。北方村落主要人工物是提供旱作灌溉的水井以及作为神灵与祭祀场所的庙宇。生活世界理论体现了更加广阔的人文关怀，是关于人的存在的整体关照，包含了人之所以为人的许多基本属性：自然（生理）社会、历史和文化、心理（情感）、精神、超验世界等。作为中国人世界观体系的本土化表达、生活世界的整体性和主体性表达，家园是一个类似哲学意义上"生活世界"的概念。家园是一个整体性思考人类的生活世界并强调其中全部内涵的概念。这些内涵在海德格尔看

---

① 吕微：《民间文学 – 民俗学研究中的"性质世界"、"意义世界"与"生活世界"——重新解读歌谣周刊的"两个目的"》，《民间文化论坛》2013 年第 3 期。
② 吕微：《民俗学：一门伟大的学科——从学术反思到实践科学的历史与逻辑的研究》，中国社会科学出版社，2015，第 272 – 298 页。
③ 户晓辉：《返回爱与自由的生活世界——纯粹民间文学关键词的哲学阐释》，江苏人民出版社，2010，第 380 页。

来，包含了"天、地、神、人"①。生活世界理论倡导者要求返回个人作为主体的自由意志，这也反映了西方哲学范式从"实在论"范式向"价值论"范式的转变。

价值论范式转向的实质，就是要从"实在论"思维范式中解放出来，走向一种立足于人的价值性活动的哲学思维，进入价值论所面对和关注的人的现实生活世界。但是，存在主义仅仅从个人的自我意识和心理体验出发去寻求价值产生之内在根源，忽视人与社会实践活动的现实性和整体性，实际上也未能实现对"价值"问题的真实理解。因此，回到社会历史现场才能够实现思辨的有效性。

民俗学从范式论到价值论转向表明人文学术直面生活世界，谋求理论的突破或困境。从民俗到民俗的遗产化，从民俗之民到活生生的个人，从民俗文化到生活世界，从作为文化空间的村落到生活世界的家园。民俗学这些关键词的转换，预示了它从"实在论"范式向"价值论"转换。民俗学关注理论和方法论的变迁，转向价值论的探讨，更加关注人的生活世界。这证明了中国民俗学正在回归"五四"精神的起点：民俗学是艺术的、科学的和政治的。民俗学与其他人文学术一样，根据时代要求转向伦理和价值。专门化的民俗学，单一性的方法和理论，可以探讨学理性的问题，如认同理论可以建构族群认同一样，但这不足以解决需要文、史、哲共同解决的问题，比如传统何以复兴、是否真正复兴的问题，转型国家的文化选择问题，这些问题需要全面综合的思维。民俗学从民俗文化研究转向关注生活世界，融入人文学术的大视野，要求它必须有广泛的适应性。

民俗学具有一般人文学术的共同属性，它是关于人和人性的科学，人之复杂性表现在欲望、情感、需求、动机、目的等意识，它们关乎道德和善恶。精神则是超越的，至善的，包含了信仰和精神世界。超验世界是意志或者实践理性的必要假设。从轴心文明时代起，人们开始以理智和道德的方式来面对这个世界。但是，传统中国作为政治、宗教、家族社会一体化的文明共同体、天地君亲师的价值传递通道，官府垄断了对于超越性合

---

① 李晓非、朱晓阳：《作为社会学人类学概念的"家园"》，《兰州学刊》2015年第1期。

理化价值解释权利，也垄断了对于社会不合理现象的否认的权利。① 民俗学存在的先决条件是什么？它是否需要一种超越性的纯粹思辨来为自己设定一个先决条件？这种思辨是否可能为学科设定一个终极目的？这些都需要做深入的探讨。

作者简介

尹虎彬，中国社会科学院民族学与人类学研究所研究员。兼任中国民族语言学会会长、中国少数民族文学学会副会长、中国民俗学会副会长、国际史诗学会副会长。著有《古代经典与口头传统》《河北民间后土地祇崇拜》等。

---

① 吕微：《民间文学：现代中国民众的"道德－政治"反抗——欧达伟〈中国民众思想史论〉对〈定县秧歌选〉的研究之研究》，《民俗研究》2001 年第 2 期。

民俗学学术伦理规范的善与恶[*]

吕　微

夫仁者，己欲立而立人，己欲达而达人。能近取譬，可谓仁之方
也已。

——《论语·雍也》①

人类以及一般地说每一个理性存在者，都是作为自身即是一目的
而存在着，而不仅仅是作为由这个或那个意志随意使用的一个手段而
存在着。在他所有的行为中，无论这些行为是指向他自身还是其他理
性存在者，他都必须总是同时被认为是一个目的……因此，实践律令
就是这样的：你的行动，应把人性，无论是你自己人格中的人性（德
文 die Menschheit／英文 humanity）或是他人人格中的人性，始终当作目
的而绝不仅仅当作手段来对待……每一个理性存在者对自己和所有其
他人，从不应该只当作手段，而应该在任何情况下，也当作其自身即
是目的。

——康德《道德形而上学基础》②

---

*　本文选自《民间文学研究》2017 年第 3 期。

① 此句译文："仁是什么呢？自己要站得住，同时也使别人站得住；自己要事事行得通，同
时也使别人事事行得通。能够就眼下的事实选择例子一步步去做，可以说是实践仁的方法
了。"参见杨伯峻《论语译注》第 2 版，中华书局，1980，第 65 页。

② 〔德〕康德《道德形而上学基础》，孙少伟译，九州出版社，2007，第 83、85、95 页。"人
格中的人性"，孙少伟译本原作"人身中的人性"，据杨云飞译本改。参见〔德〕康德
《道德形而上学奠基》，杨云飞译，邓晓芒校，人民出版社，2013，第 64 页。"法则"，孙
少伟译本原作"规律"，下同。

一　学术伦理规范的假言命令和定言命令

中国民俗学会近期提出了制订本学科及学会的专业学术伦理规范的动议，这是长时间以来中国民俗学学者共同体的集体夙愿。2016 年 12 月 10 日召开的"'民俗学专业责任与研究伦理工作坊'会议"将这一夙愿表述为"专业责任与研究伦理"①，这种想法与我在《反思民间文学、民俗学的学术伦理》中关于"知识伦理学"的提法有相近（甚至相通）之处。

所谓知识伦理学，我当时的理解是：改变仅仅从科学方法论的传统角度思考研究者主体与被研究者客体之间的认识关系，转而"从道德伦理学的角度重新思考研究者主体与被研究者主体之间的知识［认识］关系"的努力。但是，"知识伦理学"的命题所表达的内容仍然相当模糊，有待进一步的阐明，尽管该命题已经包含了"中国民俗学、民间文学从单纯的奠基于方法论、认识论的学术范式朝向以伦理学的知识论为主导的学术范式转换"的意思②，即预示了日后我对实践论的伦理学（"'实践民俗学'，或民俗学的'实践范式'，或'作为实践科学的民俗学'"③）作出的更清晰的表述。

长期以来，基于科学方法论的认识论始终是中国民俗学（甚至世界民俗学）的主导范式，尽管这种范式的最终目的仍然是实践的（科学认识的最终实践目的就是人类幸福）。④ 站在最终的实践目的的立场上看，中国民俗学从其诞生之日起，就是想实践（至少是想参与实践）一场现代性的伦理革命；但是，这种起源于纯粹理性的实践论伦理学或伦理学实践论，在经历了认识论化（理论理性化），并且在 20 世纪 80 年代摆脱了意识形态

① "2004 年前后，中国民俗学界关于学术伦理的思考在'田野和文本'的辩论中逐步走向深入。"参见巴莫曲布嫫《民俗学伦理与非物质文化遗产保护》，《民族文学研究》2016 年第 3 期。2010 年 10 月 30 日，中国民俗学会秘书处就"中国民俗学会是否或怎样制订本会的《学术伦理守则》?"的议题在中国民俗学网上发起讨论（http://www.chinesefolklore.org.cn/forum/viewthread.php? tid=18266）；2016 年 12 月 10 日，中国民俗学会与中国社会科学院民族文学研究所"'民俗学'重点扶持学科项目组"召开"'民俗学专业责任与研究伦理工作坊'会议"。

② 吕微：《反思民间文学、民俗学的学术伦理》，《民间文化论坛》2004 年第 5 期。

③ 吕微：《民俗学：一门伟大的学科——从学术反思到实践科学的历史与逻辑研究》，中国社会科学出版社，2015，第 526 页。

④ "也许名之为'现代性实践的理论范式'更为恰当。"（吕微：《民俗学：一门伟大的学科——从学术反思到实践科学的历史与逻辑研究》，中国社会科学出版社，2015，第 176 页。）

化，乃至彻底挣脱了实践论和伦理学的双重束缚，进一步主张"纯学术"认识论（纯粹认识论）的学术主潮中，被进一步遮蔽了。于是，才有了从文本到语境、从事象（项）到事件、从文化到生活的民俗学范式革命①，而这场范式革命的实质应该是克服理论理性化、意识形态化的"原罪"，重建本学科诞生之初纯粹理性的伦理学实践论。正是以此，我才把这场以"民间文化青年论坛"为代表的一代学者共同体集体推动的民俗学范式革命（并非仅仅是年轻学者向前辈权威讨要学术话语权）的意向性，表达为《从"我们和他们"到"我与你"》②；尽管这并不否认，跨世纪地发生在中国民俗学界的那场范式革命，除了表达伦理学实践论的意向性，同时也表达了不同类型的认识论（包括纯粹认识论）的意向性。

以上对中国民俗学晚近学术史的简要回顾旨在强调，中国民俗学界今天提出的"田野伦理规范"③甚至"田野伦理原则"④的命题，的确有着两种不同的起源。第一种起源于科学认识（纯粹认识论）的经验性目的对伦理条件（作为手段/工具的伦理规范）提出的先验要求⑤——只要我们想一想，任何民俗学田野调查的有效性之善（"作为手段的善"⑥）的经验性结果，都建立在（研究者和被研究者）主体间伦理关系的正当性之善（此"善"非彼"善"也，此"善"即"与只因同福祸相关才能称为善和恶的东西区别开来"的"无条件的善"的"善良意志"⑦的目的之善）的先验

---

① 高丙中：《民俗文化与民俗生活》，中国社会科学出版社，1994；刘晓春：《从"民俗"到"语境中的民俗"——中国民俗学研究的范式转换》，《民俗研究》2009年第2期。

② 吕微：《从"我们和他们"到"我与你"》，《民间文学论坛》2004年第4期。

③ "请注意，我这里说的是田野策略，不是田野道德。从终极意义上说，道德准则当然高于学术企图，但在此大前提下，我们必须清醒地意识到，我们去田野是为了学术追求而非道德操练，因此，在问心无愧的良知监督下、在尽最大努力保证被采访者不受损伤的前提下，必须抛开那些乡愿式的道德信条，寻找更切实有效的田野策略。"（陈泳超：《"无害"即道德》，《民族文学研究》2016年第3期。）

④ 《"田野调查伦理原则"笔谈栏目》，《民族文学研究》2016年第4期。

⑤ 在一定意义上，巴莫曲布嫫引印度学者奈沙尼用"伦理问题关系图"对"民俗学研究伦理[规范]"指涉范围的经验性归纳代表了这一方向。巴莫曲布嫫：《民俗学伦理与非物质文化遗产保护》，《民族文学研究》2016年第3期。

⑥ 〔德〕康德：《道德形而上学基础》，孙少伟译，九州出版社，2007，第9页。

⑦ "在世界之中，甚至在世界之外，除了善良意志，没有什么能被设想为可被称作无条件的善的东西。"（〔德〕康德：《道德形而上学基础》，孙少伟译，九州出版社，2007，第3页。）

基础上，我们都会承认，对于以人为认识目的和认识对象的科学方法来说，
伦理条件的先验性①——康德称之为从经验性目的还原到先验手段/工具
（看似从目的到手段/工具这两种不同"事""物"之间的"综合命题"②，
实际却是从主观意志到主观意志这同一件"事"即同一个意志内部）的主
观必然性"分析命题"③（analytical proposition）。而第二种则起源于道德实

---

① "虽然我们早期关于责任［规范］的概念，是从我们的实践理性的通常应用中引导出来的，但却绝不能因此就推断说，我们已经把这一概念当作一个经验的概念看待了。"（〔德〕康德：《道德形而上学基础》，孙少伟译，九州出版社，2007，第 33 页。）"我几乎从未听说有哪位学者可以不尊重调查对象而能够从调查对象口中得到回报。"（施爱东：《学者是田野中的弱势群体》，《民族文学研究》2016 年第 3 期。）"田野调查的各种技术手段都不难习得，但获得真知的关键还在于'世事洞明皆学问，人情练达即文章'，靠的是我们全部的生活体验。"（陈泳超：《背过身去的大娘娘——地方民间传说生息的动力学研究》，北京大学出版社，2015，第 24 页。）

② "［谓词和主词的］这一联结不借同一性而被思考的那些判断，则应叫作综合的判断……［综合判断］在主词概念上增加了一个谓词，这谓词是在主词概念中完全不曾想到过的，是不能由对主词概念的任何分析而抽绎出来的。"（〔德〕康德：《纯粹理性批判》，邓晓芒译，人民出版社，2004，第 8 页。）"［综合判断的］逻辑形式是谓词不包含在主项的概念之中，是两个彼此外在的概念的综合，因而主项与谓项的联结必定给主项增加了新的内容，扩大了知识的领域。"（邓晓芒：《康德〈纯粹理性批判〉指要》，人民出版社，2001，第 54 页。）

③ "分析的（肯定性的）判断是这样的判断，在其中谓词和主词的联结是通过同一性来思考的……谓词并未给主词概念增加任何东西，而只是通过分析把主词概念分解为它的分概念，这些分概念在主词中已经（虽然是模糊地）被想到过了。"（〔德〕康德：《纯粹理性批判》，邓晓芒译，人民出版社，2004，第 8 页。）"在［分析］判断［的逻辑］形式中，谓项包含在主项的概念中，因而两者具有同一性。分析的判断形式因而没有增加知识的内容，没有扩大知识的领域，只是解释性的判断，而不是科学（性）的知识。"（邓晓芒：《康德〈纯粹理性批判〉指要》，人民出版社，2001，第 53 页。）"无论谁想要达到一个目的，只要理性对他的行为有决定性的影响，他就也想要，在他的力量范围内，能够实现这个目的的那些不可或缺的必要手段。这个命题，就所涉及的意志来看，是分析性的；因为，在意愿一个作为我的结果的对象时，我自己就作为行为的原因，也就是说，作为使用手段的原因，早就已被考虑到了，而律令就从对这个目的的意愿的概念中，引申出达到这样目的的必要行为的概念……［即］仅仅关涉实现对象的方法……如果我们知道，欲望的结果只能通过这样的行为获得，那么，如果我而且意愿这个结果，我就必须也意愿这个结果的必要行为，那么这就是一个分析命题。因为，设想某物是某种方式的可能的后果，和设想我自己是以此种方式来行动，这完全是一回事……无论谁意愿一个目的，他就也意愿（依照理性是必然地）在他的力量范围内能够实现这个目的的唯一手段。"（〔德〕康德：《道德形而上学基础》，孙少伟译，九州出版社，2007，第 59 页。）"因为二者都仅仅指定人们达到预先假定的目的的手段，所以，规定意愿目的的人也要规定意愿手段的律令，在这两种情况下，都是分析的。"（同上引书，第 63 页。）"一旦我们放弃了这个意图，我们就丢弃了这个规范。"（同上引书，第 65 页。）尽管从行为的目的（原则）到手段（工具）是原因和结果（作为不同事项）之间的综合："毫无疑问，综合命题，在确定一个既定目的的手段时，就成为必要的了，但是，这些综合命题并不关涉［行为的］根据——意志［作为原因］的活动，仅仅关涉实现对象［作为结果］的方法。"（同上引书，第 59 页。）

践（伦理学实践论）的道德原则对伦理规范的先验规定①，康德称之为从先验原则推导出先验规范（看似从规则到规范的同一个"物"内部的分析命题，实际却是从客观意志到主观意志这两种不同的"事"即不同意志之间）的客观必然性"先天综合的实践命题"②（a priori synthetic practical proposition）。

于是在本文中，我把人根据客观意志的根本目的、普遍原则规定主观意志的"定言命令"（见下文）作为一个理论上假设和实践上公设的普遍价值（也就是人类存在的基础、前提或无条件条件）加以重申——这正如康德所言：尽管道德实践的定言命令"只被假定是定言的，[但是] 因为如果要解释这个 [伦理规范的] 责任概念，我们就必须作这样一个 [理论上的] 假定"③ ——

> 除非我们希望否认所有有关道德概念的真理性，并放弃道德概念在任何可能对象上的应用，否则我们就不得不承认这个 [道德] 概念的法则有如此广泛的意义，以致这个法则不仅对人类而且对所有的理性存在者都有如此广泛的意义；我们必须承认，这个法则必定是绝对必然有效的，不仅仅是在偶然条件下绝对必然有效，而且在例外情况下也是如此。因为我们有什么样的权利能使那些也许仅仅是在偶然的人类条件下有效的东西受到无限制的尊重呢？……既然道德法则对每一个理性存在者都

---

① 吕微、户晓辉近年的系列论著体现了这一方向，即始于对民俗学实践的目的论原则的现象学先验反思（吕微：《现代性论争中的民间文学》，《文学评论》2000 年第 3 期；户晓辉：《现代性与民间文学》，社会科学文献出版社，2004），继之以对民俗学实践的目的论原则的形而上学阐明（户晓辉：《返回爱与自由的生活世界——纯粹民间文学关键词的哲学阐释》，江苏人民出版社，2010；户晓辉：《民间文学的自由叙事》，社会科学文献出版社，2014）。当然，的确如巴莫曲布嫫所言，中国民俗学者共同沿这一方向集体参与的"相关讨论并不充分，思辨性文章也不多见"（巴莫曲布嫫：《民俗学伦理与非物质文化遗产保护》，《民族文学研究》2016 年第 3 期）；且揆诸域外民俗学界，沿此一方向的反思性研究，同样"也不多见"。

② "我把先天的，因此也是必然的行为和意志联系在一起，而不以任何偏好（对行为的偏好）为条件……因此，这是一个实践命题，这个命题，不是把行为的意愿，分析地从某个其他已经预设了的意欲中引申出来（因为我们并没有这样一个圆满的意志）；相反，这个实践命题把行为的意愿直接地与一个理性存在者的意志的 [目的/原则] 概念，作为某种不包含于此意志概念之中的东西，连接起来。"（〔德〕康德：《道德形而上学基础》，孙少伟译，九州出版社，2007，第 65 页注释①。）

③ 〔德〕康德：《道德形而上学基础》，孙少伟译，九州出版社，2007，第 91 页。

应当同样有效，所以这些原则必须一般地从理性存在者的普遍概念中引申出来。这样，所有的道德，虽然在应用于人的时候，都需要人类学［以及民俗学——笔者注］，但我们必须首先把这些道德彻底地发展成为纯粹哲学，也就是形而上学，独立于人类学［以及民俗学——笔者注］（在这样一个独特的知识领域，这是很容易做到的）。因为我们深知，如果我们没有掌握这样一门形而上学，那么，不但在所有合乎［伦理规范］责任的行为中，准确界定［伦理规范］责任的道德因素的思辨判断是无效的……也不可能把道德奠基于真实的原则之上。①

以此，我们才可以断言，无论对于科学认识还是道德实践来说，本身是从根本的道德目的和普遍的道德原则中推导出来的具体的伦理规范，都是必然有效的。但是，与我们的假定和推导不同，在现实中情况却往往是这样：对于科学认识来说，由于伦理规范只是被用作科学认识的手段/工具（"行为［的］可能性根据"②），而不是出于道德实践目的/原则的无条件，因而只是（从主观意志到主观意志）分析的必然性即条件性、功利性"假言命令"（hypothetical imperative）——我要求伦理规范，因为我意愿科学认识（因而从实践的观点看，被要求的伦理规范只具有主观上"我也可能要求其他非道德手段/工具"的偶然性；尽管从认识的立场看，手段/工具对于目的而言具有主观上分析的必然性）。③ 这就是说，作为科学认识的伦理条件，即假言命令的伦理规范，因为"包含有某些主观的［如其他非道德

---

① 〔德〕康德：《道德形而上学基础》，孙少伟译，九州出版社，2007，第37、45、47页。"独立于人类学"，孙少伟译本原作"独立的人类学"，据杨云飞译本改。参见〔德〕康德《道德形而上学奠基》，杨云飞译，邓晓芒校，人民出版社，2013，第39页。

② "以行为的结果为目的，而包含着行为可能性根据的东西，就被称作手段。"（〔德〕康德：《道德形而上学基础》，孙少伟译，九州出版社，2007，第81页。）康德《道德形而上学基础》把"规范"（precepts）等同于"手段""工具"："一个医生为了治愈他的病人所要遵循的规范［precepts］，和一个放毒者为了把人毒死所遵循的规范，就它们都是用来完满地实现其意图［的有效性］而言，这两个规范具有同等价值［value］。"（〔德〕康德：《道德形而上学基础》，孙少伟译，九州出版社，2007，第53页。）

③ "假言律令：我要做某件事是因为我意愿别的某件事……例如……如果我要保持我的名声，我就不应该撒谎。"（〔德〕康德：《道德形而上学基础》，孙少伟译，九州出版社，2007，第113页。）"我应该做某件事，是因为我意愿别的某件事。"（同上引书，第121页。）

手段/工具的可能性、偶然性〕限制和障碍"①，所以不具有真正的道德性，而只是合道德的"乡愿式"的"道德操练"②。

但是，与科学认识不同，对于真正的道德实践来说，伦理规范不仅仅是道德实践的手段/工具条件，而且是道德实践的无条件目的/原则本身在实践中的直接体现，或者说是从原则中推导出来的目的与手段/工具的统一性，因而是（从客观意志到主观意志）先验综合的必然性即无条件、道德性"定言命令"（categorical imperative）——即便我不愿意科学认识所要求的伦理规范，我也应该遵循出于道德法则而规定的伦理规范（从实践的观点看，这样的伦理规范就具有客观上先验综合的必然性）。③

二 学术认识形式的平庸之恶

现在，在区分了田野调查中伦理规范的不同起源——条件性纯粹认识论和无条件伦理学实践论——的不同目的（原则）之后，我们可以进一步讨论不同起源的伦理规范（手段/工具）的善、恶价值了。尽管我们承认，在现实情境中，认识论的伦理学（以人为目的和研究对象的认识论也需要伦理学）与实践论的伦理学之间，并非互不相干，而是可以把认识论作为手段/工具置于实践论目的的优先位置之后④（而不是像认识论化的伦理学那样，把认识论置于伦理学的位置之前），从而将二者联结起来——正如顾颉刚所言，为了达成破除迷信的实践目的，我们总得先使用科学手段认识迷信吧！⑤ 但为了更清晰地讨论起见，我还是先把两种不同起源的民俗学伦理学做严格的区分，否则我们就只能说，无论出于何种（道德的或者科学

---

① 〔德〕康德：《道德形而上学基础》，孙少伟译，九州出版社，2007，第 11 页。
② 陈泳超：《"无害"即道德》，《民族文学研究》2016 年第 3 期。
③ "而另一方面，那道德的，同时也是定言的律令则说，即使我不意愿别的东西，我也应该这样或那样行动……〔例如〕尽管不会给我带来一点伤害，我也不应该撒谎。"（〔德〕康德：《道德形而上学基础》，孙少伟译，九州出版社，2007，第 113 页。）
④ "在纯粹思辨理性与纯粹实践理性联结成一个认识时，假定这种联结不是偶然的和任意的，而是先天地以理性自身为基础的，从而是必然的，实践理性就占据了优先地位……因为一切关切归根结底都是实践的，甚至思辨理性的关切也仅仅是有条件的，只有在实践的应用中才是完整的。"（〔德〕康德：《实践理性批判》，韩水法译，商务印书馆，1999，第 133 页。）
⑤ 顾颉刚：《北京东岳庙和苏州东岳庙的司官的比较》，载《顾颉刚全集·顾颉刚民俗论文集》卷二，中华书局，2011，第 491-492 页。

的）目的，民俗学的伦理规范总是善的，但实际上并非如此。

根据上文援引康德对"分析命题"的"假言命令"以及"先验综合命题"的"定言命令"的区分，我们已经认识到：唯当我们给予道德目的的客观意志与伦理规范的主观意志以先验综合的联结，伦理规范才可能具有"定言命令"的绝对地善（目的之善、原因之善、正当性之善）的客观必然性道德价值（出于普遍目的对每一个人在客观上的道德规定性才是必然的）；相反，如果我们仅仅把认识目的的主观意志反思地与同一个主观意志所要求的伦理规范予以分析地联结，那么伦理规范就只有"假言命令"的相对地善（手段/工具之善、结果之善、有效性之善）① 的主观必然性功利价值（某些人出于某种特殊目的在主观上的道德性要求只是偶然的）。

我们之所以一般会认为，服务于认识目的的伦理规范也是善的，是因为，只要通过伦理规范实现了认识的目的，那么就认识的结果（准确地说是"同福祸相关"的效果）来说，这样的伦理规范自然就会被评价为"善"或者"好"，即"有效"。但我们同时也就必须马上补充说，作为认识手段/工具的伦理规范之善，只是相对地善（功利性的善而不是道德性的善），因而这样的善只能被限制在以认识目的为原因以及认识能力的结果的有限范围之内② ；一旦超出了认识目的的原因以及认识能力的结果的有限范围，将作为认识的"可能性根据"的伦理规范，用作不是从道德实践的根本目的和普遍原则推导出来的伦理规范，其是否仍然是善的，或

---

① "聪慧、机制、判断力以及心灵的其他才能，不管你如何称谓它们，或者作为气质上的特质的胆识、果断以及坚韧，毫无疑问，在许多方面都是善的并且令人想望。然而，如果要运用这些天赋才能和这些在特有状上被称为品质的意志，不是善的话，则这些天赋才能和品质有可能会变得极其恶劣而且有害。"（〔德〕康德：《道德形而上学基础》，孙少伟译，九州出版社，2007，第3页。）"在情绪和感情上节制有度、自我克制以及冷静思虑，不但在许多方面来讲都是善的，甚而似乎构成了人的内在价值的一部分。但是，无论它们如何无条件地被古人赞誉，它们也还远远不是无条件的善。因为若不以善良意志为原则，这些特质也可能变成极端的恶，一个恶徒的沉着冷静，比起没有这一〔伦理规范的〕特质来，不但更加危险，而且在我们看来，也更为可憎。"（同上引书，第5页。）

② "任何一个特殊的目的都会使每一个意志仅仅成为相对的善。"（〔德〕康德《道德形而上学基础》，孙少伟译，九州出版社，2007，第105页。）"认识能力的范围"，康德称之为认识的"力量范围"。（同上引书，第59页。）

者说是不是道德上绝对地善（正当性之善而不是有效性之善），就会成为一个问题。

上文已经指出，从认识目的还原到伦理规范，是一个从主观意志还原到主观意志自身的主观必然性"分析命题"，因而通过此一"分析命题"而还原出来的伦理规范，由于作为"假言命令"，并非先验综合地联结于普遍的道德法则和根本的道德目的，因而在实践上并不具有绝对地善的客观必然性。而这也就意味着，只有从道德实践的根本目的和普遍原则推导出来的具体伦理规范在道德上才具有绝对地善的客观必然性。而道德上绝对地善意味着：道德实践者自己把他人"始终当作目的而决不仅仅当作手段"；与此相应，道德上绝对地恶也就意味着实践者自己把他人"仅仅当作手段而没有当作目的"。后者恰恰正是以认识为目的的伦理规范（手段/工具）的先验实践形式甚至主体对客体的认识形式本身的自我规定性，亦即以认识为目的的伦理规范手段/工具的先验实践形式以及认识形式本身（按照绝对地善或正当性之善的普遍道德原则和根本道德目的来衡量）——就已经是恶（"偏离了责任的原则就肯定是恶"①），且这种情况即便在研究者是田野调查中的"弱势群体"② 的现实情境中也不会被改变。而这还未涉及"科学实践"（见下文）中具体伦理规范的先验实践内容的善、恶与否③；至于认识结果的有效性之善，因为仅仅具有科学价值而不具有任何道德意义，就无法从伦理学的立场上予以评估，如果前者（科学认识的结果）没有与后者（道德实践的原因）达成先验综合的实践联结。

　　所有的科学都有某个实践的部分，这样部分是由我们所可能实现的某个目的和关于这个目的是如何实现的律令［即本文中的"伦理规

---

① 〔德〕康德：《道德形而上学基础》，孙少伟译，九州出版社，2007，第 25 页。
② 施爱东：《学者是田野中的弱势群体》，《民族文学研究》2016 年第 3 期。
③ "道德有高点，也有低点。如果说对人'有益'是高点，那么在田野调查中，我相信还是先以低点的'无害'为基准吧。'有益'固然好，但可遇不可求，'无害'即道德！或许，把田野调查说成'斗心眼'确实糙了点，换句高大上的也行。《红楼梦》里有一副对联：'世事洞明皆学问，人情练达即文章'，真是极高明而道中庸，窃以为不妨当作民间文学、民俗学田野调查的至上境界！"（陈泳超：《"无害"即道德》，《民族文学研究》2016 年第 3 期。）

范"，下同——笔者注] 这些问题组成的。这些律令就因此而可能被一般地称为技术的律令 [imperatives of skill]。在这里，这个目的是否合理与是否 [在道德上] 为善的问题，根本就不再考虑之列，因为，这里的问题只是为达到这个目的而必须要做什么。①

但是，如果我们把科学认识所要求的具体伦理规范与道德实践的根本目的及普遍原则予以先验综合的实践联结，那么，我们就拥有了对科学认识的伦理规范给予"普遍合法则性"与否的道德判断的先验条件。当然，在当代中国的特定语境中，这同时也是基于认识论不再是纯粹认识论的基本现实，即我们承认，出于认识目的而对伦理规范的先验要求，相比较于认识论化的伦理学实践论（我在上文已经称之为理论理性化或者意识形态化的伦理学实践论）的历史进步。

所谓"认识论化的伦理学实践论"，不是从道德实践的根本目的和普遍原则出发，考虑主体间交互地作为目的和手段/工具的对话伦理关系；而是把出于科学认识的特殊目的的主体对于客体的单向度认识形式关系，挪用到政治实践形式当中，从而模塑了知识精英与政治精英共谋地实践的对于普通民众的权力关系（以认识形式为原型的权力关系）。但是，对此出于科学认识的特殊目的而看起来原本并非出于实践恶意（尚没有与道德实践相联结）的这种"最世俗、最平庸的考虑"（研究者把被研究者"当作手段而没有当作目的"，但其认识结果，如果不直接付诸社会实践就不会产生现实的恶果）的认识形式关系本身在道德上可能的恶，以往我们并没有什么深刻认识甚至没有丝毫恶感；但是在经历了奥斯维辛之后的痛定思痛——"奥斯维辛之后诗已不复存在"②（阿尔多诺），"恶的问题将是战后欧洲思想生活中的根本问题"③，当然也是当代中国的根本问题——现在我们可以援引阿伦特的说法，称之为"平庸之恶"（the banality of evil，或译"恶的

---

① 〔德〕康德：《道德形而上学基础》，孙少伟译，九州出版社，2007，第53页。
② 刘小枫：《苦难记忆——为奥斯维辛集中营解放四十五周年而作》，载刘小枫：《这一代人的怕与爱》，三联书店，1996，第28页。
③ 〔美〕伯恩斯坦：《根本恶》，王钦等译，译林出版社，2015，第251页。

庸常性") 了。①

纯粹认识论的"历史进步"是说，相比较于认识论化的伦理学实践论，纯粹认识论所要求的伦理规范，至少已经注意到主体间应然的交互性伦理关系，并援以为科学认识的伦理条件，而不是用认识论浸入甚至代替实践论的伦理学。这一方面是因为纯粹认识论（"纯学术"认识论）——曾经作为"拒绝的学术""抵抗的学术"——是从认识论化（理论理性化、意识形态化）的伦理学实践论中突围出来的；另一方面则是因为在世界学术后现代性实践转向（"表演理论"是民俗学实践转向的代表作）的大背景下，特别是在"非遗"保护所营造的普遍道德原则和具体伦理规范的实践氛围中②，即便纯粹认识论也已经不可能再置身度外，因而可以调和地主张一种"无害即道德"③的弱伦理规范。

但是，这种弱伦理规范为达成认识目的而主张的一些手段性、工具性实践内容（不同于上文所言伦理学意义上恶的认识形式）——尽管不能全部都称之为"恶"，但也不能绝对地称之为"善"。因为根据道德实践的根本目的、原则的普遍化检验，其中有些手段性、工具性实践内容，在人们日常的生活世界中，原本不被允许，至少不被提倡，尽管就达成了认识目的的"好"的效果而言，这些伦理规范作为手段性、工具性实践的具体内容仍然可以相对地称为"有效性之善"——不能超出科学认识的目的、能力或原因、结果的特殊范围而被广泛使用，因为，一旦超出认识范围而广泛使用，这些"无害即道德"的最低伦理规范，就可能加害于共同体的道德生活。就此而言，"只观察不介入"的纯粹认识论立场就有了一定道理，除非纯粹认识论者实现了向道德实践论者的身份转换，并且从道德实践绝对地善的根本目的和普遍原则（"始终当作目的而决不仅仅当作手段"）出

---

① "极权主义表明（其后遗症仍然萦绕着我们），受到最世俗、最平庸的考虑驱使的再普通不过的人，都可以犯下骇人的罪行。"（〔美〕伯恩斯坦：《根本恶》，王钦等译，译林出版社，2015，第 269 页。）

② 高丙中：《中国的非物质文化遗产保护与文化革命的终结》，《开放时代》2013 年第 5 期；户晓辉：《〈保护非物质文化遗产公约〉能给中国带来什么新东西——兼谈非物质文化遗产区域性整体保护的理念》，《文化遗产》2014 年第 1 期。

③ 陈泳超：《"无害"即道德》，《民族文学研究》2016 年第 3 期。

发，重新规定伦理规范的具体内容，纯粹认识论者难以合（道德）目的、合（道德）原则地介入共同体的实践生活。

与纯粹出于认识目的所要求的伦理规范不同，出于纯粹理性的道德实践的根本目的和普遍原则而制订的具体伦理规范，就是绝对地善的。因为在这种情况下制订的伦理规范是直接地（而不是间接地）从道德实践的根本目的和普遍原则中"推导"、"引导"或"引发"出来的①——以此，"纯粹实践理性分析论的这种划分结果必定就类似于三段论，也就是说，从大前提（道德原则）中的一般性的东西出发，经过包含在小前提里面的、把（作为善或恶的）可能的行为归属于那一般的东西之下的活动，继而进到结论，也就是主观的意志决定（对于实践上可能的善以及以此为基础的准则的关切）"②——因而必然能够达成手段/工具性规范与目的性原则（研究者把被研究者"始终当作目的而决不仅仅当作手段"）的统一，亦即伦理规范的具体内容与道德原则的普遍形式的先验综合。这样，在纯粹理性的实践论伦理学的对照下，纯粹认识论的伦理学与认识论化了的实践论伦理学在认识形式（主体对客体的认识关系）和实践形式（主体对非主体的政治关系）上所表现出来的同构性（"仅仅当作手段而没有当作目的"）——这里还不是指的伦理规范的具体内容——也就更显得突出了，对此，需要民俗

---

① "所有的责任律令都是从这个作为〔最高〕原则的律令推导出来的。"（〔德〕康德：《道德形而上学基础》，孙少伟译，九州出版社，2007，第 67 页。）"最高原则"（supreme principle），同上引书，第 69 页。"我们早期关于责任〔规范〕的概念，是从我们的实践理性的通常应用中引导出来的。"（同上引书，第 33 页。）"从我们规定的一个原则引发出来。"（同上引书，第 73 页。）

② 〔德〕康德：《实践理性批判》，韩水法译，商务印书馆，1999，第 98 页。"纯粹实践理性分析论的这种划分结果必定就类似于三段论，也就是说，从大前提（道德原则）中的一般性的东西出发，经过包含在小前提里面的、把（作为善或恶的）可能的行为归属与那一般的东西之下的活动，继而进到结论，也就是主观的意志决定（对于实践上可能的善以及以此为基础的准则的关切）。"（同上引书，第 98 页。）"我们将从原理出发而至于概念，随后才从这里，如果可能的话，进到感觉……其所以如此的根据又在于：我们现在必须处理意志，并且必须不是从与对象的关系中，而是从与这个意志及其因果性的关系中来考虑理性，因为不以经验为条件的因果性原理必须先行，然后我们才能设法确定我们关于这样一种意志的决定根据的概念，确定这些概念在对象上、最后在主体和主体的感性上的运用。"（同上引书，第 14 页。）

学者给予特别的警惕，即警惕前者在缺乏自我反思的实践认识条件下，可能重新滑向后者的危险性。

区分民俗学根本的道德目的（作为普遍的道德原则）与特殊的实践目的（例如将纯粹的认识目的作为特殊的实践规则），就有这个好处：除了能够让民俗学者根据道德实践的根本目的和普遍原则，对具体的伦理规范是否合（道德）目的、合（道德）原则做出有效判断①；还能够让民俗学者从伦理学的角度对恶的认识形式本身予以反思，从而对纯粹认识论的民俗学实践范围做出自我限定。首先，因为具体的伦理规范有时并非出于道德实践的根本目的和普遍原则，而是出于特殊目的和规则的实践要求，所以有必要限定其使用范围（既自我限定在学科之内）；其次，又因为从伦理学的立场看，认识形式本身就是恶的实践形式，所以有必要将其联结于道德实践的根本目的和普遍原则的判断标准，以保证其不逾越道德的底线（又自觉超越于学科之外）。

在田野调查的经验性语境中，为了达成特殊的认识目的（作为特殊的实践规则）而对特殊的认识对象的认识结果，民俗学者有必要制订一些具体的伦理规范以作为认识的条件。但是，由于认识目的、认识对象的特殊性和多样性，被要求的具体伦理规范也就（相对于纯粹理性的道德实践的同一性目的和普遍性原则）必然是多种多样的，以此，即便民俗学者制订

---

① 对此，阿伦特反驳说："只有我们确证存在着一种能够使我们不被感情或自私所迷惑，而理性地判断人类能力，并且它能自动地发挥作用，不用束缚于个别事例被包括在其中的标准或规则，而是相反，能通过判断活动产生它自己的准则；只有在对这种能力的假设下，我们才有希望在这十分不牢靠的道德基地上冒险发现一块坚固的立足之处。"（〔美〕阿伦特：《反抗"平庸之恶"》，陈联营译，上海人民出版社，2014，第56页。）"是什么使得这些少数人能够抵御这些？是什么把他们从周围道德标准的崩溃中拯救出来？这便是他们判断是非的能力，他们能够判断自己面对的恶而不需要依赖于既定的普遍规则"。（〔美〕伯恩斯坦：《根本恶》，王钦等译，译林出版社，2015，第271页。）但阿伦特错了，因为少数人之所以"能够判断自己面对的恶"，恰恰是因为他们仍然"需要依赖于既定的普遍规则"。例如，正是根据《保护非物质文化遗产公约》所主张的普遍原则，我们才可能认识到《保护非物质文化遗产伦理原则》（巴莫曲布嫫、张玲译，《民族文学研究》2016年第3期）第6条"每一社区、群体或个人应评定其所持有非物质文化遗产的价值，而这种遗产不应受制于外部的价值或意义评判"的错误。（吕微：《实践公设的模态（价值）判断形式——"非遗"保护公约的文体病理学研究》，《文化遗产》2017年第1期。）

出十分完备的伦理规范守则,也仍然难以填满认识论的"无底鸿沟"①。但是,如果民俗学者根据道德实践的"客观有效性"的根本目的和原则先就达成了主观间客观性的"普遍同意"②,那么,民俗学者就能够援以为判断的标准,检验具体的伦理规范是否符合道德实践的普遍原则和根本目的,至少也维持了出于认识目的的伦理规范在实践上的道德底线(即便没有超出认识范围,出于认识目的的伦理规范也不是无底线的);而纯粹出于认识目的而制订的伦理规范就做不到这一点,因为纯粹出于认识目的的伦理规范只能自我期待其认识结果的特殊有效性,而无法自我检验其伦理规范的普遍正当性。尽管出于认识目的的伦理规范被要求不超出认识范围的实践使用,基于普遍正当性的道德底线仍然需要保证,因为认识的实践并不外在于实践的生活。

据此,完备的民俗学学术实践守则,至少应该包括两个部分:第一是道德实践的根本目的和普遍原则部分,这部分应该由超越民俗学学科自身价值的人类共同体普遍价值所构成,民俗学援引这些超越自身学科特殊价值的普遍价值作为自身的超越性先验理想,庶几才能够保证民俗学作为纯粹理性的实践科学在道德上合目的性、合原则性的伦理方向③;第二是出于

---

① 〔德〕康德:《实践理性批判》,韩水法译,商务印书馆,1999,第 59 页。"正如奈沙尼绘制的关系图所示,伦理问题在学术研究的不同阶段都会以不同方式循环显现,而且不会画上句号;而米勒所列的八个问题清单对今天的民俗学研究和非物质文化遗产保护工作而言,也远未穷尽我们已然面临的种种挑战。"(巴莫曲布嫫:《民俗学伦理与非物质文化遗产保护》,《民族文学研究》2016 年第 3 期。)"在以意愿的他律为先决条件的情形下该做何事,这是难以把握的,就需要万世通晓……什么东西会带来真正经久的利益,并且尤其是它应该使人一生受用不尽,人们在此时就如堕五里雾中莫名其妙了,他们需要相当的精明,把与此相配合的规则适度损益,以适应人生目的。"(〔德〕康德:《实践理性批判》,韩水法译,商务印书馆,1999,第 39 页。)"我们能够把因某一理性存在者的力量而可能的东西,看作是某一意图的可能意图。因此,行为地方诸原则,只要它们被认为是在达到一个为它们所能达到的可能的意图上是必要的,那在事实上,它们就是无限众多的。"(〔德〕康德:《道德形而上学基础》,孙少伟译,九州出版社,2007,第 53 页。)
② 康德甚至说过:"普遍同意〔本身〕并不证明一个判断的客观有效性……相反,只有客观有效性才构成必然的普遍一致的基础。"(〔德〕康德:《实践理性批判》,韩水法译,商务印书馆,1999,第 11 页。)
③ "因为〔实践论的道德法则〕这是个〔先验〕综合命题,要证明这个〔先验〕综合命题,我们就必须超出关于对象的〔认识论〕知识。"(〔德〕康德:《道德形而上学基础》,孙少伟译,九州出版社,2007,第 113 页。)

特殊实践目的（例如科学认识目的）的具体规范部分，这部分提供了对经验性情境中合目的性、合原则性（至少是合道德性底线）的具体做法的一些被先验阐明的正当（合理、合法）性建议以及同时被经验所证明的有效性建议的实践规则。

目前，各个国家、地区的各类学术团体所制订的学术研究的道德－伦理守则，既有包含根本目的、普遍原则和具体规范两部分的，也有仅仅给出具体规范的；但即便是后者，也应该是合于（尽管不一定是出于）根本的道德目的和普遍的道德原则，而不仅仅是出于特殊的实践目的和实践规则（例如认识的目的和规则）。如果中国民俗学会在道德－伦理守则中，放弃对人类共同体普遍价值的表述（即便是象征性的表述），那就是意味着放弃了民俗学学科（伦理革命）的实践理想①，"那就是把自己关进理论的象牙塔里，而罔顾中国民俗学当下应该有所为有所不为的实践语境，或者说，把原本是一个中国的语境问题，当作域外……的语境问题来处理了"②，而这于中国民俗学来说，不仅可能会延续我们曾经（用认识论遮蔽伦理学）的"原罪"，而且会进一步酿成学术机体的认识形式联结于各种意识形态（政治意识形态、经济意识形态、文化意识形态……）的实践形式的"平庸之恶"的学科内伤。

三 学术伦理规范的平庸之善

在本文的最后，我仿照奈沙尼"伦理关系图"（见图 1），也制作了一个环形的"道德原则与伦理规范关系图"（见图 2）。

奈沙尼认为，以圆形为图，是因为伦理问题往往是循环的。也就是说，伦理问题贯穿民俗学活动过程的始终，无须去设定明确的开始或结束。在这个圆圈里面有一个交叉的十字，其垂直轴的两端连接着

---

① "严重的事情是对一种原则的损害……损害一个原则才是灾难。"（〔法〕勒维纳斯：《塔木德四讲》，关宝艳译，商务印书馆，2002，第 24 页。）

② 吕微：《民俗学：一门伟大的学科——从学术反思到实践科学的历史与逻辑研究》，中国社会科学出版社，2015，第 375 页。

民俗
FOLKLORE

口头—书写
Oral-written

社区权利
Community rights

选择
Selection

个人权利
Indivjdual rights

存档
Archiving

出版
PUBLICATION

ETHICS
伦 理

叙事者
NABRATORS

对象均势
Objective
power-equation

版权
Copyright

Interpersonal
relation
人际关系

Gain/Loss
得/失 FOLKLORIST
民俗学者

图 1　奈沙尼"伦理关系图"

民俗（田野）和民俗学者（研究者），而其水平轴的两端则是出版（知识产品）和叙事者（田野对象）。而将民俗学者置于底部（基础），是因为整个圆形表述的伦理关系正是因为民俗学者的出现才得以构成。而围绕"伦理"二字则有三个圆圈：最里面的内圈表示讨论的核心即"伦理"，第二圈以四道弧线将所有的问题分类连接到一体，第三圈则显示各种各样的问题，也是该工作坊一直在讨论的问题类别。按这个关系图来进行讨论，其顺序是逆时针方向的，即从民俗学者到叙事者到民俗再到出版，最终回到民俗学者……研究过程中遇到的伦理问题还将继续生长……正如奈沙尼绘制的伦理关系图所示，伦理问题在学术研究的不同阶段都会以不同方式循环显现，而且不会画上句号；而米勒所列的八个问题清单对今天的民俗学研究和非物质文化遗产保护工作而言，也远未穷尽我们已然面临的种种挑战……即使到了今天，奈沙尼的"伦理关系图"和米勒的"伦理问题清单"，对我们思考民俗学伦理问题依然有着工具性的指向意义。诚然，我们还可以继续沿此方向行进，乃至加上第四个或第五个圆圈，将日益凸显的伦理关系包括困扰我们的诸多问题切分得更为具体，勾连得更为细致，以回应今天的学术发展趋势和学科建设取向。①

  在奈沙尼"伦理关系图"中，处在"核心"位置（"最里面的内圈"）的"伦理"，实际上指的是"伦理规范"而不是"道德原则"；所以，巴莫曲布嫫特别强调，奈沙尼"伦理关系图"对我们思考民俗学学术伦理问题仅仅具有规范性即手段性或"工具性的指导意义"，而不具有原则性、目的论的终极价值。与奈沙尼"伦理关系图"不同，我制作的"道德原则与伦理规范关系图"参照了康德《实践理性批判》"有关善恶概念的自由范畴表"②。因此，该图不是以学术伦理的具体规范为"核心"，让情境问题永远围绕着这个具体规范的"核心"无休止地"循环"打转，而是以学术道德的根本目的和普遍原则为"最后"的中心。换句话说，该图不是"无须去设定明确的开始或结束"，而是"最后从对一切理性存在者都有效的［道德］法则开始"③。

  我在图2中重申了上文中已表达的基本认识：道德实践的普遍原则作为根本的目的之善，本身就是善（正当）的，且无论在何种情况下必然都是善的；但特殊的实践规则（例如以认识为目的的特殊规则）和具体的伦理规范不是在任何情况下必然都是善的，后者只有在与前者相联结即从前者"开始"才必然是善的。具体的伦理规范在特殊的实践规则的使用范围之内，相对于所要达到的特殊实践目的，也必然是善（有效）的；但如果具体的伦理规范超出了特殊的实践目的和特殊的实践规则的使用范围，或者与并非根本的目的之善的其他特殊的实践规则相联结，甚至与之浸为一体，

---

① 巴莫曲布嫫：《民俗学伦理与非物质文化遗产保护》，《民族文学研究》2016年第3期。
② 〔德〕康德：《实践理性批判》，韩水法译，商务印书馆，1999，第72页。
③ "从各人建立在其禀好上的准则［自然习惯］开始，从对某一类在某种禀好上相互一致的理性存在者都有效的规矩［伦理规范］开始，最后从对一切理性存在者都有效的法则［伦理原则］开始，而不计及其禀好［的自然习惯和伦理规范］，如此等等。以这样的方式，我们综观了我们务须完成的整个计划，乃至综观了实践哲学务须回答的每个问题，同时直观了理当遵循的［实践］秩序。"（参见〔德〕康德：《实践理性批判》，韩水法译，商务印书馆，1999，第72-73页。）或者说，"不受责难地从纯粹实践法则及其现实性开始"。（同上引书，第48-49页。）"必须从各种先天的实践原理的可能性开始。"（同上引书，第97页。）

具体的伦理规范就可能陷入"平庸之恶"的实践境地。

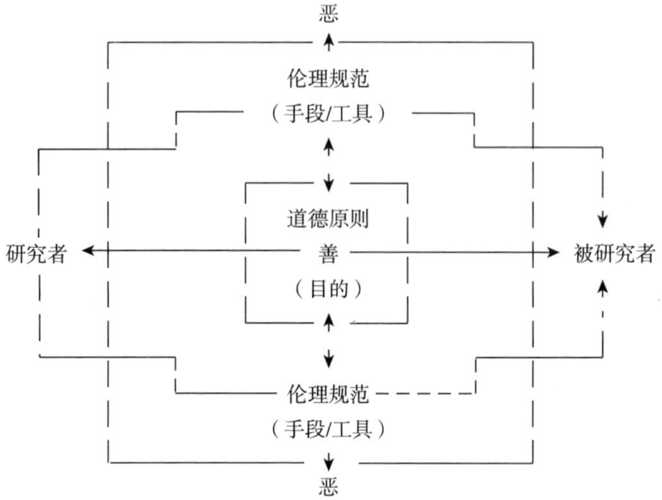

图 2　"道德原则与伦理规范关系图"①

当然，就此，人们可以提出反问：假如纯粹认识论的民俗学——把具体的伦理规范联结于特殊的实践规则，或者超出了特殊的实践目的（纯粹科学研究的认识目的）的使用范围——难以避免"平庸之恶"；那么实践论的民俗学就必定能避免"平庸之善"（the banality of good）吗？这里的"平庸之善"是说，以道德上的目的之善的普遍正当性名义，对差异性实践的毫不宽容，是为最大的恶；以此，"平庸之善"就是"普遍性之恶"②。至少对于许多特殊目的、特殊规则的实践行为（例如以认识为目的的实践行为）来说，拒绝了差异性就等于拒绝了诸多有效性之善。对此，我的理解

---

① 在学术伦理的根本目的和普遍原则中，研究者与被研究者之间的关系是平等的，以此，在图 2 中，上述思想被表象为：横穿过"目的之善"的道德原则的普遍化检验的研究者与被研究者（主体与主体）之间的关系，用符号"←→"表示，是平行交互的（我把被研究者的位置置诸关系表的右侧，取中国古代"以右为尊"的意思，这也符合表演理论关于"观众/听众优先于演员"的道德主张）；只有仅仅经过"手段之善、工具之善"的伦理规范的研究者与被研究者（主体与客体）之间的关系，用符号"→"表示，才是单向度的。在表演中，观众/听众作为"绝对他者"（the Other）优先于作为自我的演员的人格间关系，即列维纳斯所云自我对于他人的"绝对［先验］责任"。参见户晓辉《民间文学的自由叙事》，社会科学文献出版社，2014，第 165 - 171 页。

② ［美］魏乐博：《"善""恶"界限的多重性：中国道德体系中的包容性及其后果》，吴科平译，载《宗教人类学》第六辑，社会科学文献出版社，2015，第 35 页。

和回答如下：如果差异性被定义为"不平庸"，那么，道德上正当性的目的之善作为拒绝了道德上差异性的目的之恶（"自愿服膺的恶"①）的普遍性，也就只好自认平庸。但是，差异性并非就只是意味着目的之善与目的之恶之间的差异——我们与其说善、恶的目的之间有"差异"，不如说善、恶的目的之间是"对立"——其实，差异性更应该指的是从目的之善到目的之非善（而不是从目的之善到目的之恶）之间的差异。

　　康德描述过出于普遍的道德原则的具体伦理规范的内部差异性，即"对我们自己和对他人的责任〔即'规范'，下同——笔者注〕，以及完全和不完全的责任"②。在康德看来，"完全责任"是要求每一个人都必须遵从的"必然责任"③（例如：不许骗人、不许自杀）；而"不完全责任"只是"偶然责任"即"可赞许的责任"④（例如：应该帮助他人、应该发展自己），却并不要求每一个人都必须遵从，而是允许有可以不遵从的例外。⑤而所谓"例外"，这里只是说，尽管我没有把他人和自己当作目的，但也没有把自己和他人仅仅当作手段。这就是普遍的目的之善（绝对地善的正当性）自身所包含的不同的善的道德差异性（而这种普遍的目的之善自身的道德差异性还没有进一步考虑其自身的审美差异性），其中就包括允许选择以认识为特殊目的所要求的具体伦理规范的差异性，尽管从道德实践的根本目的和普遍原则的立场看，出于认识目的的特殊规则所要求的伦理规范可能是恶的，且认识的形式本身也已经是恶的。以此，排除了实践上的目的之恶（康德称之为"自在恶""根本恶""绝对恶"⑥）的普遍的目的之善，并非必然就是道德上无差异的善。反之，出于根本的道德目的的普遍道德原则，以及从中推论出来的具体伦理规范，恰恰是要保护每一个人自由选择从善

---

① 〔德〕康德：《实践理性批判》，韩水法译，商务印书馆，1999，第109页。
② 〔德〕康德：《道德形而上学基础》，孙少伟译，九州出版社，2007，第69页。
③ 〔德〕康德：《道德形而上学基础》，孙少伟译，九州出版社，2007，第87页。
④ 〔德〕康德：《道德形而上学基础》，孙少伟译，九州出版社，2007，第89页。
⑤ "不管我们还会怎样理解康德的伦理学，它都允许我们提出道德规范与'许可法则'之间的一种范畴区分，这种区分揭示了道德判断和辩护的'精微结构'。"（〔德〕韦尔默：《伦理学与对话——康德和对话伦理学中的道德判断要素》，罗亚玲、应奇译，上海译文出版社，2013，第26页。）
⑥ 〔德〕康德：《实践理性批判》，韩水法译，商务印书馆，1999，第67、97页。

到非恶的目的，甚至可能选择恶的目的的实践权利。

这就是说，道德实践的目的之善的普遍原则只是拒绝实践上可能的目的之恶的自由选择的意志内容，却并不拒绝自由选择的意志形式（我反对你说的话，但我维护你说话的权利）本身；进而在道德实践的根本目的之善的大前提下，普遍的原则之善甚至能够宽容和接受特殊的实践目的（例如认识目的）的实践形式（认识关系）之恶和实践内容（实践的手段/工具）之恶（例如在日常生活中经常被我们赞许的"善意的谎言"即柏拉图《理想国》中说到的"高贵的假话"①）。以此，出于特殊目的、特殊规则的民俗学（例如认识论的民俗学）——康德称之为"技术的律令"或者"技术的规则"② 的科学实践的"假言命令"庶几近之——在实践论民俗学的根本道德目的和普遍道德原则的大框架之内，才有差异性实践（用康德的话说"例外"③）的立足之地。

但是与此同时，作为自由选择的实践行为，认识论的民俗学也就必须肩负起自由选择的责任、义务并坚持其道德底线，即作为"自由的界限"的"不伤害对方"的最低伦理规范。换句话说，就是始终把相对地善（有效性之善）的认识目的与恶的认识形式，及其所要求的伦理规范（手段/工具）置诸道德实践的根本目的之善和普遍原则的绝对条件（正当性之善）之下——例如，面对猎头、殉夫等违背普遍道德原则及其最低伦理规范的实践行为，民俗学家有义务和责任制止此类恶俗，并放弃认识论"不持立场""客观观察"的田野做法——但这又唯有在根本的目的之善对根本的目的之恶的意志内容之绝不宽容、绝不接受的先决条件下，才有可能。因为，

---

① 〔古希腊〕柏拉图：《理想国》，郭斌和等译，商务印书馆，1986，第 127 页。"这里讨论的撒谎并不是实现一种'私人的目的'的手段，而是实现一种道德上的要求的行为目的的手段。"（〔德〕韦尔默：《伦理学与对话——康德和对话伦理学中的道德判断要素》，罗亚玲、应奇译，上海译文出版社，2013，第 20 页。）

② "技能的律令"（imperative of skill,），"技术的律令"（technical imperative），"技术的规则"（rule of skill）。（〔德〕康德：《道德形而上学基础》，孙少伟译，九州出版社，2007，第57、59、61 页。）

③ "我们只是为了我们自己，或是为了我们的偏好，而且仅为此一场合，对这个准则有开个例外的自由""允许有例外""我们只是允许我们自己有少许的例外，这些例外对我们来说好似是不重要的且是被迫使然的"。（〔德〕康德：《道德形而上学基础》，孙少伟译，九州出版社，2007，第 75 页。）

如果我们宽容地接受了不容许每一个人平等地拥有自由意志的选择权利的根本目的之恶的现实性（主动猎头和被动殉夫都是剥夺他人乃至自我的"绝对自发性"自由权利，因而就是"将人改造为不是人……而且够不上人""使人类不再具有人性""使人变成多余的人"① 的根本恶），那么也就根本不存在在目的之善与目的之恶之间做自由选择（包括在道德实践与科学认识之间做选择）的任何实践可能性了。而人类整体以及每一个人类个体作为"人"的尊严就在于：当你因道德意识而能够选择手段/工具的规范之恶甚至目的/原则之恶以苟且或幸福的时候，却能够毅然决然地"依照自由［权利］的绝对自发性"② 来选择目的/原则之善以及手段/工具的规范之善。但这样的"能够选择"，又是以根本的目的之善和普遍的原则之善的"平庸之善"为无条件先决条件而"平庸之恶"却在不知不觉间泯灭了这一无条件的先决条件。

如果"平庸之善"作为我们民俗学者自己为自己设定的"明确的开始"，既是抵御根本的目的之恶和原则之恶的必然可能性（不是必然现实性）屏障，也是民俗学容纳、接纳各种并不违背道德实践的绝对地善（正当性之善）的根本目的、普遍原则的各种非恶的特殊实践目的、规则（例如认识的目的、规则）及具体的伦理规范，甚至恶的实践形式（例如恶的认识关系）及其相对地善（有效性之善）的实践结果（例如认识的效果）的现实性津梁，那么，我们民俗学者倒是应该满足于民俗学学术道德－伦理的根本目的和普遍原则以及具体规范的"平庸之善"。因为，我们民俗学者也是人，是普通的人，作为普通的人，我们的意志从来都不是"神圣的意志"即"完全的善良意志"，而只是"人的意志"，即不断受到诱惑（包括科学的"诱惑"）的善良意志。但是尽管如此，神圣的"至善的意志"，

---

① "'使人变成多余的人'的说法带有更为恐怖和特殊的含义。它在字面上意味着以一种使人类不再具有人性的方式改造人类""极权主义企图通过消除这些特征，企图通过将人改造为不是人（而且够不上人）的东西而使人变得多余"。（〔美〕伯恩斯坦：《根本恶》，王钦等译，译林出版社，2015，第258、260页。）

② "不应当依照那属于作为现象的它的自然必然性来判断的，而是应当依照自由的绝对自发性来判断的。"（〔德〕康德：《实践理性批判》，韩水法译，商务印书馆，1999，第108页。）

却又始终应该成为我们的理想或前行的坐标，否则我们就不再有能力反思乃至"反抗'平庸之恶'"了。

作者简介

吕微，中国社会科学院文学研究所研究员。主要研究领域为民俗学与民间文学的基础理论、神话学。著有《中华民间文学史》（国家社科基金项目，合著）、《隐喻世界的来访者——中国民间财神信仰》、《神话何为——神圣叙事的传承与阐释》等。

中产阶级生活方式：都市民俗学新课题[*]

徐赣丽

伴随着我国经济的迅猛发展，以及全球化、城市化、信息化的高速推进，人们的生活方式较以往有了质的变化，这种变化是深刻的、全面的和影响深远的。在日本和德国，民俗学家们面对变化的现代社会，对民俗学的目的、方法、概念等基本问题再行探讨。一些民俗学大家呼吁，民俗学应该关注科技革命带来的广泛渗透在我们日常生活中的民俗变迁。不仅如此，在社会急剧变迁和转型的时期，社会学、美学、人类学等学科都意识到需要进行学科转向，民俗学也面临学科转型的问题。民俗学曾经执着于到乡村去寻找传统的民俗，抱着抢救和保护的意识去搜集和记录口头文学资料。近二十年来，一部分民俗学者立足于城市，进行与乡村类似的民俗学研究。随着城市化进程的加快，都市（或名"城市"，本文统一为"都市"）民俗学也越来越被重视，然而都市民俗学是否可以成为传统民俗学突围的方向？如何建构都市民俗学，并有助于推动中国民俗学向前发展？周星提出"生活革命"的概念，论述当下我国国民生活中已经和正在发生的重要变化，希望以此可以引领民俗学实现学科转型。^① 正是基于国民生活方式的都市化，以及中产阶级生活方式的引领作用，本文尝试引入新的概念和视角来讨论民俗学研究对象和问题转型的可能性。

---

* 本文选自《民俗研究》2017 年第 4 期。

① 周星：《"生活革命"与中国民俗学的方向》，《民俗研究》2017 年第 1 期。

一 都市民俗学的现状和瓶颈

对都市民俗学的研究，不管是在中国，还是在国外，都已不是新鲜事。但发展至今，似乎都有停滞不前的迹象。如何突破这种困局，在日益城市化的当代现实中显得尤为必要。

在 20 世纪 60 年代，都市民俗学在美国等率先城市化的国家兴起，民俗学开始把研究视角从乡村转向城市，但受当时民俗概念的制约，其关注的对象由农民转变为都市中的底层群体，如车夫、流浪汉等，后来又在此基础上扩展到所有城市里的人都可能成为民俗之"民"。早期的美国民俗学家提出要关注都市民俗，其实是指乡下人进了城或出生在城市的新一代，他们的行为、服饰、饮食、语言和世界观也承载着父辈的传统。① 随着社会的发展，美国都市民俗的研究又有新的拓展，不管是研究的问题还是研究对象都跟现实社会有较为紧密的联系。1973 年，印第安纳大学召开了一次关于"现代世界中的民俗"的国际会议，对现代城市社会中出现的"民俗与城市""民俗与工业主义""民俗与大众媒体""信息化世界的民俗"等议题，展开了讨论。② 其会议主题虽然没有直接冠以"城市民俗学"之名，但大多是当代城市社会中出现的问题，因为作为现代性容器的城市，是讨论现代世界无法避开的空间背景和现代性符号本身。这也透露出，当代美国民俗学已经开始对民俗时空进行现代转向。

20 世纪 70 - 80 年代，随着工业化、城市化的飞速发展，都市民俗学在日本盛行一时。③ 日本都市民俗学研究的代表人物是仓石忠彦，他在 1973 年发表的《住宅区的民俗》引起广泛关注，次年他又发表了《城市民俗学的方法》④，就此开启了日本城市民俗学蓬勃发展之势，当时的日本民俗学权威宫田登等人也相继发表了相关论文。此后，都市民俗学的理论方法受

---

① 高丙中：《英美城市民俗学的兴起及其对民俗学的理论意义》，载上海民间文艺家协会编《中国民间文化——都市民俗学发凡》，学林出版社，1992。

② Dorson R M, *Folklore In the Modem world*, The Journal of American Folklore, 1980, pp. 233 - 234.

③ 〔日〕福田阿鸠：《日本民俗学讲演录》，白庚胜译，成都时代出版社，2008，第 107 页。

④ 郭海红：《日本城市民俗学研究述略》，《世界民族》2009 年第 4 期。

到广泛的讨论和关注，逐渐形成热点课题；但此时的研究主要关注民俗变迁，如宫田登的《通向都市民俗学之路》主要考察民俗的改变与都市化的关系，以江户时代转变为东京时代的历史案例，细致考察民俗在哪些方面改变了、如何改变的，着重关注随着农业生计方式的变化、支撑民俗传承的"传承母体"的结构性变化。① 可以看出，当时的民俗学家还深受历史学的影响，所举的例子不仅是前现代的，而且把都市作为一个与乡村相对照的区域类型来看待，都市民俗学仅被看成是传统民俗学研究的一个延伸，而不是另外一个方向。正如仓石忠彦早期指出的："所谓城市民俗学的研究，是以城市社会或城市生活为对象，通过考察那里残存的或是生成的民俗，探究日本的民族文化、基础文化的民俗学研究。其研究方法与以往的民俗学采取的方法没有本质的区别。"② 大多数的研究都比较重视某些民俗事象而忽视社会文化的整体性变动，在都市寻找土著和遗俗，仍然是文化遗留物的观念占主导。尽管学者们希望通过城市与村落在组织结构、生活节奏等诸多方面表现出的差异以及特点的研究，进而建构不同于村落的民俗文化体系，但这一努力并没有成功，研究对象虽然改变了，但新的研究方法尚未发现和建立。因此，20 世纪 90 年代后，日本民俗学界虽然没有停止对都市民俗生活的考察和记录，但总体上，都市民俗学研究的大旗已不再被频频举起。不过，仓石忠彦等城市民俗学者仍然执着于继续探讨，因为当代日本民俗学界对现代民俗的研究并不能明晰城市的民俗文化体系③；同时，日本民俗学依旧在努力探索新时期的学科转型之路。

在北欧国家，都市民俗学的最初情形与日本类似，即"都市民俗学的呼声背后，常常是把乡村—都市的对立看作理想类型的对立"④；也曾有过从城市里寻找遗留物，未曾开拓新的理论而徘徊不前的经历。瑞士民俗学

---

① 〔日〕宫田登：《都市民俗学への道》，最初发表于《木代修一先生喜寿記念論文集三（民族史学の方法）》，雄山阁，1977；后来收入其著《都市民俗論の課題》，未来社，1982。相关文献资料，有劳日本东京大学文化人类学系的博士研究生施尧帮忙核实，深表谢忱。
② 〔日〕仓石忠彦：《城市民俗学的方法》，郭海红译，《民俗研究》2009 年第 1 期。
③ 〔日〕仓石忠彦、郭海红：《从生活中感悟与捕捉民俗——以城市民俗研究为中心：日本著名民俗学家仓石忠彦访谈录》，《文化遗产》2013 年第 4 期，第 114 页。
④ 〔德〕赫尔曼·鲍辛格：《技术世界中的民间文化》，户晓辉译，广西师范大学出版社，2014，第 28 页。

家亨格纳提出有创见性的理论，即认为城市民俗学是对"城市特性"和城市生活风格的研究。而德国、芬兰等国，也早已经开始了用新的视角和方法开展对现代城市和科技影响下的民俗学研究，甚至已经对民俗学实行更名，改为"经验文化学"或"欧洲民族学"等，其研究对象也转变为"以中间社会阶层的日常生活事件为对象领域"①。可以看出，他们的思想和研究已经领先学术前沿，既有对城市特性的关注，也有对科技世界的民间文化的探索，大体实现了现代民俗学的转型。

从中国的现有研究来看，都市民俗学还未完全开展起来。虽然早在 20 世纪 80 年代，乌丙安、陈勤建就提倡要开创都市民俗研究新领域，并初步探讨了都市民俗的原型和都市化过程②，但在当时并没有引起足够的重视。因为受我国的经济发展和人口户籍制度制约，在改革开放之初我国都市化程度还不高，学界对都市民俗的关注度也不高，陆续有一些研究也多是对都市民俗的倡导呼吁和资料搜集整理。对理论的探讨比较缺乏，更谈不上系统性，处于提出问题和构想阶段，大多是从历史视角出发对城市风俗和风俗史进行搜集和研究。虽然也有人关注到都市新民俗，比如杨东平在《城市季风》书中介绍了当代上海的一些新习俗③，徐华龙提出了主要关涉都市社会的新时尚的"泛民俗"一词④，但还未旗帜鲜明地提出都市民俗学。明确提出要建构都市民俗学体系的是 2004 年，陶思炎等人出版的专著《中国都市民俗学》，把都市民俗的对象扩大到已经进城的农民⑤，但尚未涉及都市环境和新的时代诞生的"民"。

综观国内外，都市民俗学虽曾经备受期待，但目前在一些国家却似遭遇瓶颈。原因是相关研究仅仅是把目光从农村移到了城市，但是空间变化之后，却惯性地去寻找符合"民俗"框架的事物为研究对象，只是把旧人

---

① 户晓辉：《建构城市特性：瑞士民俗学理论新视角——以托马斯·亨格纳的研究为例》，《民俗研究》2012 年第 3 期。
② 乌丙安、陈勤建：《我国都市民俗研究的新课题》，载陈勤建主编《当代中国民俗学》，上海文艺出版社，1988。
③ 杨东平：《城市季风：北京和上海的文化精神》，东方出版社，1994。
④ 徐华龙：《泛民俗学》，黑龙江人民出版社，2003。
⑤ 陶思炎等：《中国都市民俗学》，东南大学出版社，2004。

换了新衣。这看似坚持了民俗学的传统，却与时代的发展格格不入。因此，导致其难以进一步发展。换言之，都市民俗学研究，需要转换思维，不能把眼光局限在现代都市里去寻找"民俗"，尤其是遗存的民俗，尽管继续关注都市里传统民俗的变迁也是重要的，但需要突破学科原有的边界，突破民俗学惯常的思维，回到学科最初的范畴中较为普遍化的概念或研究对象。民俗学者也需要介入当下社会，勇于担当，"去注意都市中生活的人群所面临的种种挑战，以及他们如何利用传统资源来应对挑战并创造和维持社会关系等问题"[1]。鉴于"民俗"之词的局限性和与生俱来的刻板化印象，即使是研究都市的新民俗，也仍然会被其名称所困扰。而近来日益引起重视的"日常生活"一词，似乎可以让民俗学从学科研究对象的名称固化中获得解放。以"日常生活"为新时期民俗学的核心概念的相关研究已经开始，但还远远不够，尤其是此概念对于多数民俗学学人还显得陌生，还需要一个从国外移植到本土生根发芽的过程。但对此的讨论，也已揭开新时期民俗学学科转型的帷幕，呼唤我们进一步跟进。

二　中产阶级的崛起与特征

当今世界，新中产阶级成为社会生活中占据重要地位的力量。他们的形象也逐渐引起世人的关注，并进入学者的研究视野。

随着城市化速度的加快和经济的增长，我国的中产阶级（也被称为"中产阶层""中等收入人群"等）迅速崛起。根据统计数据，我国中产阶层人口规模或其财富，都已跃居世界榜首。如中国社会科学院 2010 年的研究报告显示，我国中产阶级已占全国人口的 23%，在北京、上海等大城市，中产阶级占 40%。这个已经数以亿计的群体还在以每年一个百分点的速度增长[2]，他们将可能成为其所生活的城市的主体人群，并从各方面影响我国社会的整体。

---

[1] 安德明：《民间文化研究："朝向当下"的学问》，《民间文化论坛》2015 年第 4 期，卷首语。

[2] 张维为：《中国震撼：一个"文明型国家"的崛起》，上海人民出版社，2015，第 40 页。

（一） 中产阶级的概念界定和文化特征

中产阶级概念的界定因不同国家、不同社会文化背景而相异。有人认为，它是一个具有文化和社会时空差异性的概念。① 中产阶级概念的双重维度，一是时间轴上的变迁性，二是空间轴上的差异性。对于前者来说，中产阶级（Middle Class）的概念源于英国，作为等级社会中的等级之一，其概念的范畴处于上层及下层的关系对比中。但随着西欧国家、美国等资本主义的发展，该概念的实质性指涉转向了在社会结构转型下的产物。

新中产阶级并不是以资本命名，而是具有文化资本的优势，金钱只是指标之一。物质达标而缺乏精神追求的人，有可能只被看作是"土豪"。真正的中产阶级已经开始在拥有一定的物质基础之后，注重个人精神追求，比如不断学习以充实自己或提升专业技术水平、有艺术追求、爱好体育和休闲。正如美国社会学家赖特·米尔斯（Charles Wright Mills）所指出的，在后工业社会日益增多的，在社会生活中起着重要作用的是"新中产阶级"，主要由专业技术人员和经理等组成。② 中产这个群体不是按照地域或某具体空间来划分的，甚至国籍的区分也不那么明显，他们更多地是掌握科技的技术人才、有现代商业或管理经验的企业人才。他们大多受过高等教育，日常生活的知识很多不是从父辈那里习得的。与传统国人的知识主要来自读古人之书不同，现代的知识拥有者有着更为广阔的国际化视野，他们的思想观念和生活方式也受国际新时潮影响，而可能远离本土文化模式。鉴于目前中产阶级在国内外各种现实和理论的讨论中，都存在较大争议，本文无力对此做一个全面精准的界定，暂时在宽泛意义上把它视为主要生活在城市里，收入水平处于社会阶层的中等上下，大多受过一定高等教育、从事专业技术和管理工作，有较高的文化修养和高质量生活水平的人。

从民俗学角度看，这个群体与乡村农民群体或传统的士商群体，在生活方式和兴趣爱好或行为方式上都有很大的不同，而呈现自身的独特性。

---

① 王建平：《中产阶级：概念的界定及其边界》，《学术论坛》2005 年第 1 期。
② 〔美〕赖特·米尔斯：《白领：美国的中产阶级》，周晓虹译，南京大学出版社，2006。

从西方现有研究成果看，新中产阶级强调生活的品位和格调，在追求生活舒适的同时，重视文化艺术和科技的含量，以及个性的培养、自由的空间。克莱夫·贝尔（Clive Bell）说："雅典人的思想和感情生活极其丰富而多样，但他们的物质生活连体面都顾不上……文艺复兴时期豪华富丽、宏伟壮观的东西有的是，但人们对生活的舒适从未用心。舒适的生活是伴随中产阶级的出现才出现的。"① 他还说，中产阶级的生活方式已被享乐主义或消费主义所支配。② 这似乎可以概括为中产阶级生活方式的一个突出特点：享乐主义主导的消费范式。

西方学界关于中产阶级的现有研究已经很多，其中也包括对中产阶级的特征、生活方式和社会地位的分析。③ 20 世纪 50 年代，赖特·米尔斯《白领》一书，对美国中产阶级的本质、地位、政治态度、阶级性质及阶级意识做了详细的探讨。④ 瑞典民族学者洛夫格伦与弗雷克曼的《美好生活》一书，对比贵族及农民，探讨了中产阶级"寻求自然""时间被规训""严明的社会秩序"等特性，回答了该阶层的形成及内在的文化认同等问题，其中包含对这个阶层生活方式的特征分析。⑤ 虽然我国的中产阶级人数占比仍然较小，但该群体的生活方式正在成形，并引起世人广泛关注。

（二）中产阶级何以成为民俗之"民"

1. 民俗之"民"的论争

不管是在中国还是在民俗学起源的英国，或学科发展完善的美国等国，对民俗之"民"的看法都存在广泛的讨论。传统民俗学眼光向下、向旧，曾经主要关注乡村的农民、社会的底层和从事体力劳动的不识字的人，及他们所拥有的文化。后来，"民"之所指逐渐扩大。美国民俗学的研究对象包括各种社会群体，中产阶级也在研究的范围内，如贝尔（M. J. Bell）的《布朗酒吧的见闻：对黑人中产阶级的表演的描写研究》（1983），通过观察

---

① 〔英〕克莱夫·贝尔：《文明》，张静清、姚晓玲译，商务印书馆，1990，第 43 页。
② 〔英〕克莱夫·贝尔：《资本主义文化矛盾》，赵一凡等译，三联书店，1989，第 13 页。
③ 周晓虹：《全球中产阶级报告》，社会科学文献出版社，2005。
④ 〔美〕赖特·米尔斯：《白领：美国的中产阶级》，周晓虹译，南京大学出版社，2006。
⑤ 〔瑞典〕洛夫格伦、弗雷克曼：《美好生活：中产阶级生活史》，赵丙祥、罗杨等译，北京大学出版社，2011。

一个黑人酒吧里的表演，发现这里的黑人中产阶级在文化上处于下层黑人文化与对应于他们新的地位的社会文化之间的边缘。① 这就使民俗学的研究对象从乡村发展到城市中产阶级②。当然，对"民"的狭隘性的限定，在欧美和日本，以及中国，已经有众多学者提出质疑，体现了民俗学者意欲突破传统的民俗学研究对象的努力，也体现了时代变化所带来的新语境。

在中国，对"民"的认识，也有逐渐扩展的趋势。在国家意识形态的影响下，主流的看法一直是偏向"劳动人民"，但同时也强调不应该局限于底层。其实，在传统民俗社会里，往往是一些有经济基础和地位的人家，其"民"生更为讲究礼仪规范，也有实力和意愿举行更为隆重的民俗活动的。如果说，在"文革"及其前后相当长时间里，由意识形态、政治血统论主导下的革命理想熏陶和改造的"民"，具有某种统一的生活方式和审美观念，在"文革"结束之后，尤其是在今天商品经济广泛渗透，社会身份和地位重新划分，把民俗之民，视为体力劳动者，或野蛮人，或农民，或城市里的下九流、边缘群体，就显然不合适了。

2. 新中产阶级引领都市文化时尚

伴随着经济的高速增长，科技革命和信息化时代的到来，以中产阶级（层）引领的生活革命，在当代中国拉开了序幕。我国的中产人口增长趋势，意味着专业技术性人员将越来越占据社会的主流，并成为影响社会主流价值观的主要力量。都市市民甚至整个社会的普通大众的生活方式都受其影响，也就是中产阶级的文化和价值观将渗透到现代日常生活的每一个角落。有人提出，当今唯一的跨文化、跨社区的认同是中产阶级消费者的认同。③ 这说明中产阶级的崛起，改变了以往以地方和民族的民俗符号作为认同的传统，而以全球化语境中的共同消费符号为认同，这种超越种族、地区、国籍的共同消费认同和价值观，在形塑新的国际公民，也在形成新

---

① 高丙中：《英美城市民俗学的兴起及其对民俗学的理论意义》，载上海民间文艺家协会：《中国民间文化——都市民俗学发凡》，学林出版社，1992。

② 事实上，中产阶级也是民俗的创造和传播者。著名的格林童话故事的提供人之一多拉·斯维曼就是一位受过教育有文学修养的中产阶级妇女。参见阿兰·邓迪斯《伪民俗的制造》，周惠英译，《民间文化论坛》2004年第5期。

③ 刘东：《中国学术》，商务印书馆，2000，第149页。

的流行潮流。

进而言之，新中产阶级引领生活方式变革，成为市民文化的引导者。在现代社会，随着都市化程度的提高和各种媒介带来的城乡文化流动，都市型生活方式的普及已经成为一种大趋势。^① 这种生活方式主要是由中产阶级所引导的，与乡村较多延续传统的具有地域特征的生活方式有很大区别。以都市白领阶层为主体的中等收入阶层，其生活品位比较固定，逐渐形成自己的身份认同，有如约翰·斯梅尔（John Smail）所说，中产阶级是"一套新的社会关系，一套新的经验时间，一系列新的嗜好和欲望……形成了一种新的文化"^②。似乎可以说，中产阶级文化圈正超越不同国家和民族的区隔，成为相似文化群体的共同认同，国与国之间的差异逐渐消失。我们看到大众传媒等手段更加自如地宣传全球中产的共同品位，传播共同价值观，只要属于共同的文化圈，人们很容易产生文化共鸣。由中产阶级所主导的文化正在全球化日趋加快的今天畅行。

我国新中产阶级的迅速增多，是伴随着高校扩招、独生子女等政策，以及城市化、现代化和全球化浪潮的影响而来的。由于这诸多因素，在城市里诞生了一大批接受过高等教育而依靠科技知识谋职，坐办公室工作的相对高薪的职员。他们往往有着国际化的视野，拥有与父辈不同的新知识技能，其生活方式与以往传统的以家庭为主的生活方式有很大的不同。比如，他们很少自己做饭而是经常外食，穿着时尚而符合职业角色，爱好旅游，喜欢体育运动，生活日用紧跟市场潮流，等等。中产阶级不仅是从事专业技术、企业管理等工作，学历较高，掌握文化资本，而且从事的工作性质决定他们的工作时间大多是有规律的，是新的有闲阶级。这样就为他们的文化艺术等审美消费活动带来了可能性，这也为城市的文化艺术发展提供了市场，并培养和熏陶了城市文化品位。他们喜欢的体育或娱乐明星

---

① 周星、范阳在《都市与社会流行现象》中首次提出"都市型生活方式"概念，并解释其含义为"社会的市民化、经济的市场化、文化的世俗化、行为的理性化、人际关系的冷漠化、大众传媒的权威化以及信息的过剩化"等。参见《中国都市人类学会第一次全国学术讨论会论文集》，山东淄博市，1993，第 368 页。

② 〔美〕约翰·斯梅尔：《中产阶级文化的起源》，陈勇译，上海人民出版社，2006，第 115 页。

很快成为全社会的偶像，他们喜欢的服饰日用品品牌也成为普通人追捧的对象，他们的娱乐休闲购物方式也被打上了"酷""爽"等标签。我们似乎已经看到，占人口少数的中产阶级的生活方式成了现代生活的样板，旅行、美食、摄影、咖啡厅……成为美好生活的符号想象，也让更多的人无限向往和效仿。① 可以预见，中产阶级在我国今后一段时间里还将与日俱增，是我们不可忽略的社会主要力量，中产阶级生活方式将引领时代发展，而由此带来的生活方式变迁，也成为当代中国社会生活革命的主要内容和方面，成为走向未来的民俗学需要面对的课题。与此同时，中产阶级对民俗的关注和保护成为一种趋势。正如董晓萍所指出的："在美国这种国家……随着中产阶级对朴素的、生态的民俗的欣赏和利用，以往'落后的''贫困化的''不识字的'民俗印象被改变，连那种为数不多的老人化、地区化的民俗权威群体也已经收缩，民俗逐渐成为中产阶级、大众文化和上层文化所共同需求的人文文化成分，因而民俗学者也不能不改变对此的解释。"而且，在现代化时期，"中产阶级从历史意识、个性风度和审美欣赏的现实出发保护民俗，并把享用民俗当作一种区别于统治阶级的生活方式。"② 在现实中，我们也可以频频看到，中产阶级消费传统民间文化和艺术，以作为自我身份的建构。

如果说，赫尔德和格林兄弟等人的民俗学（民间文学）研究中，"民"最普通的意思是指一个国家或民族人口中"'最大的'、'最有用的'和'最有感情的'那部分人"③，那么中产阶级就是当代以及今后中国都市民俗学所要研究的"民"。民俗一直发挥着认同的功能，中产阶级生活方式也有着这样的作用。有人认为，"都市民俗在都市社会中体现了人们在新的生活环境中生活方式的再生产"；都市民俗的功能就是成为一种与他人相区别或相认识的标识。④ 而中产阶级有意地建构自身的生活方式，以形成一种区隔

① 《985、211 大学生为何愤懑焦虑："预备中产"之殇》，http://mini.eastday.com/a/161125103053791 - 3.html，2016 年 11 月。
② 董晓萍：《现代民俗学讲演录》，广西师范大学出版社，2007，第 47 页。
③ 户晓辉：《论欧美现代民间文学话语中的"民"》，载周星主编《民俗学的历史、理论与方法》，商务印书馆，2006，第 646 页。
④ 刘士林主编《都市文化原理》，东方出版中心，2014，第 329、332 页。

和认同。中产阶级内部有许多圈子，这些圈子内部有自己的认同，他们的生活方式中，一些内容就可能成为一种固定的传统，也就是当代的民俗。

三　中产阶级生活方式与都市民俗学新课题

随着社会的变化和时代的前进，尤其是都市化的进程加速，民俗学研究的传统对象逐渐消失，民俗学的发展面临危机；同时，众多新的问题和现象也为学科的发展提供了机会。其中，关于都市中新兴群体现代生活方式的研究，成为当下和今后不容忽略的课题。

（一）生活方式：民俗学研究的新对象

1. 民俗学引入生活方式概念的可能性

自"民俗"（folklore）一词发明之后，民俗学界对它的争议一直没有停歇。阿兰·邓迪斯（Alan Dundes）曾说："在科学发达的情况下探讨'民'或'民俗'，似乎有些似是而非。因为长期以来，轻蔑地将民俗、神话、迷信、奶奶经等与谬误等同起来，会造成这样一种印象：民俗正是科学所脱胎而出的母体。"[①] 正是由于民俗学学科名词让人容易产生歧义，当下民俗学界引进"日常生活"概念，以推动民俗学自我更新。鉴于此概念的抽象性，在具体研究中，其实还有更为接地气的选择，比如"生活方式"一词。"生活方式"比"民俗"一词更中性，并且贴近时代，避免了意识形态的想象。朝戈金曾说："在未来，中国民俗学的知识生产一定会以新的生活方式出现。民俗主体的分化，人的身份认同的多样化成为新的现实。"[②] 其实，人们的生活方式一般是由一个时代的生活习惯和流行时尚所决定，因此，生活方式一词也曾用于指代民俗学的研究对象。在日本，民俗通常是指那些"具有地方性和历史性的独有特点的民间生活方式和风俗"[③]。在当代德国民俗学的研究中，人们不再把"民间文化"理解为由风俗、习惯、民间

① 〔美〕阿兰·邓迪斯：《"民"指什么人》，王克友、侯萍萍译，《民俗研究》1994 年第 1 期。

② 朝戈金在北京师范大学讲座上的评议内容，http://www. chinesefolklore. org. cn/forum/viewthread. php？tid＝37291。

③ 张寿祺：《民俗学的本体结构试释》，载张紫晨选编《民俗调查与研究》，河北人民出版社，1988，第 514 页。

服饰、民间节日等组成的五彩缤纷的画面，而是在历史上那些无特权的普通民众群体的文化和生活方式。① 在我国，也有学者主张用这个学术名词，如周星早年提出："中国民俗学的客体对象便是中国人民的博大生活本身。""民俗学的定义众说纷纭，但有两个最基本的概念：人民和生活方式。若从文化人类学的观点来看，亦即文化。只有在确认了这两个基本概念之后，民俗学才有可能进而去探讨民间社会的生活与文化价值，以及人民是如何在传统的文化中体现与表现这种价值的。"② 而陈勤建认为，民俗是一种生存方式：生活相。③ 陈华文给民俗下的定义是："在历史过程中形成的，群体中自觉或不自觉遵循和认同的，重复进行的生活方式"④。他指出民俗文化的本质是一种独特的生活方式。赵德利从生存活动的主体性角度提出，民俗是民众的一种生活方式。⑤ 退一步说，即使生活方式与民俗有区别，也可能成为民俗学的研究对象。日本民俗学家小松和彦提出："民俗学的研究对象不是客观的存在，而是先有了民俗学的目的和方法它才会浮现出来。"⑥ 民俗学的传统是研究具有历史传承的民俗现象和模式化的生活；但是在日趋城市化、现代化的今天，传统民俗日趋衰微和稀少。这提醒我们需要调整视角，重新建构新的研究对象。欧美民俗学早已经扩大了民俗学的研究范围，如把流行文化和大众文化纳入研究视野。中产阶级生活方式，似乎缺少传承的历史脉络，但是生活方式本身所包含的日常的衣食住行、婚丧节庆、社会交往、休闲娱乐等生活文化，仍然是民俗学主要关注的内容和对象。而中产阶级利用现代网络进行的民俗更新，如网上清明祭祀或凭吊、网上社交和讨论等等，虽然形式已经变化，但是观念上仍在某种程度上有

① 简涛：《德国民俗学的回顾与展望》，载周星主编《民俗学的历史、理论与方法》，商务印书馆，2006，第840页。
② 周星：《中国民俗学研究的现代思考》，载陈勤建主编《当代中国民俗学》，上海文艺出版社，1988，第16页。
③ 陈勤建主编《当代中国民俗学》，上海文艺出版社，1988，第22页。
④ 陈力：《民俗本质论——再论民俗是一种生活方式》，《民俗研究》1992年第2期。
⑤ 赵德利：《民俗：民众生活方式的模式化——民俗定义、性质新论》，《宝鸡文理学院学报》2003年第2期。
⑥ 〔日〕小松和彦：《名为"灵魂"的记忆装置——围绕"民俗"概念的素描》，周星译，载周星主编《民俗学的历史、理论与方法》，商务印书馆，2006，第381页。

着对传统的延续。再比如，在大都市里，现代中产阶级过年选择去酒店吃年夜饭已经非常流行，这种新的形式在今后看来也会是一种具有历史的模式化生活。至于如何在新的研究对象中体现民俗学的学科传统，这需要在研究中，寻找和发现主要以农民群体为主的底层民众所创造传承的民间文化与都市流行的大众文化之间的联系。总之，用生活方式来替代民俗事象的研究，可以超越以往把过多的精力放在琐碎的民俗现象的溯源上，而可能通过从整体上关注国民生活的样貌和特征，来重新发现民俗学的价值。民俗学也可以通过对此的关照，来重新解读其定义和理论、方法，以及研究视角和问题意识。

2. 民俗学介入生活方式研究的必要性

民俗学以往以研究乡村为主，要转向都市，需要向城市社会学学习。[①]而城市社会学的主要课题之一是考察城市生活方式，也就是对城市中的不同人群的生活方式进行研究。[②] 正如大家所知道的，著名的社会学家刘易斯·沃斯对城市社会学研究的重要视角是城市生活方式，1938 年他发表了著名的《作为生活方式的城市性》一文，指出乡村人口向城市集中，使得城市社会文化和生活方式呈现与乡村的明显不同，这在当时引起广泛关注。德国社会学家费迪南德·滕尼斯是最早认为城市生活具有自身特点和研究价值的人之一。早在 1887 年，他就论述了乡村"礼俗社会"的生活方式与城市"法理社会"的生活方式截然不同的特征。后来，西美尔也从分析城市生活入手，指出都市是完全不同于乡村的世界，都市的制度和机制等形成了具有鲜明特性的都市人的生活方式。以城市生活方式为研究对象的城市社会学重点研究城市生活方式的特征、起源、形成与变迁，及传播与辐射等[③]，这些研究都可为民俗学所借鉴。正因为城市生活方式具有强烈的多元化特征，其内部的差异性和复杂性比农村要大得多，这是传统民俗学研究所未曾面对和深入考察过的，因此，成为都市民俗学研究的难点所在，

---

① 都市人类学也曾借鉴都市社会学的理论和方法。
② 〔美〕理查德·P. 格林、詹姆斯·B. 皮克：《城市地理学》，中国地理学会城市地理专业委员会译校，商务印书馆，2011，第 260 页。
③ 以上内容均参见向德平主编《城市社会学》，高等教育出版社，2005。

也是导致其止步不前的原因之一。

我国当代生活方式变革从改革开放后持续至今，在全球化、城市化、现代化浪潮的推动下，经济高速增长，普通人的日常生活发生了剧烈变化，尤其是近年信息化手段的普及，人们的日常生活中拥有了以往从没有过的崭新内容，国民生活大多已经超越基本生存需求，朝向追求生活质量的转型升级。在物质生活日益丰富之后，心理焦虑和精神迷茫等问题日益严重，对生活方式研究的意义也随之凸显。目前，我国对生活方式的研究已经取得了丰富的成果，但主要集中在社会学领域，在新时期有突破单一学科发展的必要。著名生活方式研究专家王雅林指出，生活方式研究需要开拓新的方式，"实现社会科学和人文学科研究方法的结合，定量和定性研究方法的结合等"。与此同时，有学者特别指出："需要经济学、人类学等学科介入进来，进行多学科联合攻关"，进行"跨文化、跨民族、跨阶层、跨领域比较研究"[1]。此外，当前生活方式的研究大多局限在教师、农民工、企业家等某一类人群，微观层面的描述性研究比较多，宏观的理论研究比较少，未来的研究应该与文化联系起来，在学科联动的基础上，推动生活方式研究从微观层面走向中观和宏观层面。[2] 这样的情势下，民俗学介入生活方式研究，也是现实的需要。

随着城市化和工业化的发展，传统－现代，乡村－城市，民间传统－当代文化等二元对立的思维方式，越来越成为北欧国家人类学者与民俗学者的反思对象，他们开始把关注焦点转向当代城市、多媒体和大众娱乐等。前述影响颇广的《美好生活》一书，以丰富鲜活的民俗材料描述了城市中产阶级的生活方式。在对"美好生活"的包装与塑造中，中产阶级的文化和价值观成功地渗透到现代日常生活的每一个琐碎庸常的角落。[3] 保罗·福塞尔的畅销书《格调》，通过对外貌、衣着、住房、交通、消费、休闲、摆设以及精神生活等生活方式的描写来反映美国社会不同等级的人的行为举

---

① 张杰：《生活方式研究重要性凸显》，《中国社会科学报》2015 年 12 月。
② 张杰：《生活方式研究重要性凸显》，《中国社会科学报》2015 年 12 月。
③ 〔瑞典〕洛夫格伦、弗雷克曼：《美好生活：中产阶级生活史》，赵丙祥、罗杨等译，北京大学出版社，2011。

止、习俗和文化品位①，该著所论虽不限于都市，却是生活方式研究的范本，也跟民俗学所关心的问题密切相关。

我国学界对于都市生活已有关注，如《都市文化研究》第 3 辑为"阅读城市：作为一种生活方式的都市生活"专辑。这些都预示着伴随新的城市生活方式的到来，文化研究的新领域已经开启。但可以看出在众多学科角度的研究中，民俗学者的声音是微弱的。也许有人会质疑民俗学是否有必要介入社会学的研究领域。社会学家王宁早年从事旅游社会学研究，后来研究消费社会学，他认为："对同一对象的研究，不同的分支学科由于其视角的不同，对该对象的研究侧面也不同。在这个意义上，研究对象是从某一学科的视角出发'构建'出来的。"② 也就是说，生活方式并不是社会学的专利，民俗学也可以从自己的角度建构出新的研究对象。就此，周星曾谈到，当民俗学与社会学在考察范围上出现重合时，"民俗学家也许将比社会学家更善于从日常生活的细微之处，发现人民生活的本质内容与价值准则"③。北欧民俗学家亨格纳也认为："社会学关注城市的整体和结构，而民俗学关注城市中的人和个体以及他们如何体验、如何做事，"④ 二者虽然都研究城市社会，但着眼点不同。进一步说，虽然对于都市生活方式的研究，已经进入学者视域，但多数是立足于社会史角度的研究，或运用文艺作品为分析素材，而从民俗学角度对新时期的都市生活方式的即时记录和研究，目前还鲜为人见。本文提出研究中产阶级及其生活方式，正是基于城市与乡村人群不同的生活方式而塑造了城市生活品格，比如更讲卫生和美观、更有时间观念、更有品位和格调，紧跟时代潮流等。这些都需要深入细致的资料搜集工作，正可以发挥民俗学的方法优势，民俗学也可借此嵌入现代都市生活。

---

① 〔美〕保罗·福塞尔：《格调：社会等级与生活品味》，梁丽真、乐涛、石涛译，世界图书出版社，2011。
② 王宁：《消费社会学》，社会科学文献出版社，2001，第 5 页。
③ 周星：《中国民俗学研究的现代思考》，载陈勤建主编《当代中国民俗学》，上海文艺出版社，1988，第 24 页。
④ 户晓辉：《建构城市特性：瑞士民俗学理论新视角——以托马斯·亨格纳的研究为例》，《民俗研究》2012 年第 3 期。

本文认为，从生活方式入手，为中国人的精神建设提供有价值的意见，是民俗学可以尝试的新课题。关注都市中产阶级的生活方式，需要有新的理论工具来分析民俗学所关注的问题。如民俗曾经发挥认同的功能，新的环境下认同的功能减弱了，即使同是来自一个省区的人，生活方式的区别也是很大的。这也是都市民俗学要注意并重新分析的。此外，民俗学还可以对当代都市中产阶级的生活方式与传统民俗的接续与断裂情况进行调研，从而发现文化的自我生长和适应等问题。

（二）学科转型中都市民俗学乘势而上

由于没有开拓出新的研究方法，曾经红火一时的日本都市民俗学在20 世纪 90 年代以后就陷于停滞。虽然都市民俗学的话题在日本不再被重视，但并不意味着该研究是没有意义的。日本学者佐野贤治在《现代化与民俗学》中写道："历史的民俗学者，人们多研究都市的祭祀仪式及艺术技能。而宫田登等人提出新的看法，认为城镇有其独特的性质，有市民特殊的思考方式和生活样式，应采用特殊的方法论来对待。""在多数日本人居住在城市的今日，日本民俗学作为研究日本人的学问，需要迅速确立以城市市民为研究对象的研究方法。"[1] 更为重要的是曾经对都市民俗的研究，使民俗学开始思考学科本身的原有局限。另一位日本学者上野和男指出："日本民俗学一向使用的常民、民间传承、民俗等等概念、方法论、调查技巧论等，可以说都是从村落社会的研究中，或者是以此为前提构成的。都市民俗学所要研究的都市民俗，虽然同样存在于由日本人构成的社会，却表现为与村落不同的集落形态。研究都市民俗，提高一向从村落民俗学归纳起来的理论的妥当性，或者修正它，是具有最大意义的。"[2] 当代著名的日本民俗学家岩本通弥也持相似看法，他说："都市民俗学兴盛的原因和意义在于，它针对定型已久的民俗学提出了不同的观点，并对既成的方法论、调查论以及记录论提出了重新考察其前提性概念的必要

---

[1] 〔日〕佐野贤治：《现代化与民俗学》，载张紫晨选编《民俗调查与研究》，河北人民出版社，1988，第 553 - 554 页。

[2] 〔日〕上野和男：《都市民俗学》，陈秋帆译，载张紫晨选编《民俗调查与研究》，河北人民出版社，1988，第 682 页。

性。"① 这暗示了都市民俗学对传统（乡村）民俗学有所反思，并有助于推动民俗学向前发展。

随着时代发展和社会变迁，各国民俗学家都意识到学科转型问题。都市化进程带来民俗的变迁，既是危机，也是机会。但学科转型不是仅把目光从乡村转向都市，都市民俗学研究更需要关注当代都市里的人与以往乡土社会里的人的生活方式有何不同，因研究对象的变化从而提出研究方法和理论的更新。20 多年前，高丙中就意识到这个问题："城市民俗学的兴起对民俗学的理论意义主要表现在，它使民俗学从传统转向当代，从社会的一隅（乡村）扩及整个社会，从乡野之民扩及整个社会的普遍成员，从而为当代民俗学灌注了勃勃生机。"② 近年，岳永逸提出，都市民俗学研究要承认现代都市中也在产生新的民俗，应揭示当代生活中产生的新问题，要"以工业文明、科技文明支配的当下都市生活方式为中心、重心，以现实中国为本位，波及开去"③。这说明，他所认同的都市民俗学是一种时空转换的现代民俗学，这其中有学科转型的意味。

都市民俗学需要跳脱出从都市寻找民俗的老路，而把生活方式作为研究对象。宫田登曾经提出，"都市"不仅是一个地理概念，也是一种与乡村相参照的生活方式和文化。④ 在这个意义上去理解都市民俗学，就是要研究都市型生活方式。随着我国社会的发展，一方面，以乡土为源头的传统生活方式发生了彻底改变，正在普遍形成都市型生活方式。另一方面，都市与乡村不仅有着交流和沟通，也存在诸多的差异，比如空间上的差异，及组织机制和运行模式的不同。有研究指出，城市有着一系列与农村显著不同的特征，如：城市人口具有明显的异质性；城市人理智强，个性突出，具有较大的宽容性和求新意识；城市的社会化程度较高，劳动分工和社会分

① 〔日〕岩本通弥：《"都市民俗学"抑或"现代民俗学"？——以日本民俗学的都市研究为例》，西村真志叶译，《文化遗产》2012 年第 2 期。
② 高丙中：《英美城市民俗学的兴起及其对民俗学的理论意义》，载上海民间文艺家协会编《中国民间文化——都市民俗学发凡》，学林出版社，1992，第 132 页。
③ 廖明君、岳永逸：《现代性的都市民俗学——岳永逸博士访谈录》，《民族艺术》2012 年第 2 期，第 47 页。
④ 宫田登：《都市の民俗学》，吉川弘文馆，2006。

工发达；城市的商品经济更发达，生产力水平更高；城市的科学文化较为发达，开放性更强，社会变迁快等等。① 城市是政治经济和文化的中心和前沿，即使今天乡村拥有了即时传播的媒体，但是由于生计方式和居住群体的区别，生活方式仍会有较大的不同。基于这些原因，探讨当代都市人的生活方式就显得既有可行性，也给民俗学的发展提供了很大的空间。

民俗学要关注现代都市，必然会关心都市的流行时尚等生活文化，中产阶级作为都市文化的引领者，我们不能无视其所起的作用。中产阶级生活方式是日益城市化的中国社会里，国民生活方式的未来主流形态。对中产阶级生活方式研究，可以突破以往都市民俗学对都市节庆、都市传说、都市庙会、都市风物、城中村民俗等传统领域，而完全从新的视角进行新的问题研究。这也是民俗学从朝向历史掉转目光而朝向当代的一个可能性。民俗学不能仅仅耽于乡愁的叙事，而忽略当下人们的现实生活需要；更不能躲在象牙塔里迷恋古旧之物而淡忘了学科本身的使命。这样的研究自然有许多的困难，但正是因此才提供了民俗学可以成长的空间。如果专注于城市空间及其居住群体，自然会转移研究对象，也会自觉借鉴新的理论方法，并与其他学科进行交流对话，实现民俗学的当代转型。当然，广大的乡村已经和正在发生巨变，也需要民俗学加以研究；但乡村主要是以城市为追逐的目标，无论城乡都在形成一种现代的都市型生活方式。从这个角度说，都市民俗学的研究，其实是带动了整个民俗学学科的发展方向，推动传统民俗学实现整体转型。既然传统研究乡土社会的方法并不适用于都市社会，都市民俗学需要有新的研究视野和方法，民俗学就可以研究现代城市生活方式来拓展其领域，建构其新的方法。

从民俗学视角研究中产阶级不仅是可能的，并且也是对我国社会学的相关研究的补充和对话。自 20 世纪末以来，中国社会学对中产阶级的探讨颇有成绩，主要体现在对中产阶级的概念、中产阶级的兴起与社会结构的关系、中产阶级群体的功能等方面的研究，初步形成了关于中产阶级的理论范畴体系。可以推断，"中产阶级"作为社会学的分支得到了确认。中国

---

① 陆小伟：《城市生活方式的主要特征和功能》，《社会学研究》1987 年第 4 期。

中产阶级的研究理论性与学科性并不严格，研究成果大多还是从社会分层、政治身份和经济结构等目的出发的，忽略了文化分析，仅有少数学者专注于生活方式的研究。如刘毅以广州及周边地区的中产为例，研究其消费特征，朱迪则研究了中产阶级的消费模式及其品位格调问题，於红梅特别关注到中产社区居住者的认同和生活故事。① 这些研究与民俗学的视角是相通的，但也可能忽略了发掘平常生活之中的逻辑。从另一个角度说，目前民俗学在此领域是缺席的。

民俗学改变在都市寻找民俗，改变单纯以"民俗"为研究对象，而以更为通用的"生活方式"为概念，以其城乡差异和时代变迁为关注目标，尤其是关注未来都市人口中占主导地位的中产阶级群体及其生活状态，也许可以开拓都市民俗学新领域。前述日本都市民俗学家仓石忠彦也提出，都市民俗学研究应更加重视对以社会组织、人际关系为中心进行交往的研究②，中产阶级这一群体的社会交往形式可以折射出新的时代信息，可以与传统的社会交往形式形成对照进行研究。另外，市场经济、技术文明、全球化等多种因素，使得当代都市市民日常生活中大众文化占据了主流。中产阶级的生活方式常常左右着大众文化的方向。借鉴大众文化中相关理论进行民俗学的研究，正是我们今后需要尝试和努力的方向。

四 结语

综上所述，民俗之"民"不应局限于下层民众，也包括受过教育的中上层群体。民俗学强调要关心人的生活，而不是对静止的凝固的"俗"的描述，中产阶级的生活方式正在成为今后具有普遍意义的国民生活方式，也应是民俗学关心的重要领域；民俗学已经开始关注科技世界中的民俗，掌握科技的中产人士也应该成为民俗学的研究对象。在新时期，随着城市化的快速推进，民俗学的研究对象也需要都市化。都市民俗学有广阔的发

① 刘毅：《转型期中产阶层消费特征：以珠江三角洲为例》，社会科学文献出版社，2008；朱迪：《品味与物质欲望：当代中产阶层的消费模式》，社会科学文献出版社，2013；於红梅：《家居营造：上海都市中产的自我表达实践》，复旦大学出版社，2015。
② 〔日〕仓石忠彦：《城市民俗学的方法》，郭海红译，《民俗研究》2009 年第 1 期。

展空间，并推动民俗学学科的转型。关注都市就必然关注与不同于以往的农民为主的群体的生活，与此同时，中产阶级在当代中国逐渐崛起，并且日益成为都市人口的主体部分，可以视为民俗学所研究之"民"。中产阶级的生活方式成为我国社会转型时期，区别传统社会人们生活方式的重要对象，对此的研究也可以更好地观照我们传统民俗及其传承路径的变迁，具有重要的研究意义。民俗学对中产阶级生活方式的研究，确乎与以往的研究范围有很大的区别，偏离了传统民俗学的研究路径。但是任何的学科要有所创新，都不得不重新考虑其研究对象。都市民俗学如果能致力于对新中产阶级的生活方式进行深入研究，有望破局前行，从而实现研究方法和理论问题等各个方面的时空转向。

相比于发达国家，我国中产阶级的生活方式尚未完全定型，该群体也仍有许多未确定性。本文在此主要是提出问题，具体的研究，不管是对于中产阶级群体还是生活方式本身，目前来看都是需要的。中产阶级的生活方式对于建构未来国民的生活方式有着借鉴意义，他们讲究精致和艺术品位，正是引导中国制造升级换代的动力。倡导一种有格调的健康生活方式，培育良好的行为举止素养，也有助于增强中国文化软实力。总之，中产阶级生活方式作为民俗学的研究课题，是在都市民俗学框架内提出的，也就是现代都市中需要关注的对象和问题。对都市中其他新成分或群体，民俗学也不应该放弃。关注当下，介入现实社会，研究具有普遍意义的生活文化，引领时代，构建中国特色的价值观和生活方式，无疑也是民俗学今后可能尝试的领域和可以作出的贡献。同时，借助新的课题，尝试新的方法，借鉴新的理论和跨界的视野，生成新的民俗学传统，以推动我国民俗学的转型，未尝不是可以预期之事。

作者简介

徐赣丽，民俗学博士，华东师范大学民俗学研究所教授。主要从事民俗旅游、当代民俗学、非物质文化遗产保护问题研究。在国内外公开发表学术论文 70 余篇，出版个人专著 2 种，参与编著多种。

"新媒介"环境下的日常生活[*]

——兼论"数码时代的民俗学"

王杰文

> "我们竭尽全力掩盖现在,不让自己看见现在。各个历史时期的人都是这样的。"
>
> ——马歇尔·麦克卢汉①

在学术界的普通印象中,民俗学是一门关于文化遗留物、关于古老的传统、关于旧社会的记忆与传承的学问,"传统性"似乎理所当然地是民俗的本质属性。事实上,民俗学在性质上却是一门现代学,是带有浓厚的历史意味的现代学。② 正是基于这一认识,近30年以来,普通民众的日常生活渐渐成为中国民俗学关注的对象;普通生活者如何运用自己的民俗传统以适应现代社会生活,正在成为一部分民俗研究者考察的重点。正如高丙中所说的那样:"我们能够从各种变化看到中国民俗学与20世纪90年代前是非常不一样的,许多方面都是一百八十度的转弯。这是民俗学的一个新时代。今天的民俗在社会价值体系中的位置已经完全不同,今天的民俗学在理论和方法上也已经是一门新学问。"③

---

* 本文选自《现代传播(中国传媒大学学报)》2017年第8期。

① 〔加〕马歇尔·麦克卢汉:《麦克卢汉如是说:理解我》,何道宽译,中国人民大学出版社,2006,第98页。

② 钟敬文先生曾指出:民俗学,在性质上是现代学,即以当前传承的民俗事象作为研究对象的科学,是带有浓厚的历史意味的现代学。(钟敬文:《话说民间文化》,人民日报出版社,1990。)

③ 高丙中:《中国人的生活世界——民俗学的路径》,北京大学出版社,2010,第196页。

　　显然，把"日常生活实践"作为中国未来民俗学的研究方法与学科任务，并不是基于传统中国人的文史雅趣，而是出于对当下社会普通民众日常生活的关怀，是出于对日常生活世界剧变所引发的各种问题的切实关注，也是出于对合意的日常生活之未来的追求而进行的努力。聚焦于"日常生活实践"的民俗学家们清楚地认识到，世界已经进入一个全球化信息流通与交往更加快速、便捷、多元与自由的时代。当然，在这个时代里，日常生活世界的剧变在很大程度上是由于人类交流媒介的变革引发的。

　　意识到新媒介连续而快速的变革所产生的"摧枯拉朽"的巨大力量，民俗学家发现，一方面，传统的生活方式与观念迅速成为新媒介的内容，于是，一部分民俗学家开始着力去考察新媒介中传播的"传统内容"，试图描述与分析"民俗"被"去（再）语境化"的实践过程及其后果①；另一方面，受"媒介环境学"的启发，另一部分民俗学家开始意识到新媒介这种"介质"本身的重要意味②，意识到这种"介质"可能会"建构"普通生活者的意识形态，可能成为生活者思维方式与行为习惯的潜在的建构性力量。

　　在一个新媒介无所不在、无孔不入的时代，"媒介环境学"的洞见有助于民俗学家们深入地审视"新媒介环境"中的"日常生活"。在这个新媒介环境中，民俗学所关注的那个"民"是被"新媒介"潜移默化地建构出来的"新民"；民俗学所关注的那个"俗"正在成为"新媒介"中自由生产与消费的"时尚"。新媒介环境所引发的"日常生活革命"要求民俗学对学科自身的基本假设进行严肃的、全面的自我反思，同时，也为这一"自我反思"提供了良好的契机。

一　日常生活正在成为民俗学研究的焦点

　　从学科发展的历史来看，民俗学最早确立的研究对象是"民俗"（folk-

---

① Degh, Linda, *American Folklore and the Mass Media*, Bloomington: Indiana University Press, 1994, pp. 1 – 11. Anna – Leena Siikala, "The many faces of contemporary folklore studie", *Folklore Fellow Network*, Vol. 27, 2004, p. 2.

② 〔德〕赫尔曼·鲍辛格：《技术世界中的民间文化》，户晓辉译，广西师范大学出版社，2014。Debra Spitulnik, "Anthropology and Mass Media", *Annual Review of Anthropology*, Vol. 22, 1993, pp. 293 – 315.

lore）。按照这个英语词汇的字面意义来讲，它指的是"民众的知识"，其中，"民众"（folk）与"知识"（lore）这两个术语分别指的是什么，不同时代、不同国家、不同学者之间很少有完全相同的意见，虽然整个国际民俗学界一直都在认真地讨论这些关键词。① 不过，从整体上来说，大部分民俗学家都喜欢用枚举的方式来说明作为"知识"的"民俗"都包含哪些内容，并因此而相应地把"民众"界定为那些拥有这些"知识"的特定群体。这种界定"民俗"的方法明显受到了威廉·汤姆森、爱德华·泰勒等早期民俗学者的影响。直到 20 世纪 50 年代，国际民俗学界才有少部分民俗学家开始用"民众的生活"（folklife）这个术语来取代"民众的知识"，并进而重新定义了民俗学的研究对象。与这一研究对象的变更相对应，有关学者对"民"与"俗"这两个关键词的内涵也进行了新的界定。其中影响最大的是阿兰·邓迪斯在《什么是民俗》《美国人的民俗观》② 两篇论文中对"民俗"的重新界定。根据他的界定，"民俗"之"民"可以是任何具有共同传统的群体；而"民俗"之"俗"可以是任何共享的知识。这个新的界定已经意味着"民众的生活"可以取代"民众的知识"作为民俗学学科新的研究对象，意味着民俗学开始对当下日常生活的关注，还意味着民俗学开始把人们的过去纳入其当下日常生活过程中来予以审视。③

在国际民俗学界把学科的研究对象从"民众的知识"转向"民众的生活"时，中国民俗学家们从自身的历史与现实语境出发，积极推动中国民俗学从关注"民众生活"转向关注"日常生活"（everydaylife）。中国民俗学家们并不满足于把学科研究的重心仅仅从"俗"转向"民"，而是试图从"民"进一步转向现代"市民"（citizen）；相应地，他们并不满足于把学科研究的重心仅仅从"民俗事象"转向"民众生活"，而是试图从"民众生活"进一步转向"日常生活"与"日常文化"（daily culture），也就是任何

---

① 高丙中：《中国人的生活世界——民俗学的路径》，北京大学出版社，2010，第 3 – 127 页。

② Alan Dundes, *What is Folklore? The Study of Folklore, Dundes. ed. Englewood Cliffs*, NJ: Prentice - Hall, 1965, pp. 1 – 3. Alan Dundes, *The American Concept of Folklore, Dundes Analytic Essays in Folklore*, The Hague: Mouton, 1975, pp. 3 – 16.

③ 王杰文：《北欧民间文化研究（1972 – 2010）》，学苑出版社，2012，第 149 页。

"普通生活者"的日常生活实践。①

之所以特别强调"普通生活者的日常生活实践",首先是要努力与传统民俗学指向"过去"的方式相区别;其次,也是要与其指向"事象"的研究传统相区别。与之相反,"普通生活者"指向了当下日常生活中任何一个群体;而"日常生活实践"则指向了这些群体或者个体在具体的生活世界中如何借用传统来处理生活事件的过程。作为一个"过程"意味着"日常生活实践"是一个不断"生成"的建构性的行为。其中,无论"民"还是"俗",都不再是固定不变的,都不再具有任何本真性的含义。作为关注"普通生活者的日常生活实践"的学科,民俗学也不再可能以解释"民俗"的"本真的意义"作为学科的目标。相反,既然"实践"的概念意味着这是一个发生在特定语境中的相关群体(或者个体)之间的互动过程,那它就必然地是要关注介入其中的互动者如何借用相关的文化资源(民俗作为文化资源中最重要的一种)协商性地处理日常生活的"实践"的问题。在真实的"实践"中,来自过去的某些"民俗"传统被复活以用于处理当下的日常生活问题,并自然而然地对未来发生着影响。作为一个连续性的整体,实践中"过去-现在-未来"之间的相互关联成为未来民俗学考察的核心。

当民俗学的学科对象、研究方法与学科使命被革命性地予以更新之时,"民俗学"这一学科名称已经显得有些过时了,它所携带的"语义惯性"在普通民众中间,甚至在人文学科与社会科学领域中间所产生的误解十分深远。"民俗学"这一学科名称给学科本身带来的负面影响之大实在是难以估量的,在某种意义上,作为一个学科名称的"民俗学"更像是一个"语义的牢笼"(semantic imprisonment),严重地影响了学科本身的正常发展。

二 日常生活本身是一个动态过程

既然民俗学家们试图把"普通生活者的日常生活实践"作为学科的研究对象,那么,当下的"日常生活实践"具有何种特征?显然,正如日本

---

① 周星:《本土常识的意味:人类学视野中的民俗研究》,北京大学出版社,2016,第1页。

民俗学者河野真所描述的那样：

> 我们的现代生活是在和科学的技术性机器的自然而然的交流中展开和运营着的。我们是如此地生活在科学技术已经一般化了的环境之中，今天的此类状况已经变得和过去的生活文化有极大差异，这是任何人都能或多或少地感受到的。电话和手机不可或缺的生活状况，很显然是与传统性的生活形态大不相同的。不仅过去不曾存在的各种机器发挥着它们各自的功能，而且，所有这些机器还具有促使生活的整体面貌和结构也不断发生变化的侧面。①

问题在于，河野真所谓现代生活中"自然而然"的现象是如何变得"自然而然"的？既然现代生活中的科学发明与技术革新是一个不断累积、不断加速的过程，那么，当下民众的日常生活感受是从什么时候开始意识到"过去"与"现在"之间的"极大差异"的呢？如果一个特定的个体从小就生活在没有"电话与手机"的环境中，他至少有可能敏感地辨识出"电话与手机"被广泛使用之前与之后，其日常生活形态的前后差异。但是，对于一个生活在"电话与手机"已经是其日常生活环境之一部分的年轻人来说，想象这种"差异"恐怕也是比较困难的事情。

换句话说，当民俗学家们意识到当下的"日常生活"是一个由新媒介连续地建构着的日常生活时，他们还必须同时意识到，这个"日常生活"是作为一个"动态过程"而存在的。如果我们把"日常生活"假想为一条平静的、缓缓地流淌着的河流，那么，那些新奇的、具有震惊效果的新技术、新发明突然被投入这日常生活的"河流"中时，总会在其中激发出一波又一波的浪涛。不难想象，这些新技术、新发明会无情地冲刷着人们固有的日常生活之堤，改变着人们习惯性的思维模式和行为方式。但是，作为一个连续发生着的过程，日常生活又总是会"使不熟悉的事物变得熟悉了；逐渐对习俗的溃决习以为常；努力抗争以把新事物整合进来；调整以

---

① 〔日〕河野真：《现代社会与民俗学》，周星译，《民俗研究》2003年第2期。

适应不同的生活方式。日常就是这个过程或成功或挫败的足迹。它目睹了最具有革命精神的创新如何堕入鄙俗不堪的境地。生活中所有领域中的激进变革都变成了'第二自然'。新事物变成了传统，而过去的残剩物在变得陈旧、过时之后又足资新兴的时尚之用"①。

"日常生活"被不断地革新以及"革新"被连续地日常生活化，这一双向的、辩证的过程，彻底地改变了民俗学固有的学术观念。"民俗""传统"等概念都丧失了被"本真化"与"固定化"地处理的理由。在当下的日常生活实践中，新技术、新发明持续地、猛烈地改变着特定群体与个体的外在环境、知识传统与思维习惯。传统民俗学所界定的那些"民俗"要么消失了，要么被改头换面后以新的方式呈现出来，从而具有不完全相同的形式、意义与功能。而在这些所谓"新技术与新发明"中，最具有革命性、基础性的要算是"新媒介"了。

三 "新媒介"主导下的日常生活

新世纪以来，中国快速进入全民普遍使用手提电脑、平板电脑、掌上电脑、智能手机、台式机、有线与无线网络的时代，一个新媒介全覆盖的时代到来了。计算机技术媒介化的交流方式已经全面地渗透到了全社会的日常生活中来了。这里所谓"新媒介"指的就是基于计算机媒介技术的全部技术领域。比如 Facebook、Twitter、YouTube、Wikipedia、Blog、Foursquare、Myspace、Digg、Second Life、Podcasting 等互联网新技术产品。之所以强调"新"，是为了突出新媒介技术的日新月异的性质，突出"数字技术、云计算、大数据、人机结合时代风驰电掣的发展速度"②。正如麦克卢汉所言，"如其运转，则已过时"。所谓"新媒介"就是强调了其疯狂地不断更新着，一路向前发展的趋势。

普通生活者是如何依赖于计算机媒介技术来安排其当下的日常生活的？正像工业化机器时代曾经从根本上重新界定过人们的生活方式与行为方式一样，基于计算机媒介技术的数码时代正在引领着巨大的社会生活世界的

① 〔英〕本·海默尔：《日常生活与文化理论导论》，王志宏译，商务印书馆，2008，第5页。
② 〔美〕保罗·莱文森：《新媒介》（第二版），何道宽译，复旦大学出版社，2014，第1页。

变迁。在当下全球范围内,全世界各地的人们正在以某种全新的方式"概念化"他们的日常生活过程,重塑着他们人际交往以及自我认同的模式。这是不容置疑的事实。现在,许多人(尤其是都市中产阶层)基本上是通过采用符号性互动的模拟渠道完成他们的社会媒介式印象管理,并以此来完成其身份的塑造。这对于"数码一代"(digital native)来说尤其如此。①数码世界就是"数码一代"的日常生活世界。

所谓"数码一代",指的是在数码化的环境中长成的一个年龄群体。对于他们来说,多元化的大众媒介可以被轻易获得并受到他们周围所有人的追捧。计算机媒介化的交流模式从根本上建构了他们与外界沟通的方式,建构了他们的个人生活世界。与这一群体相区别,民俗学家们把那些目睹数码技术之出现与发展过程的群体称为"数码移民"(digital immigrants),他们逐渐了解、发现了新媒介技术,并逐渐有选择地、被动地接受与使用新媒介技术。当然,无论对哪一种群体的人来说,许多生活方式已经成为事实,比如现在,人们要寻找一家餐馆,不再会向路人询问地址,而是用手机自带的 GPS 导航;人们要购买任何物品,不再必须去购物广场,而是坐在家里点击网页;孩子们也不再经常看到他们的父母手捧书籍或者报纸进行阅读,而是在埋头浏览网页。

"新媒介"的广泛采纳与持续更新,对于普通民众的日常生活而言到底意味着什么?它如何影响了民俗被传承与解释的方式?按照"媒介环境学"观点,媒介本身的威力是无论如何都不应该被低估的,因为它已经彻底地改变了人类社会的互动环境、互动方式甚至是思维模式。

马歇尔·麦克卢汉如是说:(1)媒介即信息(message)。一切技术都是媒介,一切媒介都是我们自己的外化和延伸。(2)媒介即环境(ecology)。一切人工制造物,一切艺术或技术,无论和交流有无关系,都要产生一个背景,也就是产生一个环境和相关技术的复合体;大多数情况下,我们对这样的背景浑然不觉,因为我们把它们看成是理所当然的既定事实。(3)媒介即按摩(massage)。我们有幸享受技术创造的环境,却对该环境

---

① Trevor J. Blank, *The Last Laugh: Folk Humor, Celebrity Culture and Mass-Mediated Disaaters in The Digital Age*, Wisconsin: The University of Wisconsin Press, 2013, pp. xii - xiii.

浑然不觉。用麦克卢汉经常引用的一句极聪明的话说来说:"我们不知道谁发现了水,但我们相当肯定,发现水的不是鱼。"媒介技术最强大的影响是我们最意识不到的影响。这些外化的环境之所以看不见,正是因为它们是环境。环境的这个特征正是"鱼儿不知道水"这个隐喻给我们传递的意义。

既然一切人工制品,从最早的工具到汽车到以计算机媒介技术为基础的新媒介都是人的身体和神经系统的延伸。那就意味着,一方面,它们都是人类进化的构造成分,也就是人身上最富于人性的东西;另一方面,它们潜在的效果又往往超出了人类意识。认识到媒介本身同时是"信息、环境与按摩",说明人类社会对于媒介本身的特质(积极的与消极的)已经有了更加深入的理解。麦克卢汉在《媒介定律:新科学》一书中提出的一种启发式的、用以探索人工制品在人与社会中如何运作,并产生文化效应的理解方法,他称之为"四元律",关注的是任何媒介的四个维度。

(1)这一媒介使什么得到放大、提升或拓展?

(2)使什么东西过时或者说它取代了什么东西?

(3)它使什么过时的东西得到再现;使很久以前的什么东西(也许是过去废掉的东西)回归?

(4)当它被推向极限之后,它猝变或逆转成什么东西?[①]

作为新媒介,数码技术被广泛地应用于日常生活的交流中之后,信息流通的速度与范围已经变得似乎没有边界限制了,真实世界与虚拟世界之间的边界正在逐渐变得模糊。然而,"今天,我们之所以能够注意到新技术产生的新环境,有一个原因是,这些新技术一个替代另一个的速度实在是太快了,所以我们不可能看不到这些变化之中的场景,不可能看不到它们走马灯似的换岗"[②]。媒介环境学提供的洞见使我们认识到:一切民俗事象

---

① 〔加〕马歇尔·麦克卢汉:《麦克卢汉如是说:理解我》,何道宽译,中国人民大学出版社,2006,第 194 页。

② 〔加〕马歇尔·麦克卢汉:《麦克卢汉如是说:理解我》,何道宽译,中国人民大学出版社,2006,第 152 页。

得以存在的社会环境已经发生了根本性的变化。"去（再）语境化"已经成为一切普通生活者应用文化资源开展日常生活实践的基本模式。忽视媒介环境之快速变迁的事实无异于自欺欺人。

四 新媒介与民俗学的概念框架

当然，许多民俗学家很早就已经意识到了新媒介的重要性，并且积极主动地探讨了新媒介与民俗之间的关系。比如阿兰·邓迪斯说："技术是民俗学家的朋友，而非敌人。技术并不会消灭民俗；相反，它会成为民俗得以传播的重要因素，而且还会为新民俗的产生提供激动人心的灵感源泉。"①他的这一观念显然是针对弥漫于当时整个民俗学界的"本真主义"的信仰而发的。当时，有关"伪民俗"、"民俗主义"以及"本真性"的争论仍然十分激烈，邓迪斯的言论在当时显然是振聋发聩的。事实上，早在20世纪60年代，德国民俗学家鲍辛革就已经撰写了有关技术与民俗的巨著，他说："对技术的泰然任之以及技术日益增大的'自然性'表现在，技术的道具和母题已经闯入民间文化的一切领域并在那里拥有一种完全不言而喻的存在。"②

问题在于，即使完全承认技术对日常生活"润物细无声"的渗透，民俗学仍然需要回答更深入的问题：更新换代日益加快的"新媒介"如何影响并重构了普通生活者的日常交流方式？在新媒介建构好的环境中，以日常生活为研究对象的民俗学需要如何反思自身既有的理论框架与术语体系？比如，在互联网语境下民众的日常交流中，所谓"民俗""传统""信仰""传说""表演""讲述"指的是什么？新媒介技术如何使得口头艺术的"表演者""观众""表演的生成性"等概念复杂化了？等等。

这里仅以"民俗"这一关键词为例来简要地考察一下新媒介对于民俗

---

① Alan Dundes, *Interpreting* Folklore, Bloomington：Indiana University Press, 1980, p. 17. 美国民俗学界集中研究新媒介与民俗问题的名著还有：Linda Degh, *American Folklore and the Mass Media*. Bloomington：Indiana University Press, 1994。
② 〔德〕赫尔曼·鲍辛格：《技术世界中的民间文化》，户晓辉译，广西师范大学出版社，2014。

学术语体系及其理论框架所造成的影响。早在 20 世纪 70 年代，美国"新民俗学"的主要理论家丹·本－阿默斯就曾经提出，"民俗是发生在小群体内部的艺术性交流"①。这一定义至少意味着如下三个方面的内涵：（1）民俗是一种面对面的互动。这意味着表演者与听众之间具有自反性的、生成性的相互关系。（2）民俗是一种内部交流的知识。这意味着参与交流的所有成员拥有相关民俗的"知识产权"。（3）民俗是一种审美性的知识。这意味着参与交流的成员对其交流的方式具有高度的审美性关注。

　　然而，在新媒介所建构好的交流语境下，人际互动的方式全面地涵盖了"口头的、文字的、图片的、数字的"等多种渠道，借助于互联网技术的日常生活交流模式必然会促使民俗学家们对所谓"小群体内的艺术性交流"这一定义进行深入的反思：第一，"民俗"显然已经不再仅仅是作为"小群体内部的知识"而被交流的。相反，各种"民俗"被一再地"去（再）语境化"，而且，在新媒介的语境下，这样的实践已经变得更多样、更频繁、更深入，因此，民俗学将不得不放弃"小群体内部"这一限定，不得不弱化对"知识产权"的强调，转而集中去考察"交流"与"传播"的问题。第二，民俗学家还不得不反思"传统"这一概念。显然，对于普通生活者而言，"本真的、传统的起源"并不重要，重要的是他（她）们能够从他（她）们所认同的"民俗"中感觉到某种连续性与一贯性，也就是说，只要他（她）们"认为"某种"民俗"是传统的、地方的或者是从其共同体中产生出来的，那么该"民俗"就是"传统的"。第三，"民俗"的定义中将放弃对"共享的认同"的强调，转而强调"差异的认同"。新媒介技术将会进一步说明，并不是只有在人们共享着某种认同的前提下，才有民俗现象出现；恰好相反，在许多情况下，正是因为人们具有不同的文化认同，才有某些民俗现象发生。比如，在历史上，印刷文字区分了书面传统与口头传统，并相应地区别了两种群体之间的等级关系，但它同时也促进并融合了由书面传统与口头传统所共同组成的共同体的文化，刺激了民

---

① Dan Ben－Amos, "Toward a Definition of Folklore in Context", *The Journal of American Folklore*, Vol. 84, No. 331, 1971, p. 13.

族主义。① 同样，新媒介也在生产着类似的事件。数字化网络正在改变既有的"社会认同"的概念，多样化的文化认同正在以几何级数的递增方式创造着差异的认同，而这些差异的认同同样正在成为当下民俗表演得以展开的社会基础。此外，在某些日常生活领域，新媒介技术已经彻底地改变了人际交流与互动的模式。比如手机转发的笑话已经大规模地取代或者渗入了口头讲述的笑话，它在传播的速度、范围、人际关系的建构、欣赏渠道多样化等方面都造成了巨大的差异。又比如，网络传说明显地区别于口头传说；网上虚拟社群（作为一种新兴的民众群体）明显地呈现了不同的交流方式与组织模式；网络语言与网络虚拟表情已经成为当下民众自我表征的重要方式等等。凡此种种说明：新媒介时代普通的日常生活者，正在利用新媒介技术手段，通过创造性的交流方式建构着某种自我认同。②

意识到新媒介环境下民众已经创造出来的表征方式的丰富性与多样性，民俗学家将不得不重新"界定"学科自身的研究对象、研究任务、研究方式甚至是研究伦理等问题了，比如：民俗学家的田野调查还必须遵守"在这里""去那里""到这里"的模式吗？当研究对象已经在自我书写、呈现、直播自己的日常生活的时候，民俗学家们是否可以在"虚拟社区"中开展田野作业？如果说自媒体时代每个普通的生活者都是书写者，如果"新媒介"客观上提升了普通生活者的文化权利、文化认同、文化自信的话，民俗学者应该如何反思传统"民族志"话语中隐藏的权力关系？如果"民众"这个概念指的是新媒介语境下的任何一名普通生活者，如果每个普通生活者都有可能借助于多媒介的表征手段来对自身的日常生活实践进行自我书写的话，民俗学的表征手段应该如何更新？民俗学的学科任务应该如何做出相应的调整？民俗学家们应该如何处理与"普通生活者"的关系？所有这些问题都将是新媒介语境下"未来民俗学"亟待解决的问题。

---

① Trevor J. Blank, *Toward a Conceptual Framework for the Study of Folklore and the Internet*, *Folklore and the Internet*: *Vernacular Expression in a Digital World*, Edited by Trevor J. Blank, Logan: Utah state University Press, 2009, pp. 1 – 20.

② Trevor J. Blank, Pattern *in the Virtual Folk Culture of Computer – Mediated Communication*, Folk Culture in the Digital Age: *the Emergent Dynamics of Human Interaction*, Edited by Trevor J. Blank, Logan: Utah state University Press, 2012, pp. 1 – 24.

作者简介

王杰文，中国传媒大学艺术研究院教授、博士生导师，2013 年"教育部新世纪优秀人才"，芬兰赫尔辛基大学访问学者。兼任中国民主促进会文化艺术委员会委员，中国民间文艺家协会民俗学委员会秘书长。代表作有《表演研究——口头艺术的诗学与社会学》等。

女性民俗学者、田野作业与社会性别制度

——基于对 22 位民俗学者的访谈和个人的田野经验*

刁统菊

笔者对 22 位中青年学者①做了一个简短的微信访谈，主题是"女性做田野的优势和劣势"。这些中青年学者中有 10 名女性和 12 名男性。他们中的大多数是以田野作业为搜集资料的方法来写作博士学位论文，有 2 位是以文献为基础来写作博士学位论文，但也长期活跃在田野；另有 1 位是做影视民俗学，以田野作业为主要工作方法之一。之所以这样做，是本文作者作为一名女性，尽管有一些关于这一问题的实践经验和思考，但若谈及，还是有一些局限性和片面性，所以在选择受访对象时，不仅有多位女性学者，也将一些男性学者纳入访谈范围。鉴于某些访谈资料的隐私性以及受访学者的要求，文中部分资料会指出非本人经验，但不注明访谈对象的真实姓名。

一 女性学者在田野作业中的优势

女性学者在田野作业中的优势，如亲和力强与敏感、细腻常被男性学者称道；而女性学者则认为其优势是女性民俗研究以及与女性访谈对象建立关系。

---

* 本文选自《民族文学研究》2017 年第 4 期。

① 在此特别感谢 22 位民俗学者接受我的访谈，给我讲述他们的田野经验，并给予我许多帮助，请恕我不能一一呈现他们的姓名。提到姓名者，亦不注明其个人信息。

（一）作为"女性"性别的优势：亲和力强与敏感细腻

至少 19 位受访的民俗学者完全肯定了女性研究者容易被访谈对象信任，容易被他们接纳。其缘由：第一，在社会性别制度中，相对男性而言，女性代表着温顺、服从，缺乏威胁性，访谈对象因此会较快地放下戒备心理，当访谈对象为女性时尤其如此。3 位男性民俗学者认为，女性的这种柔弱感，可能还会让访谈对象产生同情，一则是相对弱势的印象和感觉，二则是青年女性学者离开年幼的孩子出来调查本身就值得同情，因此会得到他们提供的很多帮助和便利条件，比如主动带着她去找相关的调查对象，有助于提高工作效率。也正因此，在同样的田野场景中，通常来说，女性学者提出拍照要比男性学者提出同样的要求得到允许的可能性更大一些。而且，即使被拒绝调查，女性研究者与访谈对象发生冲突的可能性也大大少于男性研究者。第二，毫无疑问，在访谈对象看来，女性民俗学者首先是女性，若经由家庭、儿童话题与访谈对象建立田野关系，即使不是专门研究女性民俗，也会更加容易切入田野语境。在一次调查遭到冷遇时，我碰巧发现一个摔倒在地的小孩儿，当时出于同情心理不假思索地抱起来，并不嫌弃孩子身上的泥土，拿出糖果安慰他的时候，恰好遇到其母亲出门找孩子，这件事就此提供了一个契机，最终我以一个完全陌生的身份进入对方的家庭，得以参与观察一场婚礼。第三，女性的亲和力强还与其被人们认为心思细腻、思维缜密有关。指出这一点的，恰恰是大部分男性受访学者。女性善于体察访谈对象的情绪，能体贴入微地关心访谈对象及其家人，就此而言，女性具有非常强大的亲和力。董秀团的经验很好地表明了这一点，"在田野中建立了较稳定的关系，得到村民的认可，有时村民遇到事情都会来问我，虽然不一定能帮他们解决所有问题，但也体会到他们的信任"。女性的"细心，耐心，不嫌烦，能沉住气"使她们对田野中的问题把握可能会更细致，有时更易捕捉访谈中的细微信息，也容易体察到一些经常被男性忽略的细节，并在纷繁复杂的日常生活中发现问题。

女性学者细腻、感性，这固然对田野作业富有帮助，然而有时候女性在访谈中问得过于细致，访谈对象也会生出厌烦来。特别是，身为母亲的女性研究者出来调查一次较难，或者出于节约时间和资金的考虑，想急于在较短时间内就把所有事象、所有问题都弄清楚，就会出现因操之过急而导致访谈对象反感的事情。有时候女性的情感细腻还会让人产生"过度感性"的印象。如果田野调查时间过长，女性研究者更可能想念父母等亲人，特别是有孩子的女性研究者，对孩子的思念和担心也是田野中的一大牵绊。这一问题，是由身为几岁小孩的母亲且经常外出调查的两位女性学者提出来的，12 位男性受访学者没有一个人提出。其实就算是打算外出做调查，身为母亲的女性研究者也是要安排好家里的方方面面才能出门，这根本不是可以"来一场说走就走的旅行"的男性同行所能够真正理解的。

（二）作为"女性"学者的优势：比男性更容易深入与女性有关的研究主题

正如曹荣所说："女性研究者的女性视角更清晰，更容易体认女性的情感，能够更好地进入女性的日常生活。"许多学者告诉我，女性学者本来就应该在婚姻、家庭这些"东家长西家短"的问题上拥有更多的话语权。这一认知，实际上是与社会性别制度中对女性的规定相互呼应，换言之，女性的日常生活格局应该与学术格局相一致。比如，女性在调查与育儿有关的问题时，会更容易与访谈对象形成共鸣和同情，能够迅速融入田野，获取更多的经验资料。这是因为，女性在某些领域天然地具有一些便利。女性学者去做这些话题的研究，自身的经验也能帮助她发现女性与社会发展的相关关系。

王均霞在做泰山进香女性研究及其家乡鲁东南地区乡村女性社会关系研究的时候，就深切感受到作为女性学者的性别优势。不论是陌生人群体还是熟人群体，研究者的女性身份和个性特征使得她很容易接近受访者，并迅速成为她们倾诉和聊天的对象。结果是，在陌生人群体中，王均霞不仅详细了解到进香的程序，也分享了女性访谈对象日常生活中得到的神灵灵验的体验，最后把聊天引向与她们的日常生活联系更紧密的一个互动，研究者甚至被访谈对象邀请进入其家庭，可见双方深刻的信任关系。而在熟人群体的调查中，王均霞也发现，母亲与她私下交流的话题是从来不会与其儿子谈及的。

研究者的女性身份显然在挖掘女性访谈对象的内心世界方面具有独特

的优势。当女性研究者与女性访谈对象之间建立起亲密关系的时候，甚至有可能会颠覆一些常识。华若璧在香港厦村调查的时候，和妇女们关系密切。她很敏锐地发现，宗族社会并非像学界通常所认为的那样处处以男性为中心，因此女人在家庭中的地位就突出起来，女性角色在宗族建构中也就具有了独特的价值和意义。① 马丹丹在阅读《中国马达——"小资本主义"的一千年》的时候，了解到葛希芝（Hill Gates）在书中涉及了女性商品化以及女性在参与商品经济中的作用的研究②，就此马丹丹想到原来女性的政治经济角色是如此卓越，身边的亲人，姥姥、奶奶她们那一代人都具有丰富的劳动和社会关系经验。另外，我最近阅读的 *A Life Story in Recipes*，作者则是通过母亲去世后遗留下来的烘焙食谱来展示女性生活。③ 该书作者 Diane Tye 也是一位女性民俗学者，并且以女性民俗为研究方向。研究者所关心的话题与其本人的性别角色和个性特征有很大的关系，男性学者通常不会关注女性话题，尽管他们会觉得那个话题有意思或者值得关注与研究；而当研究者为女性时，其性别角色很容易会对所研究的话题起到积极作用，不仅有利于深入研究，同时还能发现一些不同寻常的特殊性。

二　女性学者在田野作业中的劣势

许多时候，女性研究者是单独进入田野，由于她们的性别身份所具有的象征意义和当地社区关于性别的传统文化观念的影响，往往会比男性研究者遭遇更多质疑和阻碍。

（一）社会性别制度对女性的压力

我访谈的大部分女性研究者都认为，女性尽管更容易走近访谈对象，但永远不能真正进入男性的世界。社会文化内部总是存在一些话题，是拒绝或禁止女性研究者接近的。这主要是因为社区内部可能存在的性别观念

---

① 〔美〕R. S. 沃森：《兄弟并不平等》，时丽娜译，上海译文出版社，2008 。

② Hill Gates, *China's Motor: A Thousand Years of Petty Capitalism*, New York: Cornell University Press, 1997.

③ Diane Tye, *Baking as Biography: A Life Story in Recipes.* Kingston: McGill – Queen's University Press, 2010.

对女性学者身为女性的排斥和阻碍，女性学者这时就深陷田野伦理的两难境地：若尊重当地习俗就无法目睹现场；倘若强行参与，对习俗又有粗暴干涉的嫌疑，且影响调查的顺利推进。

在聊到一些话题，比如乡村政治或者当地家族等一些较为"严肃的"话题时，女性研究者的介入在当地人看来就"不合时宜"，访谈对象或是不想跟你深入探讨，或是忽略你的问题，甚至存在。诸如此类的事例举不胜举。尽管时代发生了很大的变迁，但由于残存的传统习俗，有些禁忌仍然会出于各种各样的理由禁止女性介入，比如认为女性出现在仪式现场可能会带来不祥，因此就不欢迎女性研究者。一位女性学者几年前曾独自一人在某地参加清明祭祀，现场一二百人只有她一个女性，不止她内心感到恐惧，其他人也用异样的眼神看她，对其访谈更是爱理不理。对于家族问题，有些访谈对象认为这不是女人应该接触的，因为这个问题与女性无关，所以有些时候女性研究者很难看到家谱，对家族祭祖活动进行直接参与观察的也不多见。这位女性学者总体感受是，越是传统的祭祀活动，对女性的开放度越低，反而是近年来大型的祭祀活动，几乎不排斥女性。社会营造出来的话语体系，主要是围绕着男性来的，因此在很多领域中，女性都是社会的弱势群体；反观男性，尽管他们也是社会性别制度的钳制对象，但是并没有出现"男性主义"。

此外，受访学者无论男性还是女性都有人提出了一个问题，那就是"女性做调查有时候很不方便"。所谓的不方便，更多时候是指调查内容对女性来说有些禁忌。比如民间故事的调查，当有女性研究者在场的时候，每逢涉及脏话或者"荤故事"，男性讲述人只能略略提到，停顿一下，哈哈一笑，女性研究者也只能笑一笑作为回应，不仅是因为不好意思，女性研究者也无法体会男性角色的感受。这就如同男性学者遇到女性访谈对象讲述姑嫂关系一样，总是会有隔靴搔痒、体会不深的感觉。

在对一些以男性角色为主要参与人的民俗仪式进行考察的时候，女性的身份更容易受到一定的限制。譬如土家族的撒叶儿嗬或跳丧仪式的调查。关于跳丧，以前流传着"女人跳丧，家破人亡"的说法，所以跳丧的场合几乎全是男性，仪式的后半夜人们也常唱一些"荤歌"（与性有关）、舞蹈也有模仿性交的动作。当女性研究者对跳丧仪式进行观察的时候，当地年长的妇女就感到很不理解。

从性别的角度来说，女性视角所关注的话题偏重于具体、琐碎的日常生活，而男性视角侧重更加宏大的话题。事实上，也有女性学者如王均霞在接受我的访谈时承认自己也是深受传统社会性别制度影响的人，因此在面对一些话题时是主动避开，会"自觉不自觉地去逃避或避免做男性受访者的访谈"。尽管王均霞本人也认识到这是一个研究的缺陷，但如何弥补这一缺陷还是需要认真思考和对待的一个问题，因为当女性研究者用女性视角去观察男性为主体的民俗事象时，更容易发现男性研究者身处其中而熟视无睹的一面。对此，是想办法迂回深入、力图接近异性访谈对象？还是和男性同行一起访谈男性访谈对象？抑或保持现有的方式？

我们身处其中的社会性别制度也让女性特别注意把握和男性交往的尺度，阻止她们与男性访谈对象有深入的思想和情感交流。我在调查时，有一次和一个老大爷一起走路，一个女学生从背后看着我们。后来她告诉我："刁老师，我怎么觉得你和那个大爷一起走路，感觉不搭呢。像张老师（一位男性学者）和他走在一起，就觉得很协调。"其实这恰恰也是我当时的感觉。我在与男性访谈对象聊天时，会不由自主感到紧张。对此，王均霞也有类似感受，她和我一样，或许是同为山东女性，内心有深刻的男女有别的观念，在与男性访谈对象交谈时感到不太自然，相关话题很难非常流畅地展开。而我们和女性访谈对象在一起，不管什么年龄段的，很快就能打成一片，至少相同的性别身份能够迅速地建立起一个良好的气氛。

此外，我还注意到，不管是男性学者还是女性学者，都有一个共同的感受，就是在有些地方，女性研究者更容易被当地人评判，无论是衣着服饰还是行为举止，很有可能因不注意不留心招致非议和误解。张青仁在接受我的访谈时指出，女性本来就难以深入男性圈，如果深入男性圈，又会遭受田野中其他女性的质疑，会被认为你不检点，由此也会引起女性访谈对象的拒绝和非议。

董秀团在调查中发现，在一些社会文化较封闭的地方，女性研究者出来调查就已经属于抛头露面了，还要因工作需要与男性访谈对象多次深入接触，这非常有可能引来流言蜚语。另外一位女性研究者告诉我："由于研究的需要，我们经常需要去一些三教九流聚集的地方，或者是一些非常偏远的地区，而有的时候为了调查更为真实，真正了解当地的文化，我们不跟当地政府打招呼就直接进入田野现场。即使是最偏远的村庄，由于当地一些外出打工者以及返乡的农民工在外受到不平等的待遇，当地民众对外来者，尤其是对看上去面慈心善的外来女性具有强烈的警惕心理。在调查过程中，我们很难就某一个问题展开深入访谈，或他们根本就不会跟你聊天。而且，由于没有当地政府的介绍，他们很多时候会把我们当成'闯入者'，一些长得比较漂亮的女生可能会遭受一些性别方面的骚扰，给女性研究者的精神带来一些伤害。还有一些女性研究者由于跟一些已婚男士，或者一些当地民众眼中的'钻石王老五'多聊几句，会被人误当成'小三'，引起村庄里的其他单身女性或者已婚女士的不满，从而导致研究难以开展。"

相比引人注目的情形，女性研究者也常常遭到忽视。正常情况下不太容易产生这种感受，但是当一名女性研究者和男性同行一起去调查的时候，这时候差异就比较明显。不管男性学者还是女性学者，在接受访谈时都有人跟我提出，不同性别的研究者受到的重视程度不同。访谈对象从传统性别观念出发，认为男性是干大事儿的，是说了算的，而女性只知道家长里短和洗衣做饭喂孩子，不值得尊重和信任，就算你是教授也不行。因此女性研究者和男性访谈对象之间，想做深入交谈是非常困难的。譬如郭凌燕于2016年夏天去一个村庄做调查，当地人对她说的最多的话就是：才那么年轻就是大学老师了，而且还是个女娃。甚至在当地待了十几天之后，人们还是会发出这样的感慨。有时候为了求证一个问题，她需要反复追问，付出比其男同事更多的努力。也正因此，有的女性研究者在调查时就会被视为服务的角色。在调查团队中，大家会习惯性地指挥女性队员去做倒水、整理东西等服务性工作；当男女研究者都在场的情况下，女性研究者在对男性访谈对象进行访谈时，有时候得到敷衍性的答案，有时甚至直接被忽视，好像压根不存在一样，访谈对象会将自己的眼神投向男性研究者。

当然有的时候这种蔑视也带来了意料不到的好处。一位女研究生跟着师兄一起去做调查，女研究生看起来"傻白甜"，第一次去田野就受到村民的热情接待，而其师兄被认为是"政府工作人员"，受到冷遇。一方面，人们通常认为男性更可能是"政府工作人员"，是"领导"，在干群关系不顺畅的情形下，男性研究者就不容易被接纳，而女性即使是"政府工作人员"，也不会是关键角色；另一方面，这也反映了女性所拥有的柔性处理一些问题的方式方法。通常情况下，访谈对象对外来研究者会非常热情，在研究初期有时报以一顿丰盛的酒宴，男性研究者很容易被人"灌醉"，你不喝酒简直不好意思说自己是"男人"。一名女性学者说，在同样的场合，她可以用"我不会喝酒""我喝酒过敏"等理由拒绝，并不会被人们瞧不起，自己也不会感到有什么不好意思。甚至在对一些敏感问题的访谈上，可以使用撒娇、卖萌、装无知等技巧，偶尔犯错也更容易被原谅，不会引起正式的争端和矛盾。

社会性别制度针对女性研究者的这些拒绝、质疑、阻碍、蔑视或歧视等各种态度，恰恰也是一个新的学术生长点。男性强权社会对女性的禁锢到底有多么强大？① 很多在乡村做过调查的学者都有这样一个认识，人们崇拜文字、知识乃至拥有知识的人，那么作为同样拥有知识的女性研究者，在田野中所遭遇的一切基于社会性别制度出发的对待，都会让我们更深刻地理解男权社会给女性的压力和禁制。

（二）女性学者的身体弱势

几乎所有受访的学者都指出一个问题，那就是女性更容易遭受到性骚扰和人身攻击。有三位女性学者给我讲述她们的经历，虽然最后有惊无险，但是独自一人到陌生的地方甚至偏远之处寻找研究对象的时候，心怀恐惧，战战兢兢，那种体验让她们终生难忘，就算我这个作为听众或者读者的人对她们的故事也感到后怕，最后也只能说她们平平安安地完成调查真是运气好。我在刚开始独自一人做调查的时候，导师叶涛特意嘱咐我带一个大号的手电筒，晚上既可照明，又可当防身武器，事实上我还准备了一根一

---

① 此处感谢吕微在中国社会科学院民族文学研究所于 2016 年 12 月 10 日举办的"民俗学专业责任与研究伦理工作坊"会议上给予笔者的启发与提醒。

米多长的铁棍，夜间时刻抓在手里。后来直到住宿条件改善，安全感才大大提高。我的女研究生有一次外出调查，因为下午没有按照约定时间及时给房东回电话，又将手机放在书包里听不到来电铃声，导致我和房东差点请村书记发动全村人去寻找她们。另一位女性学者接受我的访谈时说："在某个城中村做调查的时候，有一次在里边的巷道里拿着相机拍照，突然前边就出来一个穿得破破烂烂的中年男人。看着向我跑来，我赶紧飞奔而去……出来之后被人告知那是一个精神病人，经常在这条巷子里袭击只身一人的女性。还有一次，我从网上约了一名访谈者，本来访谈者在电话中非常兴奋，结果在见到我，并进行了简单的自我介绍之后，就对我失去了兴趣：'由于感情不和，我已经跟我老婆分居好几年，我以为你是一个寂寞的大学生我才出来，你现在都是个老师了，还结婚了，你还约我出来干什么？你要报销我车费和精神损失费才行……。'唉……最后我只好给了他一些钱才了事。"

有学者提出，"参与观察的时间足够长，就没有安全问题"①。但在现实生活中，不管你在田野中待了多久，女性本身的不安全感也是难以消弭的，对陌生世界的恐惧是天然存在的，再加上女性弱势的身体条件，受到伤害的系数远远高于男性研究者。美国墨西哥裔民俗学家奥尔加·纳胡拉－拉米雷斯（Olga Nájera－Ramírez）提到在其赴墨西哥进行田野调查的过程中，曾遇到过不同程度的性骚扰。通过自身的实践，她建议女性研究者在单独出行时，注意衣着，尽量避免穿着较为暴露和挑逗性的服饰，切勿浓妆艳抹，最好不要刻意打扮，有条件的研究者还可以与当地人结伴出行，另外还要尽量回避或明确拒绝性暗示和性挑逗等②。而在从事较重身体负荷与恶劣环境的相关调查时，女性自身身体承受能力和负荷能力的不足会导致调查不顺畅或中途停止。譬如董秀团带学生做调查，由于村中修路，大小行

---

① 蔡华在中国社会科学院民族文学研究所于 2016 年 12 月 10 日举办的"民俗学专业责任与研究伦理工作坊"会议上对笔者发言的一个评论。

② Olga Nájera－Ramírez, "Of Fieldwork, Folklore, and Festival: Personal Encounters", *The Journal of American Folklore*, vol. 112, no. 444, 1999. 转引自李牧《民族志研究与田野调查法》，未刊稿，2016。

李须全部抬进去，女生明显体力不够，身体上出现不适或生病的可能性也加大。假如需要女生拿着摄像机全程跟踪拍摄一些仪式活动，这更是一个很大的考验。卫生问题对女性研究者也是一个很大的考验。有时候不方便上厕所，而当她们遇到生理周期，就需要克服比男性更多的困难，并不仅仅是身体的不适感受。山东电视台的樊宇提到，他们在山西榆次后沟村做调查时，选择了四位男性同行住窑洞，依据当时的条件，如果是女性就很不方便，包括上厕所。

三 个体差异大于性别差异

受访的女性学者大多是从自身的调查经验和体会感受到自身身为女性的优势，比如容易得到访谈对象的信任，容易与女性访谈对象走得更近，但同样也对总是无法深入调查某些话题、不是被拒绝就是被忽视或被敷衍这一点深感遗憾。而男性学者对女性学者在田野作业中的优势和劣势这一问题的认识，较少源自社会刻板印象，更多是依据个人对女性同行的观察，不可否认他们确实也看到了女性自己体会不到的问题，比如前文提过的女性对细腻这一特点发挥过度的时候就转化为唠叨；女性过分沉溺于女性视角（当然这种过分沉溺并非多数女性学者的问题）等。

女性过分沉溺于女性视角这一缺陷，是一位男性学者提出来的。曹荣认为，女性身份是女性研究者的优势，但她们极容易陷入其中。这实际上是一种将女性视角过度化和夸大化的问题。在田野访谈中，女性研究者很容易把话题局限在女性生活中，忽略生活的整体性，在访谈时也流露出鲜明的性别意识。而且，过多强调性别差异和性别视角，不仅使得性别研究几乎成为女性学者的自留地，还以此视角去框定所有的研究，似乎性别意识可以观照所有问题。尤其是在面对男性访谈对象时，女性研究者表现出的女性性别意识，可能会成为深入交流的障碍。

很多人所说的女性做田野的优势或劣势，其实是基于社会性别制度的划分。比如，女性温柔、温顺，因此较少侵略性和攻击性，容易接触访谈对象；女性柔弱、顺从，缺乏安全感而容易面临一些危险；女性体力弱于男性，负荷能力不够；女性感受细腻，但容易陷入唠叨；女性被要求与男性保持适当距离，因此需要特别注意社会评价；等等。反之，男性也具备侵略性、勇敢、强大等特点，因为侵略性强而不容易被人接受；因为安全感强大而敢于独自一人调查；因为认为照料孩子主要是母亲的责任而能够长期或频繁外出调查。女性身份带来的便利条件，使得她能够深入参与观察女性民俗事象，同理男性也更容易切入乡村政治、宗族制度等话题的调查。而且，正如女性学者与男性访谈对象交谈的时候感到不自然一样，男性学者在和女性访谈对象交谈时也是承担着社会压力的，甚至他们感受到的这种社会压力更重。当然，这种压力的大小乃至有无，也与社会的性质有关，比如蔡华在摩梭人中进行田野作业的时候，感到"跟女性说话没有任何问题，人家不在乎你"①。

女性研究者在田野中，更多地被推向了家庭内部，被视为抚育者、女儿等家庭角色，很难像男性研究者那样被作为"专家""权威"来对待，而且这些看法完全不是研究者作为一个个体所能够决定和选择的。② 郭凌燕认为，在调查过程中，女性更容易被贴上温柔可爱、善解人意、孝顺等标签，也因此很容易被访谈对象当成晚辈、女儿诸如此类的角色。而一旦成为这样的角色，我们可能就得花费一些时间来扮演一个好女儿、好姐妹，需要耐心去听他们的教导、训斥，而且由于角色的转换，访谈对象也会把女性研究者当成家人，进入一些田野反而会更为困难。

总之，性别各有优劣，女性作为女性的优势，是与男性作为男性的优势相同的。男性和女性研究者即使是有差别，在赵旭东看来这种"差别也不应太大"，而岳永逸指出，不能把男女对立起来看。从前述来看，女性的优势有时与劣势相互对应，所以非但男性和女性做调查本身不是问题，他们也并非对立的双方，优势也好，劣势也好，关键在于置身现场的个体选择如何做、打算怎样做。康丽用"分寸"这样一个词来表明这一点："你的这种角色扮演越深入，你在社区待的时间越长，这种身份就越有可能给你

---

① 蔡华在中国社会科学院民族文学研究所 2016 年 12 月 10 日举办的"民俗学专业责任与研究伦理工作坊"会议上对笔者发言的一个评论。

② 康丽在中国社会科学院民族文学研究所 2016 年 12 月 10 日举办的"民俗学专业责任与研究伦理工作坊"会议上对笔者发言的一个评论。

带来反向的钳制。你越了解社区规则，加诸在你身上的社区的规则和责任就越会限制你一些行动，你可以做什么，不可以做什么，你可以接触或不可以接触哪些人，这其实都是一个分寸的问题。"譬如，女性通常被认为不应该抽烟、喝酒，但我在田野中有一个特别好的经验，假如女性研究者掏出香烟递给男性访谈对象尤其是老年男性，那么将会大大增进调查的便利，访谈对象即使不吸烟，也会高高兴兴地接受香烟并愉快地和我聊天。而女性研究者在田野作业中如果将吸烟等诸如此类的行为作为自己的日常行为，那么就很有可能被传统社会语境下的访谈对象加以负面的评价。这并非康丽所说的"跨性别体验"——"社区只允许男性参加的事情，作为一个外来的女性田野工作者也可以参与到其中，而不会让他们感到异样或者侵害"。在我看来，跨性别体验是很困难的事情，但并非不可以做到，最终还是要看个体如何利用自己的性别和性别角色。

社会科学是个体的生产。就女性个体而言，身体素质、健康程度、相貌、专业素养乃至性格特点，都会对访谈对象和田野作业产生影响。退一步来说，面对同一个访谈对象，个体的性格与魅力也会导致不同的结果。性别刻板印象认为，与男性长于技术型工作相比，女性更擅长关系建构，女性的情感维系方式倾向于维持长期、稳定的关系。在田野中与访谈对象建立关系的时候尤其如此，甚至她们会将田野关系延伸到个体的现实生活尤其是家庭领域当中，这对持续调查很有帮助。但实际上，也有女性不擅长这么做，而男性其实也会与访谈对象维持长期、友好的关系。这与研究者的个性关联更大。譬如王均霞在调查泰山进香女性的时候，并不单纯依靠女性这一身份，同时也是因为她个人的人品和人格受到访谈对象的赞赏，如在进香途中尽其所能帮助访谈对象，事后及时将照片邮寄到对方家中，之后才收到她们的电话，受邀去家中继续调查。可见，研究者在田野中的伦理道德尺度也是一个重要的因素。

四　结语

不能否认，性别视角确实是一个必要的研究维度，一个最为理想、完美的田野团队是由两种性别组成的。作为女性的研究者在某些话题上能与女性研究对象进行更好的沟通和讨论。① 只是，传统文化中的社会性别制度并不仅仅反映在我们的日常生活里，也反映在研究者与访谈对象之间的关系建构中。当然在某些情形下，当女性研究者在调查过程中如果能够暂时忘掉或模糊、淡化自己性别的时候，所表现的精神面貌也许更容易得到访谈对象的认可。但是，不要忘记，女性就是女性，你不可能让自己没有性别，如何在选题或者调查中最大限度地发挥出自身性别的优势，才是需要考虑的地方。而且，除了性别这一研究维度以外，对田野研究产生影响的，还有个体的性格特征、人格魅力、学术背景、兴趣爱好、身份特征等方面的因素。这些因素不仅会影响到研究者对调查对象的思考和把握，也会影响田野地点的选择和田野作业的过程、结果，以及对于原始资料的分析和阐释。

作者简介

　　刁统菊，法学博士（民俗学）。现任山东大学儒学高等研究院民俗学研究所副教授，硕士生导师。研究方向为理论民俗学、亲属制度研究、民间文书研究。

---

① Diane L. Wolf, *Feminist Dilemmas in Fieldwork*, Boulder：Westview Press, 1996.

学术史研究

　　学术史的研究，在一门学科的发展当中始终占有重要地位。作为现代学科的中国民俗学，经过一个世纪的发展，在理论和方法上均取得了丰硕的成就，而这些成就的取得，离不开学科兴起至今诸多重要人物和重要事件的积极推动。可以说，对这些人物和事件进行深入、细致的研究，既有助于我们更加清楚地认识自己学科的发展历程，又有助于我们理解学科现有品格之所以形成的原因，并以此为基础，适应新的时代要求，自觉调整和拓展学术视野，改进学术未来发展方向。在学术发展的不同阶段，由于时代不同或学术立场的变化，对于学术史上的同一个问题，研究者的理解往往会发生变化，在对基本事实有大体一致的认可的同时，可能会得出相去甚远的认识和结论，有时，甚至对于事实本身也会梳理出截然不同的图画。而这一点，也正是学术史永恒的魅力所在——回顾和反思过去，更主要的是为了理解当下，表达当下，同时，也是为了面向未来。

钟敬文建设中国民俗学学派的
过程与趋势[*]

董晓萍

钟敬文先生在其晚年力作《建立中国民俗学派》中提出"中国民俗学学派"的概念①，很快得到了国内高校民俗学教育工作者和中国民俗学界的认同，也得到了国际同行的关注。之所以有这种社会效果，我想有几个原因。一是民俗学的现代人文科学理论和方法来自西方，但钟先生做的是中国学问，他提出这个概念的深层意图是坚持中国文化主体性，这一主张通过取得中外民俗学者的共识，并与21世纪提倡多元文化的国际思潮在更大范围内相呼应，促进"多元化"与"主体性"两概念互构，使两者从原来所从属的工作框架，转入当代民俗学的理论框架，并获得新的阐释。二是钟敬文的民俗学研究、教育事业和社会活动几乎贯穿了整个20世纪，带有20世纪的战争、革命与学问交织的时代烙印，这使他的学问特征与中国民俗学的发展路径具有突出的相似性，故外国同仁很早就称之为"中国民俗学之父"，国内也难有他人与之比肩，这是他与我国其他在不同阶段和不同程度从事民俗学研究的学者的不同之处，将他的名字与"中国民俗学学派"连在一起没有任何争议。三是这是一个在跨文化视野下提出的概念，钟敬文面对当时全球化的不可逆转之势，通过提出这一概念，表达了他对中国优秀民俗文化的文化自信，展示了其未来视野。

* 本文选自《西北民族研究》2017年第1期，全文结构和部分文字稍有修改。

① 钟敬文：《建立中国民俗学派》，董晓萍整理，黑龙江教育出版社，1999。

一　概念与视野

什么是"中国民俗学学派"？钟先生本人已做了界定：

> 所谓建立民俗学的中国学派，指的是中国的民俗学研究要从本民族文化的具体情况出发，进行符合民族民俗文化特点的学科理论与方法论的建设。

> 现在的中国民俗学，在世界范围内来讲，也是一种中国学派，外国人也就这样看我们。但在过去，从学术意识上来说，我们没有自觉地认识这个问题。在文字上，我们也从来没有提出过我们要建立中国学派，或者不曾明确地说过，我们是中国学派。

> 中国的民俗学与外国理论能不能接轨？对这个问题，要从研究对象的实际出发来认真加以考虑。大体上说，中外民俗文化交流，对双方都是好事，彼此也越来越欢迎，但说到不同文化的接轨，就要考虑接轨的对象。因为，任何一个民族的民俗文化，以及对她的学术研究，要跟外国的理论接轨，这比起一般的自然科学或社会科学的对外接轨，是肯定有其特定的地方的。就民俗学本身而言，可能有些方面想去接轨，但是有的时候就不一定接得很好；可能你想接轨，在他们看来，还不够，搭不上。也可能他想接轨，但在我们看来，又说不定点子上。这种差异，是由各自的人民生活、文化传统、社会制度、思维习惯和学术发展史的不同所造成的。所以，中国民俗学要发展，从原则上说，还是要走自己的路。①

> …………

> 全球化也好，现代化也好，不是把我们自己给化掉，是应该根据我们的需要，去吸收分类文化中的先进的东西，来壮大我们自己。如果反过来，把自己的精华化为乌有，那就成了悲剧。②

---

① 钟敬文：《建立中国民俗学派》，董晓萍整理，黑龙江教育出版社，1999，第 4 - 5 页。
② 钟敬文：《建立中国民俗学派》，董晓萍整理，黑龙江教育出版社，1999，第 41 页。

我谈到可以在跨文化的视野下讨论钟先生的学术思想，见于他在此书中与海外汉学界和国内同仁的一段谈话：

> 中国这个古国，民俗资料是十分丰富的，其中既有为中国所特有的，也有为世界人民所共有的。研究这种文化现象，不仅是中国学者的责任与权利，同时也是各国汉学家的责任与权利。近年来这方面的学界情形有力地证明了这一点。①

> 孔子死了两三千年了，但他的《论语》在世界文化人的眼里的地位是何等之高，这是大家知道的。前面我说过，文化这东西，不能用很浅薄的眼光去评价它，一定要看到它的深层。

> 作为中国民俗学者，应该有这样的雄心壮志。我们的研究，不仅是为民族的，也是为世界的。我们应该在这方面做出贡献。如果连我们自己都不大清楚，那就难怪别人说外行话了。对这个问题，我们一定要深思。②

《建立中国民俗学派》出版不久，北京师范大学召开了一次学术研讨会，季羡林、金开诚、王宁、童庆炳、程正民、张恩和、何九盈、程毅中、赵诚、连树声、陶立璠、程蔷和周星等多位国内著名学者应邀与会。时任北京师范大学副校长（后任清华大学副校长）的谢维和教授主持会议。与会专家讨论了建立"中国民俗学学派"的民族基础、现代条件、社会意义、国际水准及其在社会主义现代文化建设中的功能等，对钟先生提出建设"中国民俗学学派"的历史担当和前瞻性思考给予了高度评价，限于篇幅，以下仅摘引季羡林和金开诚两位学者的谈话。他们两人一位从事外国文化研究，一位从事中国文化研究，分别从内外观的角度，指出钟先生建设"中国民俗学学派"的国际地位和学术价值。

---

① 钟敬文：《建立中国民俗学派》，黑龙江教育出版社，1999，第100页。
② 钟敬文：《建立中国民俗学派》，黑龙江教育出版社，1999，第42－43页。

季羡林：说几点意见，是外行话，但可能对内行有好处。第一，国外每隔几年就成立一个学派，我也看过一些这方面的书，了解一些，感觉外国的好些学派好像庄子说的"蟪蛄不知春秋"，往往是还没了解情况就没了。我们的研究不比哪国差，为什么没有学派？中国学术界应该有勇气、有能力，建立自己的学派。第二，我在欧洲呆过多年，看到他们的大学里大都有人类学系，有的还有人类学博物馆。当时我有一个猜想：像非洲、南太平洋群岛、印第安等民族的民俗，过去在欧美学者的眼中，可能并不认为是文化。从前欧洲人把自己看成是天之骄子，有文化；别人的民俗是不登大雅之堂，不被他们看成是文化。我在德国住过十年，看见他们的民俗比较单纯，印象最深的是老放假。中国学者要研究的中国民俗太多了，还不只是汉族的民俗，五十多个兄弟民族都有自己的民俗。对其进行深入研究是很有意义的，可以发扬中华民族的优秀文化传统。第三，方法论。钟老著作中很多地方讲方法论，我很赞成。我认为中西文化区别很大，西方文化在思维模式上是分析的；东方正相反，是综合的。综合就是整体概念；普遍联系。最近看李政道的一篇文章，讲20世纪是分析的世纪，也有人提出21世纪可能是"夸克封闭"的世纪，"夸克封闭"就是物质不可再分了下去了。这个还没有结论。但我要说的是，现在我们中国人研究学问，是否可以微观与宏观相结合，应像钟老那样，注意方法。

金开诚：中国民俗学学派，实际上已经存在了，现在升上这面旗帜，意义重大。它是宣言书，向全世界宣告：中国民俗学学派建立了！它也向国内宣告，"学派"二字，在中断了半世纪之后，又在学术界提倡起来了！中国可能是最早有学派国家之一。其中成就最大的、源远流长的，是儒家和道家。但是在最近五十年间，学派没有了，知识界讳谈学派。其中有政治的原因，也有其他原因。改革开放后，中国在民主科学的道路上快速前进，很多学者也取得了相当的成就，但还是没有学派，为什么？照我看，这就不是政治的原因，而是属于精神文明建设方面的原因了。钟老现在提出建立中国民俗学学派，无论从学术上或是从精神文明建设上，都具有重大意义。在中国，由钟老来建立中国民俗学派，也是名至实归。中国历史悠久、民族众多，研究民俗学要了解自己的特点，要有自己独特的概括。钟老为此做了很多的工作，取得了辉煌的成就。钟老也非常爱护年轻学者，年轻学者十分尊敬钟老，这就自然形成学派。它有利于团结奋斗，有利于学科建设。①

近二十年过去了，钟敬文先生、金开诚先生和季羡林先生已相继谢世，而"中国民俗学派"尚待研究。她是旗帜，但要经过研究和发展，才能高高飘扬。

二 过程与结构

钟先生关于"中国民俗学派"思想内容相当丰富，其建设经历了一个漫长的过程。今天，反思钟先生提出建立"中国民俗学学派"的背景，考察他在这方面留下的历史文献，思考季羡林先生等的评价，需要以钟敬文先生探索"中国民俗学派"的长期学术思想发展历程为脉络，研究他所建设的中国民俗学的性质与结构。②

钟敬文"中国民俗学学派"思想，如前所述，在20世纪战争、革命与学问交织的背景下发展，这一过程决定了它的结构主要由三个阶段呈现，即20世纪初的"五四"时期、新中国成立后的学苏联时期和20世纪末的改革开放时期。

在第一阶段和第三阶段，钟敬文都借鉴了西方先进学说，还曾吸收了日本民俗学和文化史学说的有益成分，但主要是以中国国学和中国民俗与传统文化为基础，构建中国民俗学的理论与方法。在这两个阶段中，还曾在开展中、日、印故事类型比较研究，站到了国际前沿。③ 他还关注中国民

---

① 王宁、董晓萍整理：《建立中国民俗学派——钟敬文教授〈建立中国民俗学派〉及其学术思想座谈会发言纪要》，原载《中国教育报》2000年3月。
② 本小节关于"中国民俗学学派"的详细讨论，参见董晓萍《钟敬文与中国民俗学派》，中国社会科学出版社，2017。
③ 关于钟敬文将民俗学与文化学结合研究，与在多元文化对话框架下研究故事类型，参见拙著《跨文化民间文艺学》、《跨文化民俗学》和《跨文化民俗志学》，中国大百科全书出版社，2016-2017。

俗和中国民间文学的搜集史，也对体裁学和史诗学发表了精彩意见，这些学术工作都为"中国民俗学学派"的建立奠定了基础。

第二阶段的特点，是在新中国成立和建设的初期，全面引进苏联理论。当时我国已取得社会主义革命的伟大胜利，并已开展社会主义文化建设。这时期引进苏联理论的基本倾向，是以苏联已构建的社会主义意识形态学为学术主导，而不仅仅是以文化学为导向，建设民俗学和民间文艺学。对这一阶段学苏联的评价，我国和当时东欧社会主义国家阵营高校的学者都有很多政治思想上的争论，不过至今缺乏对社会主义意识形态学与民俗学和民间文艺学关系的深入研究，所以这些争论皆缺乏深度。历史并不总是滞后的，而是以总结过去的方式照耀前路。当前我国当代社会建设和文化建设正在社会主义主流意识形态支配下进行，与此同时，全球化下多元文化回归和跨文化对话的研究也在如火如荼地兴起，种种不同思想之间究竟是支配与被支配的关系？还是牵拉？互动？返回历史思考？或者是再结构？不研究，便无法预测。很显然，对全球化时期出现的复杂文化问题，要大力开展现代文化学的研究，但只从文化上研究也不行，还要加强和提升民俗学的研究。同时，将社会意识形态差异做简单化处理也不行，为此需要开展历史民俗学的研究，回顾和反思第二阶段学苏联理论的影响，进行科学有效的个案研究，这是十分必要的工作。

开展第二阶段的个案研究有很多困难，在诸多困难中，比较突出的有两个：一是缺乏系统的学术资料，二是缺乏可资借鉴的研究方法。今天，我们在研究钟先生"中国民俗学学派"的思想的过程中，之所以能够开展这项研究，是因为钟先生保存了一套20世纪50年代学苏联时期的资料，包括他本人撰写和用于授课的一批"未刊讲义"，这是他留给后学的幸运。由于他指导我学习和工作的关系，还给我讲过其中部分手稿的来龙去脉，现在重看这些手稿，我耳边就回响起他的声音。我就想，什么是方法论呢？就这项研究而言，最好的方法莫过于了解当时的社会历史上下文，然后如实地介绍钟先生本人撰写的文稿，争取能够比较准确地了解钟先生在建立中国民俗学派的这一阶段的历程中，如何看待学苏联过程中发生的理论问题，观察他对当时建设民俗学和民间文艺学的思考，再跳出这些文献做研究。

自 2011 年起，获北京师范大学"985 工程"项目支持，我忝为北师大民俗学国家重点学科的学科带头人，开始组织编纂和出版《钟敬文全集》，其中包括这批讲义，历时八年，现已全部完成计划。我们做了弟子应做的事，也希望多少能弥补对我国学苏联理论与民间文艺学建设的关系缺乏深入研究的遗憾。

总之，"中国民俗学学派"的概念不是空的，而是在中国历史文明在当代世界文化大框架内定位的新时代，进行中国民俗学建设。此外，在 20 世纪我国取得社会主义革命胜利和社会主义建设成就的进程中，钟先生还要解决社会主义意识形态学与民俗学的互构问题，以期正确地处理社会主义意识形态学与民俗学的关系，这也正是今天全球化下多元文化格局竞相发展所面临的共同问题。

三 理想与情怀

我本人与钟先生《建立中国民俗学派》一书的关系，已被钟先生写在书里，我也抄在这里："我的助手董晓萍博士承担了全书的编纂工作，对原讲演稿进行了充实，增加了注释，又补充了附录部分，把我近年来发表的一些有关中国民俗学发展问题的文章收在里面，这就成了现在的这本小书。"①

钟先生既是我的导师、恩人，也是我学术立身的榜样。在他生前，我是他的学生，也给他当了十几年的学术助手。那时他表扬我、批评我，我好像都懂了。等他走了，我才明白，我其实懂得很少。我读的书不够，历练不够，对世界其他国家的文化、人民和民俗学也了解不多，所谓的懂全在表皮上。我还不能达到文字自由的地步，而文字不自由也是学问不到家的表现。

我曾协助他编过一些书，整理过不少文章。有些报刊记者和外来学者采访他，写出来的稿子拿给他看，他不满意，就让我重写。等我写到一定

---

① 钟敬文：《建立中国民俗学派》，黑龙江教育出版社，1999，第 3 页，自序。

程度的时候，他就说这种文章像他，我们师生大乐，我再署上来访者的姓名，人家说不好意思，他就说你们联合署名吧，我便道"岂敢、岂敢"。我留在他的身边不图虚名，只学他的本事。我给他整理的很多书不能说不重要，他本人很重视，出版后社会反响也很好，但我自知不足，因为我掌握了局部，还没有掌握整体，就好比会使了几把刀枪，还不能操纵整个武库。

等他走了，我仍然在不断地读书，不断地写书，不断地寻找中外学问的各处宝藏。但要研究中国学问，他是绕不开的。民众学问的大厦是有门框、有灰尘的，他却几乎把每个门框上的灰尘都擦掉了。他还开门进去了。我在他走之后才发现他去过那里，那种感觉，就好像在北极圈的冰站里看见前面的探险者留下的粮食，在南极的考察站里看到一件留着体温的防寒衣，这些对后来者是极为重要的生命资源，我却在过了十几年才真正认识到。在这些年里，我又走了很多地方，多次下乡进厂，数度出国，涉足了多个领域去比较、去吸收。感谢几代前辈学者，他们始终在教我应该从怎样的高度和深度去看待钟先生教我的好东西。

在钟先生辞世多年之后，我重看钟先生《建立中国民俗学派》一书，已经有了比过去多得多的本钱，但我仍然发现了一个没有被完整认识的他。我翻过了这座山，还要去翻另一座山。翻山是孤独的，但我会一直走下去，我对研究有着无穷的兴趣。而在渺小的个人之后，始终是祖国、时代、人类与未来，不了解这一点，就永远与钟先生有距离。

作者简介

董晓萍，北京师范大学教授、跨文化研究院院长、中国民间文化研究所所长。出版学术著作《不灌而治》《田野民俗志》《跨文化民俗学》等70余种，发表论文近400篇。

民俗学是一门国学

——中山大学民俗学会的工作计划与
早期民俗学者对学科的认识[*]

施爱东

  钟敬文先生把中国现代民俗学的早期发展分成两个时期，其中以北大歌谣研究会为主的民俗学活动是开创时期，前后七八年时间。北大《歌谣》周刊《发刊词》中较早地提出了"民俗学"的概念："我们相信民俗学的研究在现今的中国确是很重要的一件事业，虽然还没有学者注意及此，只靠几个有志未逮的人是做不出什么来的，但是也不能不各尽一分的力，至少去供给多少材料或引起一点兴味。歌谣是民俗学上的一种重要的资料，我们把它辑录起来，以备专门的研究。"[①] 但是，《歌谣》周刊仅仅提出了这么个名词，至于何谓民俗学，其研究对象、研究方法、研究目的是什么，民俗学的提倡者们却不甚了了。

  1925 年以后，由于时局动荡，加之北京大学办学经费紧张，教授们纷纷南下，北大的民俗学活动也就自然中止了。顾颉刚等一批北大歌谣研究会的参加者汇聚到了广东，他们在中山大学重整山河，组建了中国现代学术史上第一个"民俗学会"。钟敬文认为："它不但开拓了中国民俗学的领域，在东亚人民文化研究史上也是引人瞩目的。日本的中国民俗学研究家直江广治博士，曾经说过这样意思的话：我们可以这样认为，由于中大民俗学会的成立，中国民俗学走上了科学的研究途径。"[②]

---

  [*] 本文选自《民俗研究》2017 年第 2 期。
  [①] 《发刊词》，《歌谣》周刊第 1 号，1922 年 12 月。
  [②] 《60 年的回顾——纪念中山大学民俗学会创立 60 周年》，载《钟敬文文集：民俗学卷》，安徽教育出版社，1999，第 343 页。

所谓"走上了科学的研究途径",大概是指民俗学的学科雏形是在中山大学民俗学会时期逐步建设起来的。正是在这一时期,早期民俗学者们开始规划和畅想民俗学的对象范围和研究进路。可是,执着于不同学术取向的民俗学者,因其对于民俗学的理解与理想的偏差,也从此分道扬镳。有人筚路蓝缕,以启山林,终于成为中国现代民俗学的奠基者;也有人就此退缩,消失在中国现代民俗学的历史长河中,成为学术史上的路人甲。

民俗学是一门什么样的学科?古代先贤并没有为我们树立一座指引航向的伟大灯塔,一切都有赖于民俗学者们摸着石头过河。对于一个新兴的学科来说,初始的学术取向往往决定学科的未来走向,初始的研究成绩则影响学科的基础范式。站在 21 世纪的今天回望 90 年前早期民俗学者们的学术规划与学科理想,或许有助于我们理解和思考民俗学科的一些基本问题。

一　三份大相径庭的工作计划

中山大学民俗学会成立之后,1928 年 12 月 25 日,顾颉刚、余永梁合作完成了中山大学语言历史学研究所的《本所计划书》①,第四部分即"民俗"研究计划。

（1）作两粤各地系统的风俗调查

中国学术界对于民俗的注意,也是近来的事。本所民俗学会在此方面已占重要的位置。但还没有系统的集众工作。现在应着手精细的调查,先选派对于民俗观察训练的人若干,分赴各地调查,就先从两粤着手。

（2）西南各小民族材料之搜集

中国的民族史,北部因历史上的事实,各民族没有显然的差别。西南则交通与政治势力的关系,各小民族还生存到现在,如苗,瑶,僮,蛋,等民族。他们的风俗语言社会组织等等,应趁还有可搜求的时候赶快去搜集。

---

① 《国立中山大学语言历史学研究所年报》,国立中山大学出版部,1929,第 18 – 20 页。

（3）征求他省风俗，宗教，医药，歌谣，故事等材料

要求中国的民俗调查得详尽，须费很多年的时间，而且也不是本所能够完全担任得了的。可是在中国学术机关还没有几个对于这方面从事的，本所应尽力提倡，并作搜集的工作。

（4）风俗模型之制造

要大家走遍世界寻风问俗是不可能的。我们制造模型，先从中国起，再推之于各国。使人们一踏进我们这个陈列所，就可见到各地风俗实况之缩影，使人得到一个具体的观念。

（5）钞辑纸上之风俗材料

固然从前文籍所纪的风俗不详实，但那是时代的关系，不能深怪，还应该好好地应用它。试问在纵的方面的研究，除了纸上材料，还有旁的多的法儿吗？所以旧有文籍，应先从各地方志，笔记，小说，文集，歌曲唱本等等钞辑出来，作"比较风俗学"。

（6）编制小说，戏剧，歌曲提要

"民俗学目录学"，我们应提出这标题来。将各地民间小说、戏剧、歌曲，先编提要，使大家有个线索，研究方便。民俗学才会很迅速的发达，进步。

（7）编印民俗学丛书及图片

本所已出民俗学丛书20余种，在中国民俗学是从没有这样记录，但以民俗学问的全体而论，怕只不过九牛一毛。本所应继续编印，使民俗学蔚然成为大国。至于图片，亦应多多编印，以广流传。

（8）扩充风俗物品陈列室为历史博物馆民俗部

本所现有风俗物品陈列室，规模初具，应尽财力能力所及，加以扩充，为语言历史博物馆之一部。

（9）养成民俗学人才

本所上期开设民俗学传习班，训练民俗调查研究的人才，毕业已20余人。可是民俗学是需要大队人工作，才易收效。本所应继续开班，使此项人才激增。

计划比较全面，反映的是顾颉刚们对民俗学理想状态的一种憧憬。从中我们可以看出，顾颉刚对民俗学的理解几乎完全没有涉及对国外民俗学理论和方法的借鉴，反倒像是胡适"整理国故"的具体落实。①

在顾颉刚、容肇祖等人相继离开中大之后，原民俗学会主席容肇祖的继任者何思敬为"民俗学组"拟订了一个新的工作计划：

一，拟翻译欧西名著，刊成丛书。本组着手翻译之书名如下：

Burns 夫人之 Handbook of Folklore②

Haddon 教授之 Fetishism and Magic③

Hartland 教授之 Religion in Primitive People④

先行出版。若同人能力可及，如：

W. G. Frazer 教授之 The Golden Bough⑤

Ed. Tyler 教授之 Primitive Culture⑥

等古典名著，亦拟翻出，以供斯学者之参考。其外关于中国古代史之欧人最近名著，亦有一二如：

H. Maspero La China Antique⑦ 1927

M. Granet La Civilization Chinvise⑧ 1929

亦拟翻译。盖民俗学之目的，一部在乎帮助阐明历史之种种疑问。Maspero 与 Granet 二先生对于中国古代史亦应用及此，吾人引以这为深可借鉴者。

关于《民俗》周刊，拟编至 110 期止，此后则改为月刊。内容分

---

① 胡适在《〈国学季刊〉发刊宣言》中认为国学研究的三个方向是："第一，用历史的眼光来扩大国学研究的范围。第二，用系统的整理来部勒国学研究的资料。第三，用比较的研究来帮助国学的材料的整理与解释。"（参见《胡适文集》第三集，北京大学出版社，1998。）

② 民俗学手册。

③ 神巫之术。

④ 原始人的宗教信仰。

⑤ 金枝。

⑥ 原始文化。

⑦ 法语：古代中国。此处 China 应作 Chine。

⑧ 法语：中国的文明。其中 La Civilization Chinvise 疑为 La Civilisation Chinoise 之错简。

配如下：

    1. 论著，一篇或二篇

    2. 译丛，一篇或三篇

    3. 资料，一综或二综

    4. 消息，国内外民俗学界消息①

这一计划与顾颉刚《本所计划书》中的设想可说是截然相反，似乎完全是以西学为取向。

不过，因为何思敬没做什么实际的工作，未将计划落到实处，他所主持的"民俗学组"未在学界形成实际影响。所以到 1932 年年底朱希祖接任中山大学文史研究所主任的时候，他并没有沿用"民俗学组"这个名称，而是重新举起了"民俗学会"的大旗，请回了已经到暨南大学任教的容肇祖再次出任中山大学民俗学会主席。

这一时期"文史学研究所民俗学会"的工作大纲是：

（一）征求各时各地之风俗、习惯、迷信、医药、歌谣、故事之记录，及器物之字、雕刻等。

（二）调查关于各民族之风俗习惯、生活、社会、组织、社交、迷信等，及各地之祈神、赛会、求签、问卜、宗礼、冠婚、丧祭等种种风俗。

（三）对于民俗种种材料加以整理、研究，及外国民俗学上之名著之翻译。②

计划显得低调、务实，而且明显是折中了顾颉刚与何思敬的计划。但是由于 1933 年上学期结束时中山大学没有续聘容肇祖，民俗学会的工作到 6 月份再次宣告中断。

---

① 何思敬：《民俗学组通函一则》，《民俗》周刊第 110 期，1930 年 4 月。

② 《国立中山大学文学院概览》，该书存中山大学校史资料室，出版日期不详，时朱希祖初掌文史所，应为 1933 年编印，第 142 页。

以后的几年，每年的年终总结中都会把过去的成就翻出来"炒一炒"，然后简单罗列几条计划。如在 1936 年，"国立中山大学文科研究所历史学部民俗组"在其《民俗组简章》中就说："本所运用民俗学的方法，整理传说，以发现本国各时代各地方之民俗为宗旨。"① 其《民俗组工作大纲》称："本组研究，分下列两种：A. 历史的研究。从各地方志，文集，笔记，小说，及其他专书，抄辑史料，分类，分地，从事比较研究，历史叙述。B. 社会的研究。从调查，搜集所得到的社会实况种种统计，为将来革新社会之参考。"② 在"文科研究所"的"将来发展计划"中则特别提到要"征求西南各省风俗宗教医药歌谣故事等民俗材料。"③

那么，我们将如何来理解中山大学民俗学会不同时期大相径庭的工作计划呢？

二 "民俗学"的提出与西学的关系

中国现代民俗学的提出，从一开始就明确是对欧洲 folklore 的响应和移植，但"民俗学"这一译名却是周作人从日本借用过来的。一直到 20 世纪 30 年代初，都还有学者不同意使用这一译名，但由于北大时期和中大时期的反复宣传和使用，这一译名已经深入人心，几乎成了约定俗成，遂为学科名称。

Folklore 是英国古物学者汤姆斯（William Thoms）于 1846 年创用的，是用撒克逊语的 folk（民众，乡间）和 lore（学问，传闻）合成的一个新词。关于民俗学的定义，据称"有二十几种不同的说法"④。以何思敬等为代表的留洋学者因认定"英国是 Folklore 的故乡"⑤，遂计划一切按英国模式来打造中国的民俗学。

---

① 《国立中山大学研究院年刊》，中山大学，1936，第 53 页。
② 《国立中山大学研究院年刊》，第 56 页。
③ 《国立中山大学研究院年刊》，第 78 页。
④ 费孝通于 1983 年在全国民俗学、少数民族民间文学讲习班上所作的学术报告《民俗学与社会学》，后经修正为《谈谈民俗学》，收入张紫晨编《民俗学讲演集》，书目文献出版社，1986。
⑤ 何思敬：《民俗学的问题》，《民俗》周刊第 1 期，1928 年 3 月。

英国的民俗学运动有浓烈的殖民色彩，其主要目的是"统治国对于隶属民族可以从此得到较善的统治法"①。汤姆斯等最早的一批英国民俗学者大都是古物学者，他们极热衷收集整理民间文化，但他们对待民间文化就像对待他们的古物一样，只是猎奇、收集，并不对之进行研究和说明。英国民俗学会会员们的身份也很复杂，大都是一些"作家、编辑、出版商、职员、律师和政府官员，但却无人在大学任教"②。因而其学术观念并不浓厚，学术创造性也极其有限。

首先把英国民俗学引向研究领域的是英国德裔语言学家缪勒（Friedrich Max Müller，1823－1900）的"语言有病"神话学。为了辩驳缪勒的理论，安德鲁·朗（Andrew Lang，1844－1912）又引入了泰勒（Edward Tylor，1832－1917）的进化论人类学，并将大批著名的人类学家扯入民俗学阵营。被英国民俗学会奉为旗帜的泰勒和弗雷泽（James Frazer，1854－1941），一个是牛津大学的人类学教授，另一个是利物浦大学的人类学教授。江绍原对于这些人是否承认自己为民俗学家一直感到怀疑③，并发出这样的质疑："谣俗学④在学术上的地位，关于此事，可注意弗来则之（编者注——即弗雷泽）只将他列为'社会人类学'之一分目，美国之将红人等的'folklore'的研究算作'民族学'探讨之一支，而且如《美国教育辞典》所云，它大抵是'非学术界的公众'或'流俗的研究者'所培植，它的学术资格常被人疑问。"同时他也承认，国外"各大学的课程中并没有称为谣俗学的这么一门"⑤。第一次世界大战之后，安德鲁·朗等英国民俗学会的早期代表人物相继去世，本来就只是业余人员集合体的英国民俗学会遂陷于停滞状态。

而在中国，经过了新文化运动的洗礼，"学术的形式与内容出现重大而明显的变化。形式上，以经学为主导的传统学术格局最终解体，受此制约的各学科分支按照现代西学分类相继独立，并建立了一些新的分支"⑥。在

---

① 何思敬：《民俗学的问题》，《民俗》周刊第 1 期，1928 年 3 月。
② 钟敬文：《民俗学概论》，上海文艺出版社，2000，第 429 页。
③ 江绍原：《各辞典中的谣俗学论》，载《现代英吉利谣俗及谣俗学》，中华书局，1932。
④ 江绍原不愿意将 Folklore 译成"民俗学"，坚持译作"谣俗学"。
⑤ 以上两则引文分别见江绍原《现代英吉利谣俗及谣俗学》，第 268、269 页。
⑥ 桑兵：《晚清民国的国学研究》，上海古籍出版社，2001，第 20 页。

20 世纪初期的北大，各种新学科和新学会的出现如同雨后春笋，仅与民俗学相关的学术团体就有歌谣研究会、风俗调查会、方言调查会、风谣学会等，拟成立的学会更多。这是一个抢夺学科话语权的时代，风俗调查会的筹备会本是常惠提出的，但对于该会使用什么名称，不同学者各有算盘。因为周作人未能与会，主张民俗学的常惠争不过主张风俗学的张竞生，结果该会名称不用"民俗学会"而用"风俗调查会"①，常惠显然很不乐意，所以在他编辑的《歌谣》周刊上一直尽量回避提及"风俗调查会"的名称和事务。此外，方言调查会成立时，对于使用"方言"还是"方音"的问题，也曾争论不休。可见西学的影响有时不是明确而具体的，而只是一种观念或概念的冲击，学术权威们对于具体西学的引入，也带有一定的盲目性，甚至可能有自己的小算盘。② 事实上，在《歌谣》周刊的前期，周作人、常惠等人的开拓工作只是鼓吹了一个概念，这一时期不仅谈不上学科建设，连民俗学到底是什么样的一门学科都令人一头雾水。

其实即使是在英国，民俗学也还算不上一门独立、成型的学科，所用的理论和方法也大多采自于人类学，但周作人等一批先行者却急不可待地把它引入了中国。而常惠、顾颉刚等一批年轻学者所理解的中国民俗学与欧洲源头的民俗学本不是一回事，他们想象的中国民俗学是一门研究民间风俗、信仰，以及流行文化的学问，是对平民文化的一种关注。他们强烈地意识到了民俗学与中国传统学术的互补作用，以及民俗学在社会历史研究格局中的重要性，因而极力地为之鼓吹。至于外国的民俗学运动到底开展得如何，其学术进步到底发展到哪一步，当时几乎没有人能明白地了解。

当中国现代民俗学声势越造越大、欲罢不能的时候，民俗学的同人们才开始意识到英国民俗学会所能提供给我们的学术借鉴是如此的可怜，我们所要的，并不是他们能给的。最早提倡民俗学的是周作人，最坚决地主张向英国同行学习的是何思敬，但在对英国的民俗学运动有了更细致的了

---

① 容肇祖：《北大歌谣研究会及风俗调查会的经过》（续），载《民俗》周刊第 17、18 期。《歌谣》周刊几乎全盘封锁了"风俗调查会"的各种消息，与大张旗鼓地报道"方言调查会"各项事务相比，这一行为极其反常。

② 从后来的各种回忆文章也可以看出，许多学者往往津津乐道于自己对某一事业的开拓之功。

解之后，内部阵营中最早和最坚决的反叛者也是他们，两人先后撰文对于民俗学是否能成为独立的学科表示怀疑。周作人说："民俗学——这是否能成为独立的一门学问，似乎本来就有点问题，其中所包含的三大部门，现今好做的只是搜集排比这些工作，等到论究其意义，归结到一种学说的时候，便侵入别的学科的范围，如信仰之于宗教学，习惯之于社会学，歌谣故事之于文学史等是也……民俗学的价值是无可疑的，但是他之能否成为一种专门之学则颇有人怀疑，所以将来或真要降格，改称为民俗志，也未可知罢。"① 何思敬说："'民族志'是没有自己固有的方法的，它借社会学，经济学，言语学，体质人类学，工技学等学问来做它的工作，它本身只是一种学问的手段（scientific means）。然而 folk‑lore 究竟是一个独立有组织的学问么？它有一个说明的方法，可以列入说明学中去？我不得不怀疑！结果 folk‑lore 也不过是一种学问的方法手段，而不是一个独立有组织的说明学。"② 他们得出这样的结论并不奇怪，因为如果是把国外的民俗研究当作一种参照标准来看的话，情况大致也是如此。

周、何的怀疑自然有它的道理，一门独立的学科至少应该具备以下几个标志："首先，它有自己的不同于其他学科的明确的研究对象……其次，任何一门学科都有它自己的范围、任务，都有它自己的基本问题，并且具备它自己的一整套行之有效的、不断演进的方法……第三，任何一门学科都有它不可替代的功能。"③ 如果按照这一标准来衡量，民俗学在被提倡后的很长一段时间，一项指标都不能满足，因为中国现代民俗学的发生是从概念开始入手的，它不是一门自然成长、在涓汇的过程中逐渐形成的学科，它在纵向上几乎无可借鉴。另外，因为民俗学在西方也不是一门成型的学科，没有独立的理论和方法，因而在横向上也无可借鉴。

把民俗学纳入西学的一个重要作用是，西学在当时是一面旗帜，强调反叛传统的五四新文化人有必要利用这一旗帜来号召大家，因为他们总是

① 周作人：《周序》，载江绍原译《现代英吉利谣俗及谣俗学》，中华书局，第 1－2 页。又收入钟叔河编《知堂书话》。
② 何思敬：《民俗学问题格·序》，中山大学民俗学会小丛书，1928。
③ 刘魁立：《民俗学的概念和范围》，载张紫晨编《民俗学讲演集》。

处在这样一种尴尬之中:"为了与复古派划清界限,不便理直气壮地发掘并表彰中国传统文化的精华。至于具体论述中,倾向于以西学剪裁中国文化,更是很难完全避开的陷阱。"① 所以钟敬文说:"积极吸收外国先进理论与方法,是我国民俗学研究的一个传统。但我们在学习国外理论时,生搬硬套也使我们吃了不少苦头。"②

何思敬是中山大学民俗学会历任主事中思想最矛盾的一任,一方面,他怀疑民俗学是否能成为一门独立的"说明学";另一方面,他又始终对国外的民俗学理论心存幻想。在他担任"民俗学组"主任期间所拟的这份计划,典型地反映了他的这种思想矛盾。

三 国学研究的兴盛对民俗学的影响

清末民初,传统经学的宗主地位被打破,在新文化运动的推动下,学界参照现代西方的学科格局重新洗牌,一批新的学科在西方学术的直接影响下应运而生,民俗学及其相关的人文学科如社会学、人类学、宗教学、方言学、考古学等均在这一背景下诞生。

中国现代民俗学被提倡的时候,正是近代国学研究的转型时期。由于新文化运动领袖人物胡适等人的极力鼓吹,"国学"成为20世纪二三十年代的学术时尚。国学概念的提出是在20世纪初期,"相对于新学指旧学,相对于西学指中学。引申而言,即中国传统学术。不过,现代国学并非传统学术的简单延续,而是中国学术在近代西学影响下由传统向现代转型的过渡形态"③。胡适对国学范围的界定非常宽泛,认为国学"包括一切过去的文化历史",凡"过去种种,上自思想学术之大,下至一个字,一只山歌之细,都是历史,都属于国学研究的范围"④,明确说明即便如"山歌"一类的非经史材料也可算作国学研究的对象。

---

① 陈平原:《中国现代学术之建立——以章太炎、胡适之为中心》,北京大学出版社,1998,第11页。
② 钟敬文:《二十世纪中国民俗学经典·写在前面》,社会科学文献出版社,2002。
③ 桑兵:《晚清民国的国学研究》,上海古籍出版社,2001,第1页。
④ 胡适《〈国学季刊〉发刊宣言》,原载1923年1月《国学季刊》第1卷第1号,见《胡适文集》第三集,北京大学出版社,1998。

胡适是最着力倡导"科学方法"的学界领袖，他说自己"唯一的目的，是要提倡一种新的思想方法，要提倡一种注重事实，服从验证的思想方法"①。胡适吸纳了达尔文和斯宾塞历史进化论的观念，注重使用"历史的眼光""历史的态度""历史演进的方法"对研究对象进行考察，目的在于"各还它一个本来面目"。顾颉刚的学术思想得益于胡适尤多，他在《古史辨自序》中提到，胡适的这些观点和方法，直接引发了他古史辨伪的动机②，孟姜女故事的研究，就是典型的历史演进法的一个例子。

顾颉刚介入民俗学，在某种意义上来说，是为新史学寻找新的学科增长点，因为"一切的科学都是历史的科学。一切事物都有其历史性，用历史的观点分析问题，是学术研究的一种角度"③。他的成功在于能打破传统的研究范式，以"科学方法"来观照社会现状，这种用新眼光看新材料的学术新范式无疑是呼应了时局的召唤，马上引起学界的强烈反响。

今天回头考察顾颉刚的《孟姜女故事研究》，许多学者都认为这是借鉴了库伦父子（J. Krohn，1835 – 1888 & K. Krohn，1863 – 1932）的历史地理学派的理论和方法。④ 但是除了"直觉"这是两种具有某种程度相似的方法之外，没有任何人可以给出任何证据说明早在 1924 年之前，库伦父子的理论就已传入中国。相反，顾颉刚对孟姜女故事的研究，是因为读了郑樵对"杞梁之妻"和姚际恒对"孟姜"的评述之后，才决心着手进行的一项工作。后来他受了胡适"科学方法"的启迪，遂以其天才的学术洞察力和学术创造力，创立了中国民俗学最初的，也是沿用至今的、影响最大的研究范式——历史演进法。

历史地理学派的进行必须以拥有大量不同地区的异文作为工作前提，在此基础上对异文要素进行分解、追踪和分析。而顾颉刚最初写作《孟姜

① 胡适：《我的歧路》，载《胡适文存》二集卷三，上海亚东图书院，1924，第100页。
② 顾颉刚在《古史辨自序》中提到，胡适的《水浒传考证》直接启发了他从事古史辨伪的动机。
③ 钟敬文：《对待外来民俗学学说、理论的态度问题》，《民间文学论坛》1997年第3期。
④ 如高丙中在《中国民俗学的人类学倾向》（《民俗研究》1996年第2期）中说："顾颉刚在比较了大量文献和民间资料后得出的主要结论与历史地理比较研究法如出一辙……他显然是在用历史进化的观点和流传变异的观点解释孟姜女故事大量的异文。"

女故事的转变》的时候，所用的完全是中国传统的历史考证法，从纵向的文献的角度梳理孟姜女故事的历史发展。① 而他后来所拥有的大量不同地区的异文，是在前期成果发表之后，全国各地的同好们陆续寄来给他的，有了更多的材料，他就又作《孟姜女故事研究》，进一步从横向的地理的角度来进行研究。由此可见，孟姜女故事研究的成功，完全是近代中国学术的"客观形势"与顾颉刚本人"天才的敏锐"相结合的杰出成就，其与历史地理学派的工作前提大不一样。另外，两种方法的目的也不一样，历史地理学派的目的是说明故事的流变本身，而顾颉刚则相反，故事的流变只是手段，说明流变背后的历史才是目的。

如果非要将顾颉刚与历史地理学派扯上一定亲缘关系的话，那就是胡适的作用。我们前面提到，顾颉刚的古史研究在思想方法上受了胡适很大影响，而胡适又深受达尔文和斯宾塞的历史进化论的影响；无独有偶，芬兰历史地理学派的理论基础也是"达尔文的进化论和斯宾塞的实证论"②，可见两者的哲学基础有其共通的地方。

历史地理学派的缺陷，正如邓迪斯所指出的："留下一些重大的问题没有解答。原型为什么首先产生于一个地方？为什么会发展出亚型？为什么这些亚型恰好发生于产生它们的那个地方？为什么故事以多种形式被传述？关于这些问题，必须对民俗进行综合的研究。"③ 而相应的问题，在顾颉刚这里却得到了很好的解答："研究孟姜女故事的结果，使我亲切知道一件故事虽是微小，但一样地随顺了文化中心而迁流，承受了各地的时势和风俗而改变，凭借了民众的情感和想象而发展。又使我亲切知道，它变成的各种不同的面目，有的是单纯地随着说者的意念的，有的是随着说者的解释故事节目的要求的。更就故事的意义上看去，又使我明了它的背景和替它

---

① 在这些文献记载中，情节要素的差异变迁早已超出"异文"的界限，看似风马牛不相及，难以使用分解叙述要素的方法深入研究，相反，文献的记载本身标明了年代，所以，研究方法只能是利用历史考证，而不是异文比较。这与地理历史学派的方法有本质区别。

② 钟敬文：《民俗学概论》，上海文艺出版社，2000，第481页。

③ 邓迪斯编《世界民俗学》，陈建宪、彭海斌译，上海文艺出版社，1990，第560页。本文转引自刘守华《比较故事学》，上海文艺出版社，1995，第56页。

立出主张的各种社会。"①

花这么多笔墨来解释顾颉刚《孟姜女故事研究》与历史地理学派的非直接亲缘，并不是要为顾颉刚争一个名誉权，而是想通过这一案例说明：学术的发展及其方法的建立，应该取决于学术的需要和学术的条件，而不是对国外理论和方法的依赖、等待。顾颉刚的杰出成就与其说是应用欧洲学术方法的结果，不如说是近现代国学转型的产物。

把顾颉刚的学术渊源归于国学，并不是要排斥西方学术的影响，或者说，这里所指的国学，不是一般意义上理解的中国传统学术的简单延续，而是"中国学术在近代西学影响下由传统向现代转型的过渡形态"②。

桑兵在《晚清民国的国学研究》中总结说，近现代国学研究在欧美、日本汉学发展趋势的影响下，学术风格与重心实现了以下三个方面的转变：

1. 材料资取由单一的专注于文献转向了文本文献、考古发掘、实物材料、口传文化等多元材料的综合运用。

2. 研究对象由专注于上层贵族的精英正统下移到民间地方社会。

3. 学科建设体现了不同学科的互动与整合。③

如果把以上三项转变当作近现代国学研究转型的一个重要表征，再与现代民俗学的建设历程两相对照，我们就会发现，现代民俗学的发生正是这样一种转变的结果。

民俗学运动与现代国学运动的密切关系还可以通过这样一些更为直接的途径来认识。

歌谣研究会、风俗调查会都是国学门下的分支机构，它们的全称分别是"北京大学研究所国学门歌谣研究会""北京大学研究所国学门风俗调查会"。

---

① 顾颉刚：《古史辨》第一册，上海古籍出版社，1982，第68页。
② 桑兵：《晚清民国的国学研究》，上海古籍出版社，2001，第1页。
③ 以上归纳三个方面的转变主要参照桑兵《晚清民国的国学研究》之"国际汉学的影子"，文字有所调整。

1.《北京大学研究所国学门周刊》乃由《歌谣》周刊扩张而来。该刊以及后来的月刊"发表的民俗学方面的文章亦占有很大的比重,民间文学作品较少,而民俗学研究文章较多……研究涉及的面很广。"①

2. 歌谣研究会的发起人都是国学门教授,如主要发起人沈兼士即为国学门主任。

3. 由沈兼士、顾颉刚等人在厦门大学组织成立的"风俗调查会",同样是隶属于该校国学院。

4. 由傅斯年、顾颉刚创办的中山大学语言历史学研究所本质上也是一个"国学"大本营。正如香港学者陈云根所说:"广州的国立中山大学1924年由国民党创建,享有大量的财政资助,在全国范围内扮演着高等党校的角色,因此自然特别强调'国学'。中山大学确定了国粹主义及由孙中山统一全中华的总路线,这极大地鼓舞了民俗学家们的研究热情。"②

5. 中国现代民俗学的早期建设者顾颉刚、容肇祖、董作宾诸人,都被学界视作"国学大师"。

中国的人文科学条件明显优于欧美很重要的一点,在于历史的悠久和文献的周备,这在西方学界是难以奢望的。对于欧美学界来说,正是因为历史文献的相对短缺和贫乏,他们才更有现实搜集的必要,并强烈地依赖于此。相应地,他们的理论和方法的建立在很大程度上是围绕其自身的学术条件来进行的,所谓"白手起家",是因为"穷、白",才更有"起家"的必要。而中国传统学术正因为有了丰富浩瀚的历史文献,才有条件、有可能"闭门造车",从而相对轻视了对当下材料的搜集和应用,所谓"坐吃山空",是因为有"山",才能"坐吃"。此消彼长的必然结果是学术新格局的出现。对西方学术的借鉴应该是以其长处补我们的不足,而不是抛弃我们的长处来学习西方的长处,也就是说,"师夷"的目的是"补"而不是"换"。顾颉刚说:"古今学术思想的进化,只是一整然的活动。无论如何见

① 王文宝:《中国民俗学史》,巴蜀书社,1995,第201页。
② 陈云根:《现代中国民俗学(1918-1949)》第3章第4节"内战与民俗学的南迁"。该书为陈云根先生赠予笔者的德文版博士论文,尚未汉译出版。此文为笔者委托何执三先生翻译。

得突兀，既然你思想里能够容纳，这容纳的根源，就是已在意识界伏着。这伏着的东西，便是旧的；容纳的东西，便是新的。新的呈现，定然为旧的汲引而出；断不会凭空无因而至。所以说'由旧趋新'则可，说'易旧为新'则不可。"①

钟敬文把中国现代民俗学的国学底色及其优势说得更加具体："中国典籍丰富，又有考据传统，因此，考据便成了中国民俗学的一大特色。无论哪位学者，也无论他使用过怎样的方法，在他的著作中，几乎都会程度不同地留有考据学的身影，这就是独具特色的中国民俗学。"对借鉴西学，钟敬文则表述了这样的原则："学术的最高境界在于对自身文化的准确把握，而不是对国外理论的刻意模仿。这就要求我们具体问题具体分析，用踏实的调查，深入的分析，去实实在在地解决几个问题。"②他自己所走的学术路子也说明了这一点，"从他讨论歌谣的第一篇文章《读〈粤东笔记〉》开始，其所走的学术路子基本上就是古典文献的研究和民俗学材料的分析相结合的思路，而且这也是当时《歌谣》周刊上发表的多数文章的共同特征"③。

认识国学与西学的这一辩证关系，对于如何批判地接受西方文明是至关重要的。

在学术方法上，顾颉刚、容肇祖等人也曾对国外的月亮存有幻想。比如顾颉刚初接手《歌谣》时，曾经提出过借鉴国外研究方法的愿望："欧洲诸国研究歌谣已近100年了，他们一定有许多的材料及讨论的结果可供我们参考。但这些材料我们尚未能多多搜集到。我们很愿意得到国外歌谣学者的指导，使得我们所发表的研究的议论得在歌谣学的水平线上。"④但是，这一设想并没能实现，国外的所谓歌谣学，大多也只是搜集整理，而非研

---

① 顾颉刚：《中国近来学术思想界的变迁观》，《中国哲学》第11辑，1984。此文系顾先生于1919年1月应《新潮》杂志编辑"思想问题"专号之约而作，后来该专号没有编成，文章在顾先生去世之后才得以正式发表。
② 以上两处引文出自钟敬文《二十世纪中国民俗学经典·写在前面》，社会科学文献出版社，2002。
③ 陈岗龙：《钟敬文先生与〈歌谣周刊〉》，《民族艺术》2002年第2期。
④ 顾颉刚在《歌谣》第38号上答复舒大桢的《我对于研究歌谣的一点小小意见》的话。

究。源头水枯，自然也就没有江河之滔滔。1924 年之后的歌谣学，已经开始有穷途末路之忧了。但对国学的学术自信可以使顾颉刚们很快抛弃对国外民俗学模式的观望，以一种积极的姿态投入自我建设之中，这与何思敬、周作人等人借鉴国外理论的幻想破灭就迅速转入怀疑、逃离大不相同。

正因如此，顾颉刚到了中山大学以后，几乎再没有提起过学习西方学术的话题，只是偶尔提及要"借了他们的方案来做自己的方案，而从此提出更新的问题"①。在他与余永梁合作的计划书中，一切都是按照现代国学的标准来打造民俗学的航空母舰。但是，这一计划过于庞大而不切当时中山大学的实际条件，正如计划指出："不是本所能够完全担任得了的。"计划的意义只在于向后学公示顾颉刚对于民俗学未来的想象与理解。

四　向人类学转型的后果

随着顾颉刚等人相继离开中山大学，民俗学会的活动曾几度中断。1936 年，杨成志复办《民俗》季刊，重振中山大学民俗学会，这时的中国民俗学，已经处于偃旗息鼓的状态了，原来顾氏方法的追随者们，也已烟消云散，杨成志干脆以彻底的欧美文化人类学的方法强力注入民俗学。

"文化人类学"虽然定名较晚，但事实上该学的学术展开却早在 18 世纪初就已开始，萌芽则更早。在西方学界，文化人类学大异于民俗学的是，学术基地多为各大学及研究机关，学科对象、范围、功能明确，学术流派众多，大师云集，著述宏富，因而成为一时显学。杨成志对民俗学的中兴，主要是借鉴了博厄斯的历史人类学派的做法。

20 世纪上半叶，美国民俗学会的主席宝座一直为博厄斯（Franz Boas, 1858 - 1942）及其弟子们占据着，博氏以历史人类学派领袖而名世，传统民俗学的"口头创作的垄断地位被人类学家所关心的社会组织、物质文化等替代。但同时，博厄斯一贯提倡的实证主义精神和长期田野调查的方法为美国民俗学输入了新的血液"②。这一状况几乎是原封不动地由杨成志转移到了中山大学民俗学会。

---

① 顾颉刚：《序》，杨成志译《民俗学问题格》，中山大学民俗学会丛书，1928。
② 钟敬文：《民俗学概论》，上海文艺出版社，2000，第 437 页。

杨成志的人类学取向有三个原因值得注意：（1）个人学术取向。杨成志因出身美国教会学校，了解西学动态，早在民俗学会初创之时，就有人类学的倾向。（2）调研条件使然。战乱使得中山大学一再迁往偏僻山区，这些地方极有利于从事少数民族的调查活动。（3）学界趋势的影响。民俗学会一直都只是半官方半民间性质的学术团体，在关注民众文化的圈子内影响巨大，但在正统学界地位却不高。而自从蔡元培组建中央研究院以来，民族学（文化人类学）却成为一时显学，大规模的民族调查既是主流的学术趋势，也符合国民党政府加强边政研究的政治需要。

杨成志时期，中山大学民俗学会的实际工作内容几乎完全偏向了文化人类学或民族学，到后来，干脆连"民俗学"的名称都不再保留了。1941年11月6日，研究院上书校长，要求对部分机构进行改组，其历史学部之考古、档案、民俗三组取消，改设"史学组及人类学组"。杨成志负责起草了《国立中山大学历史研究所人类学部研究计划》：

（一）田野工作

1. 民族调查——继续调查粤桂湘黔诸省瑶畲苗黎僮等少数民族之地理环境，社会组织，生活文化，民俗风尚等等，继续本学部以往对于西南民族之研究。

2. 考古探检——继续广事探检中国东南沿海新石器时代先民遗址遗迹，作南方史前史之研究。

（二）搜集工作

1. 尽可能搜罗西南民族文物，粤海先世遗存，各地民俗品，及历代古物。

2. 征集各地通志县志义物志及有关资料。

3. 置办历代有关民族及考古之参书。

4. 搜集近数十年来中外民族及考古之杂志及专门研究报告。

（三）整理工作

1. 抄录，校理类集古书中有关民族及考古资料。

2. 比较归纳各种民族及考古之调查研究报告。

3. 文献记载与实际调查结果之配合，比较及其发展之试探。

4. 民俗品及古物之分类，陈列及说明著录。

（四）编纂工作

1. 继续出版《民俗》季刊。

2. 编纂民族及考古之田野报告。

3. 编纂西南各族之民族志及参谱。

4. 翻译外人对于中国民族及考古调查研究之著述。①

从这份计划中我们可以看出，在杨成志时期，民俗学完全被压缩到了"民族"研究之中。

杨成志对于民俗学与人类学的关系的认识是模糊的，一方面，他说两者的关系是"姊妹"关系②；另一方面，他又极赞成山狄夫《民俗学概论》中的这样一张关系表：

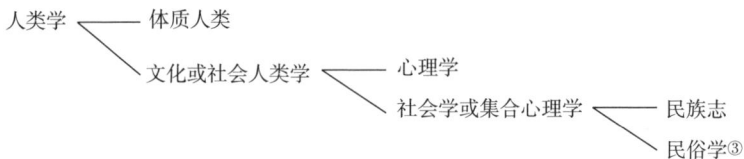

人类学 —— 体质人类
　　　　 　文化或社会人类学 —— 心理学
　　　　　　　　　　　　　　 社会学或集合心理学 —— 民族志
　　　　　　　　　　　　　　　　　　　　　　　　 民俗学③

杨成志还专门论述了"民俗学在人类学上之地位"，认为："科学的民俗学，正如人类学一样，只注重某集团，少及某阶级，借考察某社会而忽略某个人。此所谓文明社会有文明社会的遗留，无智识集团有无智识集团的传袭，野蛮部落或原始人民有野蛮部落或原始人民的生活方式或惯俗。所不同者，乃量的等差或质的文野，凡这一切都是现代民俗学研究的对象。"④ 随后的几年中，杨成志曾先后带领他的学生团队前往海南、粤北、广西瑶山等地进行民族调查。很明显，杨成志是将民俗学看成了人

---

① 杨成志：《国立中山大学历史研究所人类学部研究计划》，存广东省档案馆，全宗号 20，目录号 1，案卷号 21，第 72 页。计划未标署年月，但案卷总目为"1941 年研究院及各研究所报告、计划"，当是该年计划。

② 杨成志：《民俗学之内容与分类》，《民俗》季刊第 1 卷第 4 期。

③ 杨成志：《民俗学之内容与分类》，《民俗》季刊第 1 卷第 4 期。

④ 杨成志：《现代民俗学——历史与名词》，《民俗》季刊复刊号，1936 年 9 月。

类学的一个分支。他所主持的《民俗》季刊也努力地把民俗学逐步引向了人类学，当年顾颉刚、钟敬文、江绍原、容肇祖等人在民俗学初创时期所创造的民俗学研究范式被杨成志的"科学"人类学范式所彻底取代了。

《民俗》季刊复刊以后，《大公报》发表过一篇评论文章，指出中国的民俗学运动"倡导者多为文学家，史学家，缺乏民俗学，人类学，民族学，社会学之理论基础，眼光较为狭隘，其结果，事实多而理论少，琐屑之材料多而能作比较研究者少"，因而缺乏科学价值。该报说："当日广州中大民俗学运动中主干人物之一的钟敬文氏，于离粤赴日之后，即有着重民俗学理论研究及将民俗学与人类学，民族学等冶于一炉之倾向。"并认为只有如此"相辅并进，而后我国民俗研究，始能收更大之功效"①。这些论调，如果理解为杨成志本人的主张，应该不会有太大的出入，甚至可能就是杨成志匿名所作。但《民俗》季刊是当时颇具号召力的一份杂志，杨成志和他的学生王兴瑞、江应梁在该杂志上发表的系列民族志无疑具有很强的示范性。杨成志时期的民俗学和人类学基本上是二位一体的，如果说还有什么区别的话，主要是指《民俗》季刊上发表的部分以钟敬文为代表的与民间文艺相关的讨论文章。

1942 年之后，国民党政府开始介入人类学和民族学的研究，学术行为因此而蒙上了浓重的政治和实用主义色彩，这一倾向在中山大学文科研究所 1943 年的一份工作计划书中说得很明白：

> 因本年度本所接获教育部边疆建设科目及讲座之补助，人类学组当依照部定以边胞历史语文之研究为中心工作，力求促进边民同化与边疆建设事业为目的。②

---

① 以上引文原载《大公报·科学周刊》第 10 期，1936 年 11 月 14 日。又载《民俗》季刊第 1 卷第 2 期，1937 年 1 月。
② 《国立中山大学研究院文科研究所卅一年度下学期研究工作报告暨卅二年度上学期研究计划书》，存广东省档案馆，全宗号 20，目录号 1，案卷号 21，第 60 页。

对于抗战时期的国民党政府来说，能调用进行文化建设的财力物力极其有限，无力支持纯粹的文化建设，他们更希望学者的研究能有助于他们解决诸多现存的民族难题，在这一方针的指导下，无论是人类学还是民俗学，这一时期都有向狭义的民族学靠拢的趋势。

《民俗》季刊于 1943 年停刊的时候，杨成志在中山大学的人类学建设已经相当成熟了，1944 年，他被选派到美国做人类学、民族学专题考察与学术访问。1945 年，杨成志重返中山大学，随即马不停蹄地开始筹办人类学系，很快获得成功，并担任了中山大学人类学系第一届系主任。杨成志先后培养的十名研究生江应梁、王兴瑞、梁钊韬、戴裔煊、王启澍、吕燕华、曾昭璇、容观琼、刘孝瑜、张寿琪，后来全都成为中国人类学、民族学界的知名专家。①

杨成志时期的民俗学中兴，一方面为民俗学注入了新血，另一方面，和博厄斯改造美国民俗学一样，杨成志把中国民俗学改造成了"人类学中一个无足轻重的附庸而已"②。反之，中山大学人类学却借助于"民俗学"的巨大影响力和号召力，很快成长为中国人类学、民族学的一个重要基地。

抗日战争时期，杨成志领导的中山大学民俗学会几乎是中国学术界唯一活跃的民俗学团体，所以，该会的人类学转型也应该被视作中国民俗学史上重要的历史事件或者说发展阶段，而不应该被视作个别学术机构的个别行为。这一行为对后来民俗学的学术发展造成了深远的影响：20 世纪 80 年代后的民俗学复兴，再次部分地重复了这一学术历程。如此看来，20 世纪中国民俗学的历史，似乎就是一部关于东风压倒西风还是西风压倒东风之间的循环史。

个人简历

施爱东，文学博士，中国社会科学院文学研究所研究员。主要研究方向为传说及故事学、谣言学、民俗学学术史。代表性论著有《中国现代民俗学检讨》《中国现代民俗学的鼓吹、经营与中落》《中国龙的发明》《点评金庸》等。

---

① 容观琼：《建国前我校人类学研究述略》，收入中山大学人类学系编《人类学论文选集》第三集，中山大学学报编辑部，1994。
② 钟敬文：《民俗学概论》，上海文艺出版社，2000，第 439 页。

民国时期大学民俗学学科建设述略[*]

萧　放　孙英芳

中国向有观风问俗的传统，关注民俗采录与民俗教化的言论与实践历代皆有，但作为学科的中国民俗学起源于20世纪初年，它的发端与成长与中国大学教育的发展有着密切的联系。本文根据档案文献及相关资料，试图勾勒民国时期大学民俗学学科的建设轨迹。

一　20世纪20年代中国民俗学学科在大学萌芽

近代以来，中国文化发生了前所未有的深刻变革。在内忧外患的危机之下，晚清帝国被迫打开了大门，拉开了中国知识分子向西方学习的序幕，形成了近代以来中国文化发展的明显转向。文化界一些活跃的积极分子在引进西方自然科学知识和自由民主精神的同时，也开始重新审视固有的中国文化。在"民主"口号的引导下，他们的眼光开始向下，关注普通民众，并积极奔走呼号，呼吁建立不同于过去圣贤文化的新文化。在"五四"新文化运动的历史洪流中，中国民俗学应运而生。

学科具有学术性的本质，因此学科从产生之日起就与大学有着极为密切的关系。作为一门学科，我国教育界学者一般认为它包括三个方面的内容：（1）它是学问的分支，即科学的分支和知识的分门别类，是一种发展、改进知识和学问研究的活动。（2）它是教学的科目，是一种传递知识、教育教学的活动。（3）它有学术的组织，即学界的或学术的组织，是从事教学与研究的机构。^①本文论述民国时期民俗学学科的发展历程，即主要从这

---

　*　本文选自《中国大学教学》2017年第2期。

　①　胡建雄：《学科组织创新》，浙江大学出版社，2001，第243-244页。

三个方面展开。

1. 北京大学民俗学的发端

学术界一般认为，中国民俗学发端于"五四"新文化运动时期。实际上，辛亥革命后，受西方文化理论的影响，鲁迅和周作人在留学日本时，即开始对歌谣、神话等产生了兴趣，并发表了一些论述文章。鲁迅在1913年12月的教育部《编纂处月刊》上发表《拟播布美术意见书》中，首先提出建立民俗文化组织的倡议。周作人在1913年12月写的发表于绍兴县教育会月刊第4号上的《儿歌之研究》一文中，首先使用了"民俗学"一词，但由于其影响不及后来的歌谣运动，故学术界一般认为，民俗学活动发端的起点应该是北京大学开始的歌谣运动。

北京大学是"五四"新文化运动的发源地，而歌谣运动正是新文化运动的一个表现。1918年北京大学发起歌谣运动，成立了歌谣征集处，也拉开了我国民俗学的序幕。"这是民俗学史上一件大事，它是一个号召书和宣言书，动员全国搜集代表人民心声的民俗歌谣，宣告了中国民俗学运动的开始。"① 北京大学歌谣征集处的成立，成为我国民俗学开始的标志。钟敬文先生也曾指出："五四运动的前一年，也是新文学运动的后一年，北大歌谣征集处的搜集和发表歌谣，是关于民俗文化这门新科学的真正发端。因为歌谣、谚语本身就是一种民俗现象，甚至于是相当重要的民俗现象，欧洲一些国家的近代民俗学活动，最初大都是从搜集歌谣或民间故事等开始的；其次，歌谣是以活语言表达和传播的口承文学，同时又是别的许多民俗事象的载体。"② 《北京大学征集全国近世歌谣简章》发表3个月后，"所收校内外来稿已有八十余起，凡歌谣一千一百余章，由刘复教授选其最佳者，略加诠订，名曰'歌谣选'"③，自5月20日起在《北京大学日刊》上发表，每日一章。至1919年5月22日，共发表了征集来的流行于四川、江西、黑龙江、安徽、广东、湖北、江苏、直隶、北平、河南、陕西、山东、

---

① 王文宝：《中国民俗学史》，巴蜀书社，1995，第184页。
② 钟敬文：《民俗文化学：梗概与兴起》，中华书局，1996，第125－126页。
③ 《歌谣选》，北京大学日刊第141号，1918年5月。

浙江、云南、辽宁等省市的 148 首歌谣。①

北大的歌谣运动，很快引起了有关学者对歌谣的探索和研究，于是学术界的民俗学研究轰轰烈烈地展开了。报纸杂志作为近代以来的新兴媒体，是反映新文化发展和学术研究动向的前沿阵地。北大歌谣运动开始以后，很快在一些杂志上得到了反映。《北京大学日报》、北京《晨报》、《少年》《妇女杂志》、《努力周刊》等都关注歌谣的民俗研究，发表歌谣、童话作品及魏建功、沈兼士、周作人、郑振铎、顾颉刚、赵景深等人的相关文章。随着歌谣运动的发展，常惠等人倡议成立歌谣研究会。1920 年 12 月 19 日，歌谣征集处改为歌谣研究会，专司歌谣征集、整理等事，由沈兼士、周作人负责。② 北大歌谣研究会成立后就开始征求会员，成为一个有领导、有章程、有会员、有计划的民俗学学术团体。

北大歌谣研究会最突出的成绩是创办了我国第一个专门性的民俗学和民间文学的刊物——《歌谣周刊》。1922 年创办，从 1922 年 12 月 17 日至 1925 年 6 月 28 日，共出 97 期。另有《歌谣周年纪念增刊》一本。至 97 期后并入《北京大学研究所国学门周刊》。③《歌谣周刊》明确地把歌谣纳入民俗研究的范围，《歌谣周刊》的《发刊词》中这样写道："本会搜集歌谣的目的共有两种：一是学术的（即民俗学的），一是文艺的。我们相信民俗学的研究在现今的中国确是很重要的一件事业，虽然还没有学者注意及此，只需几个有志未遂的人是做不出什么来的，但也不能不各尽一分的力，至少是供给多少材料或引起一点兴味。歌谣是民俗学上的一种重要的资料，我们把它辑录起来，以备专门的研究：这是第一个目的。因此我们希望投稿者不必自己先加甄别，尽量的录寄，因为在学术上是无所谓卑猥或粗鄙的。从这学术的资料之中，再由文艺批评的眼光加以选择，编成一部国民心声的选集……所以这种工作不仅是在表彰现在隐藏着的光辉，还在引起未来的民族的诗的发展：这是第二个目的。"④

---

① 王文宝：《中国民俗学史》，巴蜀书社，1995，第 187 页。
② 容肇祖：《北大歌谣研究会及风俗调查会的经过》，（广州中山大学）民俗周刊，第 15、16、17、18 期。
③ 王文宝：《中国民俗学史》，巴蜀书社，1995，第 1196 页。
④ 周作人：《歌谣周刊发刊词》，歌谣周刊第 1 号，1992 年 12 月。

《歌谣周刊》上发表了不少研究民俗的文章，除了对歌谣方言方音、搜集、整理、分类、特点、研究方法以及歌谣在学术和社会生活中的地位等进行了探讨外，还对孟姜女传说故事、婚俗、丧俗、岁时节日、信仰等进行了研究，对推动民俗学的研究起到了很大的作用。与此同时，北大歌谣研究会还出版了董作宾的《看见她》、顾颉刚的《吴歌甲集》和《孟姜女故事的歌曲甲集》等作品。

1923 年 5 月 24 日，北京大学又成立了风俗调查会并开展了征集风俗物品的活动。北大风俗调查会是我国现代最初的民俗学机构。虽然它存在时间不长，但它印发了《风俗调查表》《风俗调查会简章》《北大风俗调查会征集各地关于旧历新年风俗物品之说明》，号召各地进行风俗调查，征求风俗物品，建立风俗物品陈列室等活动，尤其是派人在北京及其附近进行了几次风俗调查，搜集民俗资料。其中 1925 年 5 月顾颉刚等几位北大教授的妙峰山庙会调查，首开大学学者的民俗学田野联合调查的先河，成绩显著，在社会上产生积极影响，成为现代民俗学活动富有气势的开端，也是当时整个民俗文化学兴起的一个有力部分①，对后来民俗学的发展影响深远。

从这一时期的北京大学歌谣运动和风俗调查会可以看出，中国早期的民俗学研究是以民间文艺学为开端的。但由于歌谣运动中的一些学者特别强调歌谣的民俗学价值，使其最终没有变成一个单纯的文学运动，而是向风俗调查会发展，成为民俗学活动的内容。比如周作人在《北京大学征集近世歌谣简章》中就体现出从民俗学的角度研究歌谣的学术思想。周作人在《歌谣》周刊第 10 号（1923 年 3 月 18 日）上撰文又强调研究歌谣的目的是民俗学的，认定歌谣是民族心理的表现，包含许多古代制度仪式的遗迹，可以从这里边得到考证的材料。《歌谣》周刊的编辑常惠在研究歌谣上也倾向于民俗学，认为歌谣是民俗学的主要分子，歌谣中有社会的真实写照，是历史、地理和方言的最好的材料。从歌谣运动我们可以感受到，五四时期的民俗学者是在新文化运动影响下带着一种救世的普遍心态开始他们的民俗学研究的，他们研究民俗学的根本动因在于探寻民族文化的本质、

---

① 钟敬文：《民俗文化学：梗概与兴起》，中华书局，1996，第 132 页。

根源和共同价值观念，这观念贯穿了大多数民俗学者长期的民俗学研究。

这一时期，大学开始开设民俗学课程。据《北京大学月刊》第三十五号（1917 年 12 月 29 日）刊登了由陈独秀提议的《文科大学现行科目修正案》，其中中国史学门有课程"民俗史及宗教史"。1923 年，北京大学风俗调查会成立后，张竞生担任主席，并在校内开讲"风俗学"课程。1924 年，文学院中国文学系开设"民间文艺"课程，每周一学时，由魏建功担任教员。北京大学民俗学课程的开设，不仅是民俗学进入高等教育的开始，同时也是大学服务平民社会文化建设的划时代事件。

2. 中山大学的民俗学活动

1926 年秋，由于北方军阀政治的影响，北京大学等处的民俗学运动陷于停顿。顾颉刚、容肇祖等先后到了福建厦门大学，而后于 1927 年夏又到了广州中山大学。他们把北大时期开创的以歌谣研究会、风俗调查会和方言调查会为机构的民俗学活动带到中大，使中大在民俗活动方面活跃起来。顾颉刚、傅斯年主持中山大学语言历史学研究所工作，并与容肇祖、董作宾、钟敬文等发起组织了民俗学会。1927 年 11 月 8 日，中山大学语言历史学研究所的民俗学会成立。1928 年 12 月 25 日，顾颉刚和余永梁草拟的中山大学语言历史学研究所的《本所计划书》中关于民俗的部分提出："一、作两粤各地系统的风俗调查；二、西南各小民族材料之征集；三、征求他省风俗、宗教、医药、歌谣、故事等材料；四、风俗模型之制造；五、抄辑纸上之风俗材料；六、编制小说、戏剧、歌曲提要；七、编印民俗学丛书及图片；八、扩充风俗物品陈列室为历史博物馆民俗部；九、养成民俗学人才。"① 在中山大学，他们继续了由北京大学发动起来的民俗学运动。由此，中大遂成为继北大之后的全国民俗学活动中心，在现代中国民俗学史上写下了不能磨灭的一页。②

中山大学民俗学会是中国民俗学发展史上的重要时期，一方面，它创办民俗学刊物，出版民俗学书籍。1928 年中山大学民俗学会创办了《民间文艺》周刊，后改为《民俗周刊》，先后由钟敬文、容肇祖、刘万章主编，

---

① 王文宝：《中国民俗学史》，巴蜀书社，1995，第 221 - 222 页。
② 钟敬文：《民俗文化学：梗概与兴起》，中华书局，1996，第 149 页。

发表了大量民俗学材料和研究文章，并出版了 37 种民俗学书籍。^① 从发表的论文和出版的书籍看，中山大学此期间的民俗学研究在之前北京大学歌谣研究会和风俗调查会基础上有了很大发展，研究内容更加丰富，研究范围有所扩大，研究水平也有所提高。不仅把民俗学和人类学、民族学、考古学、社会学相结合，提高了民俗学理论研究的水平，而且重视对广东当地和西南少数民族民俗的研究，极大地丰富了我国民俗学的研究内容。这些都为后来我国民俗学事业的发展起到了重要的推动作用。另一方面，进行民俗田野调查。尤其是 1928 年开始杨成志进行一年多的云南民族民俗调查，著有《云南民族调查报告》（1928 年）、《云南罗罗族的巫师及其经典》（1931 年）等，并购买了民族品千余件，为中山大学设立风俗物品陈列室提供了丰富的物品。^②

值得一提的是，此时期开设了民俗学相关课程并有意识地培养民俗学人才。在高校课程体系中设置民俗学相关课程，是促进民俗学学科发展的重要手段。自北大于 1918 年开始征集歌谣，国学门设立歌谣研究机构始，民间文学和民俗学类的课程就开始登上高等学校的讲坛。到中山大学时，开始有意识地专门培养民俗学人才。1927 年 4 月到 6 月，江绍原在中山大学为哲学系和英文系一年级的学生开设新课程——"迷信研究"^③。同时在语言历史学研究所设置了"民间文学"和"民俗学"两门课。1928 年 4 月 23 日至 6 月 10 日，中山大学语言历史学研究所举办了一次民俗学传习班，专门训练民俗调查研究的人才。讲课内容有何思敬的"民俗学概论"、庄泽宣的"民间文学及教育"、汪敬熙的"民俗学与心理学"、崔载阳的"民俗心理"、刘奇峰的"希腊的神话"、顾颉刚的"整理传说的方法"、马太玄的"中印民间故事的比较"和"关于中国风俗材料书籍的介绍"、陈锡襄的"收集风俗材料的方法"、容肇祖的"北大歌谣研究会及风俗调查会的经过"、余永梁的"殷周风俗断片"、钟敬文的"歌谣概论"。钟敬文是这次传

① 杨成志：《我国民俗学运动概况》，《民间文学》1962 年第 5 期。
② 王文宝：《中国民俗学史》，巴蜀书社，1995，第 229 – 230 页。
③ 施爱东：《倡立一门新学科：中国现代民俗学的鼓吹、经营与中落》，中国社会科学出版社，2011，第 37 – 39 页。

习班活动的主要组织者和操作者，拟写章程、通告，联络教师，排定科目，借用教室，招收学员，乃至主持开学仪式，都由他一手操办。①

受到歌谣运动和民俗学活动的影响，国内其他地方高校也开始开设民俗学相关课程。比如 1928 年国立中央大学社会科学院史地系历史门课程中有"中国风俗史"的课程，"半年二学分。本学程通考古今民俗之留传及变化之史迹，凡民族民生民权皆可循而求之，作一系统之观念"②。1928 - 1929 年金陵大学中国语文系开设有"歌谣选"，"二学分，讲授古今歌谣之有价值者。每周上课二小时，秋季学程，选修"③。1929 年国立成都大学英文学系课程中第一学年开设有必修课"神话学"，每周二小时。④

从 20 世纪 20 年代民俗学的产生和发展过程可以看出，中国民俗学诞生在文化前沿阵地的高校中，这是知识分子聚集的地方，也是民国年间新文化运动的核心领地。民俗学在新文化思想指引下的学术研究中产生，所以从一开始，中国民俗学就与中国的大学教育和学术研究具有密切关系，高校教育和研究的传承性及连贯性使得民俗学能够一脉相承。这是民俗学学科在高校中最终能够发展起来的内在基因。从北京大学的歌谣运动到中山大学的民俗学活动，民俗学作为一个学科已经具备了学术研究、教学和学术组织三方面的内容，民俗学学科已经开始萌芽了，但各方面的发展尚不成熟。学者陈燮君认为一门学科的创生有五大指标体系：一是它有特有的学科定义和研究对象。二是它是时代的必然产物。三是有学科创始人和代表作。四是有精心营建的理论体系。五是本学科的科学研究方法。⑤ 从这五个方面来看，首先，20 世纪 20 年代的民俗学的产生毫无疑问是时代的产物，早期的民俗学者已经有了较为明显的学科意识，这种意识"是不同的

① 施爱东：《倡立一门新学科：中国现代民俗学的鼓吹、经营与中落》，中国社会科学出版社，2011，第 126 页。
② 《国立中央大学一览》（民国十七年），载李森主编《民国时期高等教育史料汇编》第 29 册，国家图书馆出版社，2014，第 478 页。
③ 《金陵大学文理科概况》（民国十七年至十八年），载李森主编《民国时期高等教育史料汇编》第 27 册，国家图书馆出版社，2014，第 590 页。
④ 国立成都大学一览（民国十八年），载王强主编《民国大学校史资料汇编》第 49 册，凤凰出版社，2014，第 179 页。
⑤ 陈燮君：《学科学导论——学科发展理论探索》，上海三联书店，1991，第 229 - 231 页。

学科在人文主义思想和对世界的深刻认识的前提下，强调民族和民众的重要性的产物"①。其次，有了早期的民俗学倡导者和创始人，如周作人、魏建功、刘半农、沈兼士、顾颉刚、钟敬文、容肇祖、董作宾、常惠等，且产生了一定数量的研究文章。最后，对民俗的性质、研究对象、功用、研究方法等做了初步的探讨。尤其在中山大学时期，民俗学者对民俗理论的探讨较歌谣运动时期增加很多，何思敬、张清水、江绍原、容肇祖、陈锡襄、汪馥泉、杨成志、林惠祥等人都有关于民俗学性质、内容或民俗特征的论述。学者们"开始认识到遗留物说的局限性，开始把民俗学从民众知识的'考古学'改变为民间文化的历史学和现实学，开始把民俗学的研究范围从上一阶段的歌谣等民间文学领域，扩大到民间的宗教信仰、习俗和日常生活，更扩大到社会、经济等制度方面"②。这些理论探讨，为民俗学学科的进一步发展做了很好的准备，但此时毕竟处于民俗学刚刚萌芽和发展的时期，理论的探讨尚未深入，民俗学的理论体系没有建构起来，民俗学的研究方法多借鉴西方而摇摆不定。

二　20 世纪 30 年代民俗学学科的初步发展

20 世纪 30 年代，中国民俗学在北大歌谣运动、中山大学民俗学活动基础上有了更大的发展，民俗学活动的范围扩大到全国很多地方，以杭州的民俗学活动为代表，民俗学的学科意识增强，民俗学的学科观念更加深入人心。

1. 杭州的民俗学活动

杭州民俗学会活动前后大约有 10 年时间，以钟敬文、钱南扬、娄子匡等学者为核心。1928 年秋天，钟敬文到杭州后积极创办民俗刊物，1929 年夏，钟敬文与钱南扬开始在杭州《民国日报》上编发《民俗周刊》。这是杭州出现的第一个民俗学刊物。1930 年春天，钟敬文、江绍原、娄子匡组织

---

① 赵世瑜：《眼光向下的革命——中国现代民俗学思想史论（1918—1937）》，北京师范大学出版社，1999，第 74 页。

② 赵世瑜：《眼光向下的革命——中国现代民俗学思想史论（1918—1937）》，北京师范大学出版社，1999，第 174 页。

了中国民俗学会。中国民俗学会成立后，创刊了杭州《民国日报·民俗周刊》、《民间月刊》、《艺风》的"民俗园地"和民俗学专号、《妇女与儿童》的"民俗学专号"、《孟姜女》月刊，还编辑出版了《民俗学集镌》两辑，杭州民俗学会还陆续出版了民间文化丛书。

杭州的民俗学会虽然成员不多，但其活动却值得关注，尤其是钟敬文先生在这期间发挥了关键作用，为中国民俗学的发展作出了重要贡献。此期间，钟敬文发表了一系列具有开创性价值的民俗学论文，对西方和日本的民俗学学说兼容并包，又努力使其本土化，从而造就了他学术生涯中最为辉煌的一个时期，也使他成为重要的民俗学者，他的著述与活动在很大程度上推动了中国民俗学派的形成。① 比如，1935 年 11 月 4 日，钟敬文客寓东京时写了一篇为《民间文艺学的建设》的文章，发表在杭州出版的《艺风》第 4 卷第 1 期（1936 年 1 月 1 日）上。这是一篇全面阐述他关于民间文艺学学科建设的见解的论文。文中首次提出了"民间文艺学"的概念，"提出了把民间文艺学作为文艺学科中的一门独立的、系统的学科的构想，并就其对象特点、建立的社会条件、所应采用的方法及主要任务等，提出了自己的主张"② 所以杭州时期是钟敬文民俗学的学术思想转变时期，他开始从用一般文艺学观点观察民间文学转向，用比较科学的角度去研究民间文学，并接受和运用英国人类学派、法国社会学派等理论考虑这一学科的专门理论和方法。从五四运动以来的民俗学运动，到学科理论构架的思考和设计，体现出钟敬文民俗学学科意识的不断增强。钟敬文的这种转变在他和娄子匡主编的杂志上也可以体现出来。比如 1928 年 3 月《民俗》周刊创刊号中发表的何思敬的《民俗学问题》，在《民俗学集镌》第 1 辑上发表的汪馥泉的《民俗学的对象任务及方法》、乐嗣炳的《民俗学是什么以及今后研究的方向》等文章，都可以看出钟敬文在民俗学学科发展上的深入思考，想通过树立和强化民俗学的学科意识，来使民俗学学科向着更加正规的方向发展。杭州的民俗学活动，使中国民俗学活动继中山大学之后向

① 刘锡诚：《20 世纪中国民间文学学术史》，河南大学出版社，2006，第 356 页。
② 杨利慧、钟敬文：《民间文艺学思想研究》，载苑利主编《二十世纪中国民俗学经典：学术史卷》，社会科学文献出版社，2002，第 256 页。

我国东南沿海各省扩展，并影响到四川、广西等地，推动了中国民俗学事业的发展。

钟敬文在创办民俗学杂志、出版民俗学书籍的同时，还身体力行，在浙江民众实验学校民众教育行政科讲授"民间文学纲要"，后来又在师范科讲授"民间故事研究"。按他的话说："这是当时国内仅有的'民间文学'教学讲堂。"①

2. 北京大学、中山大学、厦门大学的民俗学活动

从 1918 年北京大学发起的歌谣运动，到中山大学的民俗学活动，再到钟敬文等人在杭州组织的民俗学活动，在短短的十几年时间里，民俗学运动伴随着民族解放和新文化发展的时代浪潮，风生水起，在全国各地轰轰烈烈地展开。文化界、学术界对于民俗学的热情空前高涨，认识和研究水平也在不断提高，到 20 世纪 30 年代，民俗资料的搜集和研究从最初的星星之火已经呈现燎原之势。

（1）北京大学的民俗学活动

此时的北京由于政治环境的影响，民俗学活动的中心转移到广州、杭州，尽管如此，从 20 世纪 20 年代后半期到 30 年代，北京的民俗学活动依然在继续。燕京大学社会学系指导学生写了大量的民俗学论文，《鞭策周刊》《社会学界》《民声报》都有不少很好的关于社会学、人类学和民俗学的文章。张江裁先后编辑出版了不少有关风俗的书籍，商务印书馆、中华书局等出版了一些重要的民俗学研究著作，如江绍原的《发须爪——关于它们的迷信》、瞿兑之的《汉代风俗制度史前编》、杨树达的《汉代婚丧礼俗考》、林惠祥的《民俗学》、尚秉和的《历代社会风俗事物考》等。

在此期间北京民俗学活动中值得关注的事情是北大歌谣研究会的恢复和风谣学会的成立。1935 年北京大学文科研究所决定恢复歌谣研究会，1936 年 4 月 4 日，《歌谣》在胡适的主持下复刊。1936 年 2 月，北大歌谣研究会决议发起组织"风谣学会"并通过了《风谣学会组织大纲》。② 由于抗日战争的爆发，风谣学会仅活动了一年多的时间，但先后创办 3 个报纸民俗

① 钟敬文：《钟敬文学述》，浙江人民出版社，2000，第 85 页。
② 王文宝：《中国民俗学史》，巴蜀书社，1995，第 214 – 215 页。

副刊：南京《中央日报》副刊《民风周刊》、北京《民声报》副刊《民俗周刊》、北京《晨报》副刊《谣俗周刊》，发表了不少有价值的材料和论文。

（2）中山大学、厦门大学等的民俗学活动

这一时期中山大学的民俗学活动也有一定的发展。1930 年，中山大学编印的《国立中山大学一览》对语言历史研究所民俗学会、主办《民俗周刊》、出版民俗学丛书等活动表示肯定。[①] 1932 年，中山大学还在文学院史学系、社会学系开设"民俗学"的选修课程，2 学分。[②] 1935 年，杨成志留法回国后，恢复了中山大学的民俗学活动，修改了民俗学会章程，编辑出版了大型的《民俗》季刊，该刊至 1943 年 12 月停刊，也发表了不少民俗学文章。

受到北大民俗学活动和中大民俗学活动的影响，20 世纪 20 年代以后，其他各地的民俗学活动也纷纷开展起来。除了杂志上不断有民俗学文章发表、出版社有民俗学书籍出版外，各地的民俗学会也纷纷建立，比如1924 年陈锡襄组建"闽学会"，1926 年秋，私立厦门大学开办的国学研究院等。

20 世纪二三十年代以来各地的民俗学活动以及报刊上发表的文章、出版的研究书籍，是对民俗学研究向风俗习惯、信仰等方面的不断开展和深入，并对民俗学的基本问题如性质、研究对象、研究方法、任务等进行了更深一步的探讨，陈锡襄、张瑜、林惠祥、杨成志等学者都提出了自己的看法，这是我国民俗学走向成熟的表现。

3. 高校民俗学相关课程建设

20 世纪 30 年代，民俗学的研究促使民俗学相关课程在高校的课程体系中获得较大发展，不少国立和私立高校相继开设相关课程，比如"民俗学""歌谣""神话"等。有据可查的如：

1929 - 1930 年度国立清华大学本科中国文学系开设有选修课"歌谣"

---

① 《国立中山大学一览》（民国十九年），载王强主编《民国大学校史资料汇编》第 57 册，凤凰出版社，2014，第 67 页。
② 《国立中山大学二十一年度概览》（民国二十一年），载王强主编《民国大学校史资料汇编》第 58 册，凤凰出版社，2014，第 156 - 167 页。

（上学期，2 学分，每周 2 小时），由朱自清讲授①，"自编中国歌谣讲义，分释名、起源与发展历史、分类、结构、修辞、韵律音乐、评价书目等章。"② 人类学系第四年有必修科目"民俗学"（1 学期，3 学分，每周 3 个小时），"讲民俗学原理及采集民俗研究材料之方法"③。"歌谣"和"民俗学"的课程一直在清华大学开设了多年。

1930 年，江绍原于北京大学哲学系四年级开了"礼俗迷信之研究"和"宗教史"两门课。同年国立中央大学文学院史学系在二、三年级开设"中国风俗史"选修课程，规定为 1 学期，3 学分。"本学程专研中国历代各地方各阶层重要风俗之沿革与其影响，使学者略知现今各种社会风俗之由来，且可了解中国民族性之特点。内容以时代为序而注意于各种风俗之（一）发生之原因（二）递变之线索（三）遗传之程序（四）对于民生利病之关系（五）对于民族性之影响。"④ 河南大学国文学系课程中有选修课程"平民文学研究""童话研究""歌谣研究"⑤。私立大夏大学学程纲要中，国学系有"民众文艺"课，"一学年，每星期三小时，共六绩点。凡关系民众化之文艺，如民众自作之歌谣有文艺之价值者或文士之作品有关于民众者，如诗文词曲小说等均选授之，其目的在使学生能学习浅易而真挚之文艺，使文艺民众化，民众文艺化"⑥。国立成都师范大学文理学院英国文学系在第一学年开设有必修课"中古传奇及神话"，每周 4 小时。⑦ 暨南大学文学院史学系开设有"风俗学"和"中国礼俗研究"课程，"风俗学"每周 2 小

① 《国立清华大学本科学程一览》（民国十八年至十九年），载李森主编《民国时期高等教育史料汇编》第 2 册，国家图书馆出版社，2014，第 237 页。

② 《国立清华大学本科学程一览》（民国十八年至十九年），载李森主编《民国时期高等教育史料汇编》第 2 册，国家图书馆出版社，2014，第 253 页。

③ 《国立清华大学本科学程一览》（民国十八年至十九年），载李森主编《民国时期高等教育史料汇编》第 2 册，国家图书馆出版社，2014，第 287 页。

④ 《国立中央大学一览》（民国十九年），载王强主编《民国大学校史资料汇编》第 20 册，凤凰出版社，2014，第 283 页。

⑤ 《河南大学一览》（民国十九年），载李森主编《民国时期高等教育史料汇编》第 36 册，国家图书馆出版社，2014，第 88 页。

⑥ 《私立大夏大学一览》（民国十九年），载王强主编《民国大学校史资料汇编》第 28 册，凤凰出版社，2014，第 258 页。

⑦ 《国立成都师范大学概览》（民国十九年），载王强主编《民国大学校史资料汇编》第 49 册，凤凰出版社，2014，第 37 页。

时，2 学分，四年级选修，并在学程纲要中介绍此课程："解释并比较各时期，各地域，风俗之异同，和变迁，并说明所以变迁的原理。"① "中国礼俗研究"每周 3 小时，3 学分，二年级选修。在社会学系学程也开设有"中国礼俗研究"，每周 3 小时，3 学分，三年级选修，并有介绍此课程的纲要："以社会学的方法，阐释历史上社会上中国礼俗制度风俗之形成，及其变化。由周秦以至于现代，作有系统的研求。"②

1931 年，青岛大学文学院中国文学系学程中有"中国古代神话"选修课，每周 2 课时，1 学年，4 学分。1931 年山东济南私立齐鲁大学文学院在第三学年第一学期开设有"农民文学"，2 学分。"（编号）三〇一，本系三年级必修，他系三四年级选修。包括民间歌谣故事及农村文艺，提起对农村之注意及兴趣。"③

1933 年国立中山大学文学院史学系开设有"民俗学"课程，"一年级第二学期必修"④，在社会学系的选修科目中也有"民俗学"。⑤ 同年复旦大学中国文学系开设有"神话研究""中国民俗学""中国民间文学研究"课程。⑥

1931 – 1932 年、1933 – 1934 年厦门大学文学院史学系开设有"中国民俗史"，一年 6 学分。1931 – 1931 年、1933 – 1934 年、1936 – 1937 年厦门大学文学院社会学系一直开设有"民俗学"课程，半年 3 学分。在民国二十五年至二十六年厦门大学文学院的学程纲要中这样介绍"民俗学"课程："研究文明民族之旧风俗，以为改良风俗及考证历史之助。内容分为

① 《国立暨南大学一览》（民国十九年），载王强主编《民国大学校史资料汇编》第 60 册，凤凰出版社，2014，第 319 页。
② 《国立暨南大学一览》（民国十九年），载王强主编《民国大学校史资料汇编》第 60 册，凤凰出版社，2014，第 322 页。
③ 《山东济南私立齐鲁大学文理两学院一览》（民国二十年），载李森主编《民国时期高等教育史料汇编》第 35 册，国家图书馆出版社，2014，第 284 页。
④ 《国立中山大学文学院概览》（民国二十二年），载李森主编《民国时期高等教育史料汇编》第 41 册，国家图书馆出版社，2014，第 138 页。
⑤ 《国立中山大学文学院概览》（民国二十二年），载李森主编《民国时期高等教育史料汇编》第 41 册，国家图书馆出版社，2014，第 200 页。
⑥ 《复旦大学一览》（民国二十二年），载李森主编《民国时期高等教育史料汇编》第 19 册，国家图书馆出版社，2014，第 65 – 66 页。

（一）民俗学：迷信，法术，占卜，婚礼，丧礼，诞生，成丁，故事，歌谣，谚语。（二）神话学：起源，解释法，种类，研究法。（三）迷信论：应用科学方法说明迷信之起因，祛除迷信观念。"①

1937 年，国立中山大学文学院史学系选修课程中有"民族学及民俗学"，"每周二小时，二学分，史学系社会系共同选修"②。同年私立华西协和大学中国文学系课程中有"中国神话之研究"（第三学年，每周 2 小时）。③1938 年，广西大学文法学院文学系选修课程中有"童话研究"（上学期，每周 2 小时，2 学分）、"歌谣研究"（下学期，每周 2 小时，2 学分）。④

20 世纪 30 年代民俗学相关课程在高校的开设情况与 20 年代相比，不仅开设的学校有了很大的增加，并且在课程内容上逐渐摆脱偏重文学或历史的倾向，更加具有独立性。民俗学作为一门独立学科的观念逐渐确立起来。

三　20 世纪 40 年代民俗学学科建设

20 世纪 30 年代后半期到 40 年代，由于战争的原因，国内不少高校纷纷迁移，民俗学活动在动荡不安中曲折发展。这一时期，民俗学活动值得关注的是西南地区的民俗学活动和解放区的民俗学活动。

1. 西南地区大学与相关机构的民俗学活动

抗日战争爆发后北方学校迁移，民俗学者随之向西南转移，在相对安定的西南地区，推动民俗学研究的活跃和发展。北平沦陷后，北京大学、清华大学和天津的南开大学迁到了长沙，组成临时大学，后在 1938 年春天又迁至昆明，组成了西南联合大学。北大和清华从事过民俗学教学和研究的学者，如闻一多、魏建功、朱自清、容肇祖、徐炳昶等都随校到了西南。

---

① 《私立厦门大学文学院一览》（民国二十五年至二十六年），载王强主编《民国大学校史资料汇编》第 53 册，凤凰出版社，2014，第 477 页。
② 《国立中山大学现状》（民国二十六年），载李森主编《民国时期高等教育史料汇编》第 43 册，国家图书馆出版社，2014，第 119 页。
③ 《私立华西协和大学一览》（民国二十五年），载李森主编《民国时期高等教育史料汇编》第 46 册，国家图书馆出版社，2014，第 346 页。
④ 《广西大学一览》（民国二十七年），载李森主编《民国时期高等教育史料汇编》第 44 册，国家图书馆出版社，2014，第 282 页。

长沙、昆明、贵州、桂林、柳州、成都、重庆等地汇集了大批的学者，成为中国的学术中心。此时参与到民俗学调查和研究中来的社会民俗学家，"都是在国外受的学科教育，国难当头激励了他们的民族情感和民族意识，表现在学术思想上，他们既接受了西方的民族学理论，又希望把外国的理论与我国的实际结合起来，走自己的路。在研究中，对西方人类学民族学不同学派表现出一种强烈的综合意识"①。当时在西南的不少学者，以科学的田野调查为强项和特质，为民俗学和民族学的研究积累了宝贵的资料，并且他们注意把外来的理论和中国的传统学术研究方法相结合，吸收人类学、社会学、考古学、训诂学等相关学科的成果和方法，进行综合研究。比如抗战期间，在西南临时大学从长沙迁往昆明时，一路由 200 多人组成的"湘黔滇旅行团"徒步向昆明进发，沿途进行搜集民歌民谣，做民俗学的田野调查，闻一多、刘兆吉等都参与其中，最后辑成《西南采风录》一书。另外，还有战时到长沙、再迁昆明，1940 年后又迁到川南南溪县李庄的中央研究院的一批学者，对西南少数民族进行调查研究，搜集了大量材料。

到达西南的民俗学者积极恢复中国民俗学会，并创办民俗刊物。1943年冬筹备组织了中国民俗学会。1944 年《风物志集刊》出版。在西南地区，民俗学的学术刊物还有很多，如《风土什志》《采风月刊》《国文月刊》《西南边疆》《边政公论》《边疆人文》《边疆研究论丛》《西南研究》等。

2. 解放区学校的民间文学教学调研活动

陕甘宁边区建立后，吸引了大批文化人从祖国各地奔赴延安。1937年 11 月 14 日，陕甘宁边区文化协会成立，负责人是成仿吾、周扬、柯仲平等。1938 年 4 月 10 日，鲁迅艺术学院（1940 年改名为鲁迅艺术文学院）成立。鲁艺学者提倡民间文艺的搜集和研究，有组织地派遣学员下乡，到边区各地搜集民间文学作品，尤其是民歌。1938 年夏，何其芳到达延安，执教于鲁迅艺术学院，1941 年 3 月 6 日，何其芳被任命为文学系主任。何其芳和张松如（公木）两人在系里共同开设了一门民间文学课程，并编订了大量的陕北民歌，后来出版了《陕北民歌选》。此外还有

---

① 刘锡诚：《20 世纪中国民间文学学术史》，河南大学出版社，2006，第 412 页。

民间文艺相关的杂志，如周文主编的《大众文艺》、1946 年出版的《北方杂志》、太行山文协创办的《文艺杂志》等，提倡和推动边区民间故事的搜集工作。在延安创立的陕甘宁边区大众读物社等也出版了一些民间故事和民歌方面的书籍。

以延安为中心的陕甘宁边区等地的民俗学尤其是民间文学活动，深入老百姓的生活中，在向民间文学和文化传统学习中不断改造创新民族的大众文艺，对民间歌谣、民间音乐、民间传说故事、民间秧歌、民间曲艺、民间戏曲等，加以搜集和研究，产生了新的陕北说书，新秧歌、新民歌、新传说故事、新歌剧等，在搜集和改编上都取得了大的成绩，使民俗充满了新的内容。比如陕甘宁边区文协于 1945 年成立说书组，由安波、陈明、林山等组成，专门进行民间说唱文艺的改编创作，以适应新文艺发展的要求。

解放区的民俗学活动具有鲜明的特色：首先在民俗学的调查和研究中尤其重视民间文艺，民间文艺资料的搜集整理是民俗学研究的重心；其次重视民间文艺的改造和应用，对传统文艺进行革新改编后，使之符合解放区新文艺的政策思想和发展要求，并把改编后的文艺应用到大众生活中，在实践中发挥其社会作用。所以，解放区的民俗学活动强调民间文艺的社会功能，表现出强烈的文艺服务社会的倾向，并且对民俗在现实生活的意义做了实践上的尝试和探讨，积累了宝贵的经验。

3. 大学民俗学学科的课程建设

到 20 世纪 40 年代，国内多数有文学院的高校都开设了民俗学相关的课程，有的开设在中国文学系，有的开设在社会学系，有的开设在历史学系。像北大、清华、女师大、中央大学、齐鲁大学、山东大学等都曾开设过民俗学、民间文学、歌谣学或神话学的课程，一直到新中国成立前，虽然中间时有中断，但也断而复续地延续了下来。根据现存文献，20 世纪 40 年代国内高校开设民俗学相关课程的情况如下。

1941 年，辅仁大学史学系开设有"中国民俗史"的课程，由张鸿翔讲授。"本课讲授中国各时各地婚丧节令之演进，衣食住行之变迁，士风娱乐之动态，并说明对政治、交通、宗教相互之关系。分篇叙述，俾学者明瞭中华数千年来民俗实况之梗概。三四年级选修。每周二小时。全年四学分。"① 同年中央大学文学院历史社会学系，开设"中国风俗史"选修课。

1943 年，国立中山大学文学院中国文学系课程中有选修课"民族文学"，3 学分，每周 3 小时，三、四年级选修。② 中山大学战时迁到粤北，在抗战后期，钟敬文先生到此任教，直到 1947 年，"年年讲授《民间文学》的课"③。

1947 年，国立清华大学文学院人类学系课程中四年级下学期开设"民俗学"，每周 3 课时，3 学分。④ 同年国立浙江大学文学院人类学系开设有必修课程"民俗学"（第四学年，3 学分）。⑤ 私立大夏大学文学院历史社会学系历史组开设有选修课"民俗学"⑥。国立山西大学文学院历史系、国立西北大学文学院历史系、边政学系在选修课中都开有"民俗学"课程。⑦ 云南大学文法学院文史学系史学组选修课程有"民俗学"，3 学分。⑧

我们从民国文献中看到的当时大学民俗学相关课程在陆续开设，虽然并不普遍，但也在不断发展。

四　结语

民国年间中国民俗学学科的发展归结起来，主要表现在以下两大方面。

一是民俗学活动的兴起和发展有力地推进了民俗学学科的发展。这个时期的民俗学活动，有其明显的特点：首先是充溢着民族文化意识。晚清以来，中西文化交流背景下的中国的积弱积贫和备受欺凌，以及后来的日本侵略，

---

① 《私立辅仁大学一览》（民国三十年），载李森主编《民国时期高等教育史料汇编》第 13 册，国家图书馆出版社，2014，第 79 页。
② 《国立中山大学现状》（民国三十二年），载李森主编《民国时期高等教育史料汇编》第 44 册，国家图书馆出版社，2014，第 137 页。
③ 钟敬文：《钟敬文学述》，浙江人民出版社，2000，第 139 页。
④ 《国立清华大学一览》（民国三十六年），王强主编《民国大学校史资料汇编》第 9 册，凤凰出版社，2014，第 35 页。
⑤ 《国立浙江大学文学院概况》（民国三十六年），载李森主编《民国时期高等教育史料汇编》第 33 册，国家图书馆出版社，2014，第 199 页。
⑥ 《大夏大学学生手册》（民国三十六年），载李森主编《民国时期高等教育史料汇编》第 26 册，国家图书馆出版社，2014，第 471 页。
⑦ 王强主编《民国大学校史资料汇编》第 40 册，凤凰出版社，2014，第 503 页。
⑧ 《国立云南大学一览》（民国三十六年），载李森主编《民国时期高等教育史料汇编》第 47 册，国家图书馆出版社，2014，第 503 页。

激发了文艺界民俗学者的爱国情感、民族意识，使民俗学的研究具有较强烈的民族倾向，正是这种精神不仅推动了中国民俗学的发展，也不断强化着民族的文化精神和人文传统。其次是进行了有组织的民俗田野调查，为后来的民俗学研究积累了宝贵资料，为后来的民俗学研究奠定了基础。最后是多学科、多角度的研究，探讨了民俗学的性质、内容、范围、价值、意义及研究方法等诸多方面的问题，为民俗学学科的理论研究和学科方法的确立做了有益的探索和尝试，并以数量可观的研究论文和著作为后来的民俗学研究开拓了道路，其学术概念与研究实践奠定了民俗学学科的学术基础。

二是民俗学研究背景之下的民俗学课程体系得到初步的构建和发展。歌谣运动时积极参与的学者们，并没有清晰的民俗学学科意识，歌谣虽然属于民俗学研究的范围，但歌谣运动更像是新文化运动的组成部分，是文化界构建新文化的一个表现。而到中山大学时，民俗学活动范围明显扩大了，不仅搜集民俗资料，还展开了较为深入的民俗研究和民俗田野调查，学者们对民俗学的认识明显加深了。到 20 世纪三四十年代，关于民俗学学科的认识更加清晰。所以，中国民俗学科的产生和发展是以民俗学的学术研究为动力，它是随着学术研究的不断深入而逐渐发展。由于从事民俗学学术研究的学者大多在高校有教学工作，他们在此基础上使民俗学走进高校课程体系，并使之在新中国成立后逐渐发展成为一个独立的成熟的学科。以学术研究促动课程的设立和课程体系发展，以课程培养专门的研究人才，学术研究和课堂教学的相互促进，是民俗学学科发展中的显著特征。这样以学术研究为根本动力的民俗学学科发展历史，对我们今天的民俗学发展仍有重要启示。

作者简介

萧放，北京师范大学社会学院教授、博士生导师。兼任国际亚细亚民俗学会副会长、中国民俗学会副会长。主持多项国家与省部级科研课题，出版著作十余部，发表学术论文百余篇。

孙英芳，北京师范大学社会学院民俗学专业博士研究生，研究方向为历史民俗学。

附：民国大学民俗学相关课程开设情况表

开设学校	所属院系	课程名称	开设学期	学分或周学时	年代	教师
北京大学	文学院社会学系	风俗学			1923	张竞生
北京大学	文学院中国文学系	民间文艺		1 小时	1924	魏建功
中山大学	文学院哲学系、英文系	迷信研究			1927	
中山大学	语言历史学研究所	民俗学传习班			1928	
中央大学	社会科学院史地系历史门	中国风俗史		2 学分	1928	
金陵大学	中国语文系	歌谣选	上学期	2 小时	1928 – 1929	
成都师范大学	英国文学系	中古传奇及神话		2 小时	1929	
浙江民众实验学校	民众教育行政科	民间文学纲要			1929 – 1937	钟敬文
浙江民众实验学校	师范科	民间故事研究			1929 – 1937	钟敬文
中山大学	文学院史学系、社会学系	民俗学		2 学分	1932	
清华大学	中国文学系	歌谣	上学期	2 学分	1929 – 1930	朱自清
清华大学	人类学系	民俗学		3 学分	1929 – 1930	
北京大学	哲学系	礼俗迷信之研究			1930	江绍原
中央大学	文学院史学系	中国风俗史		3 学分	1930	
河南大学	国文学系	平民文学研究			1930	
河南大学	国文学系	童话研究			1930	
河南大学	国文学系	歌谣研究			1930	
大夏大学	国学系	民众文艺		3 小时 6 学分	1930	
暨南大学	文学院史学系	风俗学		2 学分	1930	
暨南大学	文学院社会学系	中国礼俗研究		3 学分	1930	
青岛大学	文学院中国文学系	中国古代神话		2 小时 4 学分	1931	
齐鲁大学	文学院	农民文学		2 学分	1931	

续表

开设学校	所属院系	课程名称	开设学期	学分或周学时	年代	教师
厦门大学	文学院史学系	中国民俗史		6 学分	1931 – 1932 1933 – 1934	
厦门大学	文学院社会学系	民俗学		3 学分	1931 – 1931 1933 – 1934 1936 – 1937	
中山大学	文学院史学系、社会学系	民俗学			1933	
复旦大学	中国文学系	神话研究			1933	
复旦大学	中国文学系	中国民俗学			1933	
复旦大学	中国文学系	中国民间文学研究			1933	
中山大学	文学院史学系、社会系	民族学及民俗学		2 学分	1937	
华西协和大学	中国文学系	中国神话之研究		2 小时	1937	
广西大学	文法学院文学系	童话研究	上学期	2 学分	1938	
广西大学	文法学院文学系	歌谣研究	下学期	2 学分	1938	
辅仁大学	史学系	中国民俗史	1 学年	2 小时 4 学分	1941	张鸿翔
中央大学	文学院历史社会学系	中国风俗史			1941	
中山大学	文学院中国文学系	民族文学		3 学分	1943	
中山大学	文学院中国文学系	民间文学			1940 – 1947	
清华大学	文学院人类学系	民俗学	下学期	3 学分	1947	
浙江大学	文学院人类学系	民俗学		3 学分	1947	
大夏大学	文学院历史社会学系历史组	民俗学			1947	
山西大学	文学院历史系	民俗学			1947	
西北大学	文学院历史系、边政学系	民俗学			1947	
云南大学	文法学院文史学系史学组	民俗学		3 学分	1947	

朝向当下的个案研究

　　朝向当下，已成为越来越多民俗学者所认可和努力追求的研究取向，相关成果也日益增多。这种取向，既意味着研究范围的转变，也意味着对作为研究对象的民俗之理解的改变，以及研究方法在以往基础上所做的相应调整。在当代中国，它尤其强调的是把研究视野转向鲜活的现实生活，转向日益普及的新技术和快速推进的城镇化进程影响下不断发生改变的日常生活。无论是在农村还是在城市，无论是相对稳定地传承下来的事象，还是不一定能找到确定的历史原型却在观念基础和基本属性方面与传统一脉相承的事象，相关内容只要涉及人实际的生活文化，就都可以而且应该成为民俗学的研究对象。这样的理解，已经成为中国民俗学者的共识，它不仅正在推动中国民俗学的研究视角不断从传统向当下迈进，而且也已经成为民俗学深刻理解当代社会借助传统资源来应对种种现实难题的策略、进而为解决现代社会治理体系同传统之矛盾提供可能方案的重要途径。本组论文，既包括有关城镇化与乡土文化景观保护及传统机制在村落环境治理中的地位的讨论，又包括有关旧京庙会与庙市等传统事象的探究，以及对于 2016 年年底被联合国教科文组织列入人类非物质文化遗产代表作名录的二十四节气的集中梳理，它们均体现出直面"现在"的复杂矛盾，或者在与当代观念或事件的关联中来理解传统民俗的特征。

城镇化发展与乡土文化景观保护[*]

殷　波　潘鲁生

城镇化进程中的设计治理提升，涉及城市、小城镇、村落的空间设计规划问题，包括历史文化景观的保护和新的功能建筑及文化空间设计规划发展等，本质是城镇化进程中的文化空间设计问题。过去几十年，在我国城镇化快速发展过程中，较大程度上忽视和搁置文化空间设计问题，导致难以挽回的文化肌理破坏和文化景观遗产损失，伴之失去文脉基础、诉求模糊状态下一系列建筑和景观垃圾的产生。在新型城镇化发展过程中，相关视觉形态的、景观和空间层面的设计治理亟须纳入政策议程，划定新与旧保护发展的红线，明确勘察和尊重文化肌理的原则，积极引导城镇化发展过程中具有文化内涵的空间与景观塑造。

一　划定保护红线

回顾世界城市改造与发展的历史可见，经过 20 世纪 30 年代经济大萧条和第二次世界大战的破坏，西方国家在战后开始了大规模"城市更新运动"（Urban Renewal），其重点是城市物质环境的改造。通过推土机式地推倒重建，大面积拆除城市的破败建筑、清理贫民窟等，完成城市旧建筑、旧设备的翻新，解决城市物质层面上空间布局与基础设施建设问题。这种城市改造活动的核心是从形体规划（Physieal Design）出发的城市改造思想，把城市作为静止事物大规模地推倒重建、拆旧建新，很大程度上忽视了原有的社会肌理和脉络，破坏了城市历史和文化多样性，甚至被称为相对于战

---

* 本文选自《民间文化论坛》2017 年第 5 期。

争破坏之后的"第二次破坏",带来大量社会问题。由此引发一系列学术反思和立法治理。1961 年,美国学者芒福德在《城市发展史——起源、演变和前景》中对大规模地改造和规划作出深刻批判:"使城市的生活内容从属于城市的外表形式,这是典型的巴洛克思想方法。但是它造成的经济上的耗费几乎与社会损失一样高昂。"① 1964 年,《威尼斯宪章》提出:"历史古迹的概念不仅包括单个建筑物,而且包括能从中找出一种独特的文明、一种意义的发展或一个历史事件见证的城市或乡村环境,这不仅适用于伟大的艺术作品,而且亦适用于随时光流逝而获得文化意义的过去一些较为朴实的艺术品","一座文物建筑不可以从它可见证的历史和它所产生的环境中分离出来"。就此,许多国家出台法律法规,认定历史文化价值,划定建设发展中的保护红线,如法国于 1962 年颁布《马尔罗法》,立法保护历史街区;英国于 1967 年颁布《城市文明法》,保护有特殊建筑艺术价值和历史特征的地区,包括户外空间、街道形式以及古树等;日本在 1975 年修改《文化财保护法》,建立"传统的建筑物群保存地区"制度。此外,英国还有《眺望景观战略与保护规划》、法国有《历史环境保护与景观规划》、意大利有《法定风景规划与历史中心区保护》、美国有《城市设计策略与历史环境保护》,德国有《环境政策与城市风景经验》等。在 20 世纪 60 至 70 年代,发达国家基本上建立了城市景观的控制规划,划定了包括建筑线、建筑等级,特别指定纪念物、历史保护地区等保护红线,从立法和治理上明确了文化遗产不可复制、不可再生,是一个城市最大的资产。应该说,一个国家、一个地区独具特色的景观,不只是自然生成或历史遗留的,也是常年的文化经营形成的。

城市更新运动的教训以及之后的一系列政策经验未能及早引起我国重视。20 世纪 80 年代中期以来,从改善居民生活条件到以房地产开发为主的提高城市经济效益,以及广场、草坪化的城市形象塑造,大量历史文化景观消弭于"旧城改造"。随着城市化节奏加快,历史性老化和许多地方统一化、模式化的"新农村建设",以及以经济效益为主导的旅游开发等,导致

---

① 金经元:《近现代西方人本主义城市规划思想家霍华德、格迪斯、芒福德》,中国城市出版社,1998,第 78、79 页。

"万村一面"的建设性破坏，传统村落、历史文化村镇和乡土建筑遗产大量消失或损毁，中华民族数千年沉积的历史文化景观遭到同质化消磨。如果说"人们的住家、商店、教堂、住宅区、珍贵的纪念性建筑物，是当地人们生活习惯和社会关系赖以维持的整个组织结构的基础。把孕育着这些生活方式的建筑整片拆除常常意味着把这些人们一生的（而且常常是几个世代的）合作和忠诚一笔勾销"①，那么相对于难以挽回的损失和破坏，从设计规划角度划定保护红线，已不只是历史遗迹和文化景观的保护留存，而是对民族生存、生活空间的历史文化维度的设计和建构。这一道道保护红线以及效力代表的不是政策的健全完备与否，而是我们更深层的历史观和文化观。是否总要以新的取代旧的，以断章取义的欧式元素或复古仿造取代具有真实信息的历史遗存，以统一和标准化的样态取代具有记忆和情感的参差多态的遗迹？是否用模仿来削平记忆，用消费式的追新逐异来代替历史延续、文化认同的平和与安宁？"千城一面""万村一面"背后的文化与历史观是需要反思的。

因此从设计政策的角度加以完善和推进具有紧迫性。参照1987年国际古迹遗址理事会《保护历史城镇与城区宪章》对各国经验的总结，无论是传统村落、城镇，还是城市的历史文化地段，保护红线须考量聚落或地段的格局和空间形式，建筑物与自然环境的空间关系，以及包括乡土民居在内的历史性建筑的内外面貌，包括体量、形式、建筑风格、材料、色彩、建筑装饰等，还有历史上该地段或聚落的功能、作用、影响等。在此基础上划定保护范围，包括不容破坏的格局、建筑风格、色彩体系，以及天际线的轮廓视野等。在我国，苏州市政府于2003年颁布的《城市规划若干强制性内容的暂行规定》以及于2013年修订颁布的《苏州市城乡规划若干强制性内容的规定》具有示范意义，其明确就建筑高度、道路宽度、建筑色彩等作出强制性规定，提出"古城内不再新建医院、学校及行政办公楼。现有医院、学校及行政办公楼控制其建筑规模和用地规模的总量，不得扩大"，"建筑色彩应当以黑、白、灰为主，体现淡、素、雅的城市特色"，

---

① 方可：《当代北京旧城更新：调查·研究·探索》，中国建筑工业出版社，2000，第105页。

"广场、人行道、传统街巷的地面铺装应当采用传统建筑材料及形式"等，最大限度地保留原有的历史信息、自然景观和人文风貌。相对于过去一段时期里人们并未把"城市"作为一种文化遗产加以保护，而只是保护其中的"文物"，从设计政策角度来划定保护红线，则是基于城镇、村落的景观遗存，超越了文物古迹范畴，承载着生产生活流动的内容，交织生成独有的意义和联系。因为即使仅从建筑角度看，"某一社区共有的一种建造方式；一种可识别的、与环境适应的地方或区域特征；风格、形式和外观一致，或者使用传统上建立的建筑型制；非正式流传下来的用于设计和施工的传统专业技术；一种对功能、社会和环境约束的有效回应；一种对传统的建造体系和工艺的有效应用"①，也包含极其丰富的社会内容，不能作为僵化的存在销毁或者封存，而要纳入建设与发展的视野，使城镇化发展有空间设计的自觉及规约与限定。

二　勘定文化肌理

西方国家自20世纪70年代以来经历从"城市更新"到"城市复兴"（urban regeneration）的转变，美国于1973年废止了《城市更新》法案，英国在20世纪70年代中期的《英国大都市计划》中提出了"城市复兴"的概念。"复兴"不同于"更新"，它是"失落或损失组织的重新生长，或者是系统恢复原状"，意味着一种发展观念的转变，不是追求新的，而是修复旧的，不是外在面貌的转变，而是内在结构的完善。"它涉及已经失去的经济活力的再生或振兴；恢复已经部分实效的社会功能；处理未被关注的社会问题；以及恢复已经失去的环境质量或改善生态平衡等等。它更着眼于对现有城区的管理和规划，而不是对新城市化运动的规划和开发。"② 从西方现代城市发展过程中"城市重建""城市更新""城市再开发""城市再生""城市复兴"等一系列概念看，其经历了一个由表及里、由静态改造到发掘连续不断的更新过程，由拆旧建新到复兴发展的转变。这也为我们反思"旧城改造"等概念提供了参照。无论大城市还是小城镇，发展首先应

① 《墨西哥关于乡土建筑遗产的宪章》，1999。
② 吴晨：《"城市复兴"理论辨析》，《中国建设报》2006年5月。

该建立在对文化肌理的尊重和勘定基础上。"城市的形态必须从生活本身的结构中发展起来，城市和建筑空间是人们行为方式的体现"①，相对于城市发展的物质规划，内在的社会脉络、人文内涵等有机结构和文化多样性更值得深刻关注。

从文化肌理上看，物理空间的存在有相互联系，正所谓"乡土建筑的存在方式是形成聚落，各种各样不同类型、不同功能、不同性质的建筑在聚落里组合成一个完整的系统。这个系统和乡土生活、乡土文化的系统相对应，是一个有机体。"② 因此《关于乡土建筑遗产的宪章》明确了乡土建筑遗产保护的五项原则：一是传统建筑的保护必须在认识变化和发展的必然性认识尊重社区已建立的文化特色的必要性时，借由多学科的专门知识来实行；二是当今对乡土建筑、建筑群和村落所做的工作应该尊重其文化价值和传统特色；三是乡土性几乎不可能通过单体建筑来表现，最好是各个地区经维持和保存有典型特征的建筑群和村落来保护乡土性；四是乡土性建筑遗产是文化景观的组成部分，这种关系在保护方法的发展过程中必须予以考虑；五是乡土性不仅在于建筑物、构筑物和空间的实体构成形态，也在于使用它们和理解它们的方法，以及附着在它们身上的传统和无形的联想。

以村落为例，传统村落以宗祠、门楼、戏台、水井等精神空间和开放空间为聚散活动的中心，以古驿道、商业街、水圳等线性生长带为轴线，以交通、交往、商贸的街道、巷道为骨架结构，以居住、商贸、交往、教化、祭祀、防御等民居类、礼仪类、防御类、风水类建筑群为细胞和肌理，以檐下空间、门前空间为界面，形成了"核、轴、架、群、界面"等丰富而又错落统一的空间形态和架构。③ 其中，既有戏台、宗祠等与公众节庆、游乐、教化活动相关联，具有艺术交流功能的公共空间，也有昔日常见今日渐少的门楼、牌坊、井台、拴马桩以及形形色色的民居建筑。它们在今天的语境中保留历史记忆，在历史和当下并置的时空与文化界面里，包含

---

① 张京祥等：《城市规划的社会学思维》，《规划师》2000 年第 4 期。
② 陈志华：《由〈关于乡土建筑遗产的宪章〉引起的话》，《时代建筑》2000 年第 3 期。
③ 何峰：《湘南汉族传统村落空间形态演变机制与适应性研究》，博士学位论文，湖南大学，2012。

深层的历史文化内涵。这些历史遗存承载着无形的文脉，反映了一个民族、一种文化独特的环境模式、生态经验、文化观念和思维方式，其中包含的往往就是一个宗族村落赖以生存的物质基础和精神根源。尽可能全面深入地认识这样的文脉是设计规划发展不可或缺的前提和基础。

反思我们对建筑景观里对潜藏文脉的忽视，既有历史原因也有当代特点。历史上，地区经济不足以支撑城市的生存和发展，城市往往作为政治中心，因此与朝代更迭相关，所以都城的拆毁与重建往往与朝代的兴亡命运相关。秦都咸阳，随着秦的兴起而建设扩展，成为公元元年前后规模最大的城市，但也随着秦的灭亡遭到根本性的毁灭。还有多次成为都城的洛阳，几经盛衰，并遭遇焚城命运。如今，经济在地区发展中发挥关键作用，但仍然面临如何对待承载历史和记忆的城市遗址问题，以及曾作为中华民族文化母体的广大乡村的拆旧建新问题。后现代消费观影响着人们对于包括建筑物在内的所有物质和生活方式的认识，突出一次性物品般的即刻性、易变性和短暂性，放弃对事物的长久依恋，无所谓深刻的意义和稳定的关系，为了功能和效益，旧有的可以随时被铲平、销毁、即刻废弃，新的甚至新奇的可以即时建立，这样一种普遍存在的消费主义逻辑，使我们较少关注城镇化进程中环境的品质以及文化和历史特征之间的关联性。从文化层面看，提升设计政策的文化自觉度，从纵深层面保留发展文脉是必要而且亟须的，政策要考量的不只是经济和便利，还有沉之久远的文化。

三 塑造文化空间

我国城镇化是经济社会发展的必然。统计公报显示，"1978 年至 2013 年，城镇常住人口从 1.7 亿人增加到 7.3 亿人，城镇化率从 17.9% 提升到 53.7%，年均提高 1.02 个百分点；城市数量从 193 个增加到 658 个，建制镇数量从 2173 个增加到 20113 个。京津冀、长江三角洲、珠江三角洲三大城市群，以 2.8% 的国土面积集聚了 18% 的人口，创造了 36% 的国内生产总值"①。相关数据背后，是社会城乡格局、产业结构、劳动力流动与分布

---

① 中国政府网：http://www.gov.cn/zhuanti/xxczh/index.htm，2014 年 8 月访问。

的巨大变化，也包含社会深层文化结构变迁。我国传统社会以农业生产为基础，以血缘和地缘关系为纽带，随着工业化、城市化和商品经济发展，社会关系发生改变，宗族影响力弱化，血缘网络逐渐被地缘、业缘取代，由此也加剧了人们文化心理上的断层。一方面，传统社会外在的礼法纲常、内在的道德追求被不同程度地消解，与工业化、商品化相伴而生的物质主义、消费主义来势迅猛并导向物质财富追求，内在的精神文化产生断层。另一方面，乡土社会的凝聚力趋于弱化散，原本宗族血缘的紧密维系转变为工业社会、商品社会里个人趋向于单子状态的生产生活，民间社会里人与人之间心性的、情感的、风俗的联系相对弱化。当前，以人为核心的"新型城镇化"方针，将乡愁、记忆、自然生态等具体而深层要素纳入规划和考量，关注点从有形的物质建设和治理结构深入无形的文化凝聚、情感维系和精神追求层面，成为城镇化进程的一种深化和文化建构。

在这个过程中，通过设计政策引导塑造公共文化空间具有重要意义。通过发展公共文化空间，强化公众沟通与心理体验，在熟人社会向陌生人社会的转型过程中，增强情感共鸣和联系，增进文化认同；并在设计规划建造过程中重视文化、社会、观念等的因素的隐形表达，进一步建立空间发展与文化环境的"隐性关联"，深化人们内在的精神追求，在更充分、更丰富、更优质的交流中，超越物质鸿沟，追求更高的德性与永恒之美。在设计政策导向上，以植根自然生态、延续历史文脉、着眼现实需求为原则，发展公共文化空间，建立城镇化空间建设与发展的内在与外在的丰富联系，形成综合的架构和意义，进一步关注和处理好传统村落的公共文化空间保留问题、乡土元素的公共文化重构问题、当代观念的社区生活塑造问题，做好公共文化视野中历史文化遗存的保留与保护，从乡土元素和本土文化出发设计公共文化空间，增加文化的乡土凝聚力，并汲取进步的当代艺术观念发展公共文化空间，丰富社区生活。

具体要加强传统村落公共文化空间的保护，包括传统公共文化空间遗存和当代公共文化视野中村落文物遗迹的公共文化价值的发现与保护。一个市镇、一个村庄，往往就是某种层次上的"生活圈"、"经济圈"和"文化圈"，要在保护历史文化遗存的基础上设计公共文化空间，与历史文化语境建立"上下文"的有机联系，使相关建设与其历史文化脉络、氛围、气息相联系、相呼应、相补充，包括深入思考"如何揭示一个地方的潜在增长因素，表现地方的自然禀赋与社会禀赋，展示地方的环境特色与历史建筑、社会风貌与文化特色，以历史的眼光和动态的方式来解释什么是已经存在的，什么是正在发生变化的，为地方发展注入新的元素与能量，并扩展其成长的意义"①。城镇化本身是一种新的变化和发展，更应当保留、呵护、重视历史的、人文的要素和联系，以诗意的方式揭示纪念历史和记忆，使发展的进程更加健康和谐。

要加强乡土元素的公共文化重构。在劳动力流动迁徙、传统聚落的文化凝聚力减弱、城镇化人口需要文化认同与乡愁寄托的形势下，加强传统艺术符号、形态、样式、传统工艺和传统民俗的公共文化发掘和塑造，通过视觉呈现、场景重现、技艺体验等形式加以表现，提供一种文化情境，唤起人们生活记忆、情感体验、乡土情怀，成为城镇化进程中一种心灵的慰藉和补偿。如美国影像公共艺术教授莎伦·丹尼尔所说："我把自己看作一个情境的提供者，把艺术创作的概念从创作内容延伸为了创作情境。语境提供是关于去中心化的，创造多重空间，不是讲述一个真理而是多个真理。"② 文化凝聚力的构建是多维的，乡土元素的公共文化空间体验将有助于涵养城镇化进程中的文化心灵。

要加强当代观念的社区生活塑造。在公共文化空间发展上，突破装饰美化的单一维度，重视文化艺术与城市空间及性能的转换、地方再造、社区文化建构以及与生态多样性维护的密切结合，通过融于建筑景观和公共设施的具体设计，为解决实际问题提供支持。城镇化进程中城市社区已成为社会的基础和细胞，发展社区公共文化空间，从艺术角度创建城市公共空间，有助于营造建筑环境与景观，促进公共设施设计，维护生态环境；加强遗产园区的保护与改造，振兴历史商业街区；促进公众参与公共事务，推动社区文化共建，推广社会公益项目，特别是重新认识自己生活环境的自然和人文地貌、审视艺术在日常生活中的意义，提高审美素质，增进社

---

① 凌敏：《透视当今美国公共艺术的五大特点》，《装饰》2013 年第 9 期。
② 〔美〕马格·乐芙乔侬：《语境提供者》，任爱凡译，金城出版社，2012，第 58 页。

会认同感。

诚如英国学者卡·波兰尼所言，一种社会变迁，"首先是一种文化现象而不是经济现象，是不能通过收入数据和人口统计来衡量的……导致退化和沦落的原因并非像通常假定的那样是由于经济上的剥削，而是被牺牲者文化环境的解体"。城镇化进程中，变迁的不只是地理和行政意义上的乡土，更有文化的乡土，城镇化发展需要从文化上破题。将设计政策构建与行进中的现实进程相结合，把握在空间规划、治理提升方面的构成和作用机制，以文化发展补偿转型断层，以艺术形式增进情感维系与认同，从本土的文化现实出发来传承、建构和发展民族的美术体系和审美价值观，具有现实意义。

作者简介

殷波，文艺学博士、副教授，山东工艺美术学院艺术人类学研究所所长，中国艺术研究院博士后。

潘鲁生，艺术学博士、教授，中国文联副主席，中国民间文艺家协会主席，山东工艺美术学院院长，著有《民艺学论纲》《民间文化生态调查》《设计论》等。

村落环境治理的传统机制缺失[*]

——来自美丽乡村建设的思考

陈志勤

一 美丽乡村建设与环境治理

2013 年，中央一号文件提出了"加强农村生态建设、环境保护和综合整治，努力建设美丽乡村"的目标，同年，农业部发布了《"美丽乡村"创建目标体系（试行）》，提出打造"生态宜居、生产高效、生活美好、人文和谐"示范典型，倡导形成各具特色的美丽乡村发展模式，由此，有关美丽乡村建设的讨论和研究与日俱增。如果概览知网公开的相关文献，粗略可归纳为两类研究：第一是围绕"新农村建设""生态文明建设""美丽中国"等概念展开的研究，把"美丽乡村"作为切入口延伸至新农村建设、生态文明建设的整体讨论，诸如"新农村建设视域下的美丽乡村""生态文明建设视域下的美丽乡村""美丽中国视域下的美丽乡村"等为主题的研究；第二是针对"美丽乡村"这个主题展开的研究，把具体地方各类个案作为切入口，延伸至美丽乡村建设的具体方案。

第一类研究与在倡导建设美丽乡村前后由国家层面提出的社会发展方向有着密切关系，如：2005 年，党的十六届五中全会提出建设社会主义新农村，其中作为具体要求提倡"生产发展、生活宽裕、乡风文明、村容整洁、管理民主"，所以很多学者把美丽乡村建设理解为"是新农村建设的升

---

[*] 本文选自《民间文化论坛》2017 年第 6 期。

级版"；2012 年，党的十八大报告中提出的"大力推进生态文明建设"，这一节内容已被很多专家解读为首次单篇论述"生态文明"、首次把"美丽中国"作为生态文明建设目标。第二类研究受到 2013 年中央一号文件提出的建设美丽乡村目标、同年农业部发布的《"美丽乡村"创建目标体系（试行）》更多的影响，很多研究试图从各类个案中总结经验和教训，并提出建议和对策。

无论哪一类研究，其主旨万变不离其宗，都是与一系列国家的举措相对应，如"生态环境优美是'美丽乡村'建设的'美丽内核'"①、美丽乡村建设"其核心是农村生态环境建设"② ——可见，乡村生态环境治理是其最主要的关键词。吕忠梅在《美丽乡村建设视域下的环境法思考》一文中，对 2005 年十六届五中全会确定建设社会主义新农村到 2013 年农业部发布《"美丽乡村"创建目标体系（试行）》这十多年间的国家层面的七部报告目标、政策法规进行了梳理，认为"新农村建设的环境保护目标从'清洁'到'美丽'，是在进行'升级'"，因为如果"简单把新农村建设等同于盖楼房、铺水泥路、搞'涂脂抹粉'、统一建筑样式"，这样的新农村"反而会加重农村环境污染"③。虽然从政策目标层面已经从新农村建设升级为美丽乡村建设，对于人与自然、生态、环境的和谐关系有了更深的理解，但从美丽乡村建设的相关研究来看，仍然延续了新农村建设研究的特征，在学术探讨中，建筑、环境等领域的成果相对居多，以有关生态景观、人居环境等的设计和规划研究为主，倾向于人的生活的外部设施的改善和重建，美丽乡村建设中的"环境治理"依然只是一个相关于硬件设施的话题。当然，其中也不乏关于传统文化、民间习俗、历史记忆、非遗保护等方面的探究，但大都只是提到而已，止于建议和对策之中——也就是说，是未来需要做的事情，对于实践中的美丽乡村建设缺少剖析和反思，对于以民俗

---

① 胡钊源、韩晓莉：《海南"美丽乡村"环境协同治理状况调研：政策工具的视角》，《中国环境管理》2015 年第 2 期。

② 张学军、李举锋：《美丽乡村建设视角下农村生态环境现状与对策》，《农村经济与科技》2015 年第 3 期。

③ 吕忠梅：《美丽乡村建设视域下的环境法思考》，《华中农业大学学报（社会科学版）》2014 年第 2 期。

文化——也就是以生活文化为基础的人的生活的内在文化的传承和再生还未引起充分重视，由此导致村落环境治理中缺乏传统机制的延续和张扬。如果忽视村落传统的现代意义，轻视地方知识的传承力量，那么美丽乡村又从何得以立足呢？

有鉴于此，本文在主要介绍两个村镇环境治理的传统及其变迁的基础上，揭示在美丽乡村建设中环境治理传统机制缺失的现状，并进一步探讨如何以传统环境治理机制作为文化遗产，在美丽乡村建设中将其延续和张扬。

二 传统村落环境治理与社区合作机制

陶传进在《环境治理：以社区为基础》一书第四章《社区合作机制》中，对于传统的现代利用的意义是这样表述的："由于近代社区的迅速解体，我们不得不回到更为传统的社区那里寻找证据，发现理想社区的情形。"并认为社区文化中的信仰价值、互惠基础上的社会纽带、频繁互动基础上的社会声望体系可以促进人们的合作基础。[1] 以下以两个村落的山林资源、水资源管理机制的变迁为例，追溯环境治理的传统合作机制及其变迁过程。

1. 廿八都镇的山林资源管理机制

廿八都镇地处浙闽赣三省交界的仙霞山脉，位于浙江衢州江山市的西南部，我们的调查涉及镇所在地周围从北至南的三个行政村，即浔里村、花桥村、枫溪村，除了明清时期较大规模的民居古建筑留存，还有沿村落顺势流淌的溪流以及围绕周边的山林。在当地，村里老人有俗语"山为银行又为粮仓"，可知山林资源在村民心目中的重要地位。位于浔里村的文昌宫[2]过去有一个叫"祭坛"的组织，相当于当时的"地方事务管理机构"，与传统的山林管理有关。负责廿八都"祭坛"的先贤经常会处理一些山林纠纷，但文昌宫"祭坛"大都处理当地四大家族（曹、杨、姜、金）内部的纠纷，一般村民并不是很了解，而为一些老人记忆犹新的却是如"杀猪

---

① 陶传进：《环境治理：以社区为基础》，社会科学文献出版社，2005，第71－91页。
② 浔里村的称为大文昌宫，位于镇北端，枫溪村还有一个小文昌宫，位于镇南端。

封山"（毁损山林吃封山饭）、"游街敲锣"（毁损山林游街示众）等内容。可以说文昌宫的调解方法比较文人化，大都针对山界纠纷的较多，主要是以化解为要；而村民们讲述的一些处罚方法比较乡民化，大都针对偷砍盗伐的居多，主要是以严惩为要。[①] 传统社会中文人化的和乡民化的这两种方法现已经不存在，现在，当地有"森林保护公约"以及"毗邻护林组织"进行山林的管理，但护林意识的传播性以及处罚方法的严厉性，其机制古今相沿，如"杀猪封山"一直存在至 20 世纪 70 年代中期。传统社区因为环境资源是村民赖以生存的命根子，"由于珍贵而上升成为信仰的价值，具有神一般的地位""这样的价值使得人们的合作具有了价值基础"[②]，严厉的处罚是为了保障共同体的生存基础。

在经历了很长一段时期抓生产弃生活的村镇变迁后，虽然在改革开放以后逐渐有所起色，但引起环境整体变革的其实还是因为古建筑、古村镇保护的兴起，对于村民的生活来说，其中有可喜的部分，也有遗憾的部分。2009 年以后的廿八都古镇旅游开发得以顺利展开，是与 2005 年开始的中国"新农村建设"及其 2009 年开始的江山市"幸福乡村建设"密切相关。自"美丽乡村建设"展开以来，初具规模的古镇开发和旅游又更加深化。如2014 年枫溪村被列入第三批中国传统村落名录，2015 年浔里村入选中国最美休闲乡村，2016 年廿八都古镇列为全国第三批美丽宜居示范小镇。但现代的山林管理主要与林业部门挂钩为主，在与美丽乡村建设相关的一系列举措中，类似传统山林管理机制的有关集体行动的宗旨，并没有得到彰显，生态环境的建设还处于初级阶段。正如在一篇《衢州：打造美丽乡村建设升级版》的报道中所提到的那样，以"开展农村生活污水治理工程""实施农村生活垃圾处理新机制"等为举措，以"治水美村兴乡旅"为目标。[③] 所以，污水、垃圾是整治的主要对象，并没有波及以资源持续为主的传统环

---

① 陈志勤：《廿八都山林资源管理与旅游开发以及文化政策》，载福田亚细男编《中国江南山间地域の民俗文化とその変容——浙江省江山市廿八都と龍游県三門源》（日本学术振兴会科学研究费补助金研究成果报告：平成 19 年度~22 年度基础研究 A·海外学术调查），2011，第 81-82 页。

② 陶传进：《环境治理：以社区为基础》，社会科学文献出版社，2005，第 170 页。

③ 《衢州：打造美丽乡村建设升级版》，《浙江日报》2015 年 1 月。

境治理的层面，除了说明美丽乡村建设尚处于初期阶段以外，更说明乡村环境治理历史欠账的严重性。

2. 三门源村的水资源管理机制

三门源村是浙江省衢州市龙游县石佛乡的一个行政村，位于衢州市东部龙游县西北部，距离县城 28 公里。村落的东、西、北三面群山环绕，源自北部高山的一条大溪向南贯穿于村中心，沿溪两边是村民的居住区，明、清、民国不同时期的古民居错落有致。大溪将村落分成东西两侧，世代居住着翁氏和叶氏两大宗族并和睦相处至今，历史上，他们在灌溉用水以及生活用水的共同利用上具有严格的管理体系，伴随着社会的变化以及生活的改善，这些传统已经被人们淡忘。

三门源村的灌溉用水来源主要是两个：一是在水田的间隙开挖的水塘，二是在村落中心由山泉水形成的大溪。过去曾经有一些灌溉用水的管理规则：大溪的水是公用的，水塘的水是私用的；可以利用水塘灌溉的水田，禁止使用大溪的水灌溉；村边公用塘只准洗涤不许引灌，以备消防；还有"卖田卖水不卖塘""卖田不卖木""卖屋不卖基"等说法，以保护资源根基及其相应的管理机制不因为买卖而消亡。在大溪中还有四处筑坝拦水，主要目的是提高水位蓄存水量，一种是用来引水至农田进行灌溉，称为"青苗碓"，有一个下龙堰至今还在使用；一种用来引水至水碓，利用水力进行舂米、磨粉、榨油，曾经有上中下三个水碓。并设有"碓坝会"定期加高碓坝、蓄水抗旱，规定各户都要参加，否则要受罚，并备有面条和酒招待筑坝人员。

大溪不仅用来农业灌溉，直到 20 世纪 90 年代中期，它还是村民们的主要生活用水，生活用水大致由三个部分组成：一是作为饮用水；二是作为洗涤用水；三是作为水碓用水。虽然大溪的水是公用的，但为了大家的利益，也有很多不成文的规矩世代相传，如挑水、洗衣、淘米、洗菜的时间规则等。三门源村的这些水资源管理体系，在保障个人使用水塘权益的同时，又严格规定了公共水域的不可侵犯，形成了在私人权益基础上保障村落整体利益的意义，"通过保护私益而保护了公益"①。

---

① 陶传进：《环境治理：以社区为基础》，社会科学文献出版社，2005，第 176 页。

但是，长期以来，由于历史的原因，水污染不断加剧，三门源村经历了生活用水状态的变迁，从饮用溪水到饮用泉水再到饮用山水，从为了抗旱而挖井到因为污染而挖井，不断地探求清洁的饮用水。但直到2010年历时4年的调查结束，村民的饮用水还是利用长长的塑料管自行导引山水。借助于古村落保护态势，三门源村开始走向村落旅游开发之路。当2007年为了五一节、十一节开门迎客的时候，才意识到水资源枯竭、污染以及垃圾问题、厕所问题的严重性。村委会痛感在旅游开发中良好的环境卫生状态的重要性，经历了几年的徘徊，2009年终于开始行动起来，如张挂宣传标语牌等，并利用传统的权威性发挥村里老人的作用，如碰到不雅行为，标语牌可以让老人们在规劝时有据可依。在传统用水管理上，村里老人的作用是不可忽视的[1]，而现在在古村落旅游开发中老人们的作用也再次得到发挥。

因为三门源村的古建筑群被"发现"和修缮，三门源村不但获得了"中国传统村落"荣誉，还成为浙江省衢州市美丽乡村建设的典型，"村中塔石溪两侧将恢复青石板路面，主村范围内也将看不到电线杆，村民们可以喝上直供的自来水"[2]。但是，就像以上提到的那样，党的乡村基本上处于建设的初期阶段。如何从三门源村的传统水资源管理的机制中得到启发，进而重建新的秩序，还需要深入的探讨。

三　美丽乡村建设带来的思考：讲好乡村的环境故事

如何把以民俗文化——也就是以生活文化为基础的人的生活的内在文化在美丽乡村建设中得到延续和张扬？这其实是一个非常难解的命题，因为文化的作用是潜移默化的，不能够以量化来衡量。在美丽乡村建设的研究中，如果没有立足于现场民众的生活、生产需求，而轻易地提出什么建

[1]　陈志勤：《水资源利用的过去与现在》，载福田亚细男编《中国江南山间地域的民俗文化与其变容——浙江省江山市廿八都与龍游县三門源》（日本学术振兴会科学研究费补助金研究成果报告：平成19年度~22年度基础研究A·海外学术调查），2011，第287-288、291页。
[2]　《三门源村擦亮"金饭碗"——美丽乡村的"美丽效益"系列之二》，http://news.qz828.com/system/2013/10/07/010702486.shtml。

议和对策，诸如：加强宣传、提高素质、培养人才、完善保护、建立法规等等，可能并不能从根本上解决问题，只能累及于百姓疲于奔命。而在试图解决这些难题之前，首先有三个关系需要探讨。

1. 环境目标设计与民俗文化利用的关系

从美丽乡村建设对环境的要求来看，目前解决农村脏乱差问题任重而道远。张茜等以《农业部"美丽乡村"创建目标体系》为基础，对全国范围内 1107 个村庄进行了生态景观问卷调研，目标项有：产业发展、生活舒适、民生和谐权、文化传承、支撑保障，其中"文化传承"项的指标和调研项目为：乡风民俗（民俗文化保护）、文体活动（公共空间充足）、乡村休闲（乡村旅游开发），以评价不同地域乡村村庄生态景观建设方面存在的问题，其中一个结论就是乡村特色缺失严重。[①] 这些目标和指标，在我们最近调查的浙江省平湖市马厩村也可看到，包括省、市、县、街道各级的考核细则，村委会以此为基础开展美丽乡村建设工作。根据马厩村村委会提供的资料，相关民俗文化利用的有：墙体画（文化墙）、文化长廊等，而其他没有在美丽乡村建设指标上可见的，如马厩庙信仰及其庙会以及根据省、市文化部门安排的现代文化节"三月三"民俗活动也正在展开。

可见，从现阶段来看，美丽乡村的环境要求可以说是以整治历史留下的环境创伤为主，倾向于人的生活的外部设施的改善和重建为要，对于彰显人的生活的内在文化可能还需假以时日。要知道，即使在非物质文化遗产保护中，要真正尊重人、尊重文化、尊重科学也是困难重重的。[②] 但反过来说，即使不和美丽乡村建设挂钩，一些民俗文化根据民众的意愿也是可以兴盛和承继的。

2. 传统机制缺失与乡村环境故事的关系

从国际来看，自国家倡导生态文明建设以来，国际社会对于中国的关注日益增长，在世界生态体系重构中，中国成为一个发挥重要作用的国家，

---

① 张茜等：《"美丽乡村"建设所面临的生态景观问题及对策——对全国乡村生态景观问卷调研结果的思考》，《农业资源与环境学报》2015 年第 2 期。

② 安德明：《非物质文化遗产保护：民俗学的两难选择》，《河南社会科学》2008 年第 1 期；施爱东：《民俗学在非物质文化遗产保护运动中的尴尬处境》，《民间文化论坛》2014 年第 2 期。

"从史前到现代：讲述中国环境故事"① 已经成为欧美学者所亟待了解和关注的问题；从国内来看，为不断发生的自然灾害提供有效资源管理的传统理念、为现代社会的环境治理提供可行性思路、为国家生态文明建设积累必要的传统体系也都需要我们首先"讲好中国环境故事"。从乡村来看，如果"美丽乡村"是"美丽中国"的核心，那么"讲好乡村环境故事"也就是"讲好中国环境故事"——有必要用民族志方法讲述乡村环境治理故事。

高丙中在"汉译人类学名著丛书"总序中指出，"在中国现代学术建构中，民族志的缺失造成了社会科学知识生产的许多缺陷""在一个较长的历史时期，中国社会在运作中所需要的对事实的叙述是由文学和艺术及其混合体的广场文艺来代劳的"②。以具体的美丽乡村建设为例，目前其实只有官方的声音，今后可能会有来自文学的、艺术的声音，但却也不是直接来自社区的民众的声音。以乡村环境治理为主旨的美丽乡村建设如果没有自下而上的声音是不完整的，虽然都可能有不同程度诠释和建构，但以生活文化为研究对象的民俗学必有可为之处，而且，自下而上以社区为基础，这也是环境治理的重要方向。

3. 传统机制重构与现代社会实践的关系

"黎明即起，洒扫庭除"——这是电视剧《马向阳下乡记》中的台词，在计划开发村落旅游的时候，村民们首先开始的是清理村落环境。源自于明末清初朱用纯（1627－1698）《治家格言》的这八字句，反映了在传统社会生活环境的"内外整洁"是上升到治家过日子的层面来理解的，同时也恰当地传达了传统之于现代的再利用。

唐建兵在关于乡村精英和乡村环境治理的研究中认为，"美丽乡村环境治理的效果不仅取决于各级政府是否有所作为，而且与乡村精英作用发挥的程度密切相关"③。在上文中提到过二门源村的老人们在过去水资源管理以及现在村落环境整治中的作用，也同样说明了这一点。胡钊源、韩晓莉在关于"美丽乡村"生态环境治理与政府、社会、村民多方协同治理的研

---

① Robert B. Marks：《从史前到现代：讲述中国环境故事》，《中国社会科学报》2013 年 7 月。
② 高丙中：《汉译人类学名著丛书》，总序，商务出版社，2006，第 3 页。
③ 唐建兵：《乡村精英与乡村环境治理》，《河南社会科学》2015 年第 6 期。

究中指出，"'美丽乡村'的环境治理，作为一个公共问题，是无法通过政府单方努力就可以解决的，且传统的'政府统管、村民被参与'模式已经遭遇瓶颈期，显现出了很大的问题，这标志着政府所选取的政策工具应当实现'管制性'—'自愿性'的转变"①。协同治理作为现代社会多方合作的一种机制，不仅仅实践于环境治理中，也可以在文化保护、旅游开发等领域得到更广泛的运用。而且，关于传统社区、传统机制、传统生活等的研究，民俗学有着丰厚的积累，面对如美丽乡村建设那样的社会命题，有必要与其他各相关领域协同创新，进一步共同推进和加深研究。

传统与现代的关系是一对不可避免也是无法逾越的矛盾，但社会就是以这样一种复杂的状态得以不断地发展。在以上所介绍的两个村镇的环境治理中，传统机制曾经发挥过作用，但笔者并不是提倡原样照搬，先不说传统的消失和改变，就是其所处的土壤——村落、社区，有的也在消失和改变。为了寻求适用于现代社会的合理机制，我们需要回溯传统，去发现理想社区的情形，而且，其中的一些理念也对现在有所启示。讲好乡村故事、参与现代实践应是民俗学研究需要坚持的立场。

作者简介

陈志勤，上海大学社会学院人类学民俗学研究所副教授，名古屋大学硕士、博士，东京大学博士后、访问学者。在国内外发表中、日、英论文30余篇、译文近30篇，主持并参与国家社科、上海教委、日本文部省、东京大学等中、日课题10余项。

---

① 胡钊源、韩晓莉：《海南"美丽乡村"环境协同治理状况调研：政策工具的视角》，《中国环境管理》2015年第2期。

精神性存在的让渡：旧京的庙会与庙市[*]

岳永逸

一　基本理念

乡土中国的庙会是民众日常生活世界中活态的、间发的、周期性的民俗事象，是在特定地域，尤其是在可让渡、转换的家与庙等共享空间中生发、传承，由特定人群组织，以敬拜神灵为核心，私密性与开放性兼具，有着节庆色彩的群体性活动和心灵图景，是底层信众在家庙让渡的空间中践行的人神一体的宗教——乡土宗教①的集中呈现，是日常生活的延续，而非断裂。随着鸦片战争后西学的强力东进，在各色精英主导的意识形态中，庙会要么被视为"淫祀""迷信""愚昧"的代名词，要么被视为社会的"另一种生命力"，始终被争论不休。这既导致了对庙会与乡土宗教调研的俯视、蔑视和平视等不同的体位学与学界心性，也导致了近一个多世纪以来与现代民族国家建构相应的庙会的庙市化历程，即因应革命、发展、教育、经济和文化等名而生的对庙会的工具化、功利主义化与物化。②

在清末以来求发展的语境中，庙产之于教育有着重要意义，而庙市之

---

* 本文选自《民俗研究》2017 年第 1 期。

① 岳永逸："Holding Temple Festivals at Home of Doing‑gooders：Temple Festivals and Rural Religion in Contemporary China"，*Cambridge Journal of China Studies*，2014（1）；《行好：乡土的逻辑与庙会》，浙江大学出版社，2014，第 49－53、83－106、166－171、307－316 页。

② 岳永逸：《行好：乡土的逻辑与庙会》，浙江大学出版社，2014，第 4－30、98－106 页；《宗教、文化与功利主义：中国乡土庙会的学界图景》，《云南师范大学学报》2015 年第 2 期；《教育、文化与福利：从庙产兴学到兴老》，《民俗研究》2015 年第 4 期。

于经济则重要莫名。全汉昇曾叙庙市的起源和宋、明、清及近代城乡庙市概况，证明中国与西方一样，也有庙市（temple fair），并在相当意义上将庙市简单地等同于庙会。① 由于乡土庙会与施坚雅（G. William Skinner）研究的中国社会结构所看重的市集（市场）② 之间有重合、相交、相切、相离的多种关系，清末以来的主流意识形态始终竭力把以底层信众为主体的敬拜活动的庙会改造成为集市以及物资交流大会、博览会、展览会等，并以"庙会"称之。庙市不但是不同时期官方认可与力挺的庙会发展的主导取向，也始终是学界研究中国庙会的学术取向之一。③

改革开放以来，不少人对庙会的界定以及公众关于庙会的常识在纠结于"迷信"抑或"文化/民俗"的同时，依旧止步于其宗教功能引发的商贸、娱乐与对社区的整合等世俗功能，进而片面强调庙会的狂欢属性。④ 在非物质文化遗产运动的语境下，这更进一步衍生成为对能带来观赏价值并产生经济效益的旅游景观的生产以及附属的（传统抑或民间）文化的展示功能的强化，进而促生了圣地景区化和景区圣地化的逆向互动。⑤ 与全汉昇对庙市的界定雷同，作为权威的工具书，《辞海》对庙会的界定⑥同样忽视了庙会、集市和庙市三者之间的差别，在庙会与集市之间，通过庙市画了

---

① 全汉昇：《中国庙市之史的考察》，《食货半月刊》1934 年第 2 期。
② 〔美〕施坚雅：《中国农村的市场和社会结构》，史建云、徐秀丽译，中国社会科学出版社，1998。
③ Gene Cooper, *The Market and Temple Fairs of Rural China：Red Fire*, London：Routledge, 2013.
④ 高占祥编《论庙会文化》，文化艺术出版社，1992，第 1 – 14 页；刘锡诚编《妙峰山·世纪之交的中国民俗流变》，中国城市出版社，1996，第 106 – 130 页。对于庙会的狂欢属性，学界多有严谨的思考。在对明清时期华北庙会的深入研究基础之上，赵世瑜指出似乎与日常相对的狂欢实则表达的是"我们"一静一动，一平常一非常的生活韵律。刘晓春则指出，因为与主流意识形态并不形成对立关系，当代"民间"庙会已经不再具有颠覆性、嘲弄性和狂欢性，反而是"中国当下现代性话语的一个有机组成部分"，被彻底地功利化。新近，关于山西"闹热闹"的经验研究也有力地质疑了"狂欢化"理论的有效性和适用性。分别参阅赵世瑜《狂欢与日常：明清以来的庙会与民间社会》，三联书店，2002；刘晓春《非狂欢的庙会》，《民俗研究》2003 年第 1 期；郭明军《"热闹"不是"狂欢"：多民族视野下的黄土文明乡村习俗介休个案》，《民族艺术》2015 年第 2 期。
⑤ Tim Oakes & D. S. Sutton eds., *Faiths on Display：Religion, Tourism, and the Chinese State*, Lanham：Rowman & Littlefield Publishers, 2010；岳永逸：《民族国家、承包制与香火经济：景区化圣山庙会的政治 – 经济学》，《中国乡村研究》第 13 辑，2016。
⑥ 《辞海》（1979 年版）缩印本，上海辞书出版社，1980，第 852 页。

等号，把在社会发展过程中受不同文明形态和意识形态支配的也有着一定关联的不同事项等同起来。这些认知论的不足正是本文首先要明确定义庙会的原因所在，也是后文试图结合旧京的实际，对庙会和庙市进行甄别的原因所在。简言之，虽然都指向绝大多数人的日常生活，但庙会是精神性的存在，而庙市则是物化性的存在，它衍生并附属于庙会，却又有反向包括庙会的潜力和强劲势头。然而，本文并无意详细描述旧京的任何一座庙宇或一个庙会的细部知识。

同样，作为本文的一个关键词，庙宇指以信众为行动主体的与超自然力——天地日月、神佛、仙道、鬼怪之间沟通、交际的仪式性活动的展演空间，即庙宇是以自主的底层信众的日常实践为根本，以神人一体、家庙让渡两个互相涵盖的辩证法为核心的乡土宗教的展演场所。它可以寄托生死，与个体生命的价值和意义息息相关。与此同时，作为具有象征意义的关键符号，庙宇中的僧侣等职业宗教人士在庙会期间的引领性会被信众的自主性行为冲淡，更多沦为一种装饰性符号。

作为一个时空一体的范畴和自流体，"旧京"指的是 19 世纪 40 年代至 20 世纪 50 年代始终处于巨变状态下的那个沧桑北京。作为帝都和一个政治试验场，旧京并未因为大相径庭的精英意识形态、政权组织形式的更替而改变其前行的轨迹。相反，以其地母般的博大，流体旧京充分延续和实践了积重难返的儒家文化奋发图强、自我革新的进化意识和多少有些素朴的乌托邦式的革命理想。[1]

二　可游的"空的空间"

建筑是"一个时代可取的生活方式的诠释"[2]。旧京俗语"天/凉棚鱼缸

---

[1] 中国社会近现代演进的内在延续性，是 20 世纪晚期的中国学术界的核心话题。金观涛、刘青峰就曾用其超稳定结构的分析假说，探讨了 1840—1956 年中国社会宏观结构的变迁，并提出了超稳定结构在对外开放条件下的行为模式。甘阳则辨析了社会主义社会在本质上和重伦理、讲道德的由价值理性主导的传统社会的趋同性。分别参见金观涛、刘青峰《开放中的变迁——再论中国社会超稳定结构》，法律出版社，2011；甘阳《古今中西之争》，三联书店，2006，第 125 – 130 页。

[2] 〔美〕卡斯腾·哈里斯：《建筑的伦理功能》，申嘉、陈朝晖译，华夏出版社，2001，第 11 页。

石榴树，先生/老爷肥狗胖丫头"很好地诠释了这一经典命题，道出了今天被世人称颂的北京四合院的文化意蕴，即四合院绝非仅仅是几进几出、格局分明的院落，其关键点正好是分明格局间的"空的空间"① 的那份空灵、惬意。在这个空的空间，生活和出入其中的各色人等，完全没有交流的障碍，互构并共享着同一世界，且有着精神上的共鸣、愉悦。

院内，有象征着多子多福的石榴树。窗台内外，玻璃缸内五颜六色的金鱼悄然游弋。每年四月到十月，在院内天井用崭新苇席搭建的天棚"底下一片夏荫"②。因此，天棚又有凉棚之称。棚下，可乘凉、品茗、闲聊、观鱼、听曲、唱曲抑或打鼾。而随时遵从吩咐，在空的空间往来穿梭的门房、账房、使唤丫头和如影随形、上蹿下跳的肥狗都言说着"主子"的优越、情趣与情意。正如萧默指出的，四合院这种空的空间"不是人围绕建筑而是建筑围绕人"，不是静态的"可望"而是动态的"可游"。其对外封闭，对内开敞，乐在其中的格局，一方面是自给自足的"家庭需要保持与外部世界的某种隔绝，以避免自然和社会的不测，常保生活的宁静与私密"，另一方面则是农业生产方式的深刻心态使得人们"特别乐于亲近自然，愿意在家中时时看到天、地、花草和树木"③。

因为"岁管钱粮月管银"的衣食无忧，提笼架鸟、听曲唱曲、遛狗斗蛐、信步街头成为旧京，尤其是内城城墙以里的生活常态。由于"游手好闲，斗鸡走狗者日多"，渐浸润于汉文化的八旗子弟创作的子弟书成就"颇不少"④。院门与院门之间，是不计功利得失的"大爷高乐，耗材买脸，车马自备，茶饭不扰"的唱曲玩票儿。⑤ 城墙内外，是兴师动众地"分文不

---

① Peter Brook, *The Empty Space*, Harmondsworth: Penguin, 1972.
② 张爱玲：《少帅》，北京十月文艺出版社，2015，第5、92页。
③ 萧默：《建筑的意境》，中华书局，2014，第69、79页。
④ 《郑振铎全集》第七卷，《中国俗文学史》，花山文艺出版社，1998，第601页。
⑤ 这不仅从张卫东主编的民间刊物《八角鼓讯》中的诸多篇章中有着鲜明的体现，从今天相声名家对"清门儿"的深情回忆与强调，仍可窥见其端倪。为此，我曾分析过直接源自八角鼓的"粗俗""野性"的撂地相声实则与清门儿八角鼓一样有着约瑟夫·皮珀（Josef Pieper）所赞赏的"自由的艺术"的本质。分别参见陈清泉《清门后人：相声名家陈清泉艺术自传》，文物出版社，2011；岳永逸《老北京杂吧地：天桥的记忆与诠释》，三联书店，2011，第383-395页。

取，毫厘不要"的"抢洋斗胜，耗材买脸"，是乐此不疲地"为老娘娘（碧霞元君）当差"的朝山进香、行香走会。[1]

这些都鲜明地体现出旧京，尤其是旗人生活整体性地不牵涉目的要素、不计功利得失与酬劳的"自由"本质。换言之，作为一个时代可取的生活方式的具化，在建筑学家那里所看重的四合院言传的是一种闲暇、优雅的生活姿态，一种厚重的文明形态——农耕文明所孕育的慢节奏的旧京的乡土性。

直到20世纪三四十年代，京城满人婚姻都没有媒人之说，并将赔上时间、金钱、精力，义务地为亲戚邻里撮合姻缘的人称为"喝冬瓜汤的"[2]。清末民初，不少出身高贵但已经破败的旗人也尽可能坚持着自己的矜持与兴致，甚至延续到被迫移居外城的大杂院或杂合院的旗人的日常生活之中[3]，呈现传统"乐感文化的漫画形态"[4]。对此，孟起的描述堪称经典：

> 他们不做工，不谋职业，除非等到肚皮挨了饿；把整个的时间和精力都寄托在花，鸟，虫，鱼上。一盆花，一只鸟，这便是他们的生命，甚至比自己的生命还爱惜，还珍重。自己宁可吃"杂合面"，而画眉的食不能不讲究，小米里头还要拌鸡蛋。自己虽然每天要睡到正午才起床，不过因为"遛画眉"，不能不鸡鸣而起。此外，吃馆子，听名角戏，也是他们特殊的嗜好，如口味的高低，唱功的好坏，一经品题，便成定论，这你不能不说他们是批评家，鉴赏家。不过他们只知留恋过去，留恋昔日那种豪贵的生活，不思进取，不知奋斗，这是北平典型的人物，独具的特性。北平的风俗习惯，受到他们很大的影响。[5]

---

① 奉宽：《妙峰山琐记》，国立中山大学语言历史研究所，1929。基于此，自然就不难理解将传统的妙峰山庙会视为另一个"紫禁城"——民间戏仿与狂欢的紫禁城的学术观点。参见吴效群《妙峰山：北京民间社会的历史变迁》，人民出版社，2006，第3-6、199-217页。

② 周恩慈：《北平婚姻礼俗》，学士毕业论文，燕京大学法学院社会学系，1940，第28页。

③ 岳永逸：《老北京杂吧地：天桥的记忆与诠释》，三联书店，2011，第251-252页。

④ 赵园：《北京：城与人》，上海人民出版社，1991，第216页。

⑤ 孟起：《蹓跶》，收入陶亢德编《北平一顾》，宇宙风社，1939，第131页。

四合院这种毫无阻隔的空的空间的共享属性，既是旧京庙会这种空间的息壤、温室，也是旧京庙会空间的基本特质。各色人等在城墙内外大小庙宇内的神像面前的磕头跪拜，言传的是异质性群体共享的精神世界、思维方式和日常生活——对天地日月的敬畏，对福禄寿、美好姻缘、子孙香火和国泰民安、风调雨顺、五谷丰登的渴望与维护①，表达的是一种在神灵面前的人人平等和人神平等的基本关系，即"磕头的平等"②。庙墙、庙门的区隔形同虚设。在这些律动性也是间歇、周期性频发的空的空间，人们重回精神世界的"原初"形态，共享也践行着素朴的"乌托邦"梦想。

三 旧京的神圣性与乡土性

在某种意义上，神圣建构了世界，规定了世界的疆界和秩序，"在一块土地上定居，也就是对它的圣化"③。在海德格尔（Martin Heidegger）看来，人是"诗意地安居"，其"黑森林农舍"是天、地、神、人的合一。④ 在乡土中国，家居空间既是家又是庙，是人、神、祖先、鬼共享的空间。而且，家居的扩展是在供奉着祖先和神灵的堂屋的左右两翼，与寺庙、道观、宗祠以及中国古代城市的布局有着同构性，只不过一般人家的堂屋具有敬拜、就餐、睡觉、娱乐、待人接物等多种功能。⑤ 或者是因为受到木质梁柱结构的限制，从北京现在遗存的都采取了院落式组合方法的紫禁城、东岳庙和四合院的大致格局，依稀可见人神、官民起居空间共享的同质建筑美学：中心（我）－四方（他者）和文野之别的天下观；尽可能高大宏伟的牌坊、院/山门、外墙、影壁；前院后院几进几出的格局；正殿/房、偏殿/房、两

---

① 佩弦：《"妙峰山圣母灵签"的分析》，《民俗·妙峰山进香调查专号》1929 年第 69－70 期合刊，第 120－125 页；Hsu L. K., *Science and Human Crises: A Study of China In Transition Its Implications for the West*, London: Routledge & Kegan Paul, 1952, pp. 119－120。

② 岳永逸：《灵验·磕头·传说：民众信仰的阴面与阳面》，三联书店，2010，第 302－346 页。

③ 〔罗马尼亚〕米尔恰·伊利亚德：《神圣与世俗》，王建光译，华夏出版社，2002，第 7－19 页。

④ Martin Heidegger, *Poetry, Language, Thought*, New York: Harper & Row, 1971, pp. 146－153.

⑤ Jordan D. Paper, *The Spirits Are Drunk: Comparative Approaches to Chinese Religion*. Albany: State University of New York Press, 1995, p. 42.

厢和抄手游廊强化的尊卑秩序；井然有序地行走在其间的男女各色人等，诸如紫禁城中的君臣、妃嫔、宦官、宫女，四合院中的主人、门房、账房、胖丫头，东岳庙中阶序分明的道士、善人与香客等。

作为一座神圣之城，旧京的神圣性正好与农耕文明的乡土性是一体的。高大的城墙和依偎城墙边的护城河并未阻隔城门内外世界的一体性。从文化特质方面，费孝通曾力证传统中国的乡土性，并将那个缚着在土地上的中国命名为"乡土中国"①。其实，千百年来传衍的曲艺的实际生态也从另外一个角度说明了传统中国有形城墙间隔的虚无性。②

按照"左祖右社""前朝后市"古制的基本建筑格局，在北京，历时数百年日益完备的天、地、日、月、农、山川、社稷诸坛及其官方祭典，从制度性层面强化着上述两个层面的一体性，并深远地影响着国人"家天下"的世界观与行动准则。日常交往中，利他的内敛、含蓄、吃得起亏被视为德行，奉为楷模、神圣。国家层面，天朝"朝贡"体系实则是来朝来贺的尊敬、孝敬的心意与千百倍的回敬——赏赐与馈赠之间的不对等交换。长期奉行的这种自己吃亏，对方却未必真心臣服、喜悦的"乡下人"交往原则——朝贡体系③——使得旧京在唯利是图的资本主义殖民体系面前手足无措、不堪一击。

对于旧京这座圣城，民间也有着一套与之互为表里的解释体系。这在分别指向城、街区和家户的"三山五顶""九龙二虎""四大门"等俗说中有着分明的体现。

"三山"指北京郊区三座建有老娘娘庙殿的山峰，即现门头沟妙峰山、平谷丫髻山和石景山天台山。丫髻山又称东（大）山，距北京城九十余公里。其山峰突起，宛若少女的发髻，遂有"丫髻山"之名。天台山又称为西山，位于石景山区磨石口，旧时每年农历三月十八开庙。由于比四月初一丫髻山、妙峰山庙会先期开庙，因此香客多是先去天台山进香，再去丫

---

① 费孝通：《乡土中国》，北京大学出版社，2012。
② 岳永逸：《都市中国的乡土音声：民俗、曲艺与心性》，中国人民大学出版社，2015，第78-83页。
③ 葛兆光：《想象异域：读李朝朝鲜汉文燕行文献札记》，中华书局，2014，第225-249页。

髻山或妙峰山朝顶。民间流传"西山香罢又东山，桥上娘娘也一般"即是此意。"三山五顶供娘娘，只有天台供魔王"则说的是这里与皇室更紧密的关联。民间传闻，"魔王"就是在此落发为僧的顺治皇帝。①

"五顶"指位于北京城四方的供奉碧霞元君的五座寺庙。北京城大致呈方形，左右对称，因此人们常根据碧霞元君庙宇所在区位对其简称。又因碧霞元君祠原本在泰山之巅，人们习惯将北京城中供奉碧霞元君的祠庙称为"顶"。五顶这种民间信仰对北京城形成一种拱卫之势，并与东岳庙这一国家正祀之间形成互动。②民间对于五顶的说法各不相同。明代，"而祠在北京者，称泰山顶上天仙圣母。麦庄桥北，曰西顶；草桥，曰中顶；东直门外，曰东顶；安定门外，曰北顶。盛则莫弘仁桥若，岂其地气耶！"③清代，《帝京岁时纪胜》记述更详：

> 京师香会之盛，以碧霞元君为最。庙祀极多，而著名者七：一在西直门外高粱桥，曰天仙庙，俗传四月八日神降，倾城妇女往乞灵佑；一在左安门外弘仁桥；一在东直门外，曰东顶；一在长春闸西，曰西顶；一在永定门外，曰南顶；一在安定门外，曰北顶；一在右安门外草桥，曰中顶……每岁之四月朔至十八日，为元君诞辰。男女奔趋，香会络绎，素称最盛，惟南顶于五月朔始开庙，至十八日，都人献戏进供，悬灯赛愿，朝拜恐后。④

根据上述史料及田野调查，在韩书瑞的研究基础之上⑤，对五顶再次进行了梳理的吴效群坚信，旧京五顶是中央－四方和五行等"哲学观念的表

---

① 荻舟：《魔王老爷的传说》，《民俗·妙峰山进香调查专号》1929 年第 69－70 期合刊，第 126－131 页；《中国民间故事集成·北京卷》，中国 ISBN 中心，1998，第 82－85 页。

② 赵世瑜：《狂欢与日常：明清以来的庙会与民间社会》，三联书店，2002，第 352－378 页。

③ （明）刘侗、于奕正：《帝京景物略》，北京古籍出版社，2002，第 132 页。

④ （清）潘荣陛：《帝京岁时纪胜》，北京出版社，1961，第 17 页。

⑤ Susan Naquin, "The Peking Pilgrimage to Miao－feng Shan: Religious Organizations and Sacred Site," pp. 334－338, in Susan Naquin and Chün－fang Yü eds., *Pilgrimage and Sacred Sites in China*, Berkeley: University of California Press, 1992; *Peking Temples and City Life*, *1400－1900*. Berkeley: University of California Press, 2000, pp. 243－245, 517－528.

达"，是"封建帝国出于护卫京城的需要而设置的"①。

除了官祭的大小宫观庙庵，北京城还密布着与农耕文明形态、城市行业生态、会馆等相关的大小庙宇。1928 年，北京市政当局首次对寺庙进行了登记，共登记了寺庙 1631 座。实际上，旧京的寺庙远多于此。在我的访谈中，老人们常说："过去，那庙多了去了。你站在北京城的任何一个地方，以你为圆心，50 米开外的圆周上一定有庙。没大庙，就有小庙！"仅在西直门内大街，老街坊就有"九龙二虎一统碑"的俗说。

根据鞠熙的考证，"九龙"分别是这条大街南北两侧的供奉有龙王的诸多庙庵，包括：北顺城街 11 号的龙泉庵、前桃园 1 号左近的赦孤堂观音庵龙王庙、新街口南大街 4 号的新街口龙王庙、现新街口电影院门前的北广济寺龙王庙、高境胡同南口东侧的龙王庙、北草场胡同口外的龙王庙、今冠英园 27 号左近的龙泉禅林、新街口南大街 51 号的弥陀寺、前半壁街和南小街十字路口东北角的龙王庙。"二虎"是有着"神虎"的后半壁街五圣神祠和位于现玉桃园一区 16 号楼左近（原铁狮子胡同）的铁狮子庙（亦曾名真武庙、玄帝庙）。

作为神灵的栖身之所、群体的记忆之场，这些密布的具有公共性的小庙与皇室、高僧大德无关，声名也明显有着局限性，但却与左近街巷的底层市民的吃喝拉撒睡等日常生活密切相关。它们不仅福佑个体的健康平安、济弱扶贫，还是合理配置使用"水窝子"的神圣象征，是鳏寡孤独等弱势、失势群体有所依托的伦理社会的补充。② 正因为深远地影响并建构了底层小民的空间感和日常生活，在当今老街坊的口头叙事中，面目全非的西直门内大街依旧有着"九龙二虎大街"的别称。

"离地三尺有神灵"，乡土中国的绝大多数人都生活在一个充满敬畏的世界中，并按照内心的敬畏来建构自己生活的世界。三山五顶拱卫的京城如此，庙宇密布的街区如此，处处有神的家户也如此，可谓"道道有门，门门有神"。神与人之间也始终是一种相互依持的互惠关系，即"神凭人，

① 吴效群：《妙峰山：北京民间社会的历史变迁》，人民出版社，2006，第 37、39 页。
② Ju Xi, "Legend of Nine Dragons and Two Tigers: An Example of City Temples and Blocks in Beijing", *Cambridge Journal of China Studies*, 2016 (3), pp. 48 – 67.

人依神", 甚或神人一体。这在旧京又典型地体现在"胡黄白柳"四大门信仰中, 体现在曾经密布旧京城墙内外的人神之媒——香头身上。

旧京郊区多数人家院门内都有供奉四大门的财神楼子, 城墙以里的大户人家的下人也多供奉财神楼子。[①] 在旧京, 财神楼子中的财神更主要指的是白爷, 即刺猬, 而非比干等文财神或关公等武财神。神灵密布的家居实则是人神共处、同居。四大门信仰的核心是香头。这些香头家通常有着"仙家坛"的俗称, 不仅家里供奉着神案, 香烟袅绕, 而且正是以他们为核心形成的香会组织汇成了数百年来朝山进香的洪流。[②] 因此, 庙在旧京不仅是以宫、观、庙、庵、祠、寺、坛, 甚至家居等固化的形式存在。如同华北乡野庙会那样[③], 旧京的庙及其会同时也是一种具有变形和伸缩能力的动态存在。

在民国之前, 前往妙峰山朝山进香的有十三档会, 俗称"鼓幡齐动十三档", 即开路会、五虎棍会、高跷会、中幡会、狮子会、双石会、掷子石锁会、杠子会、花坛会、吵子会、扛箱会、天平会、神胆会。民国之后, 增加了自行车会、小车会、旱船会三档, 成为十六档, 当时有如下歌谣描述这些会档:

> 金顶御驾在居中, 黑虎玄坛背后拥。清音童子紧守驾, 四值功曹引大铜。杠子是门掷子是锁, 一对圣兽把门封。花铙吵子带挎鼓, 开路打路是先锋。双石扛箱钱粮柜, 圣水常在花坛中。秧歌天平齐歌唱, 五色神幡在前行。前有前行来引路, 后有七星蠹旗飘空中。真武带领龟蛇将, 执掌大蠹在后行。门外旱船把驾等, 踏车云车紧跟行。

这些会档组合起来就是一幅在庙宇的敬拜、行香走会图:"狮子"即庙门前的石狮, 有守驾之责。行香时, 狮子守驾, 各会从狮子前经过, 狮子殿后而行;"中幡"乃庙前旗杆, 所以先行;"自行车"会像五路催讨钱粮

---

① 李慰祖:《四大门》, 学士学位论文, 燕京大学法学院社会学系, 1941, 第 134 – 139 页。
② 李慰祖:《四大门》, 学士学位论文, 燕京大学法学院社会学系, 1941, 第 102 – 108 页。
③ 岳永逸:《行好:乡土的逻辑与庙会》, 浙江大学出版社, 2014。

使者，"开路"像神驾前的开路先锋，"打路""五虎棍""少林棍"都是引路使者；"天平"（什不闲）像称神钱者；"挎鼓"像神乐；"杠箱"像贮神钱粮者，所以有杠箱官；"秧歌"（高跷会）和"小车"像逛庙游人；"双石""杠子""花坛"等既像神前执事，又像赶庙的玩意档子。①

四 生死依托与生命之常

庙会现场是动、静一体的空间。动即当下媒介写作以及少数学术写作片面强调的狂欢特征，诸如乡音浓浓的庙戏、五花八门的杂耍娱乐、熙熙攘攘的市集。静则主指庙会的宗教属性，个体人与神灵之间的精神连接、交流，诸如默祷、静观、聆听、冥想以及神灵上身附体的迷狂等。在动、静混合并相互涵盖的层面上，庙会并非日常生活的断裂，而是日常生活的延续与集中呈现。它不但赋予因不同原因"生活失衡"②的个体以期许，还彰显个体的价值，诠释着"人从哪里来？到哪里去？怎样来？如何去？"等基本的每个人都会面对并思考的哲学命题。

正如"九龙二虎"这些名不见经传的小庙之于西直门内大街民众日常生活的重要性那样，旧京的很多庙宇都扮演了社会矛盾缓冲器、平衡器和个体身心调适器的角色。不仅通过宗教信仰活动缓解个体的焦虑，在不同层面和程度上满足个体的愿望、渴求，还在物质层面履行着现代社会福利机构的职责，赈济穷苦大众。旧京的不少庙宇在舍衣饭、济穷人的同时，也有如善果寺那样与时俱进，办免费的贫民小学的义举。

尤其重要的是，庙宇也是个体生死依托的场域。以民众可以感知和理解的方式，作为神圣空间的庙宇演绎并诠释着生命的本源、意义与归宿。在旧京，求子是众多供奉老娘娘庙宇的庙会的基本职能之一。至今，在妙峰山，无论是庙会期间还是平时，求子仍是主要的敬拜活动之一。此外，对于体弱难养的孩子，旧京的人们常常会将其寄名甚或寄养在庙里。这些称为"寄名和尚"或"寄名道士"的孩子，在年满十二岁或结婚前都要专门在庙里举行"跳墙"仪式，因此又有了"跳墙和尚"或"跳墙道士"的

---

① 金受申：《北京通》，大众文艺出版社，1999，第155页。
② 岳永逸：《行好：乡土的逻辑与庙会》，浙江大学出版社，2014，第134-146页。

专称。① 男孩子多许与关帝庙、老爷庙、吕祖庙、娘娘庙等，女孩则多寄名在太平庵、三圣庵等尼姑庵。

夏仁虎《旧京琐记》卷一"俗尚"有载，清代旗人子弟往往拜僧道为师，求其保护。还有担心子弟难养，遂购买一贫家儿令其为僧，谓之"替身"。② 日后，被替的人长成，替身与之就如同弟兄一样，全家都要礼待替身。② 对于体弱多病，担心小孩可能夭亡的普通人家也有给小孩"烧替身"的习俗，即"还童儿"③。此时，替身就是裱糊铺用纸糊的三尺来高的小人。正月十五，将这个替身和写有小孩生辰八字的纸在庙中焚烧。如同人们相信孩子是可以从神前求来一样，来自神祇的孩子——"童子"，随时都有被神收回去的可能。所以，用个纸人——替身来销账，自己的孩子就会免于被神灵召回去的危险。

旧京同样是流动性不小的"移民"城市。旧京，尤其是宣南，长期林立的会馆就是明证。④ 对于那些死后暂时还未找好墓地的或者要运回老家安葬的死者，众多的庙宇也成为其临时的栖身之处。这在旧京有专门的说法："停厝"。当年，"帝师"陈宝琛（1848—1935）、朱益藩（1861—1937）都曾停厝在广安门法源寺。梁启超（1873—1929）逝后在法源寺附近的广惠寺停厝三年。吴佩孚（1874—1939）逝后在大石桥胡同拈花寺停厝七年。李大钊（1889—1927）逝后先后停厝于长椿寺、浙寺。浙寺与长椿寺相连，地处现宣武医院北部。

因为有着停厝的基本职能，诸如宝应寺那样，旧京的一些寺庙也就成为与义园的联合体。宝应寺在善果寺的西南，善果寺在浙寺正西。山东登莱胶义园公所在宝应寺里办公。义园承办丧葬事宜、停厝灵柩。庙的前院归义园使用，第一层大殿供奉关公，突出义园的"义"。庙的西院，有大车门，便于棺材进出。屋门居中的小单间排房专供停放灵柩，便于祭奠。庙前土路南侧，虎皮石

---

① 常人春：《老北京的风俗》，北京燕山出版社，1990，第 251－253 页。
② （明）史玄：《旧京遗事》；（清）夏仁虎：《旧京琐记》；（清）阙名：《燕京杂记》，北京古籍出版社，1986，第 41 页。
③ 常人春：《老北京的风俗》，北京燕山出版社，1990，第 248 页。
④ 《北京会馆档案史料》，北京出版社，1997；李金龙、孙兴亚主编《北京会馆资料集成》，学苑出版社，2007；白继增：《北京宣南会馆拾遗》，中国档案出版社，2011。

院墙围起一座大院，是义园坟圈子。墙上嵌砌石碑，凿刻"寄骨所"三个大字，里面都是"丘子坟"。山东人引以为荣的同乡，甲骨文的发现者王懿荣（1845—1900）、同盟会山东主盟人徐镜心（1874—1914）都曾在此停厝。

与出生、成人、死亡等人生仪礼，即个体生命的来去的紧密关联，是旧京庙会生生不息，对广大信众具有吸附力的原因之一。无论穷富，人们可以心安理得地把自己的生死交托在庙里，交托在庙会这个场域。如今，在北京城核心区，除极个别的特例，庙会与个体信众生命历程之间的关联基本早已被强制性斩断。但是，如前文提及的，或者因为是在远郊区，作为国家级非物质文化遗产而存在的妙峰山庙会，其吸附信众朝山进香的核心动力依旧是在正殿灵感宫内的老娘娘前求子、求姻缘的灵验。事实上，即使在当下广袤的乡野，诸如苍岩山庙会那样，人生仪礼、家庭义务与庙会之间的联动性仍然是普遍性的存在。[1]

五 庙产、文物与博物

农耕文明左右下的旧京是一种精神性的存在，是一个天、地、人、神同在也阶层分明的熟人社会。鸦片战争之后，奋发图强的洋务运动基本主旨尽管是"师夷制夷、中体西用"，但本土文化的根基明显出现了裂缝。戊戌变法、辛亥革命尤其是五四运动后，本土的雅俗文化及其所承载的精神遭遇前所未有的彻底否定。因为急欲破除帝制、根除皇权，重塑国民、社会和国家，当时的智识阶层同时从时间制度和空间制度两个层面进行了努力，以此重构国民的时空观。

在时间制度上，重构的重中之重就是废除旧历，推行新历。[2] 为推行新历，明确将旧历定义为"阴阳五行的类书，迷信日程的令典""迷信的参谋本部"[3]。在空间制度上，改造庙宇、革命庙会、去除其精神指向成为必然。城乡大小庙宇处在了时代的风口浪尖，其中供奉的神像以及对其的敬拜行

---

① 华智亚：《人生仪礼、家庭义务与朝山进香：冀中南地区苍岩山进香习俗研究》，《民俗研究》2016 年第 1 期。

② 左玉河：《拧在世界时钟的发条上：南京国民政府的废除旧历运动》，《中国学术》2006 年总第 21 辑。

③ 《中央宣传部电告元旦宣传要点》，《申报》1928 年 12 月。

为成为"迷信"的代名词与具象。戊戌变法以降，因应教育的名、革命的义、经济的力，庙宇整体性地在 20 世纪前半叶经历了向学堂、学校的转型，还出现了蔚为大观并体现正义、进步和革命姿态的"庙产兴学"运动。①

在此运动中，庙墙内的殿宇被意在开启民智的科学、教育所征用或占用，成为塑造新人的学校所在；庙墙外的市集、娱乐也被凸显出来，成为不折不扣的庙市。与此同时，在都市新建革命烈士纪念碑、中山纪念堂、国货陈列馆等标志性景观的工程蓬勃展开。北京、南京等老旧帝都的改造皆如此。从时间制度和空间制度进行了双向叠合重构后的广州，在 20 世纪 20 年代当之无愧地成为国民革命的"摇篮"②。

在旧京，转型前的旧京庙会各有各的特色，具有不可替代的独一无二性。这典型地体现在至今广为盛传的俗语、歌谣中。诸如："八月八，走白塔"③；"财神庙里借元宝，觉生寺（大钟寺）里撞大钟，东岳庙里拴娃娃，白云观里摸猴精④，城隍庙里看火判⑤，崇元观⑥里看花灯，火神庙里晾宝会，厂甸

---

① 邰爽秋编《庙产兴学问题》，中华书报流通社，1929。当然，也有些庙宇被改造成为工厂。在 20 世纪 50 年代，北京鼓楼旁边的太监庙宏恩观就成为北京标准件二厂的所在地。

② Poon Shuk - wah, *Negotiating Religion in Modern China: State and Common People in Guangzhou*, 1900 - 1937, Hongkong: The Chinese University Press, 2011.

③ "走"可能是"转"或"绕"。作为旧京藏传佛教的圣地之一，敬奉佛祖、祈福消灾、积累功德的转塔，应在农历六月初四和十月二十五最为盛大。俗说中的"八月八"何来尚未可知。关于白塔寺的历史演变和 20 世纪前半叶白塔寺庙会情形，可分别参见黄春和《白塔寺》，华文出版社，2002，第 1 - 100 页；姜尚礼《老北京的庙会 雍和宫庙会白塔寺庙会》，文物出版社，2004，第 99 - 153 页，其中，第 126 - 129 页是民国时期白塔寺庙会中敬塔的照片。

④ 不仅是白云观的猴精有名，旧京的"燕九节"同样是围绕白云观庙会形成的，还有"燕九会神仙"的俗说，即正月十九这天，在白云观，虔诚的信众有可能遇到重回人间的丘处机。此外，白云观庙会还有秧歌、百戏、宴饮游乐、男女相悦、走桥摸钉、打金钱眼等多种活动。这在孔尚任等人撰写的《燕九竹枝词》多有描述。参见王颖超《〈燕九竹枝词〉中的"燕九节"习俗》，见张妙弟主编《北京学研究 2012：北京文化与北京学研究》，同心出版社，2012，第 173 - 182 页。

⑤ 柴萼（1893 - 1936）在其《梵天庐丛录·火判》有云："京师旧俗，上元夜以泥涂鬼判，尽空其窍，燃火其中，光芒四射，谓之火判。"

⑥ 崇元观是修建于明代的太监庙，亦名崇玄观，俗称曹老公观、曹公观、曹老虎观，在现西直门大街丁字路口北东新开胡同内。直到民国初年，正月十一到十五有庙会，尤以正月十五的花灯为盛，人们争往观之。至于修庙的曹老公，朱一新的《京师坊巷志稿》中记载是明末的太监曹化淳（1589 - 1662）。与之不同，马芷庠则认为是明英宗时的太监曹吉祥（？- 1461）。参见马芷庠《北平旅行指南》，北京燕山出版社，1997，第 154 页。

庙会甲帝京/庙会最盛是帝京"。转型后，原本有着各自敬拜特色的各大庙会成为了相对均质化的市集，即"逢三土地庙，逢四花市集，五六白塔寺，七八护国寺，九十隆福寺"。因为每旬的一、二两天是公休日，以内、外城的五大传统庙会为依托，五大庙市也就成为绝大多数市民交易、娱乐的主要场所。

庙会整体性的庙市化转型也体现在 20 世纪前半叶学界对厂甸庙会①和五大庙市等旧京"庙会"的调查书写中。如同顾颉刚、李景汉对妙峰山香会的调查②和叶郭立诚对朝阳门外东岳庙庙会③的调查那样，即使触及庙会的信仰仪式等行为，调研者也都是以"中国改良社会学家"自居，并郑重声明自己调研并非要宣扬迷信，反而是为了更好地教化民众。

基于当年主要对五大庙市经济方面的调查，下述感性的认知早已经演化成事实：

> 民国 18 年以后，土地庙、花市集、白塔寺、护国寺、隆福寺等五大庙会，其会期概改用国历日期。其他庙会，仍沿用旧历。国历观念日深，旧历观念日减，则将来香火、香会等庙会，将渐次被人忘却了……就北平都市发展而论，东安市场、西单商场，及正阳门外大街以至天桥，此三角地带，已成为都市中心之大商业区。五大庙会则成为四围之小市场。随都市之扩大，此等市场亦将扩大。则改建为市街，或辟为新式商场，一变旧观，亦正可待。④

旧京的现代化历程既是以西方近现代城市为标杆，也是从乡土性的农耕文明城市这个"历史基体"艰难而努力地向现代化的工业文明城市"固有的展开"⑤ 和"内发性发展"⑥。在这个至今多少有些不适和不良反应的

---

① 王卓然：《北京厂甸春节会的调查与研究》，北京高等师范学校平民教育社，1922。
② 顾颉刚编《妙峰山》，国立中山大学语言历史研究所，1928；李景汉：《妙峰山"朝顶进香"调查》，《社会学杂志》第 2 卷第 5、6 期合刊（1925.8）。
③ 叶郭立诚：《北平东岳庙调查》，东方文化书局，1970。
④ 民国学院编《北平庙会调查报告：侧重其经济方面》，见李文海主编《民国时期社会调查丛编·宗教民俗卷》，福建教育出版社，2004，第 367、381 页。
⑤ 〔日〕沟口雄三：《作为方法的中国》，孙军悦译，三联书店，2011，第 55、111 页。
⑥ 〔日〕三石善吉：《传统中国的内发性发展》，余项科译，中央编译出版社，1999，第 1 – 4 页。

蜕变历程中，被定格为革命、发展、进步、文明、现代的"去圣化"抑或"去神化"是其基本特征。天、地、日、月、社稷等皇家祭坛以及颐和园等皇家园林先后都成为普通市民可以进出的公园。① 诸如崇元观等大型庙宇和恭王府等规模大些的府邸纷纷被改造成不同层次、级别、规模的学校以及工厂、楼堂馆所。立体的精神空间被泾渭分明地扁平化、单一化、专门化、职能化。被定性为"巫医"的四大门等信仰被追剿，被赶出城区和家户。② 人与神的连接、交会、沟通交流日渐没有了立锥之地。在相当意义上，"人与人"的关系整体转型为"人与物"的关系，直到最终发展成为今天"物与物"的关系。

从 1928 年到 1931 年，国民党中央政府先后颁布了《废除卜筮星相巫觋堪舆办法》、《神祠存废标准》、《严禁药签神方乩方案》、《取缔经营迷信物品办法》和《取缔以党徽制入迷信物品令》等一系列法令。其中，最为重要的《神祠存废标准》欲谴责并禁绝迷信而保护宗教自由，专门制定了应取缔的迷信和应保护的宗教的区分标准。由于迷信与宗教之间的含混性，标准也是摇摆的，如它将土地、灶神信仰视为合法，将龙王、财神和城隍等信仰视为非法。③ 这也自然导致该标准在执行中许多的含混地带和不了了之的事情。

这里尤其要提及的是 1914 年国民政府颁布的《寺庙管理条例》。该条例规定：各寺庙得自立学校；仅有建筑属于艺术，为名人之遗迹、为历史上之纪念、与名胜古迹有关的寺庙可由主持负责保存；凡寺庙久经荒废，无僧道主持者，其财产由地方官详请长官核处之。这一条例使得一部分庙宇及塑像有了今天大行其道的"文物"的名。这一基本理念延伸到 1949 年后就是众多的不同级别的文物保护单位。因为庙会所依托的庙宇及其神像

---

① 史明正：From Imperial Gardens to Public Parks: The Transformation of Urban Space in Early Twentieth - Century Beijing, *Modern China*, vol. 24, no. 3 (1998.7), pp. 219 - 254；《清末民初北京城市空间演变之解读》，载刘海岩主编《城市史研究·第 21 - 22 辑》，天津社会科学院出版社，2002，第 434 - 441 页。

② 杨念群：《再造"病人"：中西医冲突下的空间政治（1832—1985）》，中国人民大学出版社，2006，第 203 - 242 页。

③ 《中华民国法规汇编》，中华书局，1934，第 813 页。

被"文物化"以及因文物化而不可触碰的禁忌，其神圣性和之于个体生命的价值与意义也就荡然无存。原本因庙会而生机盎然的庙宇不再是芸芸众生共构、共享、共谋的"空的空间"，而是仅具展示与远观价值也落寞的"空壳空间"。

当然，改革开放后，正如已经发生和正在发生的那样，文物化的庙宇要么如旧京白塔寺的白塔这样继续被文物化、博物馆化，成为可远观而不可亵玩焉的城市地标与旅游景观，要么就如妙峰山那样成为门票昂贵的旅游、休闲目的地。

六　非遗庙会的窘境

改革开放以来，随着主流意识形态先后对民间文化、传统文化的遗产学与考古学诠释和民族文化瑰宝、活化石的重新定位，力挺庙会之于地方重要者，首先看重的依旧是庙会的工具理性。先是在"文化搭台，经济唱戏"的框架下，宣扬庙会的经济功能，将庙会办成以商品交易为主色的物资交流会、商贸洽谈会、招商引资会，三缄其口庙会敬拜神祇的内核。继而，在非物质文化遗产的申报、评审、保护活动中，庙会的教育、娱乐以及宗教、艺术等文化功能也粉墨登场。这才使得妙峰山庙会等原本以敬拜为核心的庙会——"淫祀"与天坛祭天、炎帝黄帝祭典等官祭——"正祀"比肩而立，晋身国家级非物质文化遗产名录。在凸显这些非遗文化特色的同时，庙会中信众的敬拜实践也有了部分不言自明的合理性。无论是偏重于其经济功能还是文化功能，各地试图以有特色且历史悠久的庙会开发旅游、发展经济，顺势进行文化建设始终是精英俯就庙会的核心目的。

在日本，虽然明治初期"显示出了禁止阻碍文明进程的民间信仰救助礼仪存在的姿态"，但对衍生于本土的宗教信仰整体上并未因为明治维新而经历釜底抽薪式的被彻底否定的历程，反而是"在复古神道的意识形态"支配下，将之纳入了国家管理的层面并以"神道教"之名推广，视之为民族的象征。① 因此，在当代日本高密度的都市空间中，依托于日本本土宗教

---

① 〔日〕宫家准：《日本的民俗宗教》，赵仲明译，南京大学出版社，2008，第57-58页。

信仰的五彩缤纷、千姿百态的"娱神"庙会不仅是他者旅游的景观、目的地，更是不同传承者主动投入的乐事，再现的是一种让人羡慕的"日本精神"。每个庙会在其传承的社区，几乎都是全民参与，显示出极强的与时俱进的自我调适能力。①

与近邻传统庙会的如此盛况不同，因为始终在"迷信"阴影的笼罩下，有庙宇和神灵的妙峰山庙会、丫髻山庙会、东岳庙庙会这些在当下京城有着"传统"意味和"民俗"特色的庙会只能是有限度的精神性回归。与精神存在相通的宗教仪式实践或半遮半掩，或只做不说，或采用"民俗""传统文化""非物质文化遗产"的修辞美学。就瞩目颇多的妙峰山庙会而言，原本单向的"朝顶进香"——上山已经演化成为山上的管理者、经营者与山下的会万儿、把儿头之间的互动和"礼尚往来"，即"下山"和"上山"的相向而行。② 人们要努力地把它办得像庙会。而且，在强调它的中国民俗学这一学科"缘源"属性的同时，也强调、承认花会会首之于现下妙峰山庙会的意义，从而让"缘源"——中国民俗学调查纪念碑和"香会泰斗隋少甫"的纪念碑纷纷落户妙峰山金顶核心地，成为新生的标志性景观，追思价值、展示价值、膜拜价值和赏玩价值并存。在相当意义上，妙峰山也被有板有眼地打造成了一座学科之山、泰斗之山、花会之山和休闲之山。原本作为一个同质度很高的信仰中心地，妙峰山金顶多少也有了老北京"杂吧地儿"③ 的味儿。

然而，已经举办多年的无庙更无神的厂甸庙会、龙潭湖庙会、地坛庙会则仅仅是市民抱怨、感慨的无趣的逗乐与懊丧的消费，口腹之欲都只能有限度地满足。④ 因 2008 年北京奥运会之契机，被修复并款款情深地依偎

---

① 王冲：《日本庙会活动及其在高密度都市空间的适应性策略》，《住区》2016 年第 3 期。关于日本祭礼、庙会的多样性，亦可参见麻国钧《日本民俗艺能巡礼》，外语教学与研究出版社，2009，第 153 - 211 页。

② 张青仁：《个体的香会：百年来北京城"井"字里外的社会、关系与信仰》，博士学位论文，北京师范大学，2013，第 147 - 169 页；岳永逸主编《中国节日志·妙峰山庙会》，光明日报出版社，2014，第 304 - 306 页。

③ 岳永逸：《老北京杂吧地：天桥的记忆与诠释》，三联书店，2011，第 306 - 355 页。

④ 李松、李熙：《北京庙会唯利是图变鸡肋》，《新华每日电讯》2004 年 2 月 6 日第 8 版；舒乙：《现在的庙会太无趣》，《中国消费者》2010 年第 3 期。

在水立方和鸟巢边的北顶娘娘庙则徒具庙的外形，至今都未能与普通市民、小区居民的日常生活、生老病死——个体的价值与意义形成任何关联。

内在神韵去乡土化而唯物主义化和科学主义化的国际大都市北京，已经不再是一个闲暇的生活空间，而是一个钢筋、水泥与玻璃架构的拥挤、喧嚣、忙碌的生产车间。作为小民百姓群体性庆典和心灵图景——精神性存在的庙会或者只能是穷途末路，不合时宜。去乡土化、唯物主义化、科学主义化而世俗化的当代北京主要是针对"庙会"的演进与变迁而言的，主要是针对生活在这座伟大而多艰、光鲜亮丽同时也空壳化的北京城的绝大多数的市井小民而言的。

七　结语

文末，要再次提及 1937 年 3 月，在王宜昌主持下，北平民国学院三年级学生对北平庙会进行的侧重于经济方面的调查。它是体系化的说明庙会在北京城市发展史中的地位和作用的拓荒式尝试。因此，虽是侧重那个年代北平庙会，尤其是庙市的分布、场所和商业等经济方面，但报告依旧率先简析了庙会的语义、起源和在北京的历史演进。报告指出，在旧京口语中，起源于宗教或商业原因的"庙会"实际上包含香火、香会或香市、春场、庙市和市集等多种含义，并描绘出了元、明、清数代及至民国时期北京这多种形态庙会的概况。[①]

显然，作为日常生活集中呈现的庙会之生发绝非仅仅源自宗教或商业，它还与特定的宇宙观、生命观、文明形态、生活方式、生活品位和情趣互为表里、因果。所以，在文首对庙会的定义中，我用了"心灵图景"一词。悖谬的是，虽然不乏精辟的论断与预见，当年的这些先行者却并未意识到他们的调查和书写本身就是旧京庙会向庙市整体性转型的界碑与催化剂。

借在巨变中旧京所发生的整体性的社会事实，本文试图在观念层面说明，汉语中已经被故意混淆并习以为常的"庙会"和"庙市"两个语词的异质性。在整体上，与农耕文明互生、互现、互文的旧京庙会是一种精神

---

① 民国学院编《北平庙会调查报告：侧重其经济方面》，见李文海主编《民国时期社会调查丛编·宗教民俗卷》，福建教育出版社，2004，第 354－367 页。

性存在，而庙市则始终是一种物化性的存在。换言之，在后农耕文明主导下的北京，尤其是以唯物论作为支配性意识形态的北京，作为精神性存在的庙会只能是明日黄花，而消费者怨声载道的庙市必然被强势群体倡导并大行其道。

虽然外观上有城墙环绕，但是旧京仍然是一座与农耕文明互文的乡土性城市。这种乡土性既体现在官民对天地自然敬拜的神圣性之中，也体现在家、街、城同构性的空间美学。正如前文所述，宫、观、庙、庵、坛、祠、寺等以不同的阶序密布旧京。不仅如此，在民众乌托邦式的想象性世界中，供奉老娘娘的"三山五顶"还拱卫京师，护着皇城的龙脉，保佑着国泰民安、天下太平、风调雨顺、五谷丰登和子孙昌盛。诸如西直门内大街这样，普通街巷名不见经传的"九龙二虎"之类的众多小庙在型构底层小民空间感、宇宙观的同时，也与芸芸众生的吃喝拉撒睡密切相关，还是弱势、失势等生活失衡的个体或群体的寄身之所。曾经普遍存在的四大门信仰使得旧京众多的家居空间多少具有"庙"的性质。

旧京四合院的意义不在于泾渭分明的布局，而是数百年来旗人典雅闲适生活所型构的将有形空间化为"空的空间"之"空灵"，是所有往来穿梭、进出人等对之的全面共构、共享与共谋。以此为基石、息壤，围绕旧京大小庙宇内外的庙会正是一种与旗人有着乐感形态和情趣的日常生活的集中呈现。在动静有序的混融中，频发的旧京庙会既展现个体以及群体价值，也通过扶弱济贫、"寄名"、"停厝"等直指生死的仪式化实践，赋予个体生命以意义，从而使得旧京庙会成为各色人等主动参与并乐在其中的精神性存在。

在以西方为标杆同时也是"内发性发展"促进的近现代化历程中，旧京必然性地经历了从时间制度和空间制度双重的去神化历程。在"迷信"阴影的裹挟下，围绕大小庙宇及其神祇敬拜为核心的庙会整体性地衰减为彰显人力与物欲的庙市。与部分庙宇及少量的神祇塑像被文物化、博物馆化而不可触碰沦为空壳空间一道，重在市集交易和感官娱乐的庙市成为物化性的存在。随着 21 世纪以来的非物质文化遗产运动，京城的庙市向旧京庙会进行了回归。然而，在以唯物、无神和科学、发展为核心的主流语境下，这种回归只能是工具理性支配下的有限度的局部回归。

要补充说明的是，针对庙会、庙市和作为非遗庙会的上述这些结论主要是针对作为首善之区的北京而言的。对于近现代化历程中的其他大都市，本结论也具有一定的实用性。但是，对于如今乡土性仍然浓厚并远离大都市的乡野而言，该结论的局限性不言而喻。相反，正如当代陕北榆林黑龙大王庙会①、福建村庙②和华北乡野庙会③研究所示，乡野庙会的质变是缓慢的、迟钝的，甚或说仅仅是传统碎片的"循环再生"、有机再造④。在不同年代的政治、经济、文化等巨大外力面前，在裹挟着"横暴权力"的革命、发展、科学、文明、非遗等强势话语面前，乡野庙会都表现出超强的生存智慧和自我调适能力，游刃有余的变形、伸缩使得乡野庙会至今在整体上依旧是一种精神性的存在。

作者简介

岳永逸，北京师范大学文学院教授，北京市"百人工程"中青年理论人才培养计划成员，英国剑桥大学访问学者。出版专著共5本。曾荣获第四届中国文联文艺评论奖，第九、十届中国民间文艺山花奖·民间文学艺术著作奖，第五届北京中青年文艺工作者德艺双馨奖，北京市第十二届哲学社会科学优秀成果奖等。

---

① Adam Chau Yuet, *Miraculous Response*：*Doing Popular Religion in Contemporary China*, Stanford：Stanford University Press, 2006.

② 甘满堂：《村庙与社区公共生活》，社会科学文献出版社，2007。

③ 华智亚：《龙牌会：一个冀中南村落中的民间宗教》，上海人民出版社，2013；岳永逸：《行好：乡土的逻辑与庙会》，浙江大学出版社，2014；《中国节日志·苍岩山庙会》，光明日报出版社，2016；《民族国家、承包制与香火经济：景区化圣山庙会的政治-经济学》，《中国乡村研究》2016年第13辑。

④ Helen Siu, "Recycling Rituals：Political and Popular Culture in Contemporary Rural China", in Richard Madsen, Perry Link & Paul Pickowicz eds., *Unofficial China*：*Essays in Popular Culture and Thought in the People's Republic*, pp. 121 - 137, Boulder, Colorado：Westiview Press, 1989；"Recycling Tradition：Culture, History and Political Economy in the Chrysanthemum Festivals of South China", *Comparative Studies in Society and History*, vol. 32, no. 4（1990.10）, pp. 765 - 794.

节点性与生活化：作为民俗系统的二十四节气

——二十四节气保护与传承的一个视角[*]

王加华

2016 年 11 月 30 日，我国的二十四节气被正式列入联合国教科文组织人类非物质文化遗产代表作名录，成为继昆曲、中国古琴艺术、书法、剪纸等之后的第 39 项跻身"世界级非遗"① 的项目。② 在多元保护主体、相关学界、新闻媒体等为此欢欣鼓舞之时，一个更为现实的问题亦随着名录的入选而摆在了人们面前，即我们应该如何在当下更好地去保护与传承这一人类优秀非物质文化遗产项目呢？按联合国教科文组织《保护非物质文化遗产公约》的宗旨和《中华人民共和国非物质文化遗产法》的要求，遗产代表作名录的入选，不仅仅只是一种"荣誉"，而更是一种责任与义务。

作为一种源于农耕时代的人类非物质文化遗产，二十四节气在今天的存续与传承确实遇到了一定的问题，如何因应今天的社会形势，提出切实可行的保护与传承措施，成为一个亟待解决的现实问题。而要对二十四节气加以保护与传承，首先需要解决的即是其性质界定问题，即究竟何为二十四节气，其根本性质为何？对于二十四节气，我们传统上基

　＊　本文选自《文化遗产》2017 年第 2 期。

　①　"世界级非遗"的说法其实是不确切的，因联合国教科文组织的人类非物质文化遗产代表作名录并没有级别之分。但受我国非遗保护四级分类与保护体系的影响，凡入选教科文组织人类非物质文化遗产代表作名录的项目，在绝大多数人的心目中也即是"世界级"了。

　②　《盘点：中国目前有多少个世界级非遗》，中国日报网，http://china. chinadaily. com. cn/2016 - 12/01/content_27539562. htm。

本将其界定为一种历法体系或者说时间制度，但实际上二十四节气绝不仅仅只是一种时间制度，而更是一种包含有丰富民俗事象的民俗系统，并在传统中国人的日常生产、生活中发挥了极为重要的作用。认识到这一点，对于我们今天如何更好地去保护与传承二十四节气，将具有极为重要的意义。

一 实用性、节点性与生活化：二十四节气的传统意义与价值

二十四节气最早起源于我国黄河流域，是人们长期对天文、气象、物候等进行观察、探索并总结的结果，是我国古代劳动人民独创的文化遗产，已有非常久远的历史。中国古人在长期的生活实践中逐步认识到，一年之中，太阳投射到地面上的日影长度总是呈现一定的规律性变化，于是人们便利用日影的长度变化来判断时间与季节，也即《吕氏春秋·察今》所言的"审堂下之阴，而知日月之行，阴阳之变"。以此知识为基础，至迟到西周时期，人们测定了冬至、夏至、春分、秋分这最初的四个节气。到春秋中叶，随着土圭的应用及人们测量技术的日益提高，又确立了立春、立夏、立秋、立冬四个节气。而到战国时期，完整的二十四节气已基本形成，到秦汉时期更是臻于完善，形成我们今天完整的二十四节气系统。①

作为一种人们通过观察太阳周年运动而形成的时间知识体系，二十四节气是为一种标准的阳历历法系统。但是，在中国传统历法体系中，二十四节气并非一种独立的历法制度，而只是我国传统占主导地位的阴阳合历历法制度（俗称"阴历""农历""夏历"等）的组成部分之一。中国古人之所以要采用阴阳合历的历法制度，根本目的在于兼顾农业生产与日常社会生活的顺利开展。一方面，农作物生长与太阳的周年回归运动有关，因此依据太阳制定历法便于安排农时，由此形成传统历法的阳历成分，节气

---

① 沈志忠：《二十四节气形成年代考》，《东南文化》2001 年第 1 期。

制度便是重要体现;另一方面,月亮是夜空中最明亮的星体,具有周期性的朔望变化,因此用月相变化来纪日既醒目又方便,由此形成传统历法的阴历成分。具体而言,以"阴"作为日常社会生活开展的主要时间标准,如婚嫁、祭祀、节庆活动等;以二十四节气("阳")作为农事活动的主要时间标准。也就是说,在整个中国传统阴阳合历历法制度中,二十四节气其实并不占主导地位,而这可能是造成大部分中国人误认为二十四节气为阴历属性的最主要原因。

不过,虽然二十四节气系统并非完全独立的历法系统,在传统阴阳合历历法制度中也不占主导地位,但在传统中国人的社会生产与生活中却仍旧发挥了极其重要的作用。

首先,二十四节气具有极为重要的实际应用与指导价值,即是农业生产活动的时间指针,这也是二十四节气在传统时代最基础、最基本的功能与价值。传统中国一直是一个以农为本的国度,农业一直是国民经济的最主要部门,农业生产是民众衣食生活的最主要来源,因此上至皇帝下至普通平民百姓,都对农业生产极为重视。农业生产由一系列工作环节所组成,如耕地、播种、灌溉、施肥、收获等。一年之中,从农作的播种到收获,各工作环节必须要顺应农时依次展开。而所谓农时,通俗来讲,也就是进行农事活动的恰到好处的时节。只有把握好了农时,才能获得农业的丰收,有吃不完的粮食,所谓"不违农时,谷不可胜食也"①。于是"不违农时"、符合"时宜"也就成为农业生产最基本的要求之一。那么农时应该如何去具体把握呢?答案就是二十四节气。由于二十四节气是据太阳周年回归运动而来,因此能比较准确地反映气候的冷暖变化、降水多寡与季节变化等情况,而农业生产的进行恰是与气候变化等紧密相关的,所以以之为农业生产的时间指针是完全可行的,正如农谚所云:"种田无定例,全靠看节气。"但是,二十四节气全部加起来也只有 48 个字,因此要发挥其农事指导作用,还必须要结合其他形式作为载体才能发挥作用,这其中最主要的

---

① 《孟子·梁惠王上》。

就是农谚。从土壤耕作到播种，再到收获，可以说几乎每一个工作环节都有相关的农谚与之相对应，如华北地区广泛流传的小麦种植农谚："白露早，寒露迟，秋分种麦正当时。"当然，农谚不会自动创造与流传，还需要有经验的老农在其中具体发挥主导作用。①

其次，二十四节气亦是传统时代民众日常社会生活的重要时间节点，而这一点又是由农业社会的本性所决定的。一年之中，受自然节律的影响，农业生产活动从种植到收获也会表现出一定的节律性特征，也即农事节律。与此相适应，乡村社会生活也会表现出一定的节奏性，从年初到年末，各种活动各有其时。农业生产活动有涨有落，于是乡村社会生活诸活动也必然会随之起起落落，一年四季各有其时，各种活动也就会巧妙配合而又有序地分布于时间与空间之中。② 对此，美国人金氏曾说道："（中国）农民就是一个勤劳的生物学家，他们总是努力根据农时安排自己的时间。"③ 而作为农事活动的基本时间指针的二十四节气也就成为民众年度时间生活的重要节点与时间坐标，由此在一定程度上亦成为民众日常社会生活的时间指针。这一点在传统的月令性农书中体现得非常明显。月令，即根据年度自然节律变化的行事记录，曾经是中国社会早期各阶层均需遵守的律令，反映了当时民众，尤其是社会上层的时间观念与王政思想，并具有多方面的实际意义与价值，是为一种时间政令、王官之时，具有强烈的规范与指导意义。④ 在其中，提及各月活动时，通常会说到节气，然后是对应之农事活动，再然后是其他各项活动，从《礼记·月令》《淮南子·时则训》《四民月令》等，一直到明末清初的《补农书》，这一传统一直延续下来。正是认识到二十四节气在指导农业生产与民众日常生活时的方便性，因此很多人主张以节气历法系统来取代阴阳合历历法系统，这其中最著名的要

① 王加华：《节气、物候、农谚与老农：近代江南地区农事活动的运行机制》，《古今农业》2005 年第 2 期。
② 王加华：《被结构的时间：农事节律与传统中国乡村民众年度时间生活——以江南地区为中心的研究》，上海古籍出版社，2015。
③ 〔美〕富兰克林·H. 金：《四千年农夫——中国、朝鲜和日本的永续农业》，程存旺、王嫣译，东方出版社，2011，第 7 页。
④ 萧放：《〈月令〉记述与王官之时》，《宝鸡文理学院学报（社会科学版）》2001 年第 4 期。

算宋代博物学家沈括了，他曾以节气为标准制定了十二气历。① 事实上，一直到 20 世纪 90 年代，仍有人在做这方面的呼吁。②

最后，二十四节气不仅仅只是一种时间制度，还具有异常丰富的民俗内涵，是民众多彩生活的重要体现与组成部分之一。一是节气与节日具有紧密的联系。在远古的观象授时时代，农事周期就是庆典周期，节气也就是节日，只是后来由于阴阳合历历法制度的创立与推行，节气与节日才发生了分离。③ 不过虽然如此，节气与节日也并非变得毫无关系，而是仍然保持了千丝万缕的联系：一些原本在节气日举行的活动，被挪到了某个节日举行，如秋分祭月之于中秋节④；一些节气仍旧作为节日保留了下来，如"四立"与"二至"；有的在后世发展为极其重要的传统节日，比如清明，中唐时期作为一个独立节日逐步兴起⑤，现今是与春节、端午、中秋并称的四大传统节日之一。二是几乎每个节气都有丰富多彩的节气习俗活动。总体来说，这些习俗活动可概况为如下几个方面：奉祀神灵，以应天时；崇宗敬祖，维护亲情；除凶祛恶，以求平安；休闲娱乐，放松心情。另外，基本上每个节气也都有特殊的饮食习俗，比较著名的如冬至饺子夏至面、立春咬春与尝春等。⑥ 再者，遵循传统"天人合一，顺应四时"的理念，以二十四节气为中心，亦形成了丰富的养生习俗，如立春补肝、立夏补水、立秋滋阴润燥、立冬补阴等，以求通过养精神、调饮食、练形体等途径达到强身益寿的目的。⑦ 总之，围绕着二十四节气中的主要节点，形成了众多与信仰、禁忌、仪式、礼仪、娱乐、饮食、养生等相关的民俗活动。⑧ 三是围绕二十四节气，产生了数量众多的民间故事、传说以及诗词歌赋等，集

---

① （宋）沈括：《梦溪笔谈·补笔谈》卷二《象数·十二气历》。
② 边福昌：《关于改革现行农历为节气历的探讨》，《河南大学学报（自然科学版）》1992 年第 1 期。
③ 刘宗迪：《从节气到节日：从历法史的角度看中国节日系统的形成和变迁》，《江西社会科学》2006 年第 2 期。
④ 萧放：《中秋节的历史流传、变化及当代意义》，《民间文化论坛》2004 年第 5 期。
⑤ 张勃：《唐代节日研究》，中国社会科学出版社，2013，第 132－148 页。
⑥ 王加华：《二十四节气：光阴的习俗与故事》，光明日报出版社，2015，第 84－135 页。
⑦ 刘婷婷：《二十四节气养生》，中原农民出版社，2008。
⑧ 萧放：《二十四节气与民俗》，《装饰》2015 年第 4 期。

中表达了人们的思想情感与精神寄托。①

　　总之，通过以上之论述我们可以发现，二十四节气绝不仅仅只是一种时间制度，而是具有极为丰富的民俗内涵，牵涉人们社会生活的方方面面并深深融入其中，因此将其称为"民俗体系"或者说"民俗系统"② 应该更为合适。而作为一种民俗系统，二十四节气之所以能在民众日常社会生活中普及与流行开来，与其具有实际的价值与意义有直接关系。概而言之，我们可以将其概括为实用性、节点性与生活化等几个方面。反过来，正是因为具有实际的功用，二十四节气才融入民众生活之中并发展成为一种"民俗系统"。二者相互建构，共同促进了二十四节气民俗系统的生成。

二　介入生活：二十四节气保护与传承的有效途径

　　就民俗传承的内容言之，我们可大体将其分为两个层面。一个是民俗事象的实践传承，即与民众现实生活相联系，通过"活生生"的话语、行为及心理等进行传承，也即当下非遗保护中所提倡的"活态传承"。另一个是单纯的知识传承，可通过博物馆、书籍等途径进行。在这种情况下，所传承的不一定是现实生活中所实际践行的知识系统，就如同我们今天通过古籍而了解到的今已不存的古代知识一样。对二十四节气而言，据联合国教科文组织《保护非物质文化遗产公约》的宗旨，肯定强调的是活态的保护与传承。而要进行活态的保护与传承，就必须要使其能真正与民众生活相结合并发挥其实际价值与意义。传统时代，二十四节气之所以能逐渐发

---

① 高倩艺编著《二十四节气民俗》，中国社会出版社，2010；王加华：《二十四节气：光阴的习俗与故事》，光明日报出版社，2015；王景科主编《中国二十四节气诗词鉴赏》，山东友谊出版社，1998，等等。

② 乌丙安先生曾从民俗构成的角度对"民俗系统"概念做了相关论述与说明。他认为民俗现象从民俗质、民俗素、民俗链到民俗系列，逐级向上，最终构成为民俗系统。在此，民俗系统即对包罗万象之民俗现象最高层面的概括与系统性分类（乌丙安：《民俗学原理》，2001，第 13－32 页）。郑杰文亦曾对"民俗系统"做过相关论述，他认为作为民俗要素的精神和物质文化现象的存在形态及其间的有机联系，以及它们的发生、发展、流传、演变的历史过程，即构成为一个民族的特定民俗系统（郑杰文：《论民俗系统的二重性结构》，《民俗研究》1991 年第 4 期）。本文的"民俗系统"概念，更类似于郑杰文先生之概念，即在二十四节气的产生、发展与流变过程中，所形成的口头、行为、心理等多个层面的习俗形态及其有机联系。

展成为一个庞杂的民俗系统，就是因其与民众生活的深入、紧密结合。基于此，介入当下民众之社会生活，应该是今后二十四节气保护与传承的最根本、最有效途径。正如乌丙安先生在谈及传统工艺保护时所说的那样，让传统工艺"无孔不入"地走进现代生活才是振兴之道。①

问题在于，如何才能使二十四节气介入当下民众之社会生活而实现活态化传承呢？这又有多大的可行性呢？利好消息在于，正如安德明研究员所指出的那样，同许多处于濒危状态的非物质文化遗产项目不同，二十四节气仍然在当下的民众社会生活中发挥着鲜活的作用。②确实，如冬至吃饺子的习俗，各地多有所谓"冬至不端饺子碗，冻掉耳朵没人管"的俗谚，至少在笔者的家乡山东一带，每届冬至，基本家家吃饺子，各商场超市也总是早早即开始饺子的宣传与销售。这为二十四节气的活态传承提供了现实的社会基础。当然，也有观点认为——或许是更为流行的观点，二十四节气是传统农耕时代的产物，其主要作用在于指导农业生产，而当下我们正在经历急速的社会变迁，正逐渐由农耕社会向工业与信息化社会转变，因此二十四节气已不再适应今天的社会需要；即使当下二十四节气仍有一定的"用武之地"，但随着将来社会的进一步变革，其也将日渐过时而失去效用。

诚然，二十四节气是传统农耕时代的产物，其最初的主要作用在于指导农业生产的进行。而今天，随着社会的急速变迁，各方面已发生了极大变化。一方面，在整个社会生产体系中，农业生产的重要性已大大降低——虽然其仍是基础性生产部门。从清末民初开始，尤其是 20 世纪 80 年代的改革开放之后，工业生产日益取代农业生产而成为最主要的生产部门。与传统农业生产不同的是，工业生产不以自然节律的律动为基础展开，而主要依靠各种机械装置单调重复的动作。正如印度学者马克吉所言："农业

① 张浙默：《乌丙安：让传统工艺"无孔不入"地走进现代生活才是振兴之道》，中国民俗学网，http://www. chinesefolklore. org. cn/web/index. php? NewsID = 15326，2016 年 12 月 15 日。

② 谢颖：《"新的驿程"刚刚开始——中国民俗学会"二十四节气保护工作专家座谈会"综述》，中国民俗学网，http://www. chinesefolklore. org. cn/web/index. php? NewsID = 15508，2017 年 1 月 18 日。

的常规又是由自然的活动的节奏和周期，由因为阳光、湿度和降雨的分布不同而出现的农业季节更替以及土壤恢复和植物生长的生态周期所支配的……城市工业社会的社会和经济节奏远为不同。在工业社会中，职业的规则，日复一日，与自然现象没有什么关系了；它在很大程度上是由机器体系的速度所支配的，而机器体系的节奏并不遵循生活的节拍。"① 在这种情况下，作为自然节奏律动性体现的二十四节气自然也就不再适用了。另一方面，就现代农业生产来说，由于气象预报等现代科技手段的运用，人们对自然律动的把握亦日渐精确，可不必再完全依赖传统的二十四节气。同时，随着大棚、无土栽培、新的作物品种培育等现代农业技术的运用，反季节农业生产亦日益流行。这亦使得传统二十四节气日益失去其指导性功用。

　　虽然当下二十四节气农事指导作用的日益降低确实是不争的事实，但是，如前所述，二十四节气不单单只是种时间制度，更是一种民俗系统，其意义不只是为农业生产的进行提供时间指导，还与民众之社会生活紧密相连。因此，虽然今天二十四节气的农事指导作用降低了，但我们仍可以继续发挥其对民众社会生活的价值与意义。作为一种民俗系统，二十四节气是人为创造的产物，而民俗系统"是一个矛盾运动的动态过程，那么它必然处在永恒的发展和不断的更新中，非理性结构因素的消亡、合理性结构要素的流传、新鲜血液的不断增加，构成了民俗系统的稳固性与可塑性共存的特色"②。历史上，在二十四节气的产生、发展与流变过程中，其内涵一直在因应社会形势的发展变化而日益变化与发展。因此在今天的社会形势下，我们仍然可以对其进行进一步的"再创造"，即"淡化"其对农业生产的指导作用，而强调其与民众社会生活的关系面向，让其充分介入现代民众的社会生活，即充分发挥二十四节气在民众仪式生活、休闲娱乐、饮食养生等方面的功用与价值。当然，这样说并不意味着二十四节气对今天的农业生产已没有任何指导意义了，实际上在广大农村地区，二十四节

① 〔印〕雷德哈卡马·马克吉：《时间、技术和社会》，载〔英〕约翰·哈萨德编《时间社会学》，朱红文、李捷译，北京师范大学出版社，2009，第36页。
② 郑杰文：《论民俗系统的二重性结构》，《民俗研究》1991年第4期。

气仍是有其现实意义的。①

传统时代，二十四节气是民众年度时间生活的重要节点。虽然与节日有所不同，节气却也是民众日常生活中"非日常"的日子，且包含有丰富的仪式、娱乐、饮食等相关习俗，故而在一定程度上，我们完全可以将其作为节日来看待。因此，在今天的社会生活中，要增强人们对二十四节气的认知与认同感，就要对其"节点性"与"非日常性"加以特别强调。但是，仅仅强调"节点性"还远远不够，还要强调节气的"神圣性"一面，即对每个节气所包含的仪式活动及其背后的精神文化内涵加以强调，而这应该是二十四节气在当下如何保持良好传承与发展的核心所在。② 因为只有这样，才能真正唤起民众对二十四节气的认同感。二十四节气的精神文化内涵，首先在于其所体现出的人与自然的和谐关系。对于今天的人们来说，这一点尤其具有现实意义。今天由于工业化的日益推进及对机器运作节奏的遵从，我们与自然日渐疏离，于是我们开始日益漠视甚至忽视"自然因素"对我们人类社会发展的价值与意义——日渐严重的雾霾问题本质上就是我们漠视自然的结果。因此，"这就是为什么我们需要在生活中加入像二十四节气这样的时间框架。现代人生活在钢筋水泥的森林中，漠视自然已经太久了，而要了解自然，二十四节气作为一个时间尺度是必不可少的"③。其次，二十四节气的精神内涵，还在于其与民众社会生活紧密结合中所体现出的崇宗敬祖、维护亲情以及除凶去恶、以求平安等重要意义。因此，从更高的层面来说，作为民俗系统的二十四节气亦是中国传统文化的重要组成部分与重要载体，体现着中国人的天人关系、伦理孝道等多样文化内涵。从这个角度来说，今天二十四节气被列入联合国教科文组织人类非物质文化遗产代表作名录及我们加强对二十四节气在当下的保护与传承，就不仅仅只是在传承一种文化遗产，还在于让我们重新唤起对传统文化的认

---

① 陈丹：《二十四节气在现代农业中应用须注意的问题》，《广西气象》2001 年第 2 期。

② 笔者曾以节日为例，对其在当下社会中的节点性与神圣性重建做了相关论述。具体参见王加华《传统节日的时间节点性与坐标性重建——基于社会时间视角的考察》，《文化遗产》2016 年第 1 期。

③ 刘魁立：《中国人的时间制度——值得骄傲的二十四节气》，人民政协网，http://www.rmzxb.com.cn/c/2016 - 12 - 12/1209211.shtml。

知，进而提升我们的民族自豪感，增强我们的民族认同，同时也是世界认识中国的一个标志。①

二十四节气的保护与传承具有极为重要的意义与价值，而保护与传承的最佳途径则是让其"无孔不入"地介入现代民众的社会生活。但问题在于，如何才能实现无孔不入的介入呢？要做到这一点，仅靠二十四节气的自然发展或者相关保护主体的努力是远远不够的，还必须要有新闻媒体、学校教育、国家政策等方面的强力辅助与支持。首先，要加强二十四节气的知识传承，这是开展实践传承的前提与基础。今天，越来越多的年轻人，即使那些生活在乡村地区的年轻人，对二十四节气基本都是陌生的。在此境况下，要求他们在心理上认同并主动实践二十四节气习俗是完全不可能的。因此，必须要加强对年轻人二十四节气知识的普及与推广，而这其中最有效的办法就是为中小学生编写二十四节气知识读本，加强相关知识与文化内涵的普及与教育。可将二十四节气与学生的实际学习生活相结合，制定校园生活的二十四节气，以使他们对二十四节气有直观理解与把握。如立春，一年之计在于春，传统是农民准备春耕的时节，而对广大在校中小学生来说，此时通常正值寒假，也正是需要为接下来的学期生活做好准备的时候。② 其他诸如开设专题讲座、举办相关展览等，也是进行二十四节气知识传承的重要方式。其次，在知识传承的基础上，加强人们对二十四节气习俗活动实践传承的引导。如每到一个节气，就通过广播、电视、网络等现代传媒手段，对该节气的起源发展、历史流变、文化内涵、仪式活动、饮食习俗、娱乐活动、养生实践等进行"铺天盖地"的宣传，在增强民众对二十四节气节日内容和文化内涵充分了解与理解的基础上，通过潜移默化的影响力，使民众在自觉与不自觉之间开始践行相关节气习俗活动，并使之成为自己生活的一部分。若有可能，或可通过国

---

① 刘魁立：《中国人的时间制度——值得骄傲的二十四节气》，人民政协网，http://www.rmzxb.com.cn/c/2016 - 12 - 12/1209211.shtml。
② 王加华：《二十四节气：光阴的习俗与故事》第三章之"校园生活的二十四节气"，光明日报出版社，2015，第59 - 61页。

家立法的形式，将某些节气定为法定的庆祝日，就如同今天日本所做的那样。① 另外，各行各业，也可以结合自身特点，制定自己的二十四节气时间表，在实际工作与生活中践行二十四节气。如国网厦门供电公司，就根据国网公司部署，结合自身实际，制定了"二十四节气表"，并层层推广应用至部门、班组、个人，发挥了积极成效。②

当然，在对二十四节气进行生活化保护与传承过程中，有两个维度必须要充分注意。一是二十四节气的异质性差异，即虽然我们要加强对作为民俗系统的二十四节气的整体保护，但也必须要充分认识到，对民众的生活来说，并非每一个节气都是同质的，也即并非都是具有同样意义的。一些节气，如"四立""二至"等，由于产生较早且与民众生活关系紧密，因此习俗活动、文化内涵等也就更为丰富，至于清明，更是发展为中国传统四大节日之一；一些节气，如小暑、大暑、小雪、大雪、小寒、大寒等，相对而言文化内涵与习俗活动就不那么丰富③，通常只是强调其于人的养生意义，如大暑进补、大寒进补等。因此，在具体的生活化保护与传承过程中，就不能一味强求地对每个节气都"一视同仁"地进行保护，虽然从观念上来说每个节气都是值得重视的。二是二十四节气的地域性差异，即对不同地区而言，同一个节气的意义可能是不一样的。如冬至，在江浙一带尤其重要，素有"冬至大如年"之说，此日人们会祭祖、全家团圆，并包馄饨、蒸年糕等，其情景就如同除夕守岁。再比如谷雨节气，在山东荣成等沿海地区就备受重视。此时"百鱼上岸"，为祈求出海平安、渔获丰收，人们便在谷雨这天举行隆重而盛大的祭祀海神仪式，由此形成了深为当地民众重视的谷雨节，其隆重程度相比于春节是有过之而无不及。④ 因此，对二十四节气的保护与传承，不能采取"一刀切"的方式进行，而要结合各

---

① 据浙江农林大学毕雪飞副教授于 2016 年 12 月 20 日在中国社科院举行的"二十四节气保护工作专家座谈会"上的谈话而知。

② 吴兆磊：《浅谈"二十四节气表"在基层班组的文化实践》，《中外企业家》2015 年第 28 期。

③ 之所以如此，可能与这些节气通常处于农闲期有直接关系。农闲时期，人们没有多少农活可做，于是节气的农事指导意义也就不那么明显，由此导致了文化意义与习俗活动的薄弱。

④ 谢宇芳等：《谷雨节：渔家狂欢节》，威海新闻网，http://www.whnews.cn/mlweihai/2005 - 04/24/content_287534.htm。

地实际，针对不同的节气采取不同的措施。

三 小结

以上我们主要对二十四节气在传统时代的价值与意义及其在当下的保护与传承问题做了简要论述。从中我们可以发现，对传统中国社会的民众来说，二十四节气绝不是如我们一般意义上所理解的那样，只单纯是一种历法体系或者说时间制度，而更是一种包含有丰富民俗事象的民俗系统，具有实用性、节点性与生活化等几个方面的特点。二十四节气之所以被创造、流传且内涵日益丰富，与其深深融入传统民众的生产、生活之中具有直接关系。基于此，要想在当下更好地保护与传承二十四节气，使其如传统时代那样充分介入现代民众的社会生活应该是一种最佳途径。但随着我国由农业社会向工业社会的转变，今天的社会已发生了巨大变化，由此二十四节气所赖以存在的社会环境亦发生了极大变化，这直接导致了其在传统时代的基础性功用，即作为农业生产时间指针的作用日益降低。但作为一种人为创造的民俗系统，二十四节气的意义是表现在多方面的。因此，我们应该以一种发展的观点来认识并对待其在今天的传承与发展问题，即我们可以对其做进一步的"再创造"，"淡化"其对农业生产的指导作用，而强调其与民众社会生活的关系面向，充分发挥二十四节气在今天民众的日常生活、休闲娱乐、饮食养生以及民族认同、生态文明建设等方面的功用与价值。当然，要做到这一点，还必须要充分依靠新闻媒体、学校教育、国家政策等方面的强力辅助与支持，如此才有可能使其"无孔不入"地介入现代民众的社会生活。另外，在具体进行保护与传承的过程中，不能"一刀切"，而要充分观照二十四节气的内部差异及地域差异等问题，分别相应采取不同的保护与传承措施。

作者简介

王加华，历史学博士，山东大学儒学高等研究院教授、博士生导师，主要从事农业史、乡村社会史与曲艺民俗研究。

二十四节气制度的历史及其现代传承[*]

刘宗迪

二十四节气入选人类非物质文化遗产代表作名录，在整个社会引起强烈反响，同时，二十四节气文化的保护和传承也自然被纳入了学界和政府的议事日程。二十四节气制度源远流长，乡间农夫世世代代按照节气的循环安排生产和生活，并形成了丰富多彩的与节气制度相关的风俗文化。"春雨惊春清谷天，夏满芒夏暑相连，秋处露秋寒霜降，冬雪雪冬小大寒"，简单易记、朗朗上口的《二十四节气歌》妇孺皆知。乡下人家司空见惯的农历历书上依然清楚地标明着每一个节气到来的日子，节气制度作为中国人标识时间和岁月的独有标识，早已成为中国人日常生活和民俗活动不可分割的一部分。当前，城市化进程不断加快，传统的乡土生活和自然节律离我们渐行渐远，"乡愁"越来越成为我们社会一种普遍流行的集体情绪，二十四节气进入人类非遗名录，在社会各界引发的巨大热情是可想而知的。但是，热情如同一阵风，很快就会退去，而基于全面而深入的了解之上的热爱才是一种文化得以传承的动力所在，也只有以对一种文化的正确了解为基础，对它的保护和传承才不至于走入歧途。二十四节气作为一种文化传统有着漫长的历史，并正是在历史演变过程中才集聚了丰富的内涵。因此，了解二十四节气，首先要了解二十四节气的历史。实际上，尽管提起二十四节气来，中国人无人不知，但是要问起二十四节气的起源和历史来，大概就没有几个人能说出个所以然来了。

二十四节气自始至终是一种农耕历法。华夏民族是一个古老的农耕民

---

* 本文选自《文化遗产》2017 年第 2 期。

族,而农耕生活与大自然的节律息息相关,二十四节气就是中国传统农业社会根据自然季节循环的节律,以物候、气象、天文等自然现象为标识划分农耕周期、安排农事劳作的时间制度,二十四个节气无非是对季节的进一步细分。由于草木的荣华凋零、鸟兽的迁徙蛰藏、雨露霜雪的四时变化等气象和物候最为直观,也最直接地反映了大自然的盛衰荣枯、季节轮回,因此,古人自然而然地形成以物候、气象等现象标识农事时令的做法,这就是所谓"节气",实际上,现在的二十四个节气名称中,除了四立和四仲是依据太阳的回归运动而命名外,其他节气名,都是由其相应的物候或气象而得名:雨水表示空气的湿度逐渐增加,雨水开始增多了;惊蛰表示随着气温的进一步提高,冬眠的动物开始苏醒;清明表示春和景明、天气晴和的阳春三月到来了……节气原本是一种"物候历"。

可以想象,最初,在不同地区,由于纬度、气候不同,季节到来的早晚和延续的长短不同,作物种植和生计方式不同,必定会形成本地特有的物候历。实际上,甚至就在不久以前,云南傈僳族还流行着一种分一年为十个"季节月"的自然历法,每月的时间长短不一,其名称顺序为:过年月(相当于公历一月),盖房月(二月),花开月(三月),鸟叫月(四月),火烧山月(五月),饥饿月(六月),采集月(七月、八月),收获月(九月、十月),酒醉月(十一月),狩猎月(十二月)。[①] 这些名称大都来自物候和农时,是典型的物候历。这种制度,你可以称之为季节月、物候月,但也不妨称之为"节气","节气"的字面意思无非就是"按气象的变化对时间分节"的意思。

因为物候的出现在不同年份有早晚,不同地区有参差,更由于观察上有误差,所以用物候划分时间,不可能易时易地都整齐划一,不同物候点之间的间隔也不会是均匀等分的,傈僳族的物候月时间长短不一,就足以说明这一点。正是因为物候历欠缺共度性和精确性,所以,随着天文学的发达和太阳历的出现,以物候定节气的做法必然被更具普遍性和准确性的以太阳位置定节气的办法所代替,于是,最初的物候历也就被太阳历所代

---

① 邵望平、卢央:《天文学起源初探》,载《中国天文学史文集》(第二集),科学出版社,1981,第5页。

替了。现在的二十四节气，每一个节气在阳历中的日期基本是固定不变的，相邻节气之间的时间也是相同的，这就是典型的太阳历。节气从参差不齐变成整齐划一，已成为一种纯粹的天文历，只有节气的名称中，还保存着古老的物候历的印记。

按照物候和气象的变化而休养生息是动物的本能，因此人类依据物候标识时间、安排生产生活的做法肯定非常古老，它是人类最原始的知识之一。一般认为成书于西周时期的《诗经·豳风·七月》和《夏小正》，就包含着丰富的物候历内容。如《七月》所谓"春日载阳，有鸣仓庚"，"四月秀葽，五月鸣蜩。八月其获，十月陨箨"，"五月斯螽动股，六月莎鸡振羽"，"九月肃霜，十月涤场"，以及《夏小正》所谓"正月：启蛰；雁北乡；雉震呴；鱼陟负冰；囿有见韭；田鼠出；獭献鱼；柳稊；梅、杏、杝桃则华；鸡桴粥"①之类记载，就是典型的以物候或气象现象标识农时，其中"正月启蛰""九月肃霜"无疑是后来的立春、霜降两个节气的滥觞。战国后期成书的《礼记·月令》，其中的物候记载大多源于《夏小正》，但却较之《夏小正》的记载更为规整，其中除了四立（立春、立夏、立秋、立冬）和四仲（仲春之月日夜分即春分、仲秋之月日夜分即秋分、仲夏之月日长至即夏至、仲冬之月日短至即冬至）之外，孟春之月"蛰虫始振"，仲春之月"始雨水"，孟夏之月"农乃登麦"，仲夏之月"小暑至"，孟秋之月"白露降"，季秋之月"霜始降"等②，惊蛰、雨水、芒种、小暑、白露、霜降几个节气已经呼之欲出了。

如果说《七月》和《夏小正》反映的是与地方风土息息相关的民间物候历，那么，《月令》作为经由学者文人整理的时间制度，已经体现出来官方统一物候历标准的努力。到西汉时期的《淮南子·天文训》，二十四节气系统已经基本定型：

　　　　十五日为一节，以生二十四时之变。斗指子，则冬至。加十五日指癸，则小寒。加十五日指丑，则大寒。加十五日指报德之维，则立

---

① 王聘珍：《大戴礼记解诂》，中华书局，1983，第 24 - 30 页。
② 朱彬：《礼记训纂》，中华书局，1996，第 213 - 285 页。

春，阳气冻解。加十五日指寅，则雨水。加十五日指甲，则雷惊蛰。加十五日指卯中绳，故曰春分则雷行。加十五日指乙，则清明风至……

相邻节气之间皆相隔 15 天，并用北斗斗柄指向的变化作为判断节气到来的标志，这已经是典型的天文历了。

值得注意的是，在《管子·幼官篇》中记载了一种与二十四节气大异其趣的三十节气制度：

> 春：十二，地气发，戒春事。十二，小卯，出耕。十二，天气下，赐与。十二，义气至，修门闾。十二，清明，发禁。十二，始卯，合男女。十二，中卯。十二，下卯。三卯同事。
>
> 夏：十二，小郢至，德。十二，绝气下，下爵赏。十二，中郢，赐与。十二，中绝，收聚。十二，大暑至，尽善。十二，中暑。十二，小暑终。三暑同事。
>
> 秋：十二，期风至，戒秋事。十二，小卯，薄百爵。十二，白露下，收聚。十二，复理，赐与。十二，始节赋事。十二，始卯，合男女。十二，中卯。十二，下卯。三卯同事。
>
> 冬：十二，始寒，尽刑。十二，小榆，赐予。十二，中寒，收聚。十二，中榆，大收。十二，寒至，静。十二，大寒，之阴。十二，大寒终。三寒同事。[①]

每隔 12 天为一个节气，全年共三十个节气，其中，春、秋两季各八个节气，夏、冬两季各七个节气，共计 360 天。一个太阳回归年为 365 天，多出的 5 天大概被作为"过年日"。这一种节气制度，与二十四节气制度不可通约，应该是一种为战国时期的齐国所特有的节气制度，暗示了上古时期节气安排的多样性。

总之，二十四节气制度作为一种农时制度安排，源远流长，它源于原

---

① （唐）房玄龄注《管子》，据上海古籍出版社影印《二十二子》本，1986，第 100 页。

始的物候计时制度，逐渐演变为规范统一的太阳历制度，唯其如此，它作为华夏王朝正朔的一部分，方得到有力的推行和广泛的普及，并因此获得了悠久的生命力，一直流传到现在。

需要指出的是，按照自然节律（天文、物候）安排农时是各农耕民族的普遍现象，因此，节气现象并非中国所独有。即使在中国境内，少数民族尽管大多都接受了夏历的节气，但有些民族仍有自己因地制宜的农事节气制度。所以，那种为节气赋予强烈的民族主义色彩或国粹色彩，将之宣传为华夏民族所独有，天下独此一家，是有违自然常识和历史事实的，不值得提倡。有一种十分流行的说法，认为世界上只有中国才有二十四节气制度，而西方则只知道四个节气，即春分、夏至、秋分、冬至，并认为这体现了中国历法的优越性云云。西方历法确实只有四个节气，这种说法貌似很有道理。但其实，此说纯属缺乏科学常识的文化自恋，西方固然不知道二十四节气，但西方历法作为阳历，其 12 个月份就具有确定节气和农时的功能，因此本身就具有节气的功能，说穿了，二十四节气无非就是中国阴阳合历制度中的太阳历成分而已，换言之，西方的历法根本不需要在 12 个月之外再画蛇添足地增加一个节气制度。

但是，毋庸置疑，世界上只有中国形成了如此广为流传的具有丰富文化内涵的节气制度，唯有中国文化在农事之外还保留了节气制度丰富的文化象征意味（如养生、占岁、游戏、祭祀、诗歌等等），这除了中国农耕文化源远流长之外，还与阴阳五行哲学的影响密不可分。但是，不管二十四节气被赋予多少文化象征意味和所谓的"诗意"，它归根结底是一种农耕时间制度安排，它的这一本质含义是不容抹杀和淡化的。

二十四节气既然与农业生产密不可分，那么，它就必然与农业活动相伴始终。只要农民还在耕地，他们就离不开节气，那些世代相传的农时谚语就会一直在乡村流传，农家墙壁上的月份牌上就一直会标注着节气。只要农村还在，节气就不会消亡，那种认为二十四节气正在消亡的说法，未免夸大其词。

有鉴于此，二十四节气无须"保护"，更不需要一些从来没有种过庄稼的学者、官员、媒体工作者奔走呼吁进行保护。只有当农业消亡，不再有农民种地，二十四节气丧失实际功能，它才会消亡，也必定会消亡，所以真正意义上的、作为农耕时间制度的二十四节气也无法保护。

尽管如此，二十四节气被列入人类非物质文化遗产代表作名录仍是有意义的。它除了增进全世界对中国传统文化的认知度之外，更进一步促进了中国青年一代对于以二十四节气为代表的中国农耕传统的了解和热爱，二十四节气中所体现的效法自然、顺应天时、与时偕行、天人和谐的传统智慧也会因其与现代生态思想的呼应而更加深入人心。

所以，二十四节气文化所需要的不是保护，而是"再创造"。在现代条件下，尤其是现代都市化和工业化的条件下，如何适应现代人的生活和精神需要，用新的表达形式和传播方式，对我们的农耕先民留给我们的这份珍贵的文化遗产中蕴含的传统智慧进行提炼、升华、传播、弘扬，在现代社会条件下赋予它新的意义和新的生命，借以寻回日益远离自然的现代人失落的"精神家园"，安顿现代人的"文化乡愁"，将二十四节气作为传播中国文化、讲好中国故事的一个重要内容，这是一项有意义的工作。而这一工作，不是单靠民俗学者或农业史学者所能完成的，更需要艺术界、文化创意界、传播界的共同参与。

总之，对于作为农耕历法的二十四节气的保护，我主张顺其自然的态度；对于作为一种传统文化形式的二十四节气的弘扬，我主张推陈出新的态度。二十四节气无须保护，无法保护，但二十四节气的丰富文化内涵，确为这个全球化、城市化和大众传媒化时代的文化创造展开了丰富的想象空间。

作者简介

刘宗迪，先后就读于南京大学气象系、四川师范大学中文系、北京师范大学中文系，现为山东大学儒学高等研究院教授。著有《失落的天书：山海经与古代华夏世界观》《古典的草根》《七夕》等。

二十四节气形成过程初探*

刘晓峰

2016 年 11 月 30 日，在联合国教科文组织保护非物质文化遗产政府间委员会第十一届常会上，中国申报的"二十四节气——中国人通过观察太阳周年运动而形成的时间知识体系及其实践"，正式列入人类非物质文化遗产代表作名录。这是中国继中医针灸、珠算后第三项"有关自然界和宇宙的知识和实践"的代表作。然而遗憾的是，二十四节气的形成过程、二十四节气在中国古典知识体系中拥有怎样的位置等非常基础的学术问题，却至今没有得到令人满意的答案。有鉴于此，本文意图参考考古学、历史学、文献学等相关资料，对于古代二十四节气观念的形成过程做一梳理。笔者认为：第一，圭表测日为二十四节气观测确定最主要之方法。第二，由寒暑发展为两分两至，再发展到分至启闭，进而发展为二十四气以至七十二候，是一个不断细化的时间划分体系。在这一体系中，二十四节气因为疏密最为适宜而获得广泛流传。第三，二十四节气是分至启闭系统吸收月数知识的结果，"二十四"这一数字的确定，是分至启闭系统吸收月数知识后在两者之间找到的最小公倍数。作为吸纳月数知识的证明，本文还对十二律与十二月的联系做了基本的讨论，并期待以此为古代二十四节气知识的正本清源提供一点参考。不当之处，还请方家指正。

———一———

一年年时间的循环，是自然时间的基本特征。二十四节气的形成过程，

* 本文选自《文化遗产》2017 年第 2 期。

是中国古人立足大地对于太阳周年运行规律的认识不断深化的过程。人类的知识起源于人们的生产生活。中国古代农业文明发达甚早。考古学证明河姆渡稻作距今 7000 年，东灰山遗址麦种为 4000 年前。水稻与小麦这两种主要农业植物的栽培技术的发展，为南北中国奠定了农耕生产的基调。一如《吕氏春秋·当赏》云："民无道知天，民以四时寒暑日月星辰之行知天。四时寒暑日月星辰之行当，则诸生有血气之类皆为得其处而安其产。"[1] 四时寒暑、日月星辰的运行，对国计民生实有重要影响。因为农耕生活的核心是春种秋收，而古代天文学、历学的发达应当与为农业播种收割提供准确时间有直接关系。古人在实际生活中，应当很早就体会到了四季循环的存在。但从最初感性地认知这一循环到最后达到准确地把握这一循环，经过了一个不断探索的过程。感知四季循环与精准把握四季循环，是完全不同的两个层面。前者仅凭感性的认识就足够了，而后者既需要持续准确地观察积累以为研究材料，又需要比较复杂的知识体系作为认知框架。这一点在古代人眼中就是如此。《晋书》记载古代日本"俗不知正岁四节，但记秋收之时，以为年纪"。"记秋收之时，以为年纪"就是感性地对于四季循环简单地产生认识，而"知正岁四时"则是精确地把握四季循环意义。可见在《晋书》撰写者那里，这两者是截然不同的。

古人用阴阳来概括一年寒暑的变化，而太阳是影响气候变化所有因素中最重要的"阳"。一如班固《汉书》所指出："日，阳也。阳用事则日进而北，昼进而长，阳胜，故为温暑；阴用事则日退而南，昼退而短，阴胜，故为凉寒也。故日进为暑，退为寒。"[2] 二十四节气的根本目标，是为循环的时间合理地安排出刻度，但在安排这些刻度时，古人同样有一套自己依据的观念。二十四节气的第一个核心概念，是"气"的观念。司马迁《史记·律书》云："气始于冬至，周而复始。"[3] 古人认为一岁之间，"本一气之周流耳"。一年的节气变化就是"一气"的循环。二十四节气的第二个核心是"节"的观念。节就是为周流天地之间的"一气"画出刻度。第三个

---

[1] 陈奇猷：《吕氏春秋校释》，台湾华正书局，1985，第 1610 页。
[2] 《汉书·天文志》，中华书局，1962，第 1294 页。
[3] 《史记·律书》，中华书局，1959，第 1251 页。

核心是"中",在每节时间的正中画出阴阳变化的刻度,这就是中气。《汉书·律历志》云:"夫历《春秋》者,天时也。列人事而因以天时。《传》曰:民受天地之中以生,所谓命也。""中"是"定命"的根本,能否获得关系重大,因为"能者养之以福,不能者败以取祸"①。二十四节气就是节气与中气的合称。一元之气分而为二,则有阴有阳存焉。分而为四,划分寒暑之气,则春分为节,夏至为中气;秋分为节,冬至为中气。二分二至节而分之则为分至启闭。立春为春节,春分为春之中气;立夏为夏节,夏至为夏之中气;秋分为秋节,立秋为秋之中气;立冬为冬节,冬至为冬之中气。参之十二月,则以冬至为基点,分一岁为十二月,月初为节气,月中为中气。节气得气之始,中气得气之中。在这种划分中,存在古代人对于太阳周年运动的准确的观察,也包含着古代人的世界观和宇宙观的认识,这是我们在理解二十四节气时应当知道的。

从根本上说,二十四节气正是基于对太阳一年周期性变化的准确观测和把握。日月之行,四时皆有常法。问题是,用什么方法来掌握它?在这方面中国古人很早就发明了以圭表测日的方法。在距今 4000 年前的陶寺遗址中,考古学者发现了带有刻度的圭尺,这一实物的发现,证明我们先民很早就掌握了圭表测日的方法。通过持续地观测一年之中日影的变化,古人发现了日影最长的夏至日和日影最短的冬至日这两个极点,并准确掌握了一年日影变化的周期性。陶寺遗址的发现意味着我们文献中所称讲的"用夏之时"并不是假托古人,更可能的是历史上的古人确实早已经掌握了冬至、夏至太阳的变化规律。

观察到冬至、夏至的现象,对于古人认识一年周期性变化意义重大。因为这意味着在一年的时间循环中发现了两个最重要的刻度。根据《周髀算经》的记载可知,在后来的中国古代时间体系形成过程中,圭表测日同样发挥了极为重要的作用,它是古代划分二十四节气时间刻度最主要的方法。有关这方面,我们会在第三节中进一步加以论述。

---

① 《汉书·律历志》,中华书局,1962,第 979 页。

二

陶寺遗址的发现并不是孤立的。学者冯时根据河南濮阳西水坡 45 号墓的墓穴形状表现了二分日及冬至日太阳周日视运动轨迹，认为人类早在公元前 4500 年前已经对分至四气有所认识。他还认为公元前 3000 年的辽宁省建平县牛河梁的三环石坛表示了分至日太阳周日视运动轨迹。殷商时期已经发现了春分、秋分，不过称谓上与现代有异。他在《中国天文考古学》中指出，殷代四方神实即分至之神，四方神名的本意即表示二分二至昼夜长度的均齐短长，而四方风则是分至之时的物候征象。"殷商时代，分至四气仅单名析、因（迟）、彝、宛，而不与季节名称相属，直观地描述了二分二至昼夜的均齐长短。"① 这是很值得重视的观点。保守地说，到商末周初，古人应当已经从认识冬至夏至，进而发展出对春分和秋分的认识。这可以从文献记载中得到明确的证明。两分两至在《尚书·尧典》中有明确的记载：

> 乃命義和，欽若昊天，歷象日月星辰，敬授民時。分命義仲，宅嵎夷，曰暘谷。寅賓出日，平秩東作。日中，星鳥，以殷仲春。厥民析，鳥獸孳尾。申命義叔，宅南交。平秩南為，敬致。日永，星火，以正仲夏。厥民因，鳥獸希革。分命和仲，宅西，曰昧谷。寅餞納日，平秩西成。宵中，星虛，以殷仲秋。厥民夷，鳥獸毛毨。申命和叔，宅朔方，曰幽都。平在朔易。日短，星昴，以正仲冬。厥民隩，鳥獸鷸毛。帝曰："咨！汝義暨和。期三百有六旬有六日，以閏月定四時，成歲。允釐百工，庶績咸熙。"②

这段文字中的日中、日永、宵中、日短，就是对于春夏秋冬四季太阳变化的描述。对这段记载，学者们的讨论非常多。竺可桢以实测的角度考

---

① 冯时：《中国天文考古学》，中国社会科学出版社，2010，第 256 页。
② 《尚书·尧典》。

证出这是商末周初之天象，这说明早在商末周初，人们就认识到了二分二
至。①，并且已经认识到春分、秋分是一年中两个昼夜均衡划分的特殊日子
这一自然现象。

春秋时代伴随古代天文学的发达，人们的认识进一步从二分二至细化
到"分至启闭"。分指春分、秋分，至指夏至、冬至，启指立春、立夏，闭
指立秋、立冬。《左传·僖公五年》记云："凡分、至、启、闭，必书云物，
为备故也。"杜预《注》："分，春秋分也；至，冬夏至也；启，立春立夏；
闭，立秋立冬。"② 又《左传·昭公十七年》亦记"分至启闭"云："凤鸟
氏，历正也；玄鸟氏，司分者也；伯赵氏，司至者也；青鸟氏，司启者也；
丹鸟氏，司闭者也。"③ 到战国末期，《吕氏春秋》"十二月纪"中立春、春
分、立夏、夏至、立秋、秋分、立冬、冬至等八个节气的准确称谓都已经
出现。由一年而分冬至夏至、由冬至夏至而分二分二至，再由二分二至发
展到四立与二分二至组合成的"分至启闭"，距离二十四节气就只有一步之
遥了。

这一步就是在已经被"分至启闭，一分为二"的春夏秋冬四季八个刻
度间，再一分为三，亦即在每个时间刻度之间再分别增加两个刻度，就形
成了二十四节气。由八而二十四这个变化比较特殊。因为按照从一分为二、
二分为四、四分为八的数字排列，下一个数字应当是偶数的十六④，而不应
当是二十四。为什么会发生这种特殊的变化？我认为在这个环节，以月象
观察为主要标志的分一年为十二月的月数知识被结合进来，这才是二十四
节气最后形成最为关键的核心点。从时间文化的形成顺序来看，二十四节
气的划分方法是比较靠后的。在二十四节气出现之前，依靠月象观察确定
时间并划分一年为四季十二月和划分一年为三百六十五日的传统时间框架

---

① 竺可桢：《论以岁差定〈尚书·尧典〉四仲中星之年代》，《科学》第 11 卷，1927 年第 12
期。

② 《左传》。

③ 《左传》。

④ 沿自自八而十六这一数字结构延展的，是式盘的十六神将。十六神将在式盘上由十二辰与
乾坤艮巽而命名，但内在的数字逻辑是由一、二、四、八这个顺序延展的。王希明《太乙
金镜式经》引《传》曰："太乙者，天帝之神也。主使十六神，知风雨、水旱、兵革、饥
馑、疾疫、灾害之国也。"

早已经根深蒂固。划分节气很难无视这一巨大的现存传统时间框架。今天的二十四节气所取的二十四这个数字，实际上是八与十二的最小公倍数，节气定个在这个数字上并非出于偶然。这一组合变化的结果，是在一年为十二个月这一基数上，中分一月为二，一为节气、一为中气，最后形成的就是由十二个节气和十二个中气结构而成的二十四节气。要而言之，在二十四节气形成过程中，一、二、四、八、十二、二十四这组数字的意义都是非常重要的。

三

从分至启闭体系发展到二十四节气的过程中，组合了十二月的月数知识，这一点也反映在节气较早的记载中。《逸周书》主体被认为是先秦文献的汇总，其"周月解"云：

> 凡四时成岁，有春夏秋冬，各有孟仲季，以名十有二月。中气以著时应。春三月中气：雨水、春分、谷雨。夏三月中气：小满、夏至、大暑。秋三月中气：处暑、秋分、霜降。冬三月中气：小雪、冬至、大寒。闰无中气，斗柄指两辰之间。万物春生、夏长，秋收、冬藏。天地之正气，四时之极，不易之道。①

这段记载中有和今天我们使用的二十四节气版本不同的地方，主要是春天的中气划分上。② 但"十有二月，中气以著时"的记载，提醒我们十二月和十二中气的对应关系。从《淮南子·天文训》中有关二十四节气最早的完整记载中，也可看见月数知识影响的端倪：

---

① 《逸周书校补注释》，黄怀信撰，三秦出版社，2006，第 253－261 页。
② 《逸周书校补注释》，版同上，第 251 页。后人校对此书认为该排列方法不古，曾改之为"惊蛰、春分、清明"，见该书同页所引"卢校"。按《夏小正》云："正月启蛰"，《考工记》云："启蛰，孟春之中也"，又将惊蛰归为孟春，还见于同书《时训解》："立春之日，东风解冻。又五日，蛰虫始振。又五日，是对上冰，风不衔冻，号令不行。蛰虫不振，阴奸阳。鱼不上冰，甲胄私藏。惊蛰之日，獭祭鱼。又五日，鸿雁来。又五日，草木萌动。"足见这一划分法自有古老传统作为依托。又《礼记·月令》注云："汉始以雨水为二月节。"可知早期二十四节气或曾以启蛰为孟春中气，后更改为今日的顺序。

　　两维之间，九十一度十六分度之五而升，日行一度，十五日为一节，以生二十四时之变。斗指子则冬至，音比黄钟。加十五日指癸则小寒，音比应钟。加十五日指丑则大寒，音比无射。加十五日指报德之维，则越阴在地，故曰距日冬至四十六日而立春，阳气冻解，音比南吕。加十五日指寅则雨水，音比夷则。加十五日指甲则雷惊蛰，音比林钟。加十五日指卯中绳，故曰春分则雷行，音比蕤宾。加十五日指乙则清明风至，音比仲吕。加十五日指辰则谷雨，音比姑洗。加十五日指常羊之维则春分尽，故曰有四十五日而立夏，大风济，音比夹钟。加十五日指巳则小满，音比太蔟。加十五日指丙则芒种，音比大吕。加十五日指午则阳气极，故曰有四十六日而夏至，音比黄钟。加十五日指丁则小暑，音比大吕。加十五日指未则大暑，音比太蔟。加十五日指背阳之维则夏分尽，故曰有四十六日而立秋，凉风至，音比夹钟。加十五日指申则处暑，音比姑洗。加十五日指庚则白露降，音比仲吕。加十五日指酉中绳，故曰秋分雷戒，蛰虫北乡，音比蕤宾。加十五日指辛则寒露，音比林钟。加十五日指戌则霜降，音比夷则。加十五日指蹏通之维则秋分尽，故曰有四十六日而立冬，草木毕死，音比南吕。加十五日指亥则小雪，音比无射。加十五日指壬则大雪，音比应钟。加十五日指子，故曰阳生于子，阴生于午。阳生于子，故十一月日冬至，鹊始加巢，人气钟首。阴生于午，故五月为小刑，荠麦亭历枯，冬生草木必死。①

　　此处提及的黄钟、大吕、太蔟、夹钟、姑洗、仲吕、蕤宾为上，林钟、夷则、南吕、无射、应钟即古代的十二律。古人很早就已经在十二律与十二月中间建立了联系。《吕氏春秋·音律》称："天地之气，合而生风。日至则月钟其风，以生十二律。仲冬日短至，则生黄钟。季冬生大吕。孟春生太蔟。仲春生夹钟。季春生姑洗。孟夏生仲吕。仲夏日长至。则生蕤宾。

① 何宁撰：《淮南子集释》，中华书局，1998，第213-218页。

季夏生林钟。孟秋生夷则。仲秋生南吕。季秋生无射。孟冬生应钟。天地之风气正，则十二律定矣。"① 《礼记·月令》中也记载："孟春之月，律中太簇；仲春之月，律中夹钟；季春之月，律中姑洗；孟夏之月，律中仲吕；仲夏之月，律中蕤宾；季夏之月，律中林钟；孟秋之月，律中夷则；仲秋之月，律中南吕；季秋之月，律中无射；孟冬之月，律中应钟；仲冬之月，律中黄钟。"② 所以这里出现的十二律，可以说是将月数知识体系纳入二十四节气的一个证明。

这中间涉及了与音律和节气的关系问题。在二十四节气的确立过程中，以圭表测日根据晷影变化为时间确定刻度这一根本方法依旧是最重要的方法。《周髀算经》卷下记载了日晷影长一年的规律性变化过程：

> 凡八节二十四气，气损益九寸九分六分分之一。冬至晷长一丈三尺五寸，夏至晷长一尺六寸。问次节损益寸数长短各几何？冬至晷长丈三尺五寸，小寒丈二尺五寸（小分五），大寒丈一尺五寸一分（小分四），立春丈五寸二分（小分三），雨水九尺五寸三分（小分二），启蛰八尺五寸四分（小分一），春分七尺五寸五分，清明六尺五寸五分（小分五），谷雨五尺五寸六分（小分四），立夏四尺五寸七分（小分三），小满三尺五寸八分（小分二），芒种二尺五寸九分（小分一），夏至一尺六寸，小暑二尺五寸九分（小分一），大暑三尺五寸八分（小分二），立秋四尺五寸七分（小分三），处暑五尺五寸六分（小分四），白露六尺五寸五分（小分五），秋分七尺五寸五分（小分一），寒露八尺五寸四分（小分一），霜降九尺五寸三分（小分二），立冬丈五寸二分（小分三），小雪丈一尺五寸一分（小分四），大雪丈二尺五寸（小分五）。凡为八节二十四气。气损益九寸九分六分分之一。冬至、夏至为损益之始。③

这段记载的重要性在于，第一，正如我们第一节所讲的那样，圭表测

---

① 《吕氏春秋·音律》。
② 《礼记·月令》。
③ 《周髀算经》，中华书局丛书集成初编本，1985，第69-71页。

日对于二十四节气的最后确定，提供了技术上最重要也是最可靠的数据支持。这段记载告诉我们古代二十四节气的确定，最主要根据的是从冬至晷长到夏至晷长之间的变化。第二，这段记载从古代算学的视角，为我们提供了古代二十四节气所对应的日影变化的完整记录。第三，这段记载反映出古人对于气的损益和晷长变化的规律性已经有了非常准确的把握。第四，关于"损益"。准确把握了晷长变化的规律性后，古人是怎样看通过对日影观测所获得的这种变化的？古人在一年的时间变化中看到了什么？这一准确把握唤起了古人对宇宙怎样的想象？出现在这段文字中的"损益"，是了解这一切的重要的关键词。所谓"冬至、夏至为损益之始"，即抓住冬夏两至为基点，以"损""益"的思路理解气的变化，这非常重要。因为"损益"也是古人讨论音乐节律规律性变化时最重要的关键词。古代有关音乐的知识发轫甚早。距今有 8000—9000 年的河南舞阳七孔骨笛的出土，告诉我们古代中国人很早就有使用五声乃至七声音节的艺术实践。到了春秋时期，关于声音的节律变动已经有了比较深入的知识。《管子·地员篇》中记载的"三分损益法"，以三分损益生五律：

> 凡将起五音，凡首，先主一而三之，四开以合九九，以是生黄钟小素之首，以成宫；三分而益之以一，为百有八，为徵；不无有三分而去其乘，适足以生商；有三分而复于其所，以是生羽；有三分去其乘，适足以是成角。①

《吕氏春秋·季夏篇》则记载了三分损益生十二律：

> 黄钟生林钟，林钟生太蔟，太蔟生南吕，南吕生姑洗，姑洗生应钟，应钟生蕤宾，蕤宾生大吕，大吕生夷则，夷则生夹钟，夹钟生无射，无射生仲吕。三分所生，益之一分以上生。三分所生，去其一分以下生。黄钟、大吕、太蔟、夹钟、姑洗、仲吕、蕤宾为上，林钟、

---

① 《管子校正》，河北人民出版社诸子集成本，1986，第 311－312 页。

夷则、南吕、无射、应钟为下。①

音律的增减损益和日影的增减损益之间的相似性，唤起了古人丰富的联想。《史记·律书》记载，"王者制事立法，物度轨则，壹禀于六律，六律为万事根本焉"②，古人认为不仅天气变化与音乐有关，而且将音律神圣化，认为其中有数理，有无形但俨然自在的天地法则。这方面有关中国古代人对于宇宙法则的认识，篇幅所限，我们以后另文论述。要而言之，只要将十二月与十二律的对应关系作为背景知识，我们就能够理解《周髀算经》中的"损益"所包含的丰富含义。需要指出的是，前引《淮南子》文中，自冬至至夏至十二节气，以冬至为黄钟，以下小寒、大寒等分别次第与大吕、太蔟、夹钟、姑洗、仲吕、蕤宾、林钟、夷则、南吕、无射、应钟等十二律相对应；自夏至至冬至十二节气，则反过来以夏至为黄钟，以下小满芒种等分别次第与应钟、无射、南吕、夷则、林钟、蕤宾，仲吕、姑洗、夹钟、太蔟、大吕等十二律相对应。这种冬至后日益与夏至后日损排列所展示出的节气与十二律的对应，与《吕氏春秋》的十二律与十二月的对应关系有很大不同，这是需要加以注意的。

四

《古微书》载："昔伏羲始造八卦，作三画以象二十四气。"这是利用八卦每一个卦象都有三爻的特点，试图在"二十四节气"与八卦之间建立直接联系。正如以六十卦值日用事的卦气说晚起于京房孟喜一样，这种直接在八卦与二十四气之间建立联系的努力，应当也是二十四节气成立后附会的。但古人认为"三"是多，并且"三生万物"，八乘三而生二十四符合"三生万物"的逻辑。沿着这一思路向前推进，二十四复乘以三，就出现了和二十四气关系密切的"七十二候"。"七十二候"最早见于《逸周书·时训解》。③ 它把一年 365 天（平年）按大致五天一候划分，并规定三候为一

---

① 《吕氏春秋·音律》。
② 《史记·律书》，版同前，第 1239 页。
③ 《逸周书校补注释》，版同前，第 253－261 页。

节，以与二十四节气对应。每一候均以一种物候现象作为"候应"。和二十四气多为天气变化不同，"七十二候"更多地利用了生存于大地之上的动植物以及大自然的多种变化作为时间标志。如"水始涸""东风解冻""虹始见""地始冻""鸿雁来""虎始交""萍始生""苦菜秀""桃始华"，等等。发展到"七十二候"，已经开始把时间的刻度细致到了以五日为一个单位来把握。从数字而言，"五"是"天之中数"①。《周易·系辞上》："天数五、地数五，五位相得而各有合。天数二十有五，地数三十，凡天地之数五十有五，此所以成变化而行鬼神也。"②所以在古代，五是神圣数字，古代曾五日一休沐，就与"五"的神圣性相关。所以从象数之学的传统来看，不论二十四乘三还是以五为划分单位都是非常理想的。但是，从内容上讲，由立竿见影发现冬至夏至，发展到把一年的季节变化细致到五天一个单位，以寒暑认识大自然变化的时间体系至此已经发展到了极致。我们知道，影响大地万物生长变化的因素很多。而物极必反，单纯依靠太阳运动的规律设定物候，并具体到五日一候，实际上已经超出了这一时间划分体系应有的边界，其准确性已经大有问题。加之七十二候的"候应"并非一一来自于现实观测，其中不乏对早期上古时间文献分割转述者，所以"七十二候"可以说只具有时间划分体系发展于极致的象征意义。真正在后来的社会生活中发生重要影响的，并不是具体而微的"七十二候"，而是详略最为得当的二十四节气。

要而言之，二十四节气并不是孤立存在的，它是由寒暑（阴阳）、四季、八节、二十四节气、七十二候构成的同一时间划分体系的一部分。在这一时间划分体系中，以十五日为周期的二十四节气既较诸八节之简略更为详尽，又因为以太阳运行周期为核心而有别于十二月划分，同时避免了七十二候的过于详尽而失当的弊病，可以说详略最得其宜。它最后能广为流传，成为中国古代农事活动最有参考价值的时间文化体系，良有以也。

二十四节气此后获得的发展，是"定气法"的提出。早期的二十四节气，是将一周年平分为二十四等分，定出二十四节气，从立春开始，每过15.22 日就交一个新的节气，这种做法被称为"平气"。但太阳的周年视运

---

① 《汉书·律历志》，版同前，第964页。
② 《周易·系辞上》。

动是不等速的，在各个平气之间，太阳在黄道上所走的度数并不相同。隋朝天文学家刘焯为此提出"定气"之法，以太阳在黄道上的位置为标准，自春分点起算，黄经每隔15°为一个节气，使二十四节气的划分变得更为科学。不过这一方法比较复杂，所以一直未被采用，直到清朝《时宪历》才正式采用。我们今天的二十四节气，使用的就是刘焯定气之法。

五

　　围绕二十四节气的成立过程，我们做了一次基本的学术性梳理。通过这一梳理我们看到，古代人由认识寒暑发展为认识二分二至，再进而认识分至启闭，再进而认识二十四气以至七十二候，有一个发展的过程。在这一过程中，圭表测日是确定二十四节气最主要的方法。二十四节气是观察太阳周年运动而形成的时间知识体系，但发展中吸收了月数知识。"二十四"这一数字的确定，就是分至启闭系统吸收月数知识后在两者之间找到的最小公倍数。作为吸纳月数知识的证明，本文还对十二律与十二月的联系做了基本的讨论。二十四节气并不是孤立存在的。"气""节""中"是理解二十四节气的三个核心概念。举凡寒暑、二分二至、分至启闭、二十四节气和七十二候，都是按照"节""中"对"气"不断划分。而在这些划分方法中，二十四节气之所以流传最广，与其划分得详略最得其宜密切相关。围绕二十四节气的形成，今后尚有一系列有待解决的学术问题：比如《淮南子》排列的十二律与节气的对应关系和《吕氏春秋》的十二律与十二月的对应关系不同，对此究竟该如何认识？再比如二十四节气与包含音律在内的古代人的世界观和宇宙观有非常深的关联，今后有必要从古代时间文化发展史的角度对此作出梳理等等，这都是今后有待研究者们认真做的工作。

作者简介

　　刘晓峰，清华大学历史系教授、博士生导师。兼任中国民俗学会常务理事、副秘书长，中国日本史学会常务理事、古代史专业委员会会长，北京市中日文化交流史研究会副会长。

非物质文化遗产保护的中国经验 ————

　　从昆曲被列入"人类口头和非物质遗产代表作"名录至今，非物质文化遗产保护工作在中国全面展开已有近 20 年的时间。多年来，这项文化运动为传统文化和人们的相关实践带来了诸多积极的影响。但与此同时，诸多问题也随之涌现，尤其突出的，是教科文组织理想化的理论与特定语境下的保护实践之间的矛盾，它不仅在不同国家之间，以及同一国家的不同地方之间造成了争夺传统文化所有权的竞争或冲突，也削弱甚至剥夺了普通人通过自己的文化来进行自我表达的权利。就此而言，非遗相关的社区、研究者和国家权力等，在就非遗工作的相互协作方面，仍然还有很长的路要走。多年来，中国通过自己的实践，以及多年来积累的经验，不仅在本国的非遗保护方面取得了巨大成就，而且为联合国教科文组织相关工作的理论、策略与方法的提升和拓展，贡献了具有特殊视角的重要参考。面对这样的形势，总结相关经验并广泛结合国际国内相关视角进行积极的理论反思，可以说是非遗研究领域的当务之急，也是长期为非遗保护与研究提供重要理论支持的民俗学的题中之意，它在为非遗相关工作提供更有针对性的理论支持的同时，也能为从文化运动与文化建设的视角进一步完善民俗学学科自身建设，开辟新的方向。

非物质文化遗产保护的中国实践与经验[*]

安德明

"非物质文化遗产"这个概念，从最初引入中国到现在已经有 15 年的时间。在 2003 年联合国教科文组织（UNESCO）通过《保护非物质文化遗产公约》之时，这个概念在中国还显得十分陌生，今天，它却变成了一个几乎家喻户晓的流行词。在实际生活中，可以看到，无论是企业、地方政府，还是个人或专业团体，都在试图借助"非物质文化遗产"来标称自己所拥有的某一项文化产品，以此来提高相关产品及其拥有者的地位或效益。这方面较突出的一个例子，是前几年当一款著名的凉茶饮料因配方问题受到质疑之后，凉茶相关方作出的反应：

> 随着卫生部"王老吉违规添加夏枯草"的一段声明，号称能降火的王老吉，自己火烧火燎起来。广东省食品行业协会会长张俊修说，"凉茶是国家级非物质文化遗产。广东省食品行业协会没能下大气力向社会传播凉茶文化的社会历史价值与养生健康价值，带来了一些不理解。但对于极个别不对非物质文化遗产实施保护的行为，我们将保留法律追索的权利。"①

"非物质文化遗产"（以下简称"非遗"）在当下中国引起的关注之广、其背后所包含的特殊价值之高，由此可见一斑。

---

* 本文选自《民间文化论坛》2017 年第 4 期。

① 《中国青年报》2009 年 5 月 13 日。

一 民族文化主权意识的不断加强和来自 UNESCO 的影响——非遗保护运动在中国迅速普及的原因

在中国，非物质文化遗产保护工作的迅速兴起和普及，同民族文化主权意识的不断加强，以及来自 UNESCO 的持续影响有密不可分的关系。

20 世纪 70 年代末之后的三十多年间，中国在经济、文化和社会生活的诸多方面，都发生了天翻地覆的变化。在经济腾飞、物质生活取得巨大进步的同时，受快速工业化和全球经济一体化的影响，传统文化不断遭受冲击甚至濒临消亡的状况，也引起了人们越来越多的担忧，如何保护中国传统文化及相关思想观念的传承和延续，成了社会各界普遍关心的问题。而在这方面，知识分子起到了非常重要的作用。

在许多国家，知识分子对于社会文化的变迁往往会有更加敏感的意识和更为强烈的焦虑。由于他们掌握更大的话语权，在他们倡导之下，这种原本产生于知识分子特定群体的焦虑，会逐渐转变成全民族普遍关心的问题。以中国民俗学的发轫为例，众所周知，中国民俗学是在五四运动前夕由北京大学一批有远见的教授和学生所发起的歌谣征集运动推动下拉开序幕的。而发起这一运动，既是为了从民间探索建设新文学、重构民族精神的丰厚资源，也是为了在不断推进的电气化、工业化所造成的传统生活文化剧烈变化的情势下，"抢救"和保存民间传统。[①] 事实上，这种因现代化而引发的忧虑、相应的行动及其目标，从近现代以来始终在知识分子当中保持着强大的影响，它在民间文化领域的另一个突出表现，就是 20 世纪 80 年代初期由中国民间文艺研究会（即现在的中国民间文艺家协会）发起，并在文化部、国家民委和中国文联支持下启动的"民间文学三套集成"，以及在此基础上进一步拓展形成的"十部中国民族民间文艺集成志书"（简称"十套集成"）工作。开展这项工作，既是为了在"文化大革命"刚刚结束之时重建中国文化传统，更是为了在"改革开放"的大背景下，"抢救"和

---

① 洪长泰：《到民间去——1918～1937 的中国知识分子与民间文学运动》，董晓萍译，上海文艺出版社，1993，第 87 - 88 页。

保护那些因快速现代化而濒临消亡的民族民间传统。从实际来看，前后持续近三十年、被誉为"文化长城"的"十套集成"工作，其本身在取得辉煌成就的同时，更是为后来非物质文化遗产保护工作在我国的顺利展开，奠定了扎实的观念基础，并培养了广泛的工作队伍。[①]

如果说民族文化主权意识的持续传承和不断增强，是非遗保护工作在中国全面展开的内在原因，那么，来自联合国教科文组织的相关政策和行动，则是重要的外在刺激因素。三十多年来，UNESCO 框架内陆续产生了一系列有关非遗保护的重要行动，并通过了诸多相关的法规或公约，为在世界范围内强调保护传统文化的迫切性与重要性，发挥了十分积极的引领作用。例如，被视为 UNESCO 非遗保护工作重要源头的、玻利维亚政府于1973 年提出的有关在《世界版权公约》中增加民俗保护项目的议定书，UNESCO 先后于 1989 年和 2003 年分别通过的《保护传统文化与民俗建议案》（Recommendation on the Safeguarding of Traditional Culture and Folklore）和《保护非物质文化遗产公约》等。

而促成这项工作的是这样一个事件：20 世纪 60 年代末 70 年代初，美国著名歌星保罗·西蒙（Paul Simon）演唱的歌曲《雄鹰飞过》（El Condor Pasa）风靡世界，为演唱者带来了巨大的经济收益。[②] 实际上，西蒙这首歌是借用安第斯地区（包括玻利维亚、秘鲁等国）一首以民谣为基础创作的著名歌曲的旋律而重新填词改编而成的。歌曲原先的内容，是为了纪念秘鲁自由战士 Tupac Amaro，传说他在 18 世纪末期领导一场反抗西班牙殖民者的战斗时牺牲，死后变成了一只雄鹰，翱翔于安第斯山脉上。西蒙重新填写的歌词，延续了安第斯地区人民对自由追求不息的精神，也充满了对当地人民反抗斗争的同情和赞扬，但他的歌曲获得成功之后，仍然引起了许多的争议。不少人认为，西蒙至少应该把一部分收益返还给歌曲的原产地，

[①] 安德明、杨利慧：《1960 年代末以来的中国民俗学：成就、困境与挑战》，《民俗研究》2012 年第 5 期。

[②] 西蒙演唱的这首歌，被收入他和加芬克尔（Art Garfunkel）共同灌制发行的唱片《忧愁河上的桥》（Bridge Over Troubled Water），该唱片曾占据 20 世纪 70 年代 Billboard 排行榜第 18位和 Easy Listening 排行榜第 4 位。

西蒙本人也因此陷入了一场版权纠纷案。① 正是在这样的背景下，玻利维亚向 UNESCO 提出了有关民俗保护的"议定书"，它的主要目的，是反对国内外商业团体或个人对其民俗传统的不恰当使用②——这其实可以看作是在文化间的交往互动不断加强、国际商业化活动日益加剧的形势下，在国际交流中相对处于弱势的民族为保护本民族文化的完整和相关权利而发出的一种倡议，其中既包含着民族文化意识的自觉，又包含着对传统文化产业化可能带来的巨大经济利益的诉求。③ 而这种诉求，在今天不同国家和地区实施非遗保护的过程中都或多或少有所体现，它也是相关工作中之所以会出现负面结果的一个内在原因。

UNESCO 发起非遗保护工作，也同韩国政府的提议有关。④ 1993 年，韩国根据自己的经验提交给 UNESCO 一个"建议案"，建议在 UNESCO 框架内建立"人间国宝"（即传承人）保护体系，并提供了以评选不同层次人间国宝名录的方式来进行保护的方案。⑤ 这种建议，显然对今天非遗保护的思路和操作方式产生了重要影响。与玻利维亚注重知识产权维度的保护目标不同，韩国更多的是为了在快速现代化的过程中保护民族文化本身的传承。⑥ 这两个方面的因素，共同促成了 UNESCO 范畴非遗保护工作的兴起。而后一方面的因素，同中国对有关工作重要性的认识和此前在这方面所积累的经验之间，具有高度的一致性，可以说是吸引中国作为最早的一批成员国参加 UNESCO 相关活动并加入《保护非物质文化遗产公约》的重要原因。

二 非遗保护的中国实践及其成就与意义

早在 2003 年，作为对联合国教科文组织相关工作的一种回应，中国文

---

① "El Condor Pasa"，https://en. wikipedia. org.
② UNESCO Committee of Experts on the Legal Protection of Folklore, *Study of various aspects involved in the protection of folklore*，http://unesdoc. unesco. org/images/0002/000280/028098eb. pdf.
③ 安德明：《非物质文化遗产保护——民俗学的两难选择》，《河南社会科学》2008 年第 1 期。
④ 〔日〕爱川纪子：《联合国教科文组织的〈保护非物质文化遗产公约〉与韩国》，沈燕译，《民间文化论坛》2016 年第 2 期。
⑤ *Establishment of A System of Living Cultural Properties*（*Living Human Treasures*）*at UNESCO*（*1993*），http://unesdoc. unesco. org/images/0009/000946/094624eo. pdf.
⑥ 任敦姬：《"人间国宝"与韩国非物质文化遗产保护：经验和挑战》，彭牧、沈燕译，《民间文化论坛》2016 年第 2 期。

化部、财政部、国家民族事务委员会和中国文学艺术界联合会等部门，共同发起了中国民族民间文化保护工程，并成立了全国性的管理机构（包括领导小组、专家委员会和保护工程国家中心），在省、区、市等各行政区域，也相应设立了地方一级的组织机构。2004 年 8 月，经全国人大批准，中国正式加入《保护非物质文化遗产公约》（以下简称《公约》），从而成为最早加入该公约的国家之一。中国民族民间文化保护工程国家中心也随后（2006 年）更名为中国非物质文化遗产保护中心，它在为非遗项目相关者提供政策咨询、组织相关普查与学术研讨、建议或指导保障措施在不同地方或社区的实施等方面，发挥着十分积极的作用。

我国非遗保护的工作方针，是"保护为主、抢救第一，合理利用、传承发展"，工作原则是"政府主导、社会参与，明确职责、形成合力；长远规划、分步实施，点面结合、讲求实效"①。在这种指导方针和工作原则下，非遗保护在我国已经迅速发展成多方力量共同参与的盛大的社会文化运动。如果说在开始之初，活动的主要参与者是来自学术界的力量，那么现在，政府部门、文化机构、企业以及传承主体等多种不同的力量也都在发挥重要作用。不同的相关方，本着不同的目的和动机参与这一工作，矛盾冲突在所难免，最后相互之间必须要进行协商，并达成各种各样的妥协。而协商和达成妥协的基础，就在于尽管不同参与者有不同的具体动机，却有大体一致的诉求，即期望通过参与活动获得更多收益，包括经济利益，以及文化地位的提升和社会地位的增强等。这使得这项工作变成了充满冲突、协商和妥协的复杂活动，远远超出了学术的范畴。这种特征，也提醒作为学术研究者的我们，对于非遗实践中的各种现象，在保持一种批评立场的同时，也应该以宽容的态度去加以理解。比如许多地方政府，他们积极参与非遗保护仍然延续了早年"文化搭台、经济唱戏"的思路，只是在策略上略有变化，也许变成了"搭文化台唱经济戏"。对这种做法，前些年学术界一直采取的是坚决反对的批评态度。事实上，任何机构或个人，从事任何一项工作，都必须要有一个切合其现实目标的充足动力，仅仅依靠某个

---

① 中国民族民间文化保护工程国家中心：《中国民族民间文化保护工程普查工作手册》，文化艺术出版社，2005，第 2 - 3 页。

高尚的抽象标签，往往很难促使相关行动者完成相应工作。因此，对待地方政府在非遗保护方面的现实诉求，一方面，我们要予以警惕和规约，提醒其时刻以保护非遗以及非遗主体的权益为中心，并防止因为过度开发而对非遗本身造成伤害；另一方面，也应该对经济与文化在特定语境下相互支持、协同发展的成效予以"同情之理解"。如果能更好地平衡这两个方面的关系，将会使保护工作得到更加健康的发展。

自全面开展以来，非遗保护在我国已经取得了突出的成就。从统计数字来看，截至 2015 年，全国共收集了 87.9 万项非物质文化遗产项目的信息；到 2016 年年底，中国有 39 个项目被列入 UNESCO 相关名录（31 项代表作，7 项急需保护，1 项优秀实践）；2005 年以来，国家每年投入超过1000 万元的专项保护经费①，截至 2015 年年底，中央财政为这一活动共投入了 42 亿元资金（包括相关机构工作经费、国家级传承人的津贴、奖励基金等）。② 2005 年开始，国务院将每年 6 月的第二个星期六设立为"文化遗产日"（2017 年起更名为"文化和自然遗产日"），确立了一个号召和提醒公众关注非物质文化遗产的专门的时间，为在国民心目中强化有关非遗的概念和意识，发挥了重要作用。2011 年开始实施的《中华人民共和国非物质文化遗产法》，进一步提升了各地对非物质文化遗产的重视和保护意识；而清明、端午和中秋之所以能够被列为公众假期，也同非遗保护工作的全面展开有不可分割的关系。

在这样的背景下，民间文化的地位得到了较大提升，不少内容获得了更多的生存空间。许多民间传统，特别是庙会等各种与民间信仰相关的活动，长期在人们的日常生活中延续并发挥着重要功能。然而，受极"左"思潮的影响，这些传统曾被视为"封建迷信"的残余而严格禁止。20 世纪70 年代末以来，随着国家政策的日趋宽容，各种传统得到了较多复兴的机会，但是，与民间信仰相关的许多内容，仍然处于努力从政治话语体系中争取合法性的状态。这种状况，直到非遗保护工作全面展开之后，才有了

---

① 《为抢救非物质文化遗产，中国每年投入超 1000 万》，《时代周报》2015 年 4 月。
② 《项兆伦在全国非物质文化遗产保护工作会议上的讲话》，http://www.mcprc.gov.cn，2016年 1 月 14 日。

根本性的改变。作为非物质文化遗产保护的一个显著成就，即在中国民族民间文化保护工程国家中心（即今"中国非物质文化遗产保护中心"）发行的《中国民族民间文化保护工程普查工作手册》当中，"民间信仰"被列为非物质文化遗产的组成内容之一，并为之列出了细致的调查提纲。[①] 而在2006年至2014年，国务院先后公布的四批国家级非物质文化遗产名录中，诸如女娲祭典、妈祖祭典、白族绕三灵、庙会、祭祖习俗等多种民间信仰习俗，都赫然在列。[②] 这可以说是民间信仰在官方话语中获得足够合法性的一种表现。它在保证民间信仰的生存与延续空间、进而保证传统文化传承的完整性的同时，也使得这些传承和使用这些文化的人们从其所拥有非遗项目中获取了更多的历史感、自豪感和认同感。

三　负面影响及其产生的根源

除了积极影响之外，非遗保护工作的开展也引发了许多负面效应，其中最为突出的，是它变成了一种在不同国家或地区之间导致或加剧冲突的因素。

随着"人类非物质文化遗产代表作"等 UNESCO 框架内的各类名录及不同国家和地方层面多种非遗名录制度的不断实施，不同国家、不同地区及同一地区的民众之间因要求某一非遗项目"所有权"（实际上是该项目的"申报主体"或"传承人"）而导致的冲突屡见不鲜，从而在很大程度上干扰了社区之间或同一社区中不同成员之间正常的社会关系。对于许多特定的文化事象，向来会有来自不同地区或群体的多种有关起源地或所有权的主张，而经过长期的分歧与论争，有关民众或社区在这方面已达成了某种妥协或一致——这也为维护相关文化事象的活力奠定了重要基础。然而，名录制度的实施，却会强化已有的紧张关系并破坏已达成的平衡，特别是当它被人们同经济及其他可见或想象的利益联系起来之时。在中国，这方

---

① 中国民族民间文化保护工程国家中心：《中国民族民间文化保护工程普查工作手册》，文化艺术出版社，2005，第157-162页。
② 关于四批国家级非物质文化遗产代表性项目名录的具体信息，可参看非物质文化遗产网（http://www.ihchina.cn/）之"法规文件"部分。

面最引人注目的事件，莫过于前几年中国和韩国互联网用户之间有关端午节"产权"的激烈争论。① 此外，它在国内引发的不同地方之间的争论和冲突，也格外严重。比如，这些年我们可以看到很多对名人故里的争夺，诸如孙悟空故里、貂蝉故里、西门庆故里、潘金莲故里，等等，甚至出现了"伏羲东奔西走，黄帝四海为家，诸葛到处显灵，女娲遍地开花"的现象。

上述对于相关文化事象起源地的争夺其实也无可厚非，因为民间文化的生机，恰恰在于群体之间的互动交流，在不断的争论与争夺当中，它会获得源源不断的生命力，并得到不断的传承和加强。但是，名录认定的制度，却由于其中先天地包含有关知识产权的诉求，往往会进一步激化相关各方原有的矛盾，使之变成更为激烈的冲突，甚至在全球范围引发一场规模宏大的"遗产之战"。那么，对于一个特殊的文化符号而言，谁才是真正的拥有者？所谓的传统拥有者，对传统拥有权的界限在什么地方？这一类的问题已在文化研究领域引起了广泛的讨论。② 同时，这一制度也会使一种文化的所有权得到体制化、层级化的官方认定（虽然 UNESCO 一再强调某一项目被列入相关名录并不意味着申报主体对该项目拥有所有权，却仍然无法改变社会大众对"所有权"的普遍期待）。这实际上会导致限制甚至扼杀文化传承和延续，并在客观上造成文化间的不平等。

同时，保护工作中的一些措施，也在传统文化领域制造了新的话语霸权。这主要是从 UNESCO 层面来说的。这几年，我作为 UNESCO 非遗审查机构中国民俗学会工作团队的专家，负责了不同国家向 UNESCO 申报非遗相关名录的多项申报书的评审工作，在评审过程中有了许多的认识和感想。比如，按照评审标准，申报书是否按照规定的要求来完成，是否提供了要求提供的各项信息，是决定项目能否通过的关键，其中以公文范式为中心

---

① 2005 年，韩国江陵端午祭被 UNESCO 宣布列入"人类口头与非物质遗产代表作"。由于这一节庆活动也以"端午"命名，并且其主要日期（农历 5 月 5 日）和中国的端午节同期，因此，尽管该项目在内容和仪式的形式等方面与端午节有很大差别，许多中国网民仍然认为端午祭源于中国端午节，而 UNESCO 的宣布会使中国人在全球化背景下丧失对端午节的所有权和知识产权。最终这一事件引起了两国网民之间历时数月的强烈敌意和激烈争吵，并在一定程度上对两国之间的关系造成了损害。

② Michael Brown, *Who Owns Native Culture*? Cambridge：Harvard University Press, 2003, p. 15.

的形式主义特征十分突出，也无形中凸显了 UNESCO 在相关领域的绝对权力。另外，作为一个国际政治博弈的平台，联合国教科文组织的非遗保护工作也有非常强烈的政治色彩，这尤其突出地体现在对各种关系的平衡方面。比如中国、韩国和日本，现在只能每两年向 UNESCO 申报一个项目，原因是这几个国家原先被列入的项目太多了。

可以看到，一方面，尽管非遗保护的出发点之一在于承认和维护文化之间的平等，可是在具体的实施过程中，文化却由于被划分为"被认定的文化"和"没有被认定的文化"出现了客观上的不平等。① 另一方面，广大民众借助文化传统进行自我表达的权利，也由于阶层的划分而在一定程度上被削弱或褫夺了。

上述问题的主要根源，还是基于 UNESCO 理想化的理念与不同国家和地区具体实践之间的矛盾，其中一个突出的例证，就是围绕 UNESCO "以社区为中心"的要求而产生的矛盾。

按照《公约》的定义，非物质文化遗产是指"被各社区、群体，有时是个人，视为其文化遗产组成部分的各种社会实践……"② 在这里，社区、群体或个人是不是把它当成自己的文化遗产，是判定不同具体文化事项是否属于非遗的关键，可见社区对非遗而言是多么重要。那么，什么是社区呢？UNESCO 非遗保护范畴的社区，主要指的是特定非遗项目传承人构成的共同体，它在本质上同"群体"或"传承人"具有同样的内涵。在《公约》及其衍生文件中，始终在强调社区在非遗保护工作中的中心地位，之所以如此，按 UNESCO 相关文件的解释，主要是为了保证非遗保护工作能够有效地、可持续地开展下去。③

但在具体实践中，又会出现跟这些要求不相吻合的情况。比如，前面

---

① 杨利慧：《新文化等级化·传承与创新——中国非物质文化遗产保护的成就与挑战以及韩国在未来国际合作中的角色》，《民间文化论坛》2016 年第 2 期。
② 《保护非物质文化遗产公约》，第一章第二条，见联合国教科文组织创意处非物质文化遗产科：《基本文件·2003 年〈保护非物质文化遗产公约〉》，www.unesco.org/culture/ich，2016。
③ 杨利慧：《以社区为中心——联合国教科文组织非遗保护政策中社区的地位及其界定》，《西北民族研究》2016 年第 4 期。

提到的中国非遗保护的工作原则，首先一条就是"政府主导"，这跟对社区
中心地位的要求还是有一定差距的。而事实上，保护工作由政府主导和引
领的情况十分常见，是许多国家现阶段普遍采取的一种工作模式。例如，
我看到的不少申报书，都是由经济落后或处于动荡中的国家提交的。在这
些国家，民众要过上正常的生活都很困难，要他们凭着自觉、自主地进行
非遗项目的发掘和保护，几乎是不可能的；必须要有相关权力机构，依靠
足够的资金或权力支持来加以引领，才能够保证工作的顺利展开。可见，
在特定社会历史条件下，要真正实现非遗保护的社区主导并不容易，政府
主导还不得不存在一段时期①，这样，在理想化的要求与实践之间出现许多
具体矛盾，也就在所难免。

　　然而，实践中的具体困难，并不应该成为忽略或背离《公约》要求的
借口，相反，相关工作的参与各方，只有时刻以《公约》为指南，不断调
整具体的保护措施和保护行动，才能够达到克服各种困难并保证工作有序
展开的效果。我们高兴地看到，文化和旅游部副部长项兆伦在他最新的一
个关于我国非遗保护工作的报告里，提到了很多令人耳目一新的观点，特
别是明确强调了非遗保护过程中传承人群的主体地位和社区的中心地位②，
这可以说是我国非遗工作以对《公约》精神的坚持为基础、在理论和实践
层面取得巨大进步的重要体现。

　　事实上，从非遗保护工作开展以来，UNESCO 具体的工作思路和策
略也是处在不断发展和修正，甚至类似不断"打补丁"的状况中。在这
个过程中，相关学术界发挥了重要的作用，来自学术研究领域的许多新
成果，通过教科文咨询机构、有关非遗保护的 NGO 论坛等，对联合国
教科文组织在每年政府间委员会上出台新的文件发挥了重要参考作用。
就国内学界来说，以民俗学者为主的许多研究者，通过参与非遗相关工
作，既对民众生活文化进行了更充分的观察和思考，又更深入地探讨了

---

① 安德明：《非物质文化遗产保护中的社区：涵义、多样性及其与政府力量的关系》，《西北
民族研究》2016 年第 4 期。

② 《项兆伦同志在全国非物质文化遗产保护工作会议上的讲话》，http://www.mcprc.gov.cn，
2017 年 5 月 12 日。

非遗保护中存在的深层问题和解决思路。2014 年年底，中国民俗学会在教科文保护非物质文化遗产政府间委员会第九届常会上当选为联合国教科文组织非遗审查机构成员，任期 3 年（2015－2017）。截至 2017年 6 月份，该会非遗评审工作团队圆满完成了 3 年的评审任务，一共负责评审了 140 多项不同国家向教科文提交的不同类型的申报材料。这是中国学者全面参与世界性工作的一个标志，它既提升了中国学界在国际机构和相关事务中的地位，又为学界和有关部门更有成效地进行研究与实践积累了经验。可以说，通过更加密切地观察和了解联合国教科文组织与多个国家非遗保护相关的政策和实践，中国民俗学者正在越来越多地通过自己的努力，在 UNESCO 和中国政府之间，以及政府与社区之间，搭建相互理解的桥梁，来推动非遗保护工作的良性发展。

在多种力量不断推动之下，我国的非遗保护越来越强调从《公约》精神出发，并在理念上发生了以下三个方面的重大变化。它们在大大有益于我国相关实践的同时，对 UNESCO 范畴的有关讨论与思考也具有积极的参考价值。

第一，从"原生态保护"到"整体性保护"。过去，我们常常听到的说法，是要对非遗进行"原生态保护"，还经常看到一些"非遗专家"指责传承人没有"原汁原味地保护"某一非遗项目。实际上，非遗不是"遗留物"，也不是"活化石"，而是现实中的人鲜活地传承和使用的生活文化，它是在不断创造、变异和调适的过程中才得到绵延不绝的传承的，因此，非遗保护必须要以承认和尊重文化的创造性为前提。经过多年来不断的讨论和纠正，现在，我们国内已经很少看到"原生态保护"的提法，取而代之的，则是"整体性保护"① 这种更有包容性和学理性的要求。

第二，从一开始强调自我文化的"杰出"或"独一无二"特征，变成了越来越注意避免类似的表述。这种转变是受 UNESCO 新的文件要求影响的结果，其原因是为了从概念表述的层面进一步强调文化间的平等，同时

---

① 刘魁立：《非物质文化遗产及其保护的整体性原则》，《广西师范学院学报（哲学社会科学版）》2004 年第 4 期。

规避背离相互平等、相互尊重原则的做法。①

第三，从过去注重保护专业传承人发展到提出"人人都是文化传承人"的概念。这个概念，是作为2013年举办的第四届成都国际非物质文化遗产节的主题语提出的。它是多年来学术界不断积累、不断探讨的结果，也是我国非遗保护主导机构、参与各方和学术界积极互动的结果。以前，非遗研究与保护的重点主要放在"文化专家"身上，注重的是那些大量掌握非遗专门知识的人士，对一般参与者在非遗项目传承过程中的作用却并不重视。经过长期的调查、研究和论争，人们越来越意识到，非遗知识是社区成员共享的实践知识，它的实践和传承，不仅要依靠"文化专家"的保存、生产或展示，更要依靠普通人的理解、接受和共同参与，缺少后一方面的因素，任何一种非遗项目都不可能有存在和传承的基础。

四　结语

总的来说，非物质文化遗产保护之所以能够在中国发展成具有广泛影响的社会文化运动，是民族自觉意识不断加强，以及中国与国际社会的联系日益密切的结果。与 UNESCO 的相关原则和行动同步，中国在非遗保护方面采取了诸多积极措施，并在相关实践与学术研究领域取得了突出成就。作为一项旨在"提高对非物质文化遗产及其相互欣赏的重要性的意识"② 和"从尊重文化多样性的角度促进对话"③ 的运动，非遗保护的迅速普及，也为中国社会重新认识自己传统的生活方式带来了重要启示和质的改变。但与此同时，通过仔细观察和分析国内外非遗保护的各种具体实践，我们又看到，这项工作已发展成多种力量展示和实现其特殊愿望的场域，远远超出了 UNESCO 发起这一活动的理想化初衷，其引发的负面结果也格外明显。

---

① 杨利慧：《新文化等级化·传承与创新——中国非物质文化遗产保护的成就与挑战以及韩国在未来国际合作中的角色》，《民间文化论坛》2016年第2期。

② 《保护非物质文化遗产公约》，第一章第一条，见联合国教科文组织创意处非物质文化遗产科《基本文件·2003年〈保护非物质文化遗产公约〉》，www. unesco. org/culture/ich，2016。

③ 《保护非物质文化遗产公约》，第四章第十六条，见联合国教科文组织创意处非物质文化遗产科《基本文件·2003年〈保护非物质文化遗产公约〉》，www. unesco. org/culture/ich，2016。

在这样的背景下，要解决其中凸显的矛盾，最关键的还是要回到《公约》本身，一切的保护实践，都必须以《公约》为指南。也许有人会问，我们为什么一定要遵循一个来自国外的文件呢？实际上，《保护非物质文化遗产公约》是由 UNESCO 多个成员国经过多次协商议定的法律文件，中国在其协商、制定过程中既是积极参与者，又是最早通过并加入《公约》的国家之一，因此，该《公约》实际上是我们国家在国际语境中参与和实施非遗保护的最高行动纲领，遵循《公约》，就是坚守我们自己所认可的最高理念。而只有坚持《公约》精神，特别是坚持以社区为中心的保护思路，坚持"人人都是文化传承者"的理念，我们才能更好地解决各种实际问题，并朝着一个更加伟大的目标迈进。这个目标就是：以非物质文化遗产保护为契机，更加有效地保障相对处在弱势地位的传承群体的权利，最终为实现马克思所强调的"人的全面而自由的发展"① 作出特殊的贡献。

作者简介

安德明，中国社会科学院文学所民间文学室主任、研究员、博士生导师。兼任《民间文化论坛》主编、中国民俗学会副会长、国际民俗学会联合会副会长、中国民间文艺家协会理事等。共发表论文、译文等 80 余篇，出版专著 5 部。

---

① 《资本论》第 1 卷，人民出版社，2004，第 683 页。

社区参与：非物质文化遗产保护的核心原则及其确立和实践[*]

朱　刚

美国已故著名语言学家、民俗学家，同时也是美国社会语言学的奠基人、民族志诗学^①（Ethnopoetics）的开拓者——戴尔·海默斯（Dell Hymes），曾在 1992 年美国乔治城大学（Georgetown University）召开的"乔治城大学语言和语言学圆桌会议"上，发表过一次题为《语言中的不平等：理所当然之见》^②的演讲。发言中海默斯述及，语言学在美国直到晚近才成为一个独立的学科，美国语言学学会成立于 1924 年，其创立者如博厄斯（Franz Boas）、萨丕尔（Edward Sapir）、布隆菲尔德（Leonard Bloomfield）等学者，常年致力于反思语言学研究中的欧洲中心论，即反对以欧洲地区语言材料和现象为前提的传统语言学构拟。博厄斯、萨丕尔这些学者想要驱除语言学研究中的错误固见，即与欧洲语言相对的那些所谓"原始"（primitive）语言^③的概念，特别是那种认为口头语言是"原始"、语法混乱、词汇贫乏的看法。但是，时至今日，即便在受过高等教育的人群中，那种质疑印第安人（他们想当然认为是原始的）是否拥有"真实""系统"的语言的想法也是随处可见的。因此，海默斯指出，我们永远不能想当然

---

* 本文选自《民族艺术》2017 年第 5 期。

① 民族志诗学是 20 世纪美国民俗学最重要的理论流派之一。关于该学派的详细介绍，请参见巴莫曲布嫫、朝戈金《民族志诗学》，《民间文化论坛》2004 年第 6 期。

② Dell Hymes, "Inequality in Language: Taking for Granted", in *Working Papers in Educational Linguistics*, 1992, pp. 1 – 30.

③ James E. Alatis, ed., *Georgetown University Round Table on Languages and Linguistics 1992: Language, Communication, and Social Meanings*, Washington D. C.: Georgetown University Press, 1993, p. 24.

地认为"别人知道我们认为理所应当的事实"，应该假设无知、清除成见，以语言学的基本命题作为反思的起点，与既有成见进行长久的斗争。[①]

与之类似，我们在非物质文化遗产保护进程中也能看到未经审视的概念如"社区"，在并未得到清楚界定和辨析的前提下，与之相关的"社区参与""社区知情同意""社区介入""社区认定"等概念已经成为该领域中广为热议的话题。其实，社会科学中的"文化""认同""社区"等概念，正因为其过于基础，一代又一代的学者常常是不假思索就使用，丝毫不去反思这种概念的去语境化（de - contextualization）和再语境化（re - contextualization）[②]会进一步成为知识生产中的新前提，进而制造出更多语义上的模糊性。以"社区参与"[③]（community participation）而言，这个概念很多时候都被视为解决问题的路径或工具，变成了阐释的终点而非起点。特别是，联合国教科文组织于 2003 年通过的《保护非物质文化遗产公约》（以下简称"2003 年《公约》"）和 2008 年通过的《实施〈保护非物质文化遗产公约〉的操作指南》[④]（下称《操作指南》），并没有对社区和社区参与从概念上加以明确界定，仅将某一遗产项目的持有人群体及其相互之间的关系置于文化实践的核心。也就是说，在 2003 年《公约》的框架内，我们只能通

[①] James E. Alatis, ed. , *Georgetown University Round Table on Languages and Linguistics 1992 : Language, Communication, and Social Meanings*, Washington D. C. : Georgetown University Press, 1993, p. 25.

[②] 在理查德·鲍曼（Richard Bauman）的意义上，"去语境化"与"再语境化"通常是相互联系的两个过程。比如某条谚语被人们从传统的意义上抽离出来，在不指涉其原有语境来分析或使用时，"去语境化"的现象就产生了；而当这个谚语被用于一个新的场合中，用于增强言语行为本身的权威性及其与传统语境之间的联系时，又发生了"再语境化"过程。参见〔美〕理查德·鲍曼《表演中的文本与语境：文本化与语境化》，杨利慧译，《西北民族研究》2015 年第 4 期。

[③] 在 2003 年《公约》及其建立的话语系统中，经常交替使用的英文词汇有 community participation, community involvement, community engagement 等。虽然用词上略有不同，但其语义上的所指是相对明确的，即"社区参与"，强调社区在遗产认定和管理中的核心地位。

[④] 《公约》缔约国大会第二届会议（联合国教科文组织总部，巴黎，2008 年 6 月 16 - 19 日）通过的《实施〈保护非物质文化遗产公约〉的业务指南》，后来经过 4 次修订。参见教科文组织创意处非物质文化遗产科编《2003 年〈保护非物质文化遗产公约〉基本文件（2016 年版本）》，2016。应当指出的是，"业务指南"与文件的英文原名并不对应，经文化部外联局修正，国内职能部门通常采用的译法是《实施〈保护非物质文化遗产公约〉操作指南》。参见文化部对外文化联络局编《联合国教科文组织〈保护非物质文化遗产公约〉基础文件汇编》，外文出版社，2012。故本文在述及该文件时采纳《操作指南》这一简称。

过公约条款的上下文和《操作指南》的相关阐释，来理解社区在遗产确认、保护及管理中的地位和作用。至于社区参与在非物质文化遗产保护过程中究竟指的是什么，则需要我们根据联合国教科文组织出台的相关公约进行清理，通过文本分析，乃至与其他包括宣言和建议案在内的国际标准外文书之间的"互文性"[①]（intertextuality）来进一步加以理解。

此外，需要说明的是，2003 年《公约》所涉及的非物质文化遗产持有人群体皆用"相关社区、群体和个人"（the communities, groups and individuals concerned）或"各社区、群体，有时是个人"（communities, groups and, in some cases, individuals）来加以表述。本文所讨论的"社区"或"社区参与"均包括社区、群体和个人这三个互涉的主体，用于整体指代非物质文化遗产的持有人或曰非物质文化遗产的主体及其主体间性。

一 社区：概念之学术史要略

自梁启超以来，society 和 community 一般都未加区别地被翻译为"社会"。学界常见的译法有吴文藻的"自然社会"和"人为社会"，费孝通的"礼俗社会"和"法制社会"，以及林荣远的"共同体"和"社会"[②]。20 世纪 30 年代美国社会学家帕克（Robert E. Park）造访中国，当时还是燕京大学学生的费孝通先生等一众学生思来想去将 community 译为"社区"[③]。随着社会人类学在中国的传播和发展，community 与"社区"一词之间的对应关系也相对稳定下来。比如，中国早期社会人类学的方法论基础就是"以社区为视角观察中国社会"，吴文藻先生认为社区是可以观察到的"人民实际生活"的研究单位和方法论。[④] 一般认为马林诺夫斯基（Bronislow

---

① 联合国教科文组织在文化遗产领域先后出台过若干公约和标准文书，而公约、宣言和建议案之间的区别参见巴莫曲布嫫《从语词层面理解非物质文化遗产——基于〈公约〉"两个中文本"的分析》，《民族艺术》2015 年第 6 期。本文用"互文性"这一概念，主要在于说明相关公约之间及其与相关国际标准文书之间的内在联系。

② 周濂：《政治社会、多元共同体和幸福生活》，《华东师范大学学报（哲学社会科学版）》2009 年第 5 期。

③ 李文堂：《共同体、市民社会与国家——西方思想史中的马克思》，《理论视野》2013 年第 9 期。

④ 王铭铭：《小地方大社会：中国人类学的社区方法论》，《民俗研究》1996 年第 4 期。

Malinowski）是社区研究法的开创者。^① 该方法由费孝通先生传承并发展，并成功地将其从"简单社会"（《西太平洋上的航海者》）的研究移植到了"复杂社会"（《江村经济》）的研究。虽然欧美学界后来对于这种功能主义的研究方法进行了深入的反思，但是论争的核心似乎也在于是否能够通过一定时空意义上的社区田野调查来研究整体社会的方法论问题，即某个社区是否能够代表整个社会，或者说"小地方"能否被视作"大社会"的缩影的问题。但是，20世纪五六十年代那场对于小型社群及社区在方法论意义上的"代表性"之疑问，其理论反思波及的范围似乎也并不涉及社区一词的含义以及界定。

作为严格意义上的学术概念，community 从 20 世纪 60 年代到 90 年代都一直保持着相当高的理论热度。斐迪南·滕尼斯（Ferdinand Tönnies）在其名著《共同体与社会》中，对 society 和 community 做出了经典的区分，共同体被他定义为"一切亲密的、私人的和排他性的共同生活"，以及"一种原始的或者天然状态的人的意志的完善的统一体"^②。此后，这种对于共同体的定义成为学界的主流，同时也逐渐被浇筑为一个不太灵活的刻板概念。玛格丽特·斯塔西（Margaret Stacey）于 1969 年在一篇文章中，对社会学中无处不在的 community 概念提出了批评，认为这种本身就具有模糊性的概念的语义叠加对于我们理解究竟什么是 community 没有任何益处。^③ 虽然在这个时期中学者们对于 community 一词也没有达成基本共识，但到了 1983 年，安德森使用"友爱关系"（fraternity）一词来定义 community（共同体）。他这样写道："民族被想象为一个共同体……一种深刻的，平等的同志爱。最终，正是这种友爱关系在过去两个世纪中，驱使数以百万计的人们甘愿为民族——这个有限的想象——去屠杀或从容赴死。"^④ 自此以后，不同的学者各持己见对这个概念加以阐释或批判，更为其复杂的学术史增添了几分杂乱。到了 20 世纪 90 年代中期，格雷汉姆·戴（Graham Day）和乔纳森·

---

① 王铭铭：《小地方大社会：中国人类学的社区方法论》，《民俗研究》1996 年第 4 期。
② 〔德〕斐迪南·滕尼斯：《共同体与社会》，林荣远译，商务印书馆，1999，第 54 页。
③ Margaret Stacey, "The Myth of Community Studies", *The British Journal of Sociology*, 1969（2）.
④ 〔美〕本尼迪克特·安德森：《想象的共同体》，吴叡人译，上海世纪出版社，2005，第 7 页。

默多克（Jonathan Murdoch）写作的《地方性与共同体：与地方达成协议》①指出，前人贝尔（Colin Bell）和纽拜（Howard Newby）曾为社区研究敲响丧钟②，但 community 仍是一个"严重受伤却没有倒下"的学术概念。③

到了 21 世纪，community 仍是社会科学中一个深具影响力的概念，并已渗透进了文化遗产领域。在欧洲，受法国社会政策研究中社会包容问题（social inclusion）的讨论，美国关于公民参与（civil engagement）的热议，非物质文化遗产概念所引发的国际对话，以及后殖民时代遗产认定和管理中本土视角缺失的反思等潮流的影响，以社区（共同体）为核心的诸多议题被推至公共政策研究的风口浪尖。不过，齐格蒙·鲍曼（Zygmunt Bauman）曾清醒地指出，这种"对于社区（共同体）的沉醉"，背后其实裹挟着阶级、种族或民族的等级上的暗示：以白人中产阶级为中心的社会制度有效地将与其相对的其他人群排除于视野之外，社区或共同体也就成为一种乡愁主义的理论支点，进一步自我限定为那些受现代性影响的欠发达群体。④因此，社区的参与或介入在很多时候都被当作解决各种社会问题的一剂良方。自滕尼斯的时代起，在社区概念化过程中所形成的那种认为社区就是稳定的、安全的、带有归属感的理论预设，仍然在很大程度上左右着人们的思维方式。学者们常常是想当然地认为社区应该是什么，反而忽视了社区成员的地方性知识在社区界定（以及遗产认定）中的重要地位。所以，在遗产保护和管理的领域，很多时候那些保护项目都在强调他们为社区做了什么，而非他们在社区参与的前提下和社区成员一起完成了什么。

在上述意义上，我们再来观察社区概念在文化遗产领域中所隐含的政

---

① Graham Day & Jonathan Murdoch, "Locality and Community: Coming to Terms with Places", *Sociological Review*, 1993（1）, pp. 82－111.

② 贝尔和纽拜殚精竭虑要证明的观点是，社区或共同体研究并非一个能带来启发的领域，而且由于概念自身的模糊性，后来的学者几乎可以无视此前所有学者的研究成果。See Graham Allan, "Review: 'Locality and Community: Coming to Terms with Places'", Sociological Review, 1993（1）; Graham Day & Jonathon Murdoch, *The British Journal of Social Work*, 1994（1）, pp. 111－112.

③ Graham Day & Jonathon Murdoch, "Locality and Community: Coming to Terms with Places," *Sociological Review*, 1993（1）, pp. 82－111.

④ Emma Waterton & Laurajane Smith, "The Recognition and Misrecognition of Community Heritage", *International Journal of Heritage Studies*, 2010（1－2）.

治意味：将某个人类群体定义为社区，并且将某种实践或某个地点人为地贴上"遗产"的标签，这一过程具有多元的政治和文化意义。① 文化遗产的保护和管理一度只是国家机构和专家学者活跃的舞台，国家利益或遗产价值高于一切，社区实际上处于一种被"夺权"的境地：社区成员要接受"再教育"，由国家或专家告诉他们应该怎样做，他们的遗产具有什么样的价值，以及为何要保护这些遗产等等。这个将文化实践或自然地点命名为遗产的过程，在某些民俗学家看来属于一种元文化的干预（metacultural intervention）。这种干预设置了一种价值结构的前提，以及对于这种价值的潜在威胁和对其进行阐释的道德责任。② 因此，时刻警惕文化遗产保护中潜在的"夺权"风险，真正将社区作为"赋权"和平等对话的文化基础，我们才能真正理解社区参与在联合国教科文组织公约框架和实践体系内的核心地位。

从"社区"概念进入文化遗产领域及其发展历程来看，联合国教科文组织保护非物质文化遗产的理念和实践乃是植根于全球化语境下传统文化式微的时代背景，具有保护世界文化多样性、促进文化间对话、提升人类文化创造力等宏大主旨。其潜在的反思对象正是该组织 1972 年通过的《保护世界文化和自然遗产公约》（以下简称"1972 年《公约》"）及其在物质形态文化遗产管理中存在的社区视角及其地位的缺失问题。由此 2003 年《公约》将既往对于文化遗址和文化实物的重视，转移至为作为遗产主体的"人"及其传承的文化表现形式、观念、知识、技艺和实践。也就是说，认定非物质文化遗产及其持有者群体，确立社区参与在遗产保护和管理中的核心地位，以及规定缔约国对此所承担的责任和义务。奠定这样一套具有深厚积淀和明确指向的遗产保护话语及其实践系统，其基本的思路就在于为社区（包括群体和个人）赋权。将社区及其参与置于国际法框架下，进而通过支持社区当下的文化实践以延续遗产项目的活态传承，达到保护非

① Harriet Deacon & Rieks Smeets, "Authenticity, Value and Community Involvement in Heritage Management under the World Heritage and Intangible Heritage Conventions", *Heritage & Society*, 2013 (2).

② Barbara Kirshenblatt – Gimblett, "Intangible Heritage as Metacultural Production", *Museum International*, 56 (1 – 2), 2004.

物质文化遗产的目的，该过程始终是以赋权于民并以社区参与为导向的。这一基本进路正是 2003 年《公约》明显不同于 1972 年《公约》的关键所在。虽然 2003 年《公约》及其相关文件中没有对社区加以界定，却"绑定"了遗产与持有遗产的社区之间的关系：不论怎样，在非物质文化遗产的传承和实践过程中，唯有社区才能决定其遗产的价值及其存续。一方面，只有社区才能认定某一非物质文化遗产作为其文化遗产的组成部分，进而在文化适应和发展过程中不断对其加以再创造；另一方面，遗产项目之于社区则具有动态的文化意义和社会功能，并为社区提供文化上的认同感和持续感。所以，只有非物质文化遗产的传承人和实践者及其构成的文化社区才是非物质文化遗产认定、保护和管理中最具活力的主体。2003 年《公约》的立足点在于改变原来由国家、机构、专家决定遗产价值及管理的局面，从而在国际法框架中为社区赋权，并在实践层面要求缔约国最大限度地确保社区参与遗产保护的全过程。

二 社区参与的发展历程和理论来源

联合国教科文组织保护非物质文化遗产的努力可以回溯至 1952 年，当时非物质文化遗产还被称为"民俗"（folklore）。全球化的影响、传统文化的消失使得人们开始意识到民俗或非遗的重要性。它在遗产的保护中主要面临两个具有挑战性的问题，一是活形态文化遗产的代际传承中，何种形式的遗产需要被记录以及如何建档，二是作为实践者自身的文化遗产，什么样的活形态遗产需要被传承、为何需要传承？① 此后，历经一系列事件以及几十年的发展②，教科文组织才形成了目前保护非物质文化遗产的机制和框架：1966 年通过《国际文化合作原则宣言》；1970 年召开"威尼斯会

① Harriet Deacon & Rieks Smeets, "Authenticity, Value and Community Involvement in Heritage Management under the World Heritage and Intangible Heritage Conventions", *Heritage & Society*, 2013（2）.

② 因篇幅所限，此处仅选取若干关键性的节点作为参考。就国际社会保护非物质文化遗产的发展历程而言，前后经历了长达数十年的曲折过程。巴莫曲布嫫认为："非物质文化遗产的概念化过程成为考量人类智力与促进文化间对话的一段历史书写，其探索中的艰难程度与今日的深入人心，当是成正比的。"对上述过程的详细描述，请参见巴莫曲布嫫《非物质文化遗产：从概念到实践》，《民族艺术》2008 年第 1 期。

议"；1972 年通过《保护世界文化和自然遗产公约》；1982 年成立"非物质文化遗产处"；1989 年通过《保护民间创作建议案》；1997 - 1998 年启动"宣布人类口头和非物质遗产代表作计划"；2003 年通过《保护非物质文化遗产公约》；2006 年《保护非物质文化遗产公约》正式生效；2007 年召开保护非物质文化遗产政府间委员会"成都会议"和"东京会议"，正式建立"人类非物质文化遗产代表作名录"和"急需保护的非物质文化遗产名录"，呼吁各国要高度重视社区参与在非物质文化遗产保护中的重要作用；2008 年通过《实施〈保护非物质文化遗产公约〉的操作指南》。① 截至 2017 年 5 月 12 日，联合国教科文组织 195 个成员国中已有 174 个国家加入了 2003 年《公约》。②

回顾非物质文化遗产保护的发展历程，不难发现日本在文化遗产保护中提出的"无形文化财"（intangible cultural property）、"人间国宝"（living national treasure）认证制等理念，正是联合国非物质文化遗产保护重要的理论来源。在前任总干事松浦晃一郎的积极推动下，联合国教科文组织借鉴日本和韩国的实践经验开启了 1993 年的"人类活财富"（living human treasures）制度，以及 2001 - 2005 年宣布 3 批共 90 项"人类口头和非物质遗产代表作"。上述努力主要是针对国际社会对于 1972 年《公约》和 1989 年《保护民间创作建议案》③ 所引发的诸多问题的某种失望或不满，而 2003 年通过的《保护非物质文化遗产公约》也可被视为联合国教科文组织对于这些问题的一种回应。因此，从这个意义上说，1972 年《公约》与 2003 年《公约》互为镜像其实并不为过。前者体现了对于文化和自然遗产之特性的一种特定理解和概念化过程，对世界各国遗产政策的制定和相关实践的开展具有深远和决定性的影响。但是，这个公约的核心概念是物质遗产的

---

① 巴莫曲布嫫：《从语词层面理解非物质文化遗产——基于〈公约〉"两个中文本"的分析》，《民族艺术》2015 年第 6 期。

② https://ich. unesco. org/en/states - parties -00024，2017 年 6 月 12 日。

③ 该建议案为 2003 年《公约》做出了有益的探索，但其内容有一定局限性，而且对于缔约国成员没有强制性，因此在影响力上并没有达到预期效果。See Janet Blake，"UNESCO's 2003 Convention on Intangible Cultural Heritage：The Implications of Community Involvement in 'Safeguarding'"，in Laurajane Smith & Akagawa Natsuko eds.，*Intangible Heritage*，New York & London：Routledge，2009.

"普遍价值"（universal value），强调文化和自然遗产为全人类共享的理念。这也是该公约生效后遭到各方批判的重要原因，因为很多学者认为其为一种西方中心主义甚至是西欧中心主义的价值观和评价体系赋予了合法性。①因此，2003 年《公约》就是要实现一种范式的转变，即从那种欧洲式档案管理的范式转变为以东亚模式（日韩的人间国宝）为典范的非遗保护范式②，对非西方意义上的文化遗产加以认定和褒扬，进而促进关于文化遗产的本质和价值的国际性讨论。因此，2003 年《公约》与 1972 年《公约》之间内在的互文性，应该是我们解析社区参与的重要维度。

从理论层面而言，1972 年《公约》与 2003 年《公约》都预设了社区（群体和个人）在遗产的认定、管理和保护中的重要作用。而且根据两个公约的基本精神，不论遗产是"有形"还是"无形"，相关社区对于遗产的实践和传承在遗产的保护和管理中都应该居于核心的地位。这两个公约对于物质遗产以及非物质遗产分别给出了清晰的界定，同时也大致规定了遗产管理的利益相关方（stakeholders）之间的关系。这里的利益相关方指的是，签署公约的各缔约国、居住于遗产附近的社区或者是持有某种非物质遗产的社区，以及研究该遗产的专家学者和相关的非政府组织。除去两个公约保护的对象分别是物质遗产和非物质文化遗产之外，二者在目标和宗旨上也具有较大区别：1972 年《公约》主要保护杰出的具有普遍价值的标志性自然和文化遗产，2003 年《公约》致力于协助保护一般意义上的人类非物质文化遗产。故此，2003 年《公约》要求缔约国建立其领土范围内非物质文化遗产的清单系统，同时制定必要的措施，在社区的参与下对这些遗产项目进行保护。从联合国教科文组织对非物质文化遗产的定义来看，非物质文化遗产所指称的对象是由个人及群体构成的社区，可见社区参与对于非物质文化遗产保护具有十分重要的意义。反观 1972 年《公约》，缔约国的责任仅限于保护已列入《世界遗产目录》、《处于危险的世界遗产目录》

---

① Laurajane Smith & Natsuko Akagawa eds., *Intangible Heritage*, New York & London：Routledge，2009，p. 1.

② Valdimar Hafstein，*The Making of Intangible Cultural Heritage：Tradition and Authenticity*，*Community and Humanity*，PhD Dissertation，University of California at Berkeley，ProQuest Dissertations & Theses Global，2004，p. vi.

和《预备目录》的具有重要普遍价值的文化遗产。

2003 年《公约》中引入了一些新颖的词汇和提法，规避了过去备受争议的词汇，例如"本真性"或"真实性"①（authenticity）。真实性的概念植根于 19 世纪至 20 世纪西方遗产保护的话语系统，尔后在《威尼斯宪章》（*The Venice Charter*，1964）中进一步得到确认，与欧洲古迹文化保护的理念和实践，以及欧洲的文化背景、遗产特点、保护需求等具体方面都有很深的内在联系。② 真实性的问题在 1972 年《公约》中被定义为"声称某遗产具有'突出的普遍价值'的证据""只有同时具有完整性和/或真实性的特征，且有恰当的保护和管理机制确保遗产得到保护，遗产才能被视为具有突出的普遍价值"③。有学者将真实性界定为证明并传达某个遗产具有杰出的普遍性价值的能力，而完整性则是某个遗产具有确保和维持这种价值的能力。1972 年华沙重建并申请列入世界遗产名录时引发的争议，使得该公约委员会很早就对本真性作出严格的定义，即从物质方面来衡量遗产的真实性如外形和设计、材料和实质、用途和功能、位置和环境等。

1994 年的《奈良文件》④ 进一步对真实性的概念进行了扩展，认为真实性可以随着时代和社会文化语境的变化而变化。但是直到 2005 年，《奈良文件》才正式进入 1972 年《公约》的《操作指南》。教科文组织 2015 年中文版《实施〈世界遗产公约〉操作指南》中，第 II. E 款"完整性和/或真实性"第 80 条指出，"理解遗产价值的能力取决于该价值信息来源的真实度或可信度。对历史上积累的、涉及文化遗产原始及发展变化的特征的信息来源的认识和理解，是评价真实性各方面的必要基础"，以及第 81 条

---

① 在 1972 年《公约》的语境中，学者们更多地使用"真实性"这一汉译；而在 2003 年《公约》中，则通常以"本真性"替换"真实性"。

② 张成渝：《从国际宪章和中国案例评〈中国文物古迹保护准则〉》，载云冈石窟研究院编《2005 年云冈国际学术研讨会论文集·保护卷》，文物出版社，2005，第 41 - 51 页。

③ 《实施〈保护非物质文化遗产公约〉的业务指南》，教科文组织创意处非物质文化遗产科编《2003 年〈保护非物质文化遗产公约〉基本文件（2016 年版本）》，2016。

④ 又称《奈良真实性文件》（*The Nara Document on Authenticity*），由参加"与世界遗产公约相关的奈良真实性会议"的 45 名代表起草。该会议由日本政府文化事务部与联合国教科文组织、国际文化财产保护与修复研究中心（ICCROM）及国际古迹遗址理事会（ICOMOS）于 1994 年 11 月 1 至 6 日在奈良举办。

"对于文化遗产价值和相关信息来源可信性的评价标准可因文化而异，甚至同一种文化内也存在差异。出于对所有文化的尊重，文化遗产的分析和判断必须首先在其所在的文化背景中进行"。从中可以看出，真实性概念及其相关国际讨论，进入世界遗产公约的话语系统也经历了漫长的发展。不过，虽然"语言和其他形式的非物质遗产""精神和感觉"等非物质的因素进入了该公约的《操作指南》，并且附有明确的阐释，如第 II. E 款"完整性和/或真实性"第 83 条："精神和感觉这样的属性在真实性评估中虽不易操作，却是评价一个遗产地特质和场所精神的重要指标，例如，在社区中保持传统和文化连续性。"世界遗产公约显然还没有能够完全吸收《奈良文件》中得到扩展的真实性概念，因此以社区的深度参与作为遗产价值界定的评价体系仍未成为该公约的基础。虽然《奈良文件》为该公约带来了很多变化，如尊重文化和遗产的多元性，重视从文化的角度看待遗产的真实性及其带有归属性的遗产特点，尝试从多学科及社区介入角度来进行遗产认定等①，但是这些重要的理论视野并没有得到足够的重视，这也使得社区所扮演的功能和作用进一步受到限制。

反过来看，2003 年《公约》虽然摈弃了"真实性"或"本真性"这一概念，但其反对的是传统的《威尼斯宪章》意义上以欧洲特点为取向的遗产之真实性的认定标准。2003 年《公约》的《操作指南》对该公约名录的列入标准有具体规定，其中关于社区参与的相关阐释，显然也是以《奈良文件》中社区在遗产真实性判定的中心地位为参照系的。在此自后，在1972 年《公约》的框架下，联合国教科文组织又发布了若干强调社区参与的重要文件。例如，2002 年的《布达佩斯宣言》（The Budapest Declaration）强调了"各级世界遗产的认定、保护和管理中社区的积极参与"。2012 年，为了评估《奈良文件》对于世界遗产保护理论及实践的影响，联合国教科文组织在日本的姬路城（Himeji City）召开了一次专家会，会后形成了《姬路建议》（The Himeji Recommendations），其中再次提及："（我们）需要更多

---

① Harriet Deacon & Rieks Smeets，"Authenticity, Value and Community Involvement in Heritage Management under the World Heritage and Intangible Heritage Conventions"，*Heritage & Society*，2013（2）.

的方法、形式和制度来确保社区参与到遗产整体管理的策略制定过程之
中。"总之，要理解非物质文化遗产保护中的社区参与及物质遗产领域中关
于真实性的讨论，《奈良文件》《姬路建议》等对于世界遗产保护理念具有
重要影响的文献，都应纳入研究者的学术视野。

三　社区参与原则的确立及其实践

回顾 1972 年《公约》，我们不难发现"社区"这一概念仅独立使用过
一次，在"为保证为保护、保存和展出本国领土内的文化和自然遗产采取
积极有效的措施，本公约各缔约国应视本国具体情况尽力做到"的 5 项规
定中，首先指出的是，"通过一项旨在使文化和自然遗产在社会生活中起一
定作用并把遗产保护工作纳入全面规划计划的总政策"（第 5 条第 1 款）。①
值得注意的是，这里所谓的"社会生活"当为"社区生活"（life of commu-
nity），因其起草语言为英文，当以英文表述为基准。至于中文译文为何使
用"社会"可能与彼时"社区"这一概念尚未进入中文语境中的文化政策
领域有关。那么，我们回到 2003 年《公约》及其《操作指南》上来看，虽
然这两个基本文件都多次使用"相关社区、群体和个人"（communities,
groups and individuals concerned）这一组特定术语，但与 1972 年《公约》类
似，公约文本并没有直接对这一术语加以界定或阐释。不过，透过公约
"第二条：定义"的相关表述，我们发现"社区、群体和个人"实际上正是
非物质文化遗产保护的核心所在："'非物质文化遗产'，指被各社区、群
体、有时是个人，视为其文化遗产组成部分的各种社会实践、观念表述、
表现形式、知识、技能以及相关的工具、实物、手工艺品和文化场所。这
种非物质文化遗产世代相传，在各社区和群体适应周围环境以及与自然和
历史的互动中，被不断地再创造，为这些社区和群体提供认同感和持续感，

---

① 《保护世界文化和自然遗产公约》（Convention Concerning the Protection of the World Cultural
and Natural Heritage），中英文文本见 http://whc. unesco. org/en/conventiontext/，2017 年 7 月
12 日。此外，该《公约》还三次述及 international community，中文本同样将"社区"一律
表述为"社会"。中国于 1985 年 12 月 12 日向联合国交存加入该《公约》的批约书。此外，
中文从联合国设立之初就是其正式语言之一，但直到 1973 年 12 月才获得联合国工作语言
的法定地位。

从而增强对文化多样性和人类创造力的尊重。在本公约中，只考虑符合现有的国际人权文件，各社区、群体和个人之间相互尊重的需要和顺应可持续发展的非物质文化遗产"。① 这说明，非物质文化遗产的界定乃是"眼光向下"的，有赖于社区、群体和个人将其视为文化遗产的组成部分，并在适应环境的过程中不断地进行再创造。与此同时，这类文化遗产也为社区和群体提供了认同感和持续感。"第二条：定义"部分的第二个段落对于非物质文化遗产包括的领域——口头传统和表现形式（包括作为载体的语言），表演艺术，社会实践、仪式、节庆活动，有关自然界和宇宙的知识和实践，以及传统手工艺——进行了界定。第三个段落对"保护"作出了阐释："保护"指确保非物质文化遗产生命力的各种措施，包括这种遗产各个方面的确认、立档、研究、保存、保护、宣传、弘扬、传承（特别是通过正规和非正规教育）和振兴。第三段文字在公约中具有十分重要的意义，因为保护的概念是衔接国家层面的保护措施以及国际层面的保护活动、政策和项目的关键。在遗产保护的意义上，相关社区在创造、延续和传承他们非物质文化遗产同时，也就确保和维持了非物质文化遗产的生命力。对于社区而言，只有当文化遗产具有一定的社会功能和文化意义时，这种遗产才能在社区成员内部实现活形态的代际传承和实践，进而为其提供认同感和持续感。

"社区、群体和个人"这一提法在公约英文版中均以复数的形式（communities，groups and individuals）出现，包括序言部分。② 之所以出现这种现象，与其说 2003 年《公约》已经注意到了同一个项目中可能涉及不同的社区、群体和个人这一事实，倒不如说该公约的出发点是从一般意义上对全人类的非物质文化遗产加以观照。通过文本分析我们发现，公约在使用这一术语时一定是在描述非物质文化遗产与相关社区、群体和个人之间的关系。因此，我们可以将社区、群体和个人理解为传承和实践非物质文化遗

---

① 《保护非物质文化遗产公约》，转引自教科文组织创意处非物质文化遗产科编《2003 年〈保护非物质文化遗产公约〉基本文件（2016 年版本）》，2016。

② 《公约》序言部分的表述略有不同："承认各社区，尤其是原住民、各群体，有时是个人，在非物质文化遗产的生产、保护、延续和再创造方面发挥着重要作用，从而为丰富文化多样性和人类的创造性作出贡献。"

产的民众，而这种遗产的活形态传承和实践对于民众的归属感和文化认同也具有十分重要的意义。所以 2003 年《公约》聚焦于活形态的非物质文化遗产项目，将提升社区对于其遗产重要性及价值的意识置于显要的地位，最终目的是要使遗产持有人群体能够从这种遗产认定机制和保护过程中受益。由是观之，2003 年《公约》的基本思路就是将遗产和操持这种遗产的人之间的关系置于问题的核心。非物质文化遗产在该框架内被预设为一种文化实践，而非仅仅是人类文化的创造物或者产品。因此我们也就不难理解为何公约在提倡保护非物质文化遗产时，需要在相关社区的内部扩展对于非物质文化遗产项目的认识和实践，同时还要提高相关人们尊重文化多样性、开展文化对话、促进人类创造力的意识。

2003 年《公约》一再强调社区在非物质文化遗产过程性保护中的核心作用。"由各社区、群体和有关非政府组织参与，确认和确定其领土上的各种非物质文化遗产"（第 11 条第 2 款）；"缔约国在开展保护非物质文化遗产活动时，应努力确保创造、延续和传承这种遗产的社区、群体，有时是个人的最大限度的参与，并吸收他们积极地参与有关的管理"（第 15 条），"在非遗的清单编制和具体管理中同样重视社区的参与"（第 12 条）。① 此外，《操作指南》也指出，"让从业者②和传承人参与制订教育计划，并请他们到学校和教育机构讲解其遗产"（第 107 段第 5 条）；"相关社区、群体以及有关个人表示其自由意愿得到尊重并事先知情，同意提高对其非物质文化遗产的认识，并保证最广泛地参与提高认识的行动"（101 段第 2 条）。③ 此外，就该《公约》的"人类非物质文化遗产代表作名录"、"急需保护的非物质文化遗产名录"的列入标准和"优秀实践名册"的遴选标准来看，《操作指南》和三类申报表中也同样规定了应在社区的参与下完成材料的提交，同时需要提供具体证据表明相关社区以何种方式参与了申报文本的编制和项目保护计划的制定，以及如何承诺将继续参与相关保护措施的实施

---

① 马千里：《非物质文化遗产清单编制中的社区参与问题》，《民族艺术》2017 年第 3 期。
② 当为实践者——作者注。
③ 《实施〈保护非物质文化遗产公约〉的业务指南》，教科文组织创意处非物质文化遗产科编《2003 年〈保护非物质文化遗产公约〉基本文件（2016 年版本）》，2016。

或如何表达分享优秀实践经验的意愿。换言之，要确保相关社区参与项目申报和保护的全过程，且在"尊重其意愿并事先知情同意"的前提下方能向联合国教科文组织提交申报材料。[①] 从上述事实可以看出，2003 年《公约》比 1972 年《公约》更关注与遗产项目的集体实践、传承和保护，并从与项目直接相关的社区、群体及个人（包括传承人和实践者）这三个主体维度来确定其持有人群体及其互动性关联，且是复数而非单数性质的社区、群体及个人。由此，某一非遗项目的主体范围及其主体性都得到了强调。

2003 年《公约》第 15 条指出："缔约国在开展保护非物质文化遗产活动时，应努力确保创造、延续和传承这种遗产的社区、群体，有时是个人的最大限度的参与，并吸收他们积极地参与有关的管理。"[②]这便从"创造、延续和传承"的动态过程中进一步明确了相关社区、群体和个人与遗产之间的关系。该公约重视的是保护，而保护则应以遗产持有人或者遗产主体的广泛参与为前提，并从实践层面强调了非物质文化遗产主体的作用。因为没有实践者，遗产项目的传承就无从谈起。保护非物质文化遗产也就不仅仅意味着对于观念、表达形式、艺术及手工艺品的重视，而是对于传承人和实践者及其所属社区和群体的高度关注。此外，与物质遗产不同的是，非物质文化遗产是当下的，需要活态的传承来延续和维持其活力。所以，要确保非物质文化遗产的可持续发展，活态文化遗产的整体传承系统就需要得到研究和保护。这就意味着非物质文化遗产保护，其主要行动方指向的是特定遗产项目所归属的特定社区。也就是说，社区参与在操作的层面上，主要指相关社区的个体成员或社区代表参与制定和实施特定保护计划的具体过程。而该过程的结果即保护计划的执行，主要针对的又是特定社区文化语境下或者特定社区中传承人和实践者群体如何参与保护的一系列问题。

从理念上看，这样一个以社区为中心的双向循环过程，力图说明社区

---

① 有关"事先知情同意"这一工作原则及其演成和发展，参见朝戈金《联合国教科文组织〈保护非物质文化遗产伦理原则〉：绎读与评骘》，《内蒙古社会科学（汉文版）》2016 年第 5 期。

② 《保护非物质文化遗产公约》，教科文组织创意处非物质文化遗产科编《2003 年〈保护非物质文化遗产公约〉基本文件（2016 年版本）》，2016。

参与有助于认定遗产的价值及其之于社区的文化意义和社会功能。《操作指南》第 120 段指出："在宣传和传播列入各名录的遗产项目信息时，应注意在其自身语境下呈现遗产项目，并重视遗产项目对于相关社区的价值和意义，而非仅关注其审美情趣和娱乐价值。"① 在《公约》名录的框架下，项目申报书中也有明确要求需提供申报项目在当下对于社区的社会功能和意义的相关陈述，例如在"急需保护的非物质文化遗产名录"的列入标准中，U.3 规定"制订保护计划，使相关社区、群体或有关个人能够继续实践和传承该遗产项目"，同时要求附加详细的时间表、具体活动、人力资源配置和经费投入等说明。② 因此，在非物质文化遗产保护的框架内，遗产的价值被理解为相关社区内部而非外部所确认的价值，而且这种价值的确认过程必须得到社区的参与和知情同意。③

2003 年《公约》之所以摈弃真实性的概念，最根本的原因正是在于社区在遗产认定中的核心地位，即开展与遗产相关的实践乃至对遗产进行创新的权利都在社区手中。真实性的概念预设了"原创性"的假象，是一种客位或者他者的认识角度，与活形态非物质文化遗产随着社区、群体及个人与环境互动过程中发生变异和创新的特性背道而驰。因此，2003 年《公约》在实践的过程中，政府间委员会审查机构（其前身为咨询机构和附属机构）多次指出，真实性的概念会误导人们对非物质文化遗产理解并使其僵化。所以，2003 年《公约》对真实性概念的规避其实是有意为之。在《奈良文件》出台 10 周年之后，2004 年的《大和宣言》（The Yamato Declaration）指出，"物质文化遗产的真实性概念，与非物质文化遗产的认定和保护没有关联"。2011 年，联合国教科文组织咨询机构（现为审查机构）在评审急需保护的非物质文化遗产项目时亦指出，非遗总是随着时间推移而发

---

① 《保护非物质文化遗产公约》，教科文组织创意处非物质文化遗产科编《2003 年〈保护非物质文化遗产公约〉基本文件（2016 年版本）》，2016。

② 此据联合国教科文组织 2003 年《公约》秘书处为遗产项目申报工作编制的"急需保护的非物质文化遗产名录 ICH - 01 表"和"人类非物质文化遗产代表作名录 ICH - 02 表"，参见文化部对外文化联络局编《联合国教科文组织〈保护非物质文化遗产公约〉基础文件汇编》，外文出版社，2012，第 81、93 页。

③ 参见联合国教科文组织《保护非物质文化遗产伦理原则》，巴莫曲布嫫、张玲译，《民族文学研究》2016 年第 3 期。

生变化，因此活形态、再创造及不断发展是非物质文化遗产的常态；2003年《公约》并不关注遗产项目是否具有"原创性"或"真实性"，而在于该遗产项目如何反映了遗产实践者当下的生活。①

四　余论：社区界定与遗产保护的难度及其他

在社会科学中，社区的概念与文化、身份或认同等概念类似，都是一种快速发展的理念，但是绝大部分的研究都不对其加以阐释，而是将其视作一种解决问题的路径或工具。② 社区和遗产，作为两个热点词汇，虽然具有丰富的含义，但是同样也是模糊和模棱两可的。这两个概念结合在一起，已经成为一种流行的语汇，并进一步成为各种叙事的基础概念。其实这种概念的相互结合和缠绕，在很多时候并没有对我们理解特定现象造成障碍。反而，在动态的社区实践和相关表述中，这两个概念的深度结合及演绎，成为我们理解社区和遗产的出发点而非难点。因为，社区和遗产可以进一步互相界定，成为互释的循环：社区所创造的遗产被相关人类共同体所持有并加以延续。不过，我们仍需要注意，社区总是动态和不停变动的，在特定的社会过程中会被特定群体加以再定义和再创造。当这个概念与"国家—民族"相结合时，特定群体所标定的文化特征会进一步服务于民族及国家的意识形态。这个时候的知识生产就会远远超出学术范畴，进而服务于某些群体或集团的特定意图。

也曾有民俗学者指出，2003年《公约》在创造出区别于1972年《公约》名录体系的同时，也潜在地创造出了具有排他性的名录体系。建立名录本身，既是一种排除他者的行为，同时也是一个制造意义的过程。在该过程中，遗产在以社区参与为核心的体系（非西方预设的标准）中被认定、

---

① UNESCO, "Evaluation of Nominations for Inscription in 2011 on the List of Intangible Cultural Heritage in Need of Urgent Safeguarding," http://www.unesco.org/culture/ich/doc/src/ITH – 11 – 6. COM – CONF. 206 – 8 + Corr. + Add. – EN. pdf, 2017 年 6 月 12 日。此外，"原创性"或"真实性"这样的表述，在若干委员会决议中均被视作有悖 2003 年《公约》精神，并一再建议缔约国规避这类"不当用词"。

② Sarah Neal & Sue Walters, "Rural Be/longing and Rural Social Organizations: Conviviality and Community – Making in the English Countryside", *Sociology*, 2008 (2).

评估，同时也不可避免地将更多的意义和价值加诸遗产本身。不论是有形的物质遗产还是无形的非物质遗产，其主要价值和意义都被框定在一系列评价标准以及名录之内。名录本身就是理解列入其中的遗产项目的一种特定语境，而且不管这些遗产项目的背景如何，它们与其他遗产项目之间的关系也势必成为制造话语的一个来源。① 这就说明，当我们在国际法的意义上来理解和讨论非物质文化遗产保护中的社区参与问题时，名录之内和之外的多种话语实践及其内在联系和互动关系，必将构成研究非物质文化遗产保护的理论视野和学术空间。

前文已经述及，社区、群体和个人是 2003 年《公约》在遗产的认定、存续力的延续、建构身份认同等方面的核心所在，所以应该将社区、群体和个人置于非物质文化遗产保护的中心，同时要求各缔约国以一种参与式的路径为保护活动提供保障。有学者认为，在国际法的范畴内，2003 年《公约》涉及社区、群体和个人的问题并非没有先例，在国际人权及环境法的领域，社区的概念一度非常流行，被各方广为讨论。但是，2003 年《公约》与其他国际法不大一样的地方，在于首次将社区、群体和个人的提法用于文化遗产的正式文书之中。② 因此，该公约在为国际法领域带来一些新做法的同时，也增进了人们对于该领域内有关社区、群体和个人之含义的认识。正如巴莫曲布嫫所说："'社区'是 2003 年《公约》中最具反思性张力的一个术语，尊重社区和社区参与更是实施保护非物质文化遗产'各种措施'的基本前提……而将非物质文化遗产的价值认定赋权给相关社区和群体，正是许多民俗学者和人类学家在这份国际法律文书的订立过程中苦心谋求的'保护之道'。可以毫不夸张地说，'丢掉'社区就等于丢掉了《公约》立足的基石。"③ 到了 2015 年，以社区为本的保护理念在政府间委

---

① Barbara Kirshenblatt – Gimblett, "Intangible Heritage as Metacultural Production", *Museum International*, 56 (1 – 2), 2004.

② Janet Blake, "UNESCO's 2003 Convention on Intangible Cultural Heritage: The Implications of Community Involvement in 'Safeguarding'", in Laurajane Smith & Akagawa Natsuko eds., *Intangible Heritage*, New York & London: Routledge, 2009, p. 50.

③ 巴莫曲布嫫：《从语词层面理解非物质文化遗产——基于〈公约〉"两个中文本"的分析》，《民族艺术》2015 年第 6 期。

员会认可的《保护非物质文化遗产伦理原则》中得到了更加明确的强调①。

尽管 2003 年《公约》及其《操作指南》并未对"社区"进行明确的界定，然而我们也要清楚地认识到，在 2011 年至 2003 年的《公约》起草过程中，教科文组织智库的专家学者曾经试图对于"社区、群体和个人"进行界定。该政府间组织曾于 2002 年在巴黎组织过一次专家会，并准备了一份"术语表"，其中是这样界定社区的："社区是相互联系、共享归属感的人"②。2006 年，该组织又在日本东京召开了一次专家会，类似的关键术语再次被集中讨论，关于清单编制和遗产保护中社区参与要求的相关条款也是在这次会议中起草的。其中分别对社区、群体和个人进行了界定：第一，"社区是由人类构成的网络，在其共享的历史联系中生发出的认同感或归属感，源于该群体对非物质文化遗产的实践、传承"；第二，群体包括社区内部和外部共享相同的技术、经验和特殊知识的人，故而，作为监管人、实践者和学徒，其在当下或以后非物质文化遗产的实践、再创造和传承过程中担负特定的角色；第三，个人是社区内部和外部具有独特技术、知识、经验或其他特点的人，作为监管人、实践者（有时是学徒），其在当下或以后非物质文化遗产的实践、再创造和传承过程中担负特定的角色。③

由于社区界定的敏感性，上述定义注定成为各方批评的对象。但是，上述相关努力并没有带上明确的个案背景和对象指称，并且是严格从 2003 年《公约》精神出发来对社区、群体和个人加以界定的；加之，提出相关定义的学者、专家或实践者，他们不仅深度参与了公约的起草和准备过程，而且也在公约的发展过程中累积了一定的经验。因此，纵使这些定义在之

---

① 《保护非物质文化遗产伦理原则》，巴莫曲布嫫、张玲译，《民族文学研究》2016 年第 3 期。另参见朝戈金《联合国教科文组织〈保护非物质文化遗产伦理原则〉：绎读与评骘》，《内蒙古社会科学》2016 年第 5 期。

② UNESCO, Expert meeting on "Intangible Cultural Heritage – Establishment of a Glossary", Paris, 2002. https://ich.unesco.org/en/events/expert – meeting – on – intangible – cultural – heritage – establishment – of – a – glossary – 00082, 2017 年 6 月 12 日。

③ UNESCO, Expert Meeting on Criteria for Listing ICH, Paris, 2006. Cf. Janet Blake: "UNESCO's 2003 Convention on Intangible Cultural Heritage: The Implications of Community Involvement in 'Safeguarding'", in Laurajane Smith & Akagawa Natsuko eds., *Intangible Heritage*, New York & London: Routledge, 2009, p. 60.

后《操作指南》的起草和订正过程中或是被删除，或是被修改，但上述努力和实践在非物质文化遗产概念体系发展过程中所起的作用是不可忽视的。总之，在该《公约》实施的十多年中，伴随着"社区界定"的若干努力渐行渐远，"社区参与"作为非遗保护的基本原则正在走向一种更加开放和包容的多元化协同行动，而如何发挥社区的中心作用依然面临重重挑战。这也正是我们从学理上深入追踪国际层面保护非物质文化遗产的基本策略及其发展历程的必要性所在。

作者简介

朱刚，白族，博士。中国社会科学院民族文学研究所副研究员，美国哈佛大学燕京学社访问学者（2016－2017）。兼任中国民俗学会常务理事、副秘书长。主要从事民俗学、少数民族语言文化及口头传统研究，发表论文多篇、论著多部。

《保护非物质文化遗产公约》的实践范式[*]

户晓辉

联合国教科文组织的《保护非物质文化遗产公约》（以下简称《非遗公约》），是近年来文化遗产保护领域最重要的国际法律文书。经过十多年的履约实践，中国的非遗保护工作已经进入深水区和攻坚阶段。对这个公约，我们一开始还难有很好的理解。只有在经过多年的实践并且逐步积累了一些经验和教训之后，我们回过头来看《非遗公约》，才会有新的理解。在这个时候举办公约培训班，确实是时候，也很有必要。我们的确需要弄清楚，《非遗公约》倡导的非遗保护实践究竟想干什么，本来要干什么。①

在我看来，《非遗公约》是想通过履约为各个缔约国提供一个通道，让各个缔约国实践普遍价值观。至少相对于1972年的《保护世界文化和自然遗产公约》来说，《非遗公约》是一个新文本②，它通过新术语和新理念，倡导并推行的是新的实践范式。

一 "社区"还是"共同体"

比较1972年的《保护世界文化和自然遗产公约》与2003年的《非遗公约》，从表面上看是从物质的、有形的遗产转向非物质文化遗产，实际上

---

* 本文选自《民间艺术》2017年第4期。

① 本文据作者在文化部非遗司、文化部外联局和中央文化管理干部学院主办的《保护非物质文化遗产公约》培训班（第一期和第二期）上的两次讲稿（2016年10月19日和24日）修改而成。

② 巴莫曲布嫫在《从语词层面理解非物质文化遗产——基于〈公约〉"两个中文本"的分析》（《民族艺术》2015年第6期）一文中提醒我们，要区分汉语《非遗公约》的"前在本"和"订正本"，所以，本文的汉语引文只参考并引用"订正本"。

是从物到人的转换。国外一些学者已经指出，《非遗公约》把 communities（共同体）、people（人）和 practitioners（实践者）作为界定"非遗"概念的核心。他们不仅是非遗的传承人，而且是非遗的裁决者。这就等于要求缔约国确保非遗的不同主体参与非遗保护的各种实践。① 尽管这个公约尚未确立这些主体在履约过程中的核心地位，但已经认可：共同体、群体和个人是非遗的传承人并且在保护、传播非遗的实践中扮演重要角色。②

那么，如何理解《非遗公约》中的 community 这个非常重要的概念呢？汉语文本使用的是"社区"，也可视为对这个英文词的翻译。"社区"一般是在社会学和人类学领域使用的概念，主要指在特定地区内通过面对面的接触而形成家庭关系和工作关系的人群。③ 可见，对"社区"有一个限定，是要在某个特定的地区或区域内，在共同生活的某个地理区域里，有这些关系的人群组成了社区。

《新牛津英汉双解词典》的解释，有两个值得注意：一是社区，强调的是一群人共同生活在某个地方并且实行共同的所有制；二是共同体，主要指的是通过共同的利益或兴趣统一起来的民族或国家的实体。④ 虽然《非遗公约》对 community 没做专门界定，但在 2002 年，联合国教科文组织的网站上提供了一个英、法文对照的非遗术语表，这是该组织的一些专家专门经过讨论并达成共识后发布的，因此就相当于一种内证，而不是从外面强

---

① Janet Blake，"UNESCO's 2003 Convention on Intangible Cultural Heritage: The implications of community involvement in 'safeguarding'", in Laurajane Smith and Natsuko Akagawa（ed.），*Intangible Heritage*, Routledge, 2009, p. 49; Britta Rudolff and Susanne Raymond, "A Community Convention? An analysis of Free, Prior and Informed Consent given under the 2003 Convention", in *International Journal of Intangible Heritage*, Vol. 8, 2013, p. 156; Sophia Labadi, *UNESCO, Cultural Heritage, and Outstanding Universal Value: Value - based Analysis of the World Heritage and Intangible Cultural Heritage Conventions*, AltaMira Press, 2013, pp. 129, 132; 户晓辉：《〈保护非物质文化遗产公约〉能给中国带来什么新东西——兼谈非物质文化遗产区域性整体保护的理念》，《文化遗产》2014 年第 1 期。

② Sabrina Urbinati, "The Role for Communities, Groups and Individuals under the Convention for the Safeguarding of the Intangible Cultural Heritage", in Silvia Borelli, Federico Lenzerini（ed.），*Cultural Heritage, Cultural Rights, Cultural Diversity: New Development in International Law*, Martinus Nijhoff Publishers, 2012, p. 220.

③ 吴泽霖总纂《人类学词典》，上海辞书出版社，1991，第 154 - 155 页。

④ 《新牛津英汉双解词典》，上海外语教育出版社，2007，第 426 页。

加给《非遗公约》的解释。这个术语表对 community 的解释是：自认为共享某种联系的人群①，可见，community 指的是人或人群（people），它并非抽象的东西，也并不仅仅是地理上的实体，而是参与相关非遗项目的传承人和实践者。② 2006 年，针对共同体参与保护非遗的问题，联合国教科文组织在东京召开专家会议。与会专家进一步指出，communities 指的是通过传承或介入非遗而形成认同感与联系感的人群网络（networks of people）。③ 也就是说，它是由一群在非遗传承和实践中扮演特殊角色的人构成的，比如，文化保管人、表演者和学徒。④ 这种理解对我们如何看待《非遗公约》的新范式具有非常重要的意义。由此可以断言，《非遗公约》以共同体为中心，实际上也就是以人为中心。所谓以人为中心，也就是以人为目的。

可见，community 指的主要是文化共享意义上的共同体，而不是社会学和人类学意义上的社区。一方面，同一个社区不一定传承同一种非遗，同一个社区里的人也不一定都是同一个非遗项目的传承人和实践者；另一方面，有不少非遗项目得到不同社区甚至不同民族的共同传承与实践。因此，雷吉娜·本迪克斯等学者认为，致力于维持、复兴或再造某个文化传统的个人，不必共有民族身份，而是可以通过共同的政治利益或经济利益构成实践共同体。⑤ 这就说明，非遗的实践共同体也可以是想象的共同体。这样

---

① 英语原文是 "People who share a self‑ascribed sense of connectedness. This may be manifested, for example, in a feeling of identity or in common behaviour, as well as in activities and territory. Individuals can belong to more than one community"，参见 http://www.unesco. org/culture/ich/doc/src/00265. pdf［2016 年 10 月 16 日］，以下不另注明。

② 杨利慧：《以社区为中心——联合国教科文组织非遗保护政策中社区的地位及其界定》，《西北民族研究》2016 年第 4 期。

③ 会议报告名为 Expert Meeting on Community Involvement in Safeguarding Intangible Cultural Heritage: Towards the Implementation of the 2003 Convention 13–15 March 2006, Tokyo, Japan, See http://unesdoc. unesco. org/images/0014/001459/145919e. pdf［2017 年 5 月 14 日］。

④ Sabrina Urbinati, "The Role for Communities, Groups and Individuals under the Convention for the Safeguarding of the Intangible Cultural Heritage", in Silvia Borelli, Federico Lenzerini (ed.), *Cultural Heritage, Cultural Rights, Cultural Diversity: New Development in International Law*, Martinus Nijhoff Publishers, 2012, p. 205.

⑤ Nicolas Adell, Regina F. Bendix, Chiara Bortolotto, and Markus Tauschek (ed.), *Between Imagined Communities and Communities of Practice: Participation, Territory and the Making of Heritage*, Universitätsverlag Göttingen, 2015; See http://www.jfr. indiana. edu/review. php? id = 1940［2017 年 5 月 15 日］。

一来，它的重点显然不在地理范围上。

比较而言，"社区"概念主要强调共同居住在某个地理区域的人，这里可能有不同的民族，也可能有不同的归属感和认同感，因此，把"社区"这个概念放在《非遗公约》中，会有很大的问题。在确定非遗的主体或传承人时，如果用"社区"这个地域色彩较浓的汉语概念来指代他们，就可能产生一些误导甚至遮蔽。"共同体"更强调的是由共同的利益、共同的认同感、共同的归属感结成的人群，而不一定限于某个地理区域。

因此，我们把《非遗公约》里的"社区"改为"共同体"。

二　"非物质文化遗产"的法律内涵

《非遗公约》用 intangible cultural heritage（简写为 ICH）这个新词取代 folk-lore（民俗或民间创作），意在表明它要保护的对象并非传统意义上的民俗。

第一，《非遗公约》规定，非遗需要当地共同体、群体和个人的自我认定，这是一个首要条件。也就是说，必须先经过他们自己的认可和授权，尤其是在非遗项目申报过程中，包括在清单制定的过程中，在程序上必须经过他们的正式认可和同意，不能越过他们。非遗的价值由谁来认定，这是需要重点讨论的核心问题，但遗憾的是，《非遗公约》《实施〈保护非物质文化遗产公约〉的操作指南》（Operational Directives for the Implementation of the Convention for Safeguarding of the Intangible Cultural Heritage）和《保护非物质文化遗产伦理原则》①的条文，对这个问题的表述都不够清楚，甚至造成了前后矛盾。

第二，非遗是活态的，是不断被再创造出来的。非遗是有未来的，因为它是活的，所以它既来自过去，也属于现在和未来。我们保护非遗，不能一直往后看，还要往将来看。

第三，"非物质文化遗产"与"民俗"的价值方向恰好相反。传统意义上的民俗，在中国曾长期被视为封建迷信，上不了台面，有些不得不中断，有些只能在暗地里搞。自从有了非遗保护以后，情况不一样了，因为它不

---

① 《保护非物质文化遗产伦理原则》，巴莫曲布嫫、张玲译，《民族文学研究》2016 年第 3 期。

叫民俗了，而叫非物质文化遗产了。非遗由此就被赋予了正能量和正价值。

可见，"非物质文化遗产"这个概念完全被赋予了过去的"民俗"所没有的价值和含义，而且它以所有权的文化政治为基础①，需要我们从法律思维角度进行重新理解和正确应用。因此，我们应该认识到，《非遗公约》的这种界定"有可能通过把人重新置于这个体系的中心而改变遗产的特征与管理方式"②。在法律意识比较淡薄的国家中，这一点尤其重要，却最容易被忽视。

《非遗公约》对"非物质文化遗产"的界定有三个要素：这种遗产的表现形式是其客观要素；人的共同体是其主观的或社会的要素；文化空间是其空间上的要素。③ 对照一下汉语文本与英语文本就会发现一个不同：英文在对非遗的界定这一条前面还有一句话：For the purposes of this Convention（为了本公约的目的或意图），可在汉语文本中，这一条却被漏掉了。从英文上来看，把这句话放在这些条文的前面是表明下面这些条文的界定都是为了本公约的目的或意图，这对我们准确地理解《非遗公约》的整体实践目的而言绝非可有可无。

在汉语文本中，非遗必须是共同体、群体有时是个人"视为"其文化遗产组成部分的这些项目，可英文是 recognize as part of their cultural heritage。这个"recognize as"不光指"视为"，而且指认可，即在法律上承认。也就是说，必须是共同体、群体有时是个人正式认可为自己的非遗，才能被当成非遗。这不是随随便便的认可，而是需要具有法律效力的知情同意。

2002 年，联合国教科文组织在网站上公布非遗公约术语表对"非物质文化遗产"进行界定，把 For the purposes of the present Convention 这句话直接放在最前面，意在强调：为了目前这个公约的目的，非物质文化遗产指

---

① Kristin Kuutma, "From Folklore to Intangible Heritage", in William Logan, Máiréad Nic Craith, and Ullrich Kockel（ed.）, *A Companion to Heritage Studies*, John Wiley & Sons, Inc., 2016, p. 52.

② Sophia Labadi, *UNESCO, Cultural Heritage, and Outstanding Universal Value：Value - based Analysis of the World Heritage and Intangible Cultural Heritage Conventions*, AltaMira Press, 2013, p. 129.

③ Tullio Scovazzi, "The Definition of Intangible Cultural Heritage", in Silvia Borelli, Federico Lenzerini（ed.）, *Cultural Heritage, Cultural Rights, Cultural Diversity：New Development in International Law*, Martinus Nijhoff Publishers, 2012, p. 180.

的是什么或意味着什么。下面做了一个定语限定，又强调了必须具备两个
条件，第一个即必须是共同体和个人认可为他们遗产的非遗；第二个即必
须是与普遍被接受的原则——人权、平等、可持续性、文化共同体之间的
相互尊重相一致的非遗。

三 何谓"保护"及其条件

《非遗公约》里谈到非遗保护时用的都是 safeguarding，这是一个总概
念。Safeguarding 是一个合成词，safe 是安全，guarding 是守卫，合起来的意
思是说，守在旁边，保护其安全，而且是正在进行时。从这个词的字面意
思来看，我们应该怎么给保护非遗的人进行角色定位：即我们的政府，我
们的学者，我们的文化工作者，非遗保护工作者，应该如何定位自己。《非
遗公约》在强调非遗保护的时候用的都是 safeguarding 这个一级概念，只有
在解释 safeguarding 是什么时，才把 protection（防护）和 preservation（保
存）放在 safeguarding 包含的保护措施之内。所以，protection 和 preservation
这两个词，实际上是附属概念，不具有一级概念的性质。从概念上来看，
safeguarding 是动态的，强调要保护非遗的生命力或存活能力。与《保护世
界文化和自然遗产公约》不同，safeguarding 的保护含有让遗产传承人主动
保护和传承自己非遗的意思，所以它用的是正在进行时。另外，这个词还
意味着，《非遗公约》所谓的"保护"已经从国家保护手段转变为国际保护
活动、政策和规划，它指的是地方、国家与国际三个层面的相互作用。① 非
遗保护的重点在于让当地人参与的动态过程，而不在于保护僵死的物。
所以，有学者认为，在《非遗公约》中，safeguarding 与 viability（生存
能力）是同义词，而非遗的生存能力与可持续性发展恰恰依赖于非遗传
承人传承其非遗的承诺、能力和意愿。② 因此，"保护"的这种含义和措

---

① Janet Blake，"UNESCO's 2003 Convention on Intangible Cultural Heritage: The implications of
community involvement in 'safeguarding'"，in Laurajane Smith and Natsuko Akagawa（ed.），*In-
tangible Heritage*，Routledge，2009，p. 47.

② Sophia Labadi，*UNESCO，Cultural Heritage，and Outstanding Universal Value: Value – based Anal-
ysis of the World Heritage and Intangible Cultural Heritage Conventions*，AltaMira Press，2013，
pp. 138 – 139，140 – 141.

施，也体现了《非遗公约》以共同体、群体，有时是以个人为中心的目的论旨归。

Protection 一般是静态的，而且带有被动防御的性质，多指官方机构采取的有效措施。Preservation 更带有物化性质，保存的是东西。但汉语文本没做区分，把 protection 也译成"保护"，其实这两个"保护"的含义是不一样的。《非遗公约》的 safeguarding，一方面强调非遗的动态性、过程性和传承性，另一方面强调保护的主体是非遗的持有人和传承人。从英文可以看出，《非遗公约》对"保护"的界定还有一个应该注意的词就是 revitalization（振兴），意即"新生""再生""复兴"。它的意思是，当非遗衰落甚至濒临消亡时，怎么让它活起来，给它赋予新的生命力。虽然在《非遗公约》的讨论过程中，专家们对是否把这个词写入公约条文有过非常激烈的讨论①，但联合国教科文组织在网站上公布的那个非遗公约术语表从两个层面对这个词做了解释：在文化共同体的实践方面，指对不再使用的社会习俗和形象的复活与再发明；在文化政策方面，指对上述做法的鼓励和支持。所谓非遗的商业化、语境化和再语境化，也包含在这个词的词义里。所以，从"保护"的定义上来看，这个词也表明，我们在保护非遗时，的确有必要通过一些人为的手段让非遗复活、让非遗振兴起来。这在《非遗公约》对非遗的定义里已经有所体现。《非遗公约》推行的是新实践，而不是单纯地为了做一些名录和新的等级化保护。这就涉及保护的范围和条件问题。《非遗公约》在界定"非遗"时，下面紧接着有一句话，译过来是："在本公约中，只考虑符合现有的人权文件……"但英文的前面还有一句话，意即"为了本公约的目的，考虑将只被放在这样的非物质文化遗产……"这就表明，《非遗公约》对"非遗"及其"保护"条件的界定与要求，都是出于本公约的目的来做的事情。要是没有这句话，下面的界定就没了宗旨和目的。所以，这句话非常重要，在汉语文本中却被淡化处理了。

另外值得注意的是这个"只"字，汉语"只"字容易被我们一跳而

---

① Tullio Scovazzi, "The Definition of Intangible Cultural Heritage", in Silvia Borelli, Federico Lenzerini（ed.）, *Cultural Heritage, Cultural Rights, Cultural Diversity: New Development in International Law*, Martinus Nijhoff Publishers, 2012, p. 196.

过，但在英语里"solely"就很明显。因为这个"只"字严格限定了《非遗公约》的保护范围，也进一步体现了该公约的原则与价值取舍标准。《非遗公约》不是要保护所有非遗，它只保护满足它的条件的非遗。因此，非遗首先要由共同体、群体或个人自己认定，但这只是必要条件，不是充分条件。非遗当然首先让这三种主体来认定，但这样还不够，还必须符合更普遍的国际人权文书。不能说我们自己持有人认定了就完了，还需要外来的国际目光，这种国际目光在很大程度上是一种普遍价值观的目光。所以，除了特殊条件外，还有普遍条件。这就体现了《非遗公约》的保护原则和价值取舍标准。非遗要保护的到底是什么？从实践的层面来看，当然是要保护不同的文化多样性和不同地区、不同民族的非物质文化遗产，但这些新的术语和限定条件表明，《非遗公约》实际上还有更根本的诉求，那就是要在人权、相互尊重和可持续发展的方面增加比重与价值考量。

《非遗公约》在一开始就特别强调其出发点是三个国际人权文书即《世界人权宣言》、《经济、社会及文化权利国际公约》和《公民权利和政治权利国际公约》。所谓《世界人权宣言》，英文是 The Universal Declaration on Human Rights，应译为《普遍人权宣言》。这个"普遍的"，不是可有可无，而是涉及对《非遗公约》核心理念的理解。这里提醒大家注意，为什么英文中用的是 universal 而不是 world。事实上，当年中国常驻联合国代表张彭春（1892－1957）在担任人权委员会副主席并且负责起草《世界人权宣言》时，就特别强调该宣言应该具有普遍性，即能够被不同宗教和文化背景的民族普遍接受，其普遍目标就在于人的人道化（humanization of man）和提升人的道德高度（to raise the moral stature of man）。①《非遗公约》也有类似

---

① 2017年3月6日下午，斯德哥尔摩大学人权教授汉斯·英瓦尔·卢斯在中国社会科学院文学研究所题为"Peng Chun Chang: When Confucius came to the United Nations"（张彭春：当孔子来到联合国）的讲座中指出，如果遗忘了张彭春对《世界人权宣言》的杰出贡献，就相当于遗忘了爱因斯坦对科学共同体（scientific community）的杰出贡献。See Hans Ingvar Roth, "Peng Chun Chang, Intercultural Ethics and the Universal Declaration of Human Rights", in Göran Collste (ed.), *Ethics and Communication*: *Global Perspectives*, Rowman & Littlefield International Ltd, 2016, pp. 95－124.

的实践目的与普遍诉求。

关于非遗保护的范围，应该注意的是《非遗公约》第 2 条第 2 款的第 4 个方面"有关自然界和宇宙的知识和实践"。很多学者，包括联合国的一些专家，主要从传统医药知识角度来理解这个方面，这种理解过于狭隘。这一条应该包括非物质文化遗产很重要的一些内容，比如，民间信仰或宗教信仰与宗教实践，它应该包含人与超验对象的关系。但遗憾的是，《非遗公约》在此没做清晰界定。

还有非常重要的一点，即共同体、群体、个人自愿的同意（free, prior and informed consent），这是非遗保护的一条实践原则，可惜的是，《非遗公约》对这个实践原则的强调仍然不够清晰。我把它总结为三个条件，第一个是只有得到非遗传承人自身认可的"遗产"才能成为非遗（参见第 2 条）；第二个是只有不违背国际人权文件、能够促进不同非遗主体之间的相互尊重并且顺应可持续发展的非遗，才值得保护并且得到实际的保护（参见第 2 条）；第三个是最大限度地确保非遗主体参与保护、管理自己的非遗的各种实践（参见第 15 条）。尤其是在制定非遗名录时，不仅要尊重当地共同体、群体和个人自愿的、优先的知情认可权，还要尽可能让他们参与有关他们自己的非遗清单的制定与保护工作。《实施〈保护非物质文化遗产公约〉的操作指南》第 1 条，U4 更是明确规定，在申报非遗时，应该尽可能让非遗主体广泛参与并且事先知情同意。因此，珍妮特·布莱克认为，如果没有文化实践者和传承人参与制定保护措施的实施，非遗保护工作就会落空，就会无可保护。[1]

四　哪种本真性与谁的原生态

这就涉及对非遗主体传承和再创造权利的尊重问题。我们说非遗要进入日常生活，怎么进入？最近大家在争论，有没有必要办非遗培训班，这种培训符不符合公约精神。有些专家认为，培训就代表标准化、同质化或

[1] Janet Blake, "UNESCO's 2003 Convention on Intangible Cultural Heritage: The implications of community involvement in 'safeguarding'", in Laurajane Smith and Natsuko Akagawa (ed.), *Intangible Heritage*, Routledge, 2009, p. 66.

去中国化①，甚至无视文物等物质文化遗产与非物质文化遗产、《保护世界文化和自然遗产公约》与《非遗公约》之间的根本差异，既不看国外学者有关非遗的大量研究成果，也不认真琢磨《非遗公约》的理性目的和实践精神，却在到处宣讲，"非物质文化遗产是一个民族最稳定的文化 DNA"，"文物不能变，非遗当然也不能变"②。这就把物质遗产的本真性概念误用到了非遗领域。1994 年 11 月 1 - 6 日，世界遗产委员会在日本奈良召开会议，来自 28 个国家的 45 位代表针对《保护世界文化和自然遗产公约》形成了有关本真性的奈良文件（The Nara Document on Authenticity）。该文件指出，判断文化遗产本真性的信息资源包括"形式与设计、材料与物质、用途与功能、传统与技术、位置与背景、精神与情感，以及其他一些内在的与外在的因素"③，但正如索菲亚·拉巴迪已经指出，即便这种本真性，仍然不能理解为静态的和凝固不变的。④

更重要的是，如果把物质文化遗产的本真性概念用于非遗，就会把非遗固化和本质主义化，而《非遗公约》和《实施〈保护非物质文化遗产公约〉的操作指南》之所以不再使用本真性、完整性、突出的普遍价值之类的概念，恰恰是要避免这种把非遗固化和本质主义化的认识与实践。因此，这种似是而非的本真性追求，显然与《非遗公约》的基本精神背道而驰，而且容易误导中国的非遗保护实践。这些专家以追求所谓非遗的原生态为借口，把非遗物态化和基因化⑤，以看待民居的心态看待非遗，好像越破越好，哪儿破说哪儿好。如果站在这种立场上去保护非遗，那就需要我们倍加警惕，因为这会造成非遗的博物馆化，即把非遗固定在某个地方、固定在某

---

① 陈竟：《谈谈非遗教育中的有关问题——对高校非遗人群培训研习班的探讨》，《文化遗产》2016 年第 5 期；齐易：《非物质文化遗产："尊重、保护"与"提升、改造"孰是孰非?》，《文化遗产》2016 年第 5 期。

② 苑利：《救命的"脐带血"千万要保住——从非遗传承人培训说开去》，《光明日报》2016 年 1 月 22 日。

③ https://www.icomos.org/charters/nara - e.pdf，2017 年 5 月 15 日。

④ Sophia Labadi, *UNESCO, Cultural Heritage, and Outstanding Universal Value: Value - based Analysis of the World Heritage and Intangible Cultural Heritage Conventions*, AltaMira Press, 2013, p. 116.

⑤ 好在已有学者对这类观点作出批判，参见张毅《非遗保护与传承的历史使命是推动其可持续发展》，《文化遗产》2016 年第 5 期。

种形态上，这本身就不符合《非遗公约》要求的活态传承与再创造精神。《保护非物质文化遗产伦理原则》第 8 条进一步明确规定："本真性和排外性不应构成保护非物质文化遗产的问题和障碍。"中国的某些专家对此并没有认真领会，他们仍然在用本真性和排外性构成中国非遗保护的问题和障碍。对某个具体的非遗项目，即便能够往前追溯，追溯到哪个阶段或哪个点上才可以说它是真是假呢？非遗只有相对的真假，没有绝对的真假。我们也许可以用两个简便的标准来看这种相对的真假：第一个标准是看传承人自身是不是真诚地认其为真。这里有一个认可度问题，比如，需要传承人所在共同体中多数人的接受和认可，因为《非遗公约》把他们自己的认定作为首要标准。第二个标准是，既然非遗也是遗产，就要有一定的传承性和传承度。如果是刚发明的东西，还没有传承，那就不是非遗。《非遗公约》对"非遗"的界定包括"代代相传"（transmitted from generation to generation）的要求，这也是"遗产"概念的固有含义：《现代汉语词典》对"遗产"的界定是"泛指历史上留下来的物质财富或者精神财富"；《牛津高阶英汉双解词典》也把 heritage（遗产）界定为一个国家或社会已经拥有了很多年并且视为特有的历史、传统和特质。① 然而，我们必须看到，在传承与生产的过程中，非遗必然会有变化，而且必然会牺牲某些东西，因此，要防止对非遗抱有埃哈麦德·斯坤蒂指出的那种"本真性幻觉"②（authentic illusion）。

我认为，如何根据《非遗公约》的精神让非遗保持活态和再创造性，如何维护传承人的权利，是我们必须思考的重要问题。如果直接让中国的非遗学员去画浮世绘或画西方油画的名作，也许是不合适的，但开一些西方艺术的课程让他们增加一些修养，则未尝不可。因为正是通过相互学习，许多非遗传承人才能取长补短，才进一步激发了他们的传承和创新意识，提高了他们的创新能力，并且有可能进一步凸显自己的独特性，而不是必然带来所谓的同质化。不让非遗传承人相互学习，不让他开阔眼界，不让

---

① 《牛津高阶英汉双解词典》，商务印书馆、牛津大学出版社，2004，第 826 页。

② Ahmed Skounti, "The authentic illusion: Humanity's intangible cultural heritage, the Moroccan experience", in Laurajane Smith and Natsuko Akagawa（ed.），*Intangible Heritage*，Routledge，2009，p. 74.

他与别人交流，怎能保持非遗的活态和再创造性？谁有对他们进行这种干预和阻止的权利（而不是权力）？有些人以留住所谓"乡愁"为借口，反对非遗的再创造，实际上，"乡愁"本来不是对某个地方的往昔所做的美化和想象，而是被误置到过去的一种希望，是对尚未来到和尚未实现的自由的一种渴望。按照《非遗公约》的精神，非遗不仅包括从过去继承下来的传统，而且包括当代实践。它所谓的"保护"，永远不该是压制非遗的进一步发展，因为非遗本身的特点就是过程性（processuality）和变化性，如果仅仅把非遗概念限于继承下来的"传统"成分，就会导致它的博物馆化。因此，最重要的是把非遗的实际传承者完全纳入保护的全过程之中，让他们承担起对自身可持续发展过程的责任。①

因此，到底什么是原生态？《非遗公约》要求的原生态和有些人所谓的原生态是不是一回事？我们以什么为标准来判断好和坏？好和坏是个人的主观标准还是普遍的客观尺度或理性标准，我们应该站在什么立场上来判断？《非遗公约》给我们判定非遗及其价值提供了什么标准？这些都是需要我们深入思考的问题。

五　保护的终极目的是非遗还是文化权利

应该看到，《非遗公约》带来的是地方、国家和国际三级保护的实践框架。中国以前实行的民族民间文化保护，只是国家内部的事情，从国家往下，到各个省、市、直辖市、县，基本上与其他国家无关。但非遗保护则是地区性和国际性再加全球性。更确切地说，它是先从国际性和全球性，再到地区性。《非遗公约》提出的履约活动，是先从国际到国内，再到某个地区。这至少可以表明，一方面，国际组织的全球影响力已经触及生活在最偏僻地方的人们的生活，另一方面，它普及并实践了一个重要的人类学观念，即对于世界上的不同民族具有共同人性的信念。②《非遗公约》给我

① Marie - Theres Albert, Birgitta Ringbeck, *40 Years World Heritage Convention*: *Popularizing the Protection of Cultural and Natural Heritage*, Walter De Gruyter GmbH, 2015, pp. 160, 166, 154.
② Marilena Alivizatou, "The Paradoxes of Intangible Heritage", in Michelle L. Stefano, Peter Davis and Gerard Corsane (ed.), *Safeguarding Cultural Heritage*, The Boydell Press, 2012, p. 9.

们提供的实践框架，不仅是地区性和局部性的，更是国际性和全球性的。因此，无论是实践还是研究，非遗政治都是一项国际性和全球性的事业，我们不能闭门造车，不能仅仅着眼于所谓中国特色和中国经验，而是必须借鉴他山之石来攻自身之玉。即便仅从实践层面来看，如果没有《非遗公约》的国际保护实践，我们的非遗保护工作在国家层面和地方层面很可能就不会开展起来。过去的某些文物价值，可能我们自己认定它的价值就完了，可现在非遗带来的价值不是这样。《非遗公约》带来的是通过外来的国际目光来唤醒当地三种主体——共同体、群体和个人对自己非遗的价值体认。某个地方非遗的价值不光是自己认定的问题，还有国际认定的问题。甚至先有国际眼光，才启发这个地方认识到自己文化的价值。通过《非遗公约》的保护，原来没有太大价值的，可以赋予它价值；原来价值小的，可以赋予它大价值。当然，也有可能是原来价值大的，现在价值小了。所以，非遗是社会建构的价值，遗产或非遗也是一种有自我意识的传统。在这方面，我们需要防止民族主义和国际主义的两个极端：民族主义强调遗产只对国家有利，而国际主义又倾向于排除地方共同体。①

尽管非遗价值需要由其持有人和传承人来认定，但并不排斥外来影响甚至还必须有国际眼光。换言之，必须有《非遗公约》的眼光，我们才能对自己的非遗价值有新的认识，才会对本地的非遗价值有自我认识。《非遗公约》特别强调的至少有两点，这两点对中国来说实践起来可能非常困难，但它们确实对中国非常重要。第一个是《非遗公约》没有明说的（公）权力的让渡问题。第二个是对共同体、群体和个人的（私）权利尊重的问题。由于《非遗公约》基本上采取的是公法模式，所以，它规定了公权力的责任和义务，包括对没有完成义务时会有相应的惩罚措施，但对私权利的保护显然不够。所以，我们将来还是需要对非遗采取私法保护。②

根据公约精神，既然非遗价值的认定权利首先归于持有人和传承人自

---

① Chip Colwell and Charlotte Joy, "Communities and Ethics in the Heritage Debates", in Lynn Meskell (ed.), *Global Heritage*: *A Reader*, John Wiley & Sons, Inc. , 2015, p. 113.
② 户晓辉：《民间文艺表达私法保护的目的论》，《民族文学研究》2016 年第 3 期；户晓辉：《民间文艺法律保护问题的理性思考》，《文化遗产》2016 年第 3 期。

身，那就需要尊重他们自己的选择和文化权利。换言之，在非遗保护实践中，需要贯彻并落实民主、平等和人权等现代价值观，即通过非遗保护，重塑保护官员、专家和相关工作人员包括非政府组织之间的关系，建立新型的伦理关系。

《非遗公约》第 11 到 15 条对缔约国的义务做了明确规定，尤其第 15 条："共同体、群体和个人的参与"的英文开头是 Within the framework of its safeguarding activities of the intangible cultural heritage，这就说明，缔约国对非遗的保护是在保护框架中进行的，《非遗公约》给缔约国明确地赋予了责任和义务。《非遗公约》并不主张共同体、群体或个人脱离政府的框架去单独进行非遗保护实践。而且，从中国的现实来看，短时间内也难以离开政府的框架让私人去保护非遗。正因如此，我们才需要在政府、专家、非遗保护者包括非政府组织以及非遗传承人之间建立新的伦理关系，至少需要"力求让自上而下方式与自下而上方式在保护非遗时保持某种平衡"①。

六　非遗保护的新伦理：以人为中心

这就需要我们实践新的伦理原则和真正的法治。因为非遗保护带来了过去不曾有过的实践和接触，从国际到国家再到地方，至少有三级的关系。此外，一个地区从事非遗保护的官员或文化管理干部，怎么与非遗传承人交往和互动？这既是新的伦理问题，也是新的管理问题。新伦理对中国尤其重要，因为中国几千年来的传统是大政府小社会。在这种情况下，伦理的作用大于法律的作用，所以伦理相对就更加重要。新伦理的中心是 community（共同体）。既然 community（共同体）主要指人，那么，《非遗公约》倡导的新伦理实际上就是以人为中心。所谓以人为中心，就是要用公平的规则来保障人的平等权利和尊严。在这方面，《非遗公约》想做的事情体现在两个方面，一是遴选的程序，希望是透明的、公开的；二是遴选的标准，希望是平等的、公正的。它体现的是中国人不大熟悉的理念，因为我们一般都倾向于直接要公平的结果。但《非遗公约》给我们带来的新理

---

① Sophia Labadi, *UNESCO, Cultural Heritage, and Outstanding Universal Value: Value - based Analysis of the World Heritage and Intangible Cultural Heritage Conventions*, AltaMira Press, 2013, p. 143.

念是用规则公平和程序正义来保证实质正义和结果正义。换句话说，规则的公平和程序的正义，比实质正义和结果正义更重要。我们不能只看现实里面确实存在的结果等级，因为即便做到了程序上的公平、正义，也不能保证每一个结果都是公平、正义的。但是，如果没有程序的公平、正义，公平、公正的结果就更没有保障、更不能指望。

《非遗公约》倡导的非遗保护，旨在创造人与人之间相互尊重、相互包容和欣赏的关系。这种关系既是人与人之间的关系，也是我们对待非遗的关系，因为落脚点也要落到我们与非遗传承人的关系上。这就涉及一个问题：谁是非遗的主体？直观的感觉告诉我们，似乎谁的非遗谁就是主体，谁传承、谁实践谁就是主体。我们的感觉一般会告诉我们，某个非遗首先属于那个传承它的人或群体，不管他或她属于哪个民族或哪个地区。但从逻辑上说，非遗的主体无论属于哪个民族、哪个地区，都必须首先是一般的人，这就正好与我们的感觉相反。《非遗公约》想给我们带来的新理念就是逆我们的感觉而动，让我们把非遗主体的这个普遍的"人"补上，至少让我们不要忘记这个普遍的"人"。这也正是那句"为了本公约的目的"不仅不能丢掉，反而应该引起高度重视的根本原因。《非遗公约》一开始就说要参照三个国际人权文书，也是为了凸显这个意思。《非遗公约》希望我们在保护特定非遗时、在确定特定的非遗主体时，把这个括号里面的普遍的人补上。也就是说，我们应该先把不同地区、不同族群的人看成普遍的人，然后再把他们看成特殊的人，比如说壮族（人）、佤族（人）、傣族（人）、羌族（人），如此类推。如果把括号里面的这个普遍的人丢了或自觉不自觉地勾掉了，那么我们的非遗实践就偏离了《非遗公约》的精神实质，就会产生重大偏失。按公约精神来说，非遗保护要保护一个底线，即 human rights（人权）。先保障我们大家可以通约的共同东西，然后再说特殊的东西，再说谁是不同地域、不同族群的非遗主体。我们在保护非遗的时候，首先要把这些不同的非遗主体当成人，尊重他们的文化权利、平等地位和人格尊严，在这样的前提之下，再来讨论他们的特殊性。所以，人权之所以是 universal（普遍的），恰恰因为它是用交互的、互为主体的方式推论出来的普遍的伦理原则。通俗地说，这至少有两个要点：一个是你想要别人怎么待你，你就怎么待别人；另一个是把人当人来对待，你才能真正成为人。因为这实际上是人与人之间相互的和彼此的关系。

所以，《非遗公约》和 2005 年的《保护和促进文化表现形式多样性公约》共同构建了新理念，要通过全球各缔约国的保护实践来推进文化现代化，建构新型的基础文化即人权文化（human rights culture）。这有两个面向，一个是包括公约在内的法治化框架，防止公权力侵犯私权利，这主要是政府层面的事情。另一个是社会层面，就是道德和伦理的自治，这就与《非遗公约》的核心观念和新理念有关了。①

正因为新伦理如此重要而《非遗公约》未能作出细致的规定，所以，联合国教科文组织新近又出台了《保护非物质文化遗产伦理原则》。这是对《非遗公约》条文的补充。虽然它只是一个伦理原则，但在私权保护方面也有了进步。其中第 2 条特别强调，共同体、群体和个人继续其非遗的"权利"应该得到承认和尊重。我想着重说一下第 6 条，即非遗"不应受制于外部的价值或意义评判"②。关于"价值或意义"，也可以做一点不同的理解。英文的 value 可以理解为更抽象的、不可估量的、不可用金钱来衡量的价值。它指的是非遗的抽象价值或不可衡量的价值。在与 value 对比时，worth 可以指具体的、可以用金钱衡量的价值，即可见的价值。但是，按第 6 条的要求，对非遗的这两种价值的评价都不应该从属于外部的评价，那么，《非遗公约》就该自我瓦解了。这一条集中反映出《非遗公约》的有些专家在原则立场上不够鲜明，甚至摇摆不定。他们没有考虑清楚，至少在《非遗公约》中没有清楚表达的一点是，内部认定只是一个必要条件，但不是充分条件，必须还有外部认定的普遍条件。假如没有外部认定，那非遗的清单制定怎么办？从地区报到省里、省里再报到国家、国家再报到联合国教科文组织，这些逐级申报怎么可能没有外部的价值和意义评判？假如

---

① 户晓辉：《文化多样性的人权宗旨——兼谈俗文化的实践研究原则》，《中国俗文化研究》第十二辑，四川大学出版社，2016，第 3 - 16 页。

② 笔者对《保护非物质文化遗产伦理原则》第 6 条的重点关注，也得益于吕微《实践公设的模态（价值）判断形式——"非遗"保护公约的文体病理学研究》（《文化遗产》2017 年第 1 期）一文的启发；对这一条文的进一步分析和批评，参见户晓辉《人是目的：实践民俗学的伦理原则》，《民族文学研究》2017 年第 3 期。

"不应受制于外部的价值或意义评判",我们整个的非遗保护工作还如何进行?这一条将来确实应该作出修订,否则会让我们无所适从。

当然,《非遗公约》的条文并未清晰界定共同体的地位,却让缔约国在寻求保护机制的过程中保有随意使用的权力。① 尽管如此,按《非遗公约》的要求,非遗保护应该是政府引导而非政府主导,主导与引导是不一样的。经过这十几年的实践,中国各级政府能否逐渐让渡出一部分公权力,能否从主导先走向引导,最后再走向由非遗传承人自己主导。政府只是守在旁边,保护非遗主体的安全,这对中国的制度创新和新的文化习性的养成都至关重要。正如珍妮特·布莱克敏锐地指出的那样,《非遗公约》最重要的方面之一就在于它为相关的文化共同体、群体和个人赋予了与非遗相关的核心角色,而这在国际法领域是前所未有的。因此,非遗保护的不断实践完全取决于这些文化主体的能力和意愿。非遗保护需要将整个实践过程加以民主化,需要懂得文化遗产法(cultural heritage law)和人权思维(human rights thinking),尤其是在发展中国家,需要让当地人起到更大的作用。没有非遗传承人和实践者的参与,非遗就没有当前的存在,也就没有未来。因此,任何旨在保护非遗的实践行动都必须依赖于文化共同体及其成员的努力合作与积极传承。这就要求政府机构采用新的形式来进行运作,改变传统的自上而下的方式(top – down approach),与非遗传承人和实践者建立合作关系。②

此外,《非遗公约》在中国履约的一个重要步骤和制度体现就是《中华人民共和国非物质文化遗产法》(简称《非遗法》)。把《非遗法》与《非遗公约》做个简单对比,就会发现中国化和在地化的变化。

《非遗法》的两大原则、三项制度以及对公民、法人和其他组织参与非遗保护工作的鼓励与支持,还有对尊重当地居民意愿的强调,都体现了《非遗公约》的实践范式。但遗憾的是,《非遗公约》保护人权的前提以及

---

① Amanda Kearney, "Intangible Cultural Heritage: Global awareness and local interest", in Laura-jane Smith and Natsuko Akagawa (ed.), *Intangible Heritage*, Routledge, 2009, p. 220.

② Janet Blake, "UNESCO's 2003 Convention on Intangible Cultural Heritage: The implications of community involvement in 'safeguarding'", in Laurajane Smith and Natsuko Akagawa (ed.), *Intangible Heritage*, Routledge, 2009, pp. 45 – 46, 65 – 66.

对共同体、群体和个人的区分，在《非遗法》中尚未得到应有的体现。《非遗法》仍然是政府主导模式，这也容易导致这样的情况，即在保护非遗过程中对非遗传承人的权利重视不够，让有些传承人应得的资助、补贴没有到位。

其实，基层老百姓和非遗的传承人真正想什么，他们最需要什么，也就意味着我们作为保护者、作为行政官员、作为学者需要什么。在温饱问题已解决了的今日中国，基层的大事是柴米油盐酱醋茶，还是看起来好像不着边际的尊严和权利问题呢？美国民俗学者凯莉·费尔陶特在搞民俗保护项目时遇到一位渔夫问她："如果你不能保护我钓鱼的能力和权利，那你怎能保护我的文化？"[1] 这个渔夫跟我们很多非遗传承人一样，在社会的基层做自己的事情，过自己的日子。其实，我们就是最基层的老百姓，我们在许多方面和老百姓是一样的。所以，他的问题也是我们的问题。

《非遗公约》想表达的是一些实践规范，甚至是一些理想范式，这些实践规范和理想范式在现实当中不会立刻实现或全部兑现，但它们可以让我们明白，非遗保护本来要干什么，保护的理性目的是什么。非遗保护，不仅在于保护某个具体的非遗项目。虽然具体的保护也很重要，但更深层的东西、对我们过上好生活有更大意义的东西，就在于非遗的新理念和新实践。非遗保护的履约实践是全球化和现代化的一个很重要的步骤和体现。非遗保护的根本意义不在于保护非物质文化遗产本身，也不在于单纯地保护文化多样性，而在于保护共同体、群体和个人创造与传承非遗的权利，最根本的就是防止公权力侵犯个人的权利，在保护非遗的过程中应尊重人的权利与尊严。履约的过程其实也是建立人与人之间新型伦理的过程。我们不光在操作层面讲伦理守则，更要通过非遗保护在中国推广并实行彼此尊重各自权利与尊严的文化风尚，这是《非遗公约》试图在不同国家和地区确立起来的实践范式。

---

[1] Kelly Feltault, "Development Folklife: Human Security and Cultural Conservation", in *Journal of American Folklore*, No. 119, No. 470, 2006, p. 90.

作者简介

户晓辉，文学博士，中国社会科学院文学研究所研究员。著有《日常生活的苦难与希望：实践民俗学田野笔记》《民间文学的自由叙事》《返回爱与自由的生活世界——纯粹民间文学关键词的哲学阐释》等及译著《技术世界中的民间文化》《记忆》《民俗解析》等。

非物质文化遗产保护的本土实践之路

——以河北涉县女娲信仰的四百年保护历程为个案[*]

杨利慧

　　非物质文化遗产（下文通常简称"非遗"）近十多年来已日益成为中国社会及学术界广泛关注和讨论的一个热点话题，研究成果迄今已十分丰硕。总体来看，已有研究的重点，主要是以 2003 年联合国教科文组织（以下简称 UNESCO）通过并随即广泛实施的《保护非物质文化遗产公约》（以下简称《公约》）及其确立的工作框架为基本语境，以中国加入《公约》之后的保护实践为聚焦点，或梳理"非遗"概念及其保护理念发展的历史源流，或阐述其产生的重要意义，或讨论具体的传承和保护措施，或反思保护过程中存在的问题，如此等等。在笔者看来，相关的研究话语在总体上存在着两个明显的不足：第一，常常将 UNESCO 框架下的非遗保护工程与近百年来的中国文化发展进程，尤其是对待传统文化态度较为激进的"五四新文化运动"和"文化大革命"时期做比较，而缺乏对更为长时段的历史，尤其是本土文化保护的整体历史的观照；第二，与上一不足相应，UNESCO框架下的非遗保护工程往往被视为新生事物，与中国本土的文化观念相对照，有时甚至对立起来，在"新"与"旧"的对比中，强调二者之间的差异性。比如，高丙中在其卓有影响的《中国的非物质文化遗产保护与文化革命的终结》一文中，指出"非物质文化遗产保护……以浓墨重彩重绘了中国的文化地图，创造了新的历史。它带着新的话语进来……重新高度肯定原来被历次革命所否定的众多文化事项的价值；它开启了新的社会进程，

---

　　* 本文选自《云南师范大学学报（哲学社会科学版）》2017 年第 6 期。

以文化共生的生态观念和相互承认的文化机制终结中国社会盛行近百年的文化革命，为近代以来在文化认同上长期自我扭曲的文化古国提供了文化自觉的方式……"① 户晓辉在《〈保护非物质文化遗产公约〉能给中国带来什么新东西——兼谈非物质文化遗产区域性整体保护的理念》一文中也指出："联合国教科文组织（UNESCO）的《保护非物质文化遗产公约》通过新术语的使用和界定可能为中国乃至世界带来新框架、新伦理、新思维和新举措，也就是给中国社会输入现代价值观（普遍的道德标准和人权观念）……"② 这些对于 UNESCO 发起的非遗保护工程对于中国文化、社会以及学术产生的重大意义的深刻阐述和满怀热情的高度赞誉，我也部分地积极认同——非遗工程的开展的确为中国现代文化观念的重塑创造了新契机，带来了诸多新变化。不过，在我看来，这些论述也将非遗保护工程与本土实践的长期历史分割开来，忽视了在非遗工程之前，中国本土社会为文化遗产的保护所作出的诸多努力和贡献。显然，非遗保护并不是从 UNESCO 开始的，远在该工程之前，类似的保护实践已经展开。对于这一点，迄今的"非遗"话语大多较为忽视，中国历史上不同的行动主体（政府、知识分子以及普通百姓等）在相关方面的长期工作，没有得到应有的梳理和呈现。尽管也有一些相关人士意识到"非遗保护的本土实践"这一维度的重要性，比如文化部副部长项兆伦在 2017 年 6 月 10 日召开的"第六届成都非遗节国际论坛"上，在谈及"中国非物质文化遗产保护的理念与实践"时，便指出"1979 年开始，中国开展了对民族民间文艺现象的调查，迄今已收集资料约 50 亿字，出版了《十大民族民间文艺集成志书》318 卷，约 4.7 亿字"。③安德明在《非物质文化遗产保护的中国实践与经验》一文中，也指出自 20 世纪 80 年代初期开始启动、前后延续近 30 年的"民间文学三套集成"以及"十部中国民族民间文艺集成志书"，"为非遗保护工作在中国的

---

① 高丙中：《中国的非物质文化遗产保护与革命终结》，《开放时代》2013 年第 5 期。
② 户晓辉：《〈保护非物质文化遗产公约〉能给中国带来什么新东西》，《文化遗产》2014 年第 1 期。
③ 项兆伦：《中国非物质文化遗产保护的理念与实践》，http://www.mcprc.gov.cn/whzx/whyw/201706/t20170610_496236.html，2017 年 10 月 1 日。

顺利开展，奠定了扎实的观念基础，也培养了广泛的作者队伍"。① 但是这些阐述大多点到为止，缺乏有针对性的着力论证。② 显然，相关研究亟待补充——非遗保护工程及其产生的意义，需要放置在本土非遗保护的整体历史中，在非遗工程与本土实践的关联性中加以考察，只有这样，才能获得对该工程的更加全面和准确的认识。

上述反思构成了本文的出发点。本文将以作者对河北涉县娲皇宫地区女娲信仰的长期研究为基础，以相关碑刻为资料来源，从中梳理自明代迄今长达近四百年的历史进程中，当地政府、知识分子、香会会首以及普通信众，为保护女娲信仰所付出的诸多努力，力图从中呈现地方社会的文化保护实践的较完整历程，从中透视非遗保护工程与中国本土实践之间的内在关联。

在开始正式的论述之前，有几个关键问题需要提前交代。

第一，按照《公约》的界定，非物质文化遗产指的是"被各社区、群体，有时是个人，视为其文化遗产组成部分的各种社会实践、观念表述、表现形式、知识、技能以及相关的工具、实物、手工艺品和文化场所。这种非物质文化遗产世代相传，在各社区和群体适应周围环境以及与自然和历史的互动中，被不断地再创造，为这些社区和群体提供认同感和持续感，从而增强对文化多样性和人类创造力的尊重"③。在河北涉县以及中国广大地域范围内流传的女娲信仰，长期为各相关社区和群体所珍视，并为其提供了认同感和持续感，是重要的非物质文化遗产。2006 年，涉县的女娲祭典被列入第一批国家级非物质文化遗产。

---

① 安德明：《非物质文化遗产保护的中国实践与经验》，《民间文化论坛》2017 年第 4 期。

② 美国民俗学者苏独玉（Sue Tuohy）曾于 2014 年 10 月 22 日在北京师范大学做了一场题为《对建构传统和遗产过程的反思——以"花儿"为例》的学术报告，主要针对的问题便是在迄今的非遗话语中，往往忽略历史上不同机构、团体和个人在保护方面的长期工作。她以"花儿"研究为例，生动、细腻地展示了"花儿"从"野草"到"非遗"的变迁历程，其中充满了不同的话语实践及组织工作。遗憾的是，此文至今没有正式发表。其演讲信息可参见《苏独玉（Sue Tuohy）博士谈西北"花儿"》，http://wxy.bnu.edu.cn/xwdt/2014/96996.html，2017 年 9 月 20 日。

③ 教科文组织创意处非物质文化遗产科编《基本文件·2003 年〈保护非物质文化遗产公约〉》中文版，2014，第 5 页。

需要注意的是，非物质文化遗产不仅仅指那些被专家和权威机构遴选、认定的"认知遗产"（heritage in perception），也包括更广泛的、没有被认定并列入各类非遗保护名录却在普遍意义上具有历史和艺术的内在价值的"本质遗产"（heritage in essence）。① 很多人以为"非遗"一词指的仅仅是被列入各类保护名录的项目，其实是一种误解。本文所说的"非物质文化遗产"概念遵循了《公约》的界定，不对"本质遗产"和"认知遗产"进行界分。

第二，非物质文化遗产和物质文化密不可分。如上所引，在《公约》的界定中，明确指出"非遗"既指涉非物质性的"各种社会实践、观念表述、表现形式、知识、技能"，也牵涉物质性的"相关的工具、实物、手工艺品和文化场所"，二者往往结合在一起，才构成了完整的、可知可感的非物质文化遗产。对于女娲信仰的维护和传续而言，庙宇构成了最为重要的物质实体，不仅体现并承载着信众对女娲的信仰，也为信仰行为的具体实施提供了实体的文化场所；娲皇宫里矗立的一通通石碑，表达着不同时代信众对娲皇圣母的信仰观念和情感，记录着一次次鲜活的保护事件，不仅构成了女娲信仰的相关"实物"，也为考察历史上女娲信仰的保护状况，提供了弥足珍贵的档案。由于作为"非物质"遗产的女娲信仰的历史存在状貌迄今已然遥不可及，因此，本文对于历史上涉县地方社会关于女娲信仰的保护情况的考察，将主要通过相关物质实体——庙宇和碑刻的修建和记录情况来展开。

第三，本文的资料来源。娲皇宫中至今保存有从明代万历三十七年（1609 年）直至 2004 年共 395 年间刊刻的近 80 通石碑，除最早的万历三十七年石碑之外，明代的碑另有万历四十四年（1616 年）、天启六年（1626年）、崇祯元年（1628 年）所立，共计 4 通；另有 1992 年和 2004 年所立的

---

① 燕海鸣曾借鉴并使用"本质遗产"一词，来指那些在普遍意义上具有历史和艺术的内在价值的历史遗产，而用"认知遗产"来特指那些在当代遗产标准框架下"认定"的遗产，如"世界遗产""全国重点文物保护单位""国家级非物质文化遗产"等。燕海鸣：《从社会学视角思考"遗产化"问题》，《中国文物报》2011 年 8 月 30 日。

两通当代石碑，其余则均为清代和民国时期所立。① 这些珍贵的石碑延续了
中国古代庙宇石碑刊刻的传统——每有新建、重修或其他重要事件，必立
碑记录。碑文中既记录地方社会对女娲神话和信仰的看法、娲皇宫及其附
属建筑重修的原因和过程，也记录维修的主体、经费来源、捐款者的姓名
和捐款数量等，展示了自明代、清代、民国直至当代的女娲信仰的盛况，
以及此间不同主体采取的保护办法，为了解自明迄今近四百年间女娲信仰
的保护历程提供了重要的依据。本文将从这近 80 通石碑中遴选出 8 通，其
中明代 2 通，清代 3 通（其中有两碑同记一事，可视为一体来分析），民国
1 通，当代 2 通。遴选石碑一方面考虑到各时代之间选用的碑文数量尽量均
衡，另一方面也考虑到官方与民间力量的均衡——制作讲究、保存较好的
石碑及其碑文不可避免地反映了更多官方的声音，因而笔者也将个别制作
简陋、地位较低的镶碑纳入分析的范围。总之，8 通石碑的碑文成为本文分
析的主要文本。

一　涉县的女娲信仰与娲皇宫

涉县位于河北省西南部，面积 1509 平方公里，人口 42 万。② 这里是中
国女娲信仰最为盛行的地区之一，据笔者统计，如今全县境内大约有近 20
座女娲庙，其中建于中皇山山腰处的娲皇宫是历史记载最为悠久、建筑规
模最为宏大的一座女娲庙。整个建筑群分为山下、山上两部分。山脚有三
处建筑，自下而上依次为朝元宫、停骖宫（俗称"歇马殿"）和广生宫（俗
称"子孙殿"）。山上的主体建筑是娲皇阁（俗称"享殿"），通高 23 米，
由四层组成，第一层是一个石窟（俗称"拜殿"，是信众顶礼焚香、敬拜女
娲老奶奶的主要地方），石窟顶上建起三层木质结构的阁楼，分别叫作"清
虚阁"、"造化阁"和"补天阁"，里面供着女娲造人、补天等的塑像。其他
的附属建筑还包括梳妆楼、钟楼、鼓楼和题有"娲皇古迹"的牌坊等。山

---

① 马乃廷：《涉县娲皇宫历史沿革考》，见涉县地名办公室编《女娲文化》，天马出版社，
2003，第 76 页。

② http://www.sx.hd.gov.cn/sxxq/sxgk.htm，2017 年 8 月 17 日。

上和山下的建筑由十八盘山路连接起来。每年农历三月初一到十八是娲皇宫庙会。三月十八，相传是女娲奶奶的生日。据清代咸丰三年（1853 年）《重修唐王峧娲皇宫碑记》记载："每岁三月朔启门，越十八日为神诞。远近数百里男女坌集，有感斯通，无祷不应，灵贶昭昭，由来久矣。"可见娲皇宫庙会在历史上的盛况。如今这里的庙会依然十分盛大，来自附近方圆数百里以及山西、河南、河北等地的香客纷纷前来进香，有时一天的人数最多可达到一万四千人。① 2006 年，中国民间文艺家协会授予涉县"中国女娲文化之乡"的称号，同年，这里的"女娲祭典"也被国务院公布为首批"国家级非物质文化遗产"。

至于女娲信仰在当地何时肇始、娲皇宫最初建于何时，至今都已无法考证了。对娲皇宫的初建，当地人有多种说法。一种说法是建于汉代，主要依据是清嘉庆年间（1796－1820）《娲皇圣帝建立志》碑文记载："有悬崖古洞，迨汉文帝创立神庙三楹，造神塑像，加崇祀典，其初谓之中皇山。"一些学者因此推断此庙应当是汉文帝时（公元前 179－前 155）创立。我以为这一说法不无道理，因为汉代是女娲信仰十分活跃的时期，很多地方出土的墓刻画像中都有女娲的形象，她的神庙在这里初建，是很有可能的。

不过，当地也有不少人认为：娲皇宫是北齐文宣帝（550—559 年在位）所建②，依据是清嘉庆四年（1799 年）的《涉县志》记载："传载文宣帝高洋自邺诣晋阳……于此山腰见数百僧行过，遂开三石室，刻诸尊像……上有娲皇庙，香火特盛。"我认为这一说法不是很可信：这段记述只表明文宣帝在此大兴佛教，并没有表明他修建了女娲庙，因此文宣帝与娲皇宫的修建可能并无直接关系。

总之，对于涉县地区的女娲信仰在明代万历年以前的保护情况，由于文献记载的缺乏，如今已无法确知详情了。但是，从明代迄今的保护历程，有赖于娲皇宫中保留的碑刻，则较为清晰。

① 关于娲皇宫的建筑格局、庙会盛况以及当地女娲信仰和神话流传的情况，可参见杨利慧《女娲的神话与信仰》，中国社会科学出版社，1997，第 155－161 页。这里所引的个别信息根据笔者于 2013 年、2015 年、2016 年的调查有所更新。

② 马乃廷：《涉县娲皇宫历史沿革考》，见涉县地名办公室编《女娲文化》，天马出版社，2003，第 70－71 页。

二 八通石碑中记录的保护事件

（一）明代

明代的第一通石碑（明碑1）是万历三十七年（1609年）所立，其上刻有《重修娲皇庙碑记》，碑文为直隶阳府通州官王希尧所撰，记录了约四百年前，涉县当地的女娲信仰观念、习俗以及重修娲皇庙的原因和经过：由于女娲正婚姻、抑洪水、炼石补天、制笙簧弦瑟等显赫功绩，加之神威巨大、灵验不爽，所以远近的信众纷纷前来朝拜进香，娲皇宫的香火非常兴盛。不料1608年正月，娲皇宫遭遇火灾，"寸木片瓦俱成灰烬"。当时的县令潘公不忍心看到这样的局面，于是命令一些官员和住持道人召集工匠，重建大殿一座。结果大殿还未修完，潘县令去世。新来的张县令决定继续前任未竟的事业，最后使娲皇宫巍峨壮丽，"焕然改观"①。

明碑2为崇祯元年（1628年）所立的一块镶碑，贡生张襄野撰写了碑文《创建娲皇阁记》②，记载了民间与官方通力协作、修建娲皇阁的事情：由于女娲氏"别姓氏，通殊风，灭共工而息洪水"，所以得到天下人的礼祀敬奉。天启甲子年（1624年），当地人开始修建娲皇阁，崇祯元年落成，其中主要的主事者包括"聚财鸠工有苑存顺、赵可英也；发愿住持张常庆、专清募化人陈一枝也"，县政府也出资援助了这次修建工程（"邑侯三公则悉付之公直收掌，作阁上费用"）。

（二）清代

清代的石碑较多，有的为官府所立，有的为普通信众所立，所记录的事件也有大有小，大者如重建整个娲皇宫建筑群，小者如凿池蓄水，为香客提供煎茶和休憩之所，或者打造几张供桌等等，不一而足。

本文遴选的清碑1为嘉庆十三年（1808年）所立，也是镶碑，碑文题

---

① 政协涉县委员会编《涉县寺院》，内部发行，2004，第102-103页。
② 涉县地名办公室编《女娲文化》，天马出版社，2003，第161-162页；政协涉县委员会编《涉县寺院》，内部发行，第103-104页。

为《创建正殿栏杆石　重建梳妆楼殿台碑记》①，为当地秀才崔梦雷所写，文辞比较粗糙，却清楚地记述了当地百姓自发修建娲皇阁正殿的栏杆石并重建梳妆楼殿台以及前后两代人对娲皇阁的维护。大约是因为该工程较小，所以整个事件没有官府的参与，完全是维首（香会会首）、信众以及相关道人协力完成。事件的大致经过是：乾隆五十八年（1793 年），有道人三家、老维首十家、附近维首数十家，推举出总维首二家，开始修建娲皇阁正殿的栏杆石并重建梳妆楼殿台。工程由索堡村郭子珍、石家庄石子国敬二人督工，大家一起努力，花费了十几年的时间而大功告成。此后众维首卸职，只有老维首与道人一起，每年对娲皇阁进行维护，屡次增修。后来郭氏去世、石氏年老，石氏的长子石和便继承其位，"代父之劳乐善不疲，尽己之责公而忘私"。

清碑 2、3 均为咸丰三年（1853 年）所立。这两通石碑矗立于娲皇阁台基两侧，位置显赫。石碑的内容说的都是同一件事：咸丰二年，因祭祀不慎，娲皇宫被火焚毁，县令李毓珍组织重建了娲皇宫。所以这两碑可以视为一体来对待。南侧的石碑为李毓珍撰书的《重修唐王峧娲皇宫碑记》，记录了当时重修娲皇宫的整个过程：火灾之后，祠宇尽毁，县令不忍心看到"神灵不妥，古迹就湮"，于是选择了当地十多位老成练达的乡绅和商人，有的负责募集资金，有的负责督办工程，邻近的村庄也都乐善好施。一年多以后，被焚毁的建筑全部焕然一新，而且比从前更为壮观。此外还新修了牌坊、碑林，将布施者的名字以及工程的状况一一记录其上。

北碑则是当时涉县的"台顶司事绅商士庶"各阶层人士为纪念李毓珍的功德而树立的"功德碑"，夸赞李县令在娲皇宫重建工程中尽心尽力。特别值得注意的是，功德碑的背面刻有县政府发布的官方公告，颁布了 12 条对娲皇宫的保护措施，公开声明：虽然娲皇宫的重建"大工告竣"，但是以后每年还需要继续维护，因此制定了 12 条措施，以使娲皇阁的保护有可持续性（"详定章程，昭垂永久"）。这 12 条措施包括：

---

① 涉县地名办公室编《女娲文化》，天马出版社，2003，第 174 - 175 页。笔者引用时对其中句读中的明显错误稍有修正。

开庙门时，该道士派人谨防香火。

咸丰四、五、六三年之内，顶上香资，停骖宫、广生宫、朝元宫三家共同经理。每年享殿以内并妆楼下布施香钱，尽数归公，其余按股均分。以后各管一年，周而复始。每年所收享殿、妆楼下布施香钱，发外生息，不得私用，以备修补之用。

三年修理一次……

各处男女进香，晚间不准顶上住宿，违者禀究。

无论各色人等，不得在顶上聚赌，违者重处，并究值年道士……①

对这些保护措施，下文中将展开进一步分析。

（三）民国时期

笔者见到的民国时期石碑的资料不如清碑的多，目前能看到的仅有两通，其碑文的撰写风格与清代一脉相承。一通为民国四年（1915 年）所立，记录的是重修广生宫的事。鉴于其并未直接体现女娲信仰的保护情况，所以这里略去不谈。另一通为民国五年（1916 年）所立，记述了当地重修停骖宫的事件。② 停骖宫是娲皇宫中的重要组成部分，达官显贵，到此必须下马，以示虔敬；男女老少，在此稍事休憩修整，"则神志以凝，仪容以肃"，然后上山拜女娲。由于风雨摧蚀，"庙貌倾秃"，所以维首们齐心协力，募集钱财，陆续加以修葺，一年多时间始告完成，停骖宫重新"金碧辉煌"。工程花费"千有余金"，全部来自于各方捐款。

自此以后的 70 多年里，碑刻数量显著减少。造成这一现象的主要原因是战争和政治运动频仍：1937 年，日本入侵华北，朝元宫正殿和近殿的部分建筑被日军焚毁，长期流传的敬拜娲皇圣母的"摆社"习俗③也被迫停止，1949 年以后始得恢复；50 年代的"破除封建迷信"运动中，又拆掉了

---

① 《重修停骖宫碑记》，载《女娲文化》，天马出版社，2003，第 177－179 页。
② 政协涉县委员会编《涉县寺院》，内部发行，2004，第 127－128 页。
③ 娲皇宫附近的白泉水等八个村落，每年要轮流坐庄，于农历二月二十七日从娲皇宫请一尊女娲奶奶的小塑像回村里，沿途经过的其他村子都要敲锣打鼓表示欢迎。神像请回村庄以后，要连续唱几天大戏，其他村的人也来观看，三月初一再将神像送回娲皇宫。参见王矿清、李秀娟编著《女娲的传说》，河北人民出版社，2016，第 17 页。

部分庙宇，砸毁了各殿的泥塑神像；1966－1976 年的"文化大革命"中，殿脊上的陶兽和殿内珍贵的壁画被毁坏，"摆社"习俗再度终止。① 不过，尽管灾难频仍，女娲信仰其实并未断流，而是依然顽强传承，老百姓也想方设法保护自己的信仰传统。在涉县，广泛流传着女娲老奶奶显灵，保护刘邓大军的首长和普通百姓摆脱日军搜捕的传说②；也流传着诸多老百姓与"文革"时期的"造反派"斗智斗勇、保护女娲神像和圣物的传说③，这都从一些侧面反映了那些特殊年代里女娲信仰的存续和保护状况。正因为文脉不断、薪火相传，所以"文革"刚一结束，70 年代末，娲皇宫重新对外开放时，便立刻香火鼎盛、香客云集。此后地方政府也重新加强了对娲皇宫的保护，陆续修葺了所有殿阁，1987 年又重新彩绘了所有塑像，使得娲皇宫内焕然一新。④

（四）当代

正是在这样的背景下，娲皇宫里新增添了两块十分显著的当代碑。其中第一通石碑（当代碑 1）为 1992 年由涉县文物保管所所立，时任县委常委的马乃廷撰文，碑文题为《修葺续建娲皇宫记》。碑文的书写风格与明清民国三代保持着明显的一致性，扼要而清晰的文字列举出近半个世纪以来娲皇宫遭遇的主要灾祸，包括"风侵雨蚀，雪欺霜凌，兵燹战火，人为祸害"，表彰了县文物保管所所长程耀峰在复兴女娲信仰、重建娲皇宫过程中的首要功劳，他"求拨款于政府，募锱铢于黎庶"，花费了 15 年时间，共耗资 45 万元，重修了殿阁，重塑了神像，终于使娲皇宫面貌一新。⑤

当代碑 2 是 2004 年所立，时任县委书记王社群、县长崔建国撰文，题为《2004 年重修娲皇宫碑记》。此碑文与前面所引 7 篇迥然不同，写作采用

---

① 王矿清、李秀娟编著《女娲的传说》，河北人民出版社，2016，第 17 页。

② 《鬼子难上中皇山》《吓退鬼子》等，见王矿清、李秀娟编著《女娲的传说》，第 14、26 页。

③ 例如《藏女娲》讲，"文革"时期，造反派到处搜寻小女娲像，把它当成封建迷信来对待，结果女娲像被一位张老汉藏到了村口大槐树的老野雀窝里，造反派找不着，只好灰溜溜地走了。改革开放以后，张老汉才把女娲像拿出来。参见王矿清、李秀娟编著《女娲的传说》，河北人民出版社，2016，第 17 页。

④ 涉县地名办公室编《女娲文化》，天马出版社，2003，第 80、84－85 页。

⑤ 涉县地名办公室编《女娲文化》，天马出版社，2003，第 185－186 页。

了现代汉语，不过内在的叙事结构依然与旧体碑文暗合，清晰地记录了十多年前县委县政府重新规划并修葺娲皇宫的事件："公元二〇〇一年以来，中共涉县县委、涉县人民政府大力实施文化强县战略……建设旅游景区，打造知名品牌，创建生态旅游城。全县旅游业蓬勃兴起。几年来娲皇宫景区……总投入三千余万元……修建娲皇补天文化广场……山下塑花岗石女娲塑像母仪雍容，山上娲皇宫内重塑娲皇金身慈祥端庄。……经二〇〇四年八月国家旅游局验收被评定为 AAAA 旅游景区……"

对上述碑文中记录的保护事件及其内在的关联性，下文将展开详细分析。

三 上述保护事件的关联性及其特点

上面所引的八通石碑只是娲皇宫现存石碑的十分之一，它们同其他石碑一样，镌刻着自明迄今的近 400 年间，涉县地方社会从政府官员、知识分子、维首和普通信众为维护女娲信仰的存续所付出的大量心血和努力，鲜明地呈现不同历史阶段的保护实践之间的内在关联性，也反映了其与 UNESCO 框架下的非遗保护工程之间的联系。

表 1 可以更方便读者发现这 8 通碑中显露出的一些主要保护因素的关联以及差异。

表 1

石碑	公元	保护动机	主要保护主体	保护措施	经费来源	保护效果
明碑 1	1609	女娲氏"德泽灵爽"，使人敬畏	潘县令、张县令；管工官王世昆等；住持道人	兴土木，建殿	主要是县政府	庙宇焕然改观
明碑 2	1628	女娲氏"别姓氏，通殊风，灭共工而息洪水"	聚财鸠工苑存顺等；发愿住持张常庆、专清募化人陈一枝等	修建娲皇阁	四方募集，包括县政府的支持	娲皇阁落成
清碑 1	1808	未提及	道人数位；维首若干家；索堡村郭子珍、石家庄石子国敬；石氏之子石和	修建娲皇阁正殿栏杆石，重建梳妆楼殿台；以后每年维护，屡次修葺	民间集资	工程完成

续表

石碑	公元	保护动机	主要保护主体	保护措施	经费来源	保护效果
清碑 2、3	1853	女娲"无祷不应，灵贶昭昭"	县令李毓珍；绅商之老成练达者十余人；	重修娲皇阁；新建牌坊、碑房等；提出 12 条保护措施	"募化"，官民共同出资	娲皇阁得以重建，更为壮观
民国碑 1	1916	"娲皇为世界补其缺陷，厥功甚伟"	维首；"首事诸公"	重修停骖宫	募化；所费千有余金，皆出自捐输	停骖宫金碧辉煌，更加壮丽
当代碑 1	1992	娲皇"孕育万物，抟土造人……功德同辉日月，遂得民之奉祀"	县文物保管所首任所长程耀峰；政府；黎庶	整修女娲、停骖、广生三宫，重塑各殿神像等	求拨款于政府，募锱铢于黎庶	宝刹灵宫，迥非当年景象
当代碑 2	2004	女娲氏炼石补天、抟土造人；建设旅游景区，创建生态旅游城	涉县县委、涉县人民政府	娲皇宫景区重建、改造、扩建	县政府投资	娲皇宫被评为 4A 级旅游景区

从表 1 提纲挈领的归纳中，我们可以发现过去 400 年间，涉县地方社会在女娲信仰保护方面呈现的关联性具有如下几个特点。

第一，保护动机长期注重"内价值"。在前 7 通碑中，除清碑 1 未明确提及修建缘由以及作为"功德碑"的清碑 3 之外，其余都十分明确地陈述了保护的动机——源于对女娲信仰的尊重。一方面，女娲抟土造人、炼石补天等，"功德同辉日月"；另一方面，其神威浩大，"无祷不应，灵贶昭昭""所以使人畏敬奉□（此字损轶）也"。主事者往往因庙宇（或其部分）被毁或者残破不堪，不忍"使神灵不妥"，于是开始相应的保护行动。这就是说，其保护的初衷，完全是基于对女娲信仰所具有的"内价值"的认识和尊重。这里所说的"内价值"，按照刘铁梁的界定，指的是"局内的民众所认可和在生活中实际使用的价值"，也是"民俗文化在其存在的社会与历史的时空中所发生的作用"；而与之相对的"外价值"，则是指作为局外人的学者、社会活动家、文化产业人士等附加给这些文化的观念、评论，或者商品化包装所获得的经济效益等价值。① 与上述几碑相比，2004 年的石

---

① 刘铁梁：《民俗文化的内价值与外价值》，《民俗研究》2011 年第 4 期。

碑内容则有较大不同。虽然其中也提及女娲是"中华始祖"以及她炼石补天、抟土造人的神话业绩——说明其"内价值"并未完全被忽视，但是整个碑文所凸显的，主要是对于"外价值"的强调，也即是对旅游产业及其经济效益的追求。从这里可以看出当代的文化商品化浪潮给民间信仰的保护和再生产带来的显著影响。

第二，保护主体的多元化。就非物质文化遗产的传承与存续而言，保护主体往往具有至关重要的地位，那么，在涉县女娲信仰近四百年的传承过程中，谁是保护的主体？从八篇碑文中不难发现，因时代和社会环境的不同，保护主体的构成及其运作的方式具有十分鲜明的多元化特征：有时候完全是以地方政府为主导；有时候则主要是民间力量自发行动；但是更经常的，是官民协作的模式，参与者既包括地方政府以及各级官员、知识分子和商人，也包括维首以及普通的信众，在这一协作模式中，官方往往处于主导的地位。这种保护相关方的多元构成状况及其运作模式，至今在中国的非遗保护工程中仍然十分常见。而且，就碑文来看，不管是哪种保护主体，都对女娲信仰的持续传承发挥了积极有效的作用。

第三，丰富多样而又具有鲜明本土特色的保护措施。近四百年间，针对出现的不同问题，人们采取了多样而又具有鲜明本土特色的保护措施，其中，最主要的有以下三种。

1. 修庙。前文说过，非物质文化遗产的存在和保护，离不开实在的物质文化的承载，二者相辅相成，一体两面。对于信仰而言，庙宇的存在至关重要。从本文所引述的碑刻中可以看到，涉县地方社会对于女娲信仰的维护和传承，主要表现在对信仰活动赖以存在的根本性文化场所——庙宇——的修葺和保护方面。除清碑 1 之外，其余碑文都涉及娲皇宫（阁）的重修、扩建和增建（包括附属建筑）。事实上，为相关的非遗项目提供生存或表演的文化场所，直到今天依然是国际和国内非遗保护领域常见的举措。例如，2015 年被列入人类非遗代表作名录的哈萨克斯坦和吉尔吉斯斯坦联合申报的阿依特斯即兴口头艺术项目（Aitysh/Aitys, art of improvisation），其申报书就把为该口头艺术的实践提供场所，列为地方政府所采取的保护措施中的一项重要内容。①

2. 立碑。按照《公约》的规定，"记录"（documentation）是非遗保护的主要手段之一（《公约》第 2 条第 3 款）。在本个案中，"勒石以垂永久"显然成为涉县地方社会最常采用，而且一直沿用至今的颇富有中国本土特色的记录方法。碑文所记述的内容，既有时人的女娲信仰观念与习俗，也包括保护事件的起因、经过和结果等。它们为后人了解相关非遗项目的知识、增进对它的理解，以及保护事件和历程的存档，都具有重大的意义。

3. 制定保护措施。在清碑 3 中，县政府制定了十分详细而且有针对性的保护措施，既涉及维护现有娲皇阁的安全（比如谨防香火；不得在山顶聚赌及庙院内施放鸟枪、铁炮；不得砍柴、牧放牛羊等）、状貌（不得擅自在娲皇阁等处的前檐挂匾；勿得残毁碑上字迹；甚至连统一裱糊窗户纸也考虑在内），也考虑到了以后的可持续发展——比如每 3 年修理一次娲皇宫；规定维修资金的来源和分配（比如"每年享殿以内并妆楼下布施香钱，尽数归公，其余按股均分"等等）。措施的规定十分具体，有很强的针对性，也包括严厉的处罚措施（违者"严究""重处"，有时还一并追究当值道士的责任）。这种由官府制定并颁布的保护规则，显然具有比一般民间契约更强的权威性和约束力，它可以说是中国本土较早的、自觉的非遗保护实践中十分重要的组成部分。类似的思路和举措，至今仍在传续——官方立法无疑是今天非遗保护当中最强有力的途径之一。中国政府于 2011 年正式通过并开始实施的《中华人民共和国非物质文化遗产法》，就是这方面的明证。

第四，多元的经费来源。八碑显示，在当地女娲信仰的保护与娲皇宫的维护过程中，经费的来源多种多样，有时候完全来自地方政府的投入（比如 2004 年碑中所记事件），有时候是民间集腋成裘的结果，但更经常的是官民协作，"四方募化""求拨款于政府，募锱铢于黎庶"。这一模式，在我国当前许多地区的非遗保护工作中也经常能够看到。

当然，上述保护特点中，有的也许具有特定的历史阶段性（比如立碑

---

① https://ich.unesco.org/en/RL/aitysh – aitys – art – of – improvisation – 00997，"Nomination Form"，p. 8.

作为记录方法），但大多均具有较强的模式性和可持续性，因而在不同历史阶段的本土保护实践中长期传续，也与今天 UNESCO 框架下的非遗保护工程之间保持了内在的关联。

四 结论

本文以河北涉县娲皇宫及其女娲信仰为个案，以八通石碑的碑文为文本，梳理了自明代、清代、民国直至当代的近 400 年本土非遗保护实践的历程，凸显了历史上不同的行动主体在相关方面的长期工作，并以此反观其与 UNESCO 发动的非物质文化遗产保护工程之间的内在关联性。本文认为：

第一，中国本土的非物质文化遗产保护实践有着漫长的历程，它为 21 世纪初 UNESCO 发动的非遗保护工程在中国顺利生根、开花并迅猛生长，提供了本土的肥沃土壤，构成了不可或缺的内因。认识到这一点，不仅有助于我们正确看待和评价联合国框架之下的非遗保护工程的功能及其意义，也有助于我们树立起文化自信，从自身丰厚的历史积淀中汲取养料，进而裨益今天的非遗保护实践。显然，联合国非遗保护工程的新功能和新意义，应当放置于本土非遗保护的整体历史中加以评估。如果忽视中国本土长期以来对自身文化传统的珍视以及保护，仅强调近现代以来对传统文化的破坏（其实本文的个案显示，即使在"文化大革命"时期，文化保护的努力也一直没有中断），在"旧"与"新"、"破坏"与"保护"的二元对立中凸显 UNESCO 非遗保护工程的革命性意义，在笔者看来，多少有失片面和公允。

第二，不同历史阶段的本土非遗保护实践之间及其与 UNESCO 框架下的非遗保护工程之间，存在内在的关联性。涉县的女娲信仰保护个案充分地显示：在从明、清、民国以至当下近 400 年的历程中，在保护动机、保护主体、保护措施、经费来源等诸多方面，均存在明显的关联性。比如多元主体的参与；修庙以为女娲信仰活动保持根本性的文化场所；立碑是长期沿用的富有本土特色的记录方法；官方颁布法规、制定保护措施，更是今天非遗保护强大有力的手段。一方面，它们为涉县女娲信仰在近 400 年间的传承发挥了根本性的作用——该信仰所以能够在当地持续存在、代代相传，其祭典所以能够于 2006 年被成功列入第一批国家级非遗保护名录，同过去漫漫历史长河当中地方社会所付出的诸多保护努力密不可分。另一方面，诸多本土非遗保护模式至今在 UNESCO 框架下的非遗保护工程中广泛运用，也说明当下的各项非遗保护措施与政策并非横空出世，而是长期的历史实践经验的积累。换句话说，今天在中国轰轰烈烈开展的非物质文化遗产保护运动，在一定程度上是对本土延绵不断、生生不息的文化保护传统的进一步推进和深化。

第三，中国本土淬炼出的非遗保护经验，为今天的非遗保护工程提供了有益的借鉴。就本文的个案而言，保护动机注重"内价值"以及保护过程中的"官民协作"模式尤其值得重视。在《公约》及其衍生文件中，特别强调社区、群体或个人是生产、认定、保护、延续和再创造非遗的关键性主体；非遗保护的目的，便是确保非遗在该人群内部并通过该人群而得以继续实践和传承①。因此，对作为"局内人"的社区民众"所认可和在生活中实际使用的价值"的认识和尊重，应当成为非遗保护工作的基本原则。不过这一点似乎并没有为很多相关从业人员充分重视，对经济利益等"外价值"的热衷和追逐成为当前非遗保护中的全球性问题②，"遗产化"（heritagization）过程中产生的内价值削弱、"外价值"增加的现象，也引发了不少学者对当前非遗保护运动的诸多批评。③ 有鉴于此，中国本土实践历史中长期注重"内价值"的经验，可以为当今的非遗保护工作提供宝贵的启示。另外，本文个案中所呈现的多元主体共同参与、官民协作、常以政府为主导的保护模式，不仅在涉县的近 400 年保护历程中被证实十分有效，而且至今在我国以及其他一些国家的非遗保护实践中仍然十分常见。这一模式与

---

① 杨利慧：《以社区为中心——联合国教科文组织非遗保护政策中社区的地位及其界定》，《西北民族研究》2016 年第 4 期。

② 笔者自 2015 年以来，连续三年作为 UNESCO 非遗评审机构——中国民俗学会非遗评审专家团队的一员，参与了教科文的非遗评审工作，发现在《业务指南》等相关文件中最常警示各缔约国的一个问题，便是对非遗项目的过度开发和商业化。

③ 例如，刘铁梁：《民俗文化的内价值与外价值》，《民俗研究》2011 年第 4 期；燕海鸣：《从社会学视角思考"遗产化"问题》，《中国文物报》2011 年 8 月 30 日；Barbara Kirshenblatt-Gimblett, "Theorizing Heritage", Ethnomusicology, Vol. 39, No. 3（Autumn, 1995）, pp. 367 - 380。

《公约》及其衍生文件所主张的"以社区为中心"、反对"自上而下"（top-down）的保护精神并不完全一致，但是在这些国家的具体语境中施行起来更具现实可行性，它是 UNESCO 非遗保护政策中的相关理想化理念①的实际而有效的补充，彰显了本土非遗保护实践的创造性。

作者简介

杨利慧，北京师范大学文学院教授、博士生导师，美国哈佛大学和印第安纳大学访问学者。曾入选教育部高等学校优秀青年教师教学科研奖励计划，曾获北京市哲学社会科学优秀成果奖、霍英东青年教师奖、中国民间文艺山花奖等。兼任中国民俗学会－联合国教科文组织保护非物质文化遗产政府间委员会审查机构专家组副组长（2015－2017）、中国民俗学会常务理事等。著有中英文专著多部。

---

① 《公约》及其衍生文件中提出了不少理想化的理念，如"无价值评判"原则，它在现实中同样遭遇了困境，造成了"遗产化"过程中普遍出现的新文化等级化。参见杨利慧《新文化等级化·传承与创新——中国非物质文化遗产保护的成就与挑战以及韩国在未来国际合作中的角色》，《民间文化论坛》2016 年第 2 期。

非物质文化遗产保护与当代乡村社区发展

——以鲁中地区"惠民泥塑" "昌邑烧大牛"为实例*

张士闪

一 非物质文化遗产保护与乡村社区发展研究的"东亚经验"及借鉴意义

非物质文化遗产保护（以下简称"非遗保护"）是当今世界性话题。在从传统社会向现代社会和所谓"后现代社会"发展的全球性趋势下，关注基层社区文化的价值和传承，采取积极行动促进其保护、传承与发展，不仅使地方民众受益，同时也是对人类文化多样性的保护，并促成地方文化资源向普惠全人类的共有文化财富转化，这是自20世纪下半叶起联合国教科文组织探索非遗保护并制定相关国际公约的初衷。不难发现，在联合国教科文组织《保护非物质文化遗产公约》（以下简称"公约"）的修订过程中，"社区"是逐渐凸显的关键词之一，尊重社区和社区参与甚至被视为实施保护非物质文化遗产工作的基本前提和立足基石。巴莫曲布嫫注意到：

> "社区"则是2003年《公约》中最具反思性张力的一个术语，尊重社区和社区参与更是实施保护非物质文化遗产"各种措施"的基本前提。《公约》共10处述及"社区"二字，并在第一、第二、第十一、

---

* 本文选自《思想战线》2017年第1期。

第十四及第十五条中做出相应规定，强调"缔约国在开展保护非物质文化遗产活动时，应努力确保创造、延续和传承这种遗产的社区、群体，有时是个人的最大限度的参与，并吸收他们积极地参与有关的管理"。第十三条则将接触社区"非遗"须遵循的伦理原则，集中表述为"确保对非物质文化遗产的享用，同时对享用这种遗产的特殊方面的习俗做法予以尊重"。《操作指南》则多达 61 处述及"社区"二字，对社区全面参与"非遗"保护做出了更为细致的规定，尤其是在"非遗"的商业利用问题上重申要以社区的诉求和利益为导向，并以"5 个不得"系统归纳了"非遗"保护的伦理原则……丢掉"社区"就等于丢掉了《公约》立足的基石。[①]

也就是说，非遗保护行为最密切的相关方应该是所在社区，非遗保护工作首先应该服务于所在社区的发展，这在联合国教科文组织在非遗保护实践中逐渐明确并借助"公约"的修订予以确认的。在进一步的解读中，我们不难发现"公约"的两个基本面向：其一，在精神导向层面，强调保护社区传统与尊重社区民众主体的绝对优先性；其二，在工作理念层面，强调优先保障社区民众的文化权利与社区文化的发展权利，在此基础上，再考虑促进这一地方文化资源向惠及人类社会的"公共文化"的转化利用。[②] 在与非遗保护相关的社会实践与学术研究中，

---

① 巴莫曲布嫫：《从语词层面理解非物质文化遗产——基于〈公约〉"两个中文本"的分析》，《民族艺术》2015 年第 6 期。此外，在联合国教科文组织保护非物质文化遗产政府间委员会（IGC）第十届常会于 2015 年 11 月 30 日至 12 月 4 日通过的《保护非物质文化遗产伦理原则》（Ethical Principles for Safeguarding Intangible Cultural Heritage）中，"社区"一词在"12 项伦理原则"中的 10 项里出现，确认社区、群体和个人在保护非物质文化遗产中的地位，特别强调社区在非物质文化遗产的保护和管理中的中心作用。（《联合国教科义组织：〈保护非物质文化遗产伦理原则〉》，巴莫曲布嫫、张玲译，《民族文学研究》2016 年第 3 期。）

② 如在联合国教科文组织的《保护非物质文化遗产伦理原则》文件中，有"八、非物质文化遗产的动态性和活态性应始终受到尊重。本真性和排外性不应构成保护非物质文化遗产的问题和障碍""十二、保护非物质文化遗产是人类的共同利益，因而应通过双边、次区域、区域和国际层面的各方之间的合作而开展；然而，绝不应使社区、群体和个人疏离其自身的非物质文化遗产"等明确表述。（《联合国教科文组织：〈保护非物质文化遗产伦理原则〉》，巴莫曲布嫫、张玲译，《民族文学研究》2016 年第 3 期。）

实际情形如何呢？下面我们将聚焦于"非遗保护与社区发展"领域，一探究竟。

纵观国内外与"非遗保护与社区发展"相关的学术研究，大致以东亚地区最为活跃，且与政府行政密切关联。东亚学界的研究，又可粗略分为两种类型：一种是以日本学者的研究和相关实践为代表。日本民俗学者除了密切参与国家和地方政府主导的文化保护政策的过程之外[1]，注意借鉴柳田国男《乡土生活研究法》中的民俗资料分类体系，配合日本政府对于"无形文化财""民俗文化财"的保护政策，探讨地域或基层社区（山村、渔村及偏僻城镇）如何"活用"非物质文化遗产以达到振兴农村的实际经验[2]，并"通过民间的发展与实践来发现问题，这些被发现的问题经过自下而上的方式由地方向政府逐级反馈"[3]，同时又有一批学者具有强烈的学术批评精神，通过批评和反思政府文化保护政策，推进对于地域文化资源的

---

[1] 早在在 1952 年，日本文化财保护委员会就设立民俗资料主管人员，吸纳民俗学者宫本馨太郎、祝宫静进入行政部门担任专职，直接参与政策制定和行政策划工作。1953 年在文化财专门委员会内特别设置"民俗资料部会"，邀集柳田国男、渋沢敬三、折口信夫等杰出民俗学者进入。此后又有多位民俗学者参与了日本的民俗文化保护政策的讨论修订，发挥了重要作用。"到现在为止，有很多的日本民俗学者与国家的文化政策发生着复杂的关系。而这种联系并不仅仅限于以上论述过的国家级别的民俗文化保护政策，在各种各样的层面上的政策以及行政事业当中，民俗学者一直以来都被动员进来而参与其间……在文化审议会等国家级的委员会中，还有在地方自治体的文化财委员会等机构中，也有很多民俗学者在参与。"菅丰：《日本现代民俗学的"第三条路"——文化保护政策、民俗学主义及公共民俗学》，《民俗研究》2011 年第 2 期。

[2] 周星："日本在文化遗产保护方面取得的成就，实际上与他们的田野调查先行和全面、扎实的学术研究积累是密不可分的。日本政府和日本学术界曾先后组织、实施了很多次全国规模的农村、山村及岛屿、渔村民俗调查，积累了大量可靠而又翔实的资料。现在，几乎所有的村、町（镇）、市、县，均有各自颇为详尽的地方史记录和民俗志报告出版或印行；此外，还有'民俗资料紧急调查'、'民谣紧急调查'以及'无形文化财记录'等多种名目的学术调查活动。1950 年政府颁布《文化财保护法》以后，全国范围内的'文化财调查'，更是产生了大量的《文化财调查报告书》，这些报告书通常是在把有形文化财、无形文化财和民俗文化财加以分类之后又编在一起的。所有这些调查及其成果的积累，为他们对文化遗产的认定、登录、保护及灵活应用等，创造了坚实的基础。"（周星、廖明君：《非物质文化遗产保护的日本经验》，《民族艺术》2007 年第 1 期。）

[3] 李致伟：《通过日本百年非物质文化遗产保护历程探讨日本经验》，博士学位论文，中国艺术研究院，2014，第 148 页。

合理性保护与活用实践。① 韩国、中国台湾、中国香港学界的研究旨趣和相
关实践与日本相近，其中台湾学者的研究另有担当。② 另一种是中国大陆学
界的研究，人数众多，成果丰赡，研究多元：或辨析非遗保护的学术概念
与文化性质③，或梳理有关非遗保护的海外经验④，或着眼于本土实践的总

---

① 这类研究针对相关社会实践进行学术反思，试图对相关国家政策的制订实施施加影响，可
以菅丰、岩本通弥为代表。如菅丰《何谓非物质文化遗产的价值》（《文化遗产》2009 年
第 2 期）、《民间文化保护的学术思考——应该保护的民间文化究竟是什么?》（王恬编《守
卫与弘扬》，大众文艺出版社，2008）、《日本现代民俗学的"第三条路"——文化保护政
策、民俗学主义及公共民俗学》（《民俗研究》2011 年第 2 期），岩本通弥《围绕民间信仰
的文化遗产化的悖论——以日本的事例为中心》（2010）、《〈文化立国論〉の憂鬱》（《神
奈川大学评论》42，2002）、《フォークロリズムと文化ナショナリズム—現代日本の文化
政策と連続性の希求》（《日本民俗学》236，2003）、《ふるさと資源化と民俗学》（岩本
通弥编，吉川弘文館，2007）等。此外，才津裕美子著、西村真志叶编译的《民俗"文化
遗产化"的理念及其实践——2003 年至 2005 年日本民俗学界关于非物质文化遗产研究的
综述》（《河南社会科学》2008 年第 2 期）一文，梳理了从 2003 年 1 月到 2005 年 12 月发
表于《日本民俗学》的研究成果，重点关注对相关国家政策与社会实践问题予以批评和反
思的多种学术观点。
② 中国台湾学者的相关研究，不仅要因应本土城市化进程中乡村社会的衰弱，而且需要对政
治意识形态的乱象予以清理。如对民俗文化"去污名化"的辩护。台湾社会对民俗文化性
质的认知，自 20 世纪 50 年代以来，大致经历了从"封建迷信"到"民族传统"再到"民
族文化瑰宝"的过程，并从 1981 年开始实施"民间传统技艺调查"项目、从 1994 年开始
"社区总体营造""社区营造"等项目。台湾学界研究，与上述社会背景密切相关。如吴密
察《台湾行政中的非物质文化遗产》（载廖迪生主编《非物质文化遗产与东亚地方社会》，
香港科技大学华南研究中心、香港文化博物馆出版，2011）；曾旭正《台湾的社区营造》
（远足文化事业股份有限公司，2013）；张珣：《非物质文化遗产：民间信仰的香火观念与
进香仪式》（《民俗研究》2015 年第 6 期）等。
③ 乌丙安：《非物质文化遗产保护中文化圈理论的应用》，《江西社会科学》2005 年第 1 期；
刘锡诚：《非物质文化遗产的文化性质问题》，《西北民族研究》2005 年第 1 期；巴莫曲布
嫫：《非物质文化遗产：从概念到实践》，《民族艺术》2008 年第 1 期；刘晓春：《非物质
文化遗产的地方性与公共性》，《广西民族大学学报》2008 年第 3 期；宋俊华：《论非物质
文化遗产的本生态与衍生态》，《民俗研究》2008 年第 4 期；麻国庆：《非物质文化遗产：
文化的表达与文化的文法》，《学术研究》2011 年第 5 期；朝戈金：《非物质文化遗产：从
学理到实践》，《西北民族大学学报》2015 年第 2 期。
④ 周星：《非物质文化遗产的社区保护：国外的经验与中国的实践——文化遗产与"地域社
会"》，《河南社会科学》2011 年第 3 期；杨正文主编《非物质文化遗产"东亚经验"研
究》，民族出版社，2012；潘鲁生：《非物质文化遗产资源转化的亚洲经验与范式建构》，
《民俗研究》2014 年第 2 期。

结与反思①，或关注相关历史资源和民间智慧的挖掘与贯通②，不一而足。不过就总体倾向而言，虽有部分学者关注到国家非遗保护政策制定及其行政运作中的错位与工作实践中的纠结，但中国非遗研究的主流是以民俗学的政治性为前提，简单贴近国家政治的行政运作③，学术批判精神严重不足，在这一重大社会运动的声音微弱，学术贡献有限。

对于当下中国社会情境而言，经历了近现代以来持续进行的对民俗文化的"污名化"处理和改造实践，近年来以地方民俗文化为资源的社区自治传统虽有一定复兴，并受到国家非遗保护制度的护佑，但在助益乡村社区发展方面依然受到诸多限制，特别是作为其重要组成部分的民间信仰，依然身份暧昧、"污名"难除。同时，市场经济的冲击余波未了，全球化、都市化的浪潮又叠加而来，当代乡村社会已经大面积地出现了"空心化"危机。目前中国正面临比经济转型更具挑战性的社会转型，亦蕴具难得的

---

① 高丙中：《利用民族志方法书写非物质文化遗产——在作为知识生产的场所的村落关于写文化的对话》，《西北民族研究》2009 年第 3 期；黄永林：《非物质文化遗产保护语境下的新农村文化建设》，《文化遗产》2010 年第 2 期；刘德龙：《坚守与变通——关于非物质文化遗产生产性保护中的几个关系》，《民俗研究》2013 年第 1 期；朱以青：《基于民众日常生活需求的非物质文化遗产生产性保护》，《民俗研究》2013 年第 1 期；彭兆荣：《我国非物质文化遗产理论体系探索》，《贵州社会科学》2013 年第 4 期；耿波：《文化自觉与正当性确认：当代中国非遗保护的权益公正问题》，《思想战线》2014 年第 1 期；高丙中、赵萱：《文化自觉的技术路径：非物质文化遗产保护的中国意义》，《中南民族大学学报》2014 年第 3 期；方李莉：《论"非遗"传承与当代社会的多样性发展——以景德镇传统手工艺复兴为例》，《民族艺术》2015 年第 1 期。

② 萧放：《非物质文化遗产核心概念阐释与地方文化传统的重建》，《民族艺术》2009 年第 1 期；高小康：《非物质文化遗产与乡土文化复兴》，《人文杂志》2010 年第 5 期；耿波：《"后申遗"时代的公共性发生与文化再生产》，《中南民族大学学报》2012 年第 1 期；彭兆荣：《"以生为业"：日常的神圣工作》，《民俗研究》2014 年第 4 期；张士闪：《眼光向下：新时期中国艺术学的"田野转向"——以艺术民俗学为核心的考察》，《民族艺术》2015 年第 1 期；耿波：《地方与遗产：非物质文化遗产的地方性与当代问题》，《民族艺术》2015 年第 3 期。

③ 笔者在此并非要反对民俗学的政治性研究的必要性，而是批评那种将民俗研究简单贴近国家政治的做法，从而削弱了学术研究应有的独立品格。事实上，整体性的民俗研究是不能缺少对其政治性的研究的，民俗不仅有政治性，而且其政治性表现出多个维度，分别应对着全球化、民族国家、地方社区的不同语境而展开。基层社区的政治运作，是更广阔的多种政治运作的基础，因此对基层社区的政治运作是否被更强势的政治运作遮蔽，其主体权力是否获得充分尊重，其实是联合国教科文组织《保护非物质文化遗产公约》的精髓之一。

发展契机。就非遗保护工作而言，急需在借鉴"东亚经验"的同时，揆理度势，通过非遗保护在国家整体建设中的活用与拓展，使之融入乡村社区发展，为当代中国新农村建设提供助力，走出一条富有中国特色的非遗保护传承道路。

与当代中国巨大的社会现实需求相比，尽管国内学界已有比较丰赡的学术积累，并呈现出多学科参与、多向度探索的可喜态势，但多是宏观概论或微观个案式的探讨，真正具有大局观的、系统性的方法并未出现，基于案例总结的操作模式也尚未成型，因而资政能力与实践推广价值有限。与此同时，与非遗保护相关的认知误区仍存在，需要清理，如对非物质文化遗产做"文化遗留物"的静态理解，和对于民俗文化的"精华糟粕二分法"。两种观念虽各有所误，但都会导致对非物质文化遗产与社区关联的漠视甚或忽略，不能充分尊重非遗所属社区、群体和个人的意愿和权益。如何继承中国本土学术的"学以致用"传统，在国家与社会之间的良性互动框架中促进非遗保护工作的合理发展与有效运用，服务当代社会特别是作为非物质文化遗产核心承载地的乡村社会，仍有待于在对本土实践进行观察、总结与反思的基础上作进一步讨论。

二 从"抢救濒危遗产"到"融入社区发展"：中国非遗保护十年来的理念转变

21世纪初，原本在民间生活中传承的民俗，被国家及政府有选择地赋予荣誉和资助，有差别地置于四级非遗保护框架之内。作为一项重大文化政策，它已经发生了深刻的现实作用，也必将具有深远的历史意义，这是确定无疑的。非遗保护制度启动伊始，采取了地区性的非遗项目与个体性的非遗传承人并重的方式，追求价值导向的稳健性、普查范围的广泛性与工作政绩的时效性，随着国家非遗名录审批、非遗传承人评选、国家级文化生态保护区试点确定等工作的持续推行，非遗保护逐渐呈现政府、学者和民众合力推动的态势，作为一项社会运动声势渐壮。在这一过程中，"非物质文化遗产"作为一个新名词，在全社会经历了一个从陌生、怪异到习以为用的过程，而如何看待民俗文化以及怎样保护、应用等问题，也在一波又一波的大讨论中形成了更多的社会共识。有学者认为，"非物质文化遗产保护在中国确实正在造成社会变化的奇迹"①，此言不虚。笔者在追溯这一过程时注意到，我国非遗保护先后出现过"抢救性保护""生产性保护""整体性保护"等理念和方法，并持续引发讨论，大致代表了中国非遗保护的主流脉络。

在国家层面最初提出的"抢救性保护"，体现的是国家政治的急切诉求，并在 2005 年最终成为一项基本国策。此后，借助国家行政的推行，落实为非遗项目评审、非遗传承人评选等制度，特别是发动社会力量进行了非遗"普查"工作。而"生产性保护"②，则是各级政府在非遗普查工作宣告结束后，面对已有的非遗资源，试图"通过行政手段使之转化为实际生产力，达到经世致用的目的"③。随后展开的"生产性保护"实践，率先指向民间手工艺类非遗项目，探索以创造经济效益的方式融入当代社会生活的途径。这一实践延续至 2015 年，文化部重点推出非遗传承人群研修、研习、培训计划，旨在"架设传统工艺通向艺术、走进生活的桥梁"，这既反映了国家层面推进非遗工作的一贯性，又通过富有弹性的"三个理念"的

---

① 高丙中："非物质文化遗产保护在中国并不只是一个专门的项目，而是一场社会运动。它吸引了广泛的社会参与，改变了主流的思想，重新赋予长期被贬低的文化以积极的价值，改变了现代制度与草根文化的关系。"（高丙中：《中国的非物质文化遗产保护与文化革命的终结》，《开放时代》2013 年第 5 期。）

② 关于非物质文化遗产"生产性保护"这一概念，最早出现在王文章主编的《非物质文化遗产概论》（文化艺术出版社，2006 年）一书中。2009 年文化部副部长周和平在"非物质文化遗产生产性方式保护论坛"开幕式上，对这一概念作了如下界定："它是指通过生产、流通、销售等方式，将非物质文化遗产及其资源转化为生产力和产品，产生经济效益，并促进相关产业发展，使非物质文化遗产在生产实践中得到积极有效的保护，实现非物质文化遗产保护与经济社会协调发展的良性互动。"

③ 施爱东：《中国现代民俗学检讨》，社会科学文献出版社，2010，第 194 页。也有学者对此现象提出质疑："国家提出了非遗保护，开始对民间，特别是经济欠发达而传统文化资源丰富的地区的文化遗产进行抢救性的保护。随之而来的一种倾向就是文化遗产被各级地方政府甚至包括遗产传承人和社区自身当作一种可以直接利用的资源，这使文化发生了另一种脱离常态的转变。在许多的此类工作中，有的地方政府的利益诉求非常明确，希望能拿文化换来实际的经济利益；对于文化的关注，很难以一种长远的价值判断来考虑，大部分是一种工具理念的直接利用，把文化资源直接资本化。"（李松：《多民族地区村落文化保护与社会发展的思考——以贵州荔波水族村寨研究项目为例》，《民俗研究》2010 年第 3 期，第 50－51 页。）

强调，体现出新形势下强调与传统村落社区相结合的非遗生态保护新趋势。①

值得注意的是，与"抢救性保护""生产性保护"等理念和方法一经提出即成社会热点相比，体现了当代学术群体诉求的"整体性保护"，却始终处于不温不火的状态，尽管学界的讨论也不乏热闹，但国家主导的相关实践却始终停留在试点层面。②细究之，"整体性保护"与其说提出了一种解决方案，毋宁说是使一个真正需要提出的问题在公共话语层面被明确地提了出来：在一个经济强势发展的时代，文化保护与整体社会发展之间如何真正实现平衡？尤其是在国家非遗保护制度实施 10 年后的今天，城市化进程成为中国社会发展的大势所趋，建设富有良好生态与社会活力的乡村已不再仅仅是单纯的农村建设问题，而是关乎整个中国乃至世界发展的大问题。就此而言，"整体性保护"对于当下与未来的中国均具有重要意义，这是毋庸置疑的。但问题是"整体性保护"应该如何实施，怎样落地？笔者以为，在当今社会背景下，非遗保护的前景在于融入乡村社区发展，而不在于对地域面积庞大的"文化生态保护区"的设立和建设。换言之，只有融入乡村社区发展的"物归原主"式的非遗保护，才是使非遗获得"整体性保护"的真正路径。

毋庸置疑，地域辽阔、人口众多的农村，是承载中国非物质文化遗产的核心地；中国非遗保护工作的根本，是使原本就在乡村社区中存身的非物质文化遗产或更具广泛意义的民俗文化，获得传承与发展的更好条件。非物质文化遗产的持有权和使用权在于所属社区，"非遗"的主人是社区民众，国家非遗保护工作的服务对象首先就应是社区中的群体和个人，包括

---

① 文化部副部长项兆伦提出，在不断深入的非遗保护实践中，近年来特别强调三个理念：一是在提高中保护的理念；二是非遗走进现代生活的理念；三是见人见物见生活的生态保护理念。参见《项兆伦在全国非物质文化遗产保护工作会议上的讲话》，中华人民共和国文化部网站，http://www.mcprc.gov.cn/whzx/whyw/201601/t20160119_460360.html，2016 年 1 月 14 日。

② 按照国家"十二五"规划，2011 年至 2015 年建设 20 个国家级文化生态保护区，实际批准设立了 18 个国家级文化生态保护区试点工程，并一直处于"试点"状态。据笔者所知，有的省市区批准设立了若干个省级、市级文化生态保护区，但基本上处于挂牌状态，并无实质性运作。

其文化发展自主权和以文化发展改善生存的权力，这是首先需要明确的。其次，随着现代化和城市化的迅猛发展，当前中国农村正处于快速转型的剧烈振荡期，非遗保护工作因之与调谐乡村社会秩序、接续乡村文明传统连接在一起。如果说，已有的中国新农村建设主要是从经济与政治的层面入手，那么非遗保护工作则应开辟一条以乡村文化传承助推社区发展、以社区发展葆育文化传统的新路径，探索如何通过社区民众的广泛而强有力的主体参与，消除乡村社会发展过程中的隐患和风险，弥补国家行政所可能存在的疏漏。就此而言，非遗保护之融入乡村社区发展，其实就是国家层面的新农村建设与非遗保护两项制度在乡村社会的对接与融合。毋庸置疑，我们在相关理念的厘清、相应原则的制定和具体社会工作实践层面，均可谓任重道远。

比如我们在田野调查中经常看到，一些农家（牧民）书屋、文化大院等乡村公共文化设施，其整体利用率很低。与此同时，一些由乡村社区民众自发组织、在特定时间和空间里举行的公共仪式活动，依托村落的庙宇、祠堂或集市，热热闹闹年复一年地举行，显现了社区活力。前者以国家行政为依托，需要各级政府不断地提供资金来运行，后者则以地方传说或信仰等为神圣资本，通过民众自发捐款而流畅运转。同为满足一方水土的精神活动需求，二者之间形成了很大反差。通过进一步的调查，我们知道后者其实就代表了乡村社区的非遗传统。然而，即使获得了"非物质文化遗产"的称号，活动中与信仰有关的地方传说、灵验等，在公开场合依然是只可意会不可言传的禁忌，组织者会频繁强调他们的活动绝非"封建迷信"。这在事实上已经影响到非遗传统与乡村社区的兼容，以及在乡村社区发展中的更大作为。此外，我们以"非遗保护与乡村社区发展"的角度观察，就会发现在此前相关工作中还有另外的疏漏。比如表演类非物质文化遗产活动的组织者，其作用往往是比较突出的，但因组织者本人主要承担活动的组织动员或幕后协调工作，并不一定登台亮相，故难以进入非遗传承人的认定体系。还有一类人员，并不直接参与乡村非遗活动，却因为能够熟练掌握和使用民间文献，熟知乡土礼仪，热心公益事务，在民间拥有出色的组织能力与运作智慧，在日常生活中积累了较高的社会声望，在当地非遗活动中起到了组织灵魂或"幕后推手"的作用。我们没有理由忽视这类乡村精英在非遗保护中的重要价值，但原有的非遗传承人评审制度却容易对其积极性造成伤害。而更深层的原因是，我们已有的非遗保护工作在学术储备与调研预估方面存在严重欠缺，在制度设计时主要考虑的是行政运作之简便与政绩指标的易评估性，因而比较突出项目和传承人，这在客观上造成了非遗传统的个人专享专有倾向，而忽略了社区整体权益。这对非遗传统的社区共享性会产生一定的消极影响，甚至会使得一些社区节庆类非遗活动趋于涣散或解体。如何使这类具有社区公共活动性质的非遗传统，借助国家的行政运作而在乡村社区中更具活力，在延续已有的社区共享传统的基础上，助推乡村社区的当代发展，就成为目前非遗保护的关键所在。

三　对鲁中地区两个非物质文化遗产社区实践个案的考察

乡村社会中的任何非物质文化遗产活动，都会面临经济运作与精神自洽的问题。经济运作，是指活动本身会有一定的财力损耗或经济交换行为，精心运作才会保证活动的可持续性。精神自洽，则是指参与活动会使人们获得一定的精神满足，这与所在社区对于该项活动的文化赋意有关。在乡村社区内部，大家都是非遗活动的"局内人"，对于非遗活动中的各种角色及程序、细节比较熟悉，并通过参与活动中的社会交往、情感交流，实现公共文化认同。在鲁中乡村地区传承的"惠民泥塑""烧大牛"等非遗活动，都是在广泛的社区动员中完成经济运作与精神自洽，营造出热热闹闹的年节生活，但在社区公共性的建构方面又有差异。

河南张村与火把李村，是山东省滨州市惠民县皂户李乡的两个"对子村"，相距约 6 公里，一项国家级非物质文化遗产"惠民泥塑"即与两村有关。据民间口传，河南张村泥玩具制作已有 300 多年的历史，在当地卓有声名，所谓"河南张，朝南门，家家户户做泥人"；每年一度在二月二定期举办的火把李村庙会，不仅被本村村民视为"过第二遍年"，而且名闻遐迩，每每引动鲁冀豫三省十几个县市民众前来赶会。造型古朴的泥娃娃（俗称"扳不倒子"）是火把李庙会上最具影响的"吉祥物"，其影响之大，从河南张村俗称"娃娃张"、火把李村庙会俗称"娃娃会"即可想见。可以说，借助于二月二这一特殊节期，河南张村村民在火把李村庙会上集中销售自制的泥玩具，火把李村庙会则因为有了河南张村泥塑而享誉四方，两个村落之间的经济协作与文化分工由此形成，并在年复一年的延续中凝结为一种民俗传统。①

现在已很难弄清历史上"泥娃娃"与火把李村庙会的出现孰先孰后，不过我们可以设想一下当初"泥娃娃"进入火把李村庙会的"准入问题"。火把李村庙会的基础，是当地乡民在开春之前选购农具的市场，而"泥娃娃"却并非农具。那么，"泥娃娃"何以堂而皇之地出现在火把李村庙会上，而且成为众人热衷购买的对象呢？"泥娃娃"是凭借什么，立足于春耕大忙前的一个农具市场呢？要想解答这一问题，必须深入追溯当地相关的民俗观念与社区传统。

在中国北方地区，"拴娃娃"习俗可谓由来已久。人们常常在集市上将做工精巧、细腻逼真的泥娃娃"请"到家中，作为家庭添丁的信祝之物。"拴娃娃"之俗，就其民俗祈愿而言，表征着对家庭添丁进口的祝望，因此又产生了其对时间节点的规定，故一般会选择在自然万物的萌动、分蘖与收获时节，这就是"拴娃娃"习俗多行于初春、初夏与深秋的原因。在我国传统的时间制度中，一年四季始于春，而"二月二，龙抬头"之说，又寓示着"二月二"乃是典型的春信时刻。因此，"二月二，拴娃娃"的约定俗成并非偶然。二月二火把李村庙会，就其区域商集功能而言，是开春之际货卖春耕农具；"货卖农具"虽然是不折不扣的商贸行为，但因为与"一年之首"的神圣时刻杂糅在一起，这一商贸行为便因之产生了所谓"一年之计在于春"的文化赋意。凭借"春首新生"的民俗意蕴，泥娃娃便与诸多农具一起拥有了相同的身份，共同表达了人们在新的一年里对物质生产与人的生产的良好祝愿。共处于庙与庙会的神圣时空之中，二者是买卖也是仪式，是人与人的交易，也是人与神的沟通，买卖行为发生的过程即是"春首新生"民俗意义的产生与民俗传统的再生产。经此民俗认同与生活实践，河南张村与火把李村之间的"对子村"关系得以固化，获得长久传承

① 张士闪、邓霞：《当代民间工艺的语境认知与生态保护——以山东惠民河南张泥玩具为个案》，《山东社会科学》2010 年第 1 期。

的动力。这其实就是非遗社区传承的一种活生生的形式。

不过，在国内非遗保护运动急剧升温的大背景下，虽然河南张村泥玩具以"惠民泥塑"的名义早在 2006 年便进入第一批省级非物质文化遗产名录，2008 年进入"第一批国家级非物质文化遗产扩展项目名录"，但无论是在技艺传承还是在制作规模上，依然走向衰落，却是不争的事实。① 由上可知，作为一处完整的文化空间，河南张村泥玩具与火把李村庙会其实是难以分割的：泥玩具因庙会而显神圣，庙会因泥玩具而显温情，民间信仰则将二者联结在一起。以"惠民泥塑"的笼统名义而进行的非遗名录申请，和申请成功后的具体保护工作，能在多大程度上有助于所属"对子村"（河南张村与火把李村）的社区发展与民生改善，效果可想而知。难以融入乡村社区发展的非物质文化遗产，其传承活力从何而来！

在鲁中昌邑市东永安村，则有一项被列入山东省省级非物质文化遗产项目 —— "孙膑崇拜"，当地俗称"烧大牛"。每年一进腊月，从村西孙膑庙"庙委会"人员就开始张罗活动。先是耗费相当的人力物力，用近一个月的时间扎一头高约 7 米、长约 13 米的"独角大牛"，谓之"扎大牛"；然后在正月十四这天上午，抬着大牛在村落街道上巡游一番，谓之"游大牛"；中午时分，抬至孙膑庙（俗称"孙老爷庙"）西侧空地上，人们拥来挤去争相"摸大牛"，然后付之一炬，谓之"烧大牛"或"发大牛"。通过进一步的调查得知，类似"烧大牛"的活动在这一带普遍存在，并非东永安村所独有。② 与现代理性经济逻辑形成巨大反差的是，这一带乡村为什么要劳民伤财，花大量的金钱财帛与精力去扎制"圣物"，然后一炬燎之？

在东永安村"烧大牛"的过程中，所产生的比钱财计较更重要的东西，

---

① 河南张泥玩具在 2006 年进入第一批山东省省级非遗名录，2011 年入选第二批国家级非遗名录。根据我们的持续调查，2005 年制作泥玩具的有近 20 户，2006 年为 10 户，2007 年、2008 年均为 9 户，2009 年为 12 户，2010 年为 6 户，近年来大致保持在 3 户左右。

② 譬如东永安村东邻的远东庄，每年在正月十二观音庙会上要烧三台"花轿"；西邻的西永安村，每年正月十五要烧掉"花轿三台"献祭老母娘娘；相距 5 华里的渔埠村，每年正月十六举行祭祀孙膑的仪式活动，最后烧"牛"三头；同在东永安村，除了以吕家、丛家为主举行"烧大牛"仪式外，齐氏家族近年来会在正月初九这天烧掉一匹"大马"等。详见李海云《信仰与艺术：村落仪式中的公共性诉求及其实现——鲁中东永安村"烧大牛"活动考察》，《思想战线》2014 年第 5 期。

是这一乡土社区的社会资源。"烧大年"仪式的首要特点，在于它场面大，全村参与，人人有份。尽管耗资不菲，却是村里的"大事儿"，是只有在过大年期间才会有的"耍景"①，为邻近十里八村所称羡；唯其是村里的"大事儿"，"烧大牛"才构成了村落社区的重要传统；唯其场面大，需要全村民众群策群力，因之产生了神圣、隆重的社区总动员。此外，全村村民合力举行、为邻近十里八村所围观的"烧大牛"活动，仪式意味极为浓厚。伴随"扎大牛""游大牛""摸大牛""烧大牛"仪式程序的次第展开，形成了人群摩肩接踵争相观看的场面，现场气氛越来越昂扬。特别是在"烧大牛"这一万众期待的最后时刻到来之际，火光冲天，雾匝四野，是社区传统充分张扬、社区生活在仪式中得以净化的特殊时刻。而纵观整个活动的动员、运作与调控，与日常的村落政治之间有重合亦有疏离，其中就隐含着乡村社会资源的设计与展演，而这将对村内外的社会网络、经济关系与文化权力格局产生微妙的影响。

可以说，与"烧大牛"相关的仪式表演，作为当地村落社区中别具一格的"过大年"的方式，是民众对于社区生活的一种文化设置。"独角大牛"从开始扎制的那天起，就注定是要被烧掉的，以此作为与孙膑崇拜相关的信仰实践的完足，从而显示地方性信仰传统的底色。但在每年一度的活动中，同时又伴随着乡民情感的尽情抒发，承担着凝聚人心的社会功能。在这里，非物质文化遗产的自洽性特征，与社区内在公共性诉求紧密联系在一起。这是非遗社区传承的又一个鲜活例子。

在上述两个个案中可以看出，作为一种与地方节庆密切相关的乡村传统，非遗活动对应着当地乡村社区的结构特性与一方民众的心理需求。如果认识不到这一点，非遗保护工作的效果将是非常有限的。与列入国家级非遗名录的河南张村泥玩具制销活动的走向衰微相比，昌邑市东永安村"孙膑崇拜"在 2015 年才进入省级非遗名录，却一直依托乡村社区的庙宇、庙会与年节传统之中，显现良好的社区运作状态。② 我注意到，因为羡慕

---

① "大事儿""耍景"，均为当地俗语。
② 2015 年下半年，东永安村孙膑庙"庙委会"成功举行了换届改选工作，新当选者很快在村民中集资十几万元，在孙膑庙前修建台阶并立碑。

丛、吕家族的"烧大牛"仪式的持续举办，村内齐氏家族也行动起来——从 2005 年起，他们以献祭玉皇大帝的名义，每年扎制一头红色高头大马，在正月初九中午隆重举行"烧大马"仪式，场面壮观。近年来，邻村村民也多有前来东永安村请教者，试图重建或创造本村的社区烧祭仪式传统。在这里，村落社区的公共性运作显现出强大活力。这一现象耐人寻味。

大量田野调查表明，借助非遗传统在产业开发中获得利益，固然是社区民众的广泛诉求，但借助非遗传统搭建社区交流的公共平台，亦为民众所普遍期望。如果不能顺循乡村社区发展的自然之道，不论国家支持的力度有多大，非遗保护都难以真正落地，甚至可能造成对社区非遗传统的破坏。我们还注意到，对当代非遗传承构成最大威胁的，不是非遗开发的产业化冲动，而是对包括民间信仰在内的相关非遗传统的偏见和误解，与由此引发的乡土社区公共价值观的紊乱。换言之，赔钱或是赚钱，在历史上并未影响到社区非遗活动传承的根本，而以判定落后、过时甚或贴上"封建迷信"标签为手段的粗暴干涉，则可能会动摇甚至消解非遗传统的社区根基。这是因为，对于社区非遗传统的"污名化"指认，打破了自古以来中国"礼""俗"结合的社会传统，撕毁了国家政治与民间社会"礼""俗"分治的神圣契约。在中国历史上，"正是建基于长期以来国家政治的礼俗一体化追求与民间社会的主流价值认同，以及全社会广泛参与的礼俗互动实践，中国才能够成为一个长期统一的社会，中华文明传统才得以源远流长，并不断焕发出生机活力"[①]。更何况，我国自 20 世纪 80 年代以来强势的经济单向度发展，已经使得民俗传统的神圣性与对于社区生活的自洽性日益弱化，并导致民俗文化在当代社会整体格局中的建构作用持续衰微。这一切都表明，让非遗传统真正回归民间，融入乡村社区发展，是非遗保护工作的关键。十年前周星曾有几句话语朴素的提醒，现在看来仍未

---

① 张士闪：《"礼俗互动"：当代国家正与民间缔结新契约》，《联合日报》2016 年 4 月。笔者在另文中曾做过更具体的表述："民间艺术中的礼俗互动态势，就其本质而言，既是民众向国家寻求文化认同并阐释自身生活，也体现为国家向民众提供认同符号与归属路径。"这虽是就民间艺术而言，但其实也适用于广泛意义上的非遗传统。（张士闪：《眼光向下：新时期中国艺术学的"田野转向"——以艺术民俗学为核心的考察》，《民族艺术》2015年第 1 期。）

过时：

> 无论我们把保护非物质文化遗产的口号喊得多么高调，也无论我们把非物质文化遗产的热潮鼓吹得多么热闹，最后都必须落实到它们所依托的社区，都必须是使它们在民众生活中得以延伸或维系……非物质文化遗产，通常是首选表现为地域性，是特定地域社会里的文化，固然它其中可能蕴含着超越地域、族群或国家的普遍性价值，但归根到底，它是地域的，若是脱离了地域的基层社区，它就会变质，就会营养不良或干枯而死。[①]

四 结语

综上所述，要想真正发挥非遗保护的社会效能，使"非遗保护与社区发展"这一命题在实践中落实，需要特别注意如下方面。

第一，非遗保护的前景在于融入当代乡村社区发展。已实施近10年的国家非遗保护工作成果丰硕，其后续工作，应考察评估其在助推当代新农村建设乃至整体意义上的中国乡村文明传承方面所发挥的作用，总结其实践模式，调整其工作策略。毋庸置疑，地域辽阔、人口众多的农村，是承载中国非物质文化遗产的核心地。长期以来，农村服务于城市的模式为中国经济腾飞提供了有效支撑，广大农村及其所承载的人群（农民），在国家现代化进程中，因为长期的资源输出和急剧的文化转型，在为新中国的建立和发展作出巨大贡献的同时，逐渐成为国家社会发展的短板，成为社会"帮扶"和"反哺"的对象：从村落的"空心化"，到乡村文化传统的传承危机，再到乡村社会价值观的弱化，都构成了中国现代化进程无法忽视的负面效应。这些问题拉低了中国经济发展所带来的国民生活质量，影响到中国现代化在世界现代化进程的竞争力。在国家非遗保护工作实施十年后的今天，城市化进程成为中国社会的大势所趋，建设富有良好生态与社会

---

① 周星、廖明君：《非物质文化遗产保护的日本经验》，《民族艺术》2007年第1期。

活力的乡村不再仅仅是单纯的农村建设问题，对当下与未来的中国整体发展均具有重要意义。更新观念，创新机制，使非遗保护制度融入乡村社区，有助于充分发挥乡土传统对于中国现代化进程的价值建构与社会培育的重大意义，为以乡土传统为根基的中国特色现代价值体系筑基。

第二，非物质文化遗产在当代乡村社区中的保护发展，与国家基层社会治理是一种互益互补的关系。自上而下的国家治理，与社区非遗传统乃至广泛意义上的民俗文化发展，乃是一种长期互动中的共生关系。一方面，非物质文化遗产本是在民间自发形成，具有多样性、地方化、生活化的特征，而国家社会治理则属于顶层设计与宏观管理，具有统一性、标准化、制度化的特征。另一方面，国家社会治理又是以广泛的生活实践为支撑的，离开了民众的认同与贯彻，国家社会治理便无从谈起。值得注意的是，当代乡村虽然正在经历着现代化、都市化和信息化所带来的急剧变化，村落空间、村落组织、村落关系、村落劳作模式以及村落文化系统等正在发生全方位的变化，但这并不意味着"村落的终结"。这是因为村落自身的民俗脉络依然坚韧，只要国家与社会层面的"反哺"策略合理得当，乡村社会就能够在"文化应激"的振荡中顺时应变，寻求到"自治性"发展之路。换言之，传承千载的乡村文化传统，自有一种特殊的进化力量，具有适应社会发展、不断自我更新的能力。在国家政治改革持续向基层社会生活落实的过程中，将非物质文化遗产在乡村社区中的发展，与国家基层社会治理有效对接、互益互补，对于当代社会整体发展具有标本兼治的深远意义。

第三，因应当代城镇化急速发展的社会态势，在乡村社区特别是城乡接合部社区，促进"城乡民俗连续体"的合理重构意义重大。在传统的中国城乡二元结构社会中，借助于因集镇体系的经济流动而产生的公共场域，为民俗文化提供了在城乡两大传承系统中的交流耦合，并进而促进了民俗传统传承与创造的完整生态系统。新时期以来，特别是近年来在中央新型城镇化决策的持续推动下，城市与乡村的民俗文化处于更加密切的互动态势。截至2013年，我国常住人口城镇化率已达53.7%，约有7亿人生活在城镇中。在现代化、城市化与信息化的扩张之下，当代社会发展呈现诸多新特点与新趋势，其中之一便是"城乡民俗连续体"重构趋势的日益突出。① 在当代中国，城市一直都是乡土气息浓郁的城市，乡村则是越来越具城市化色彩的乡村。在乡村社区特别是城乡接合部社区，创造合理机制，借助非遗保护促进"城乡民俗连续体"的合理重构，可以在缩小城乡差距、建设和谐新农村等方面发挥特殊作用。

一言以蔽之，非遗保护作为一项"为民"的当代文化工程，应在促进乡村社区文化重构、探索乡村社区自治发展等方面有更大作为。可以说，通过非遗保护在国家整体建设中的活用与拓展，让非遗保护真正融入乡村社区发展，与新农村建设相互助益、相得益彰，是当前亟须探索的重大理论问题与社会实践问题。

作者简介

张士闪，山东大学文化遗产研究院副院长、教授、博士生导师，《民俗研究》主编，入选教育部新世纪优秀人才支持计划。兼任中国艺术人类学学会副会长、山东省民俗学会会长。著有《乡民艺术的文化解读》等。

---

① 张士闪、李海云：《"城乡民俗连续体"有重构趋势》，《社会科学报》2015 年 4 月。

图书在版编目（CIP）数据

2017 民间文艺研究论丛年选佳作. 民俗文化 / 安德
明主编. -- 北京：社会科学文献出版社，2018.11
ISBN 978 - 7 - 5201 - 3645 - 7

Ⅰ.①2… Ⅱ.①安… Ⅲ.①民间文学 - 文学研究 -
中国 - 文集②民间艺术 - 中国 - 文集③风俗习惯 - 中国 -
文集 Ⅳ.①I207.7 - 53②J12 - 53③K892 - 53

中国版本图书馆 CIP 数据核字（2018）第 233026 号

2017 民间文艺研究论丛年选佳作·民俗文化

主　　编／安德明
副 主 编／张礼敏　祝鹏程　黄若然

出 版 人／谢寿光
项目统筹／王　绯
责任编辑／高　媛

出　　版／社会科学文献出版社·社会政法分社（010）59367156
　　　　　地址：北京市北三环中路甲29号院华龙大厦　邮编：100029
　　　　　网址：www. ssap. com. cn
发　　行／市场营销中心（010）59367081　59367083
印　　装／天津千鹤文化传播有限公司

规　　格／开 本：787mm × 1092mm　1/16
　　　　　印 张：22.25　字 数：336千字
版　　次／2018 年 11 月第 1 版　2018 年 11 月第 1 次印刷
书　　号／ISBN 978 - 7 - 5201 - 3645 - 7
定　　价／89.00 元